U0830495

黄渤海恋

HUANGBOHAI LIAN

许 毅 著

时代出版传媒股份有限公司
安 徽 文 艺 出 版 社

图书在版编目（CIP）数据

黄渤海恋/许毅著.—合肥：安徽文艺出版社,2017.3
（2023.4重印）
ISBN 978-7-5396-5881-0

Ⅰ.①黄… Ⅱ.①许… Ⅲ.①长篇小说－中国－当代
Ⅳ.①I247.5

中国版本图书馆CIP数据核字(2016)第281497号

出 版 人：姚 巍
责任编辑：李 芳　　　　装帧设计：褚 琦

出版发行：安徽文艺出版社　www.awpub.com
地　　址：合肥市翡翠路1118号　邮政编码：230071
营 销 部：(0551)63533889
印　　制：阳谷毕升印务有限公司　(0635)6173567

开本：710×1010　1/16　印张：19　字数：350千字
版次：2017年3月第1版
印次：2023年4月第2次印刷
定价：46.00元

目 录

contents

引　子

黄渤海界浪成垄，黄海蓝染渤海头。
铁舰行止观一塔，军港疏堵系双寇。
弹丸寸地名传世，转瞬十年情与仇。
百结忧肠脚步迟，遍寻方知藏书楼。

这首姑且称为诗的文字与一个亲耳听来的故事有关。这个故事一直困惑我二十多年，如今五十岁的年纪，竟然有数十年被那故事时常勾扰，经常挫磨。我像衣缝里缝进一根针，说不定什么时候就被扎了一下；我像罩着一件粘满板栗壳的马甲，动与不动都如芒在背。

我只能把故事写出来。写，是自我救赎。这二十多年，我像写一份永远也过不了关的检查，又像写一件暗无天日的诉讼状子，不知为什么写而写，不知写有何用而写。我用了十年的时间像酿蜜，更像倒苦水，把一个个字吐在了纸上，又一个个捡进了电脑里。

每天晚上，我的大脑像一架老式的放映机，总在习惯性地倒"片子"。片子倒至二十多年前，那是1991年的夏天。当时，我们奉命执行中苏两国边界的联合勘界任务。我所在的中队临时驻地为黑龙江省黑河市，江对岸便是苏联远东大城市布拉戈维申斯克。

那个年代出国人员不像现在这样多，身为军人能跨出国门更是少之又少。第一次踏上异国的土地我觉得一切都挺新奇，脚没沾地去了黑龙江江边的苏军军营，后又去了我的苏军搭档维克多的家。

维克多住在郊区，拱形的走廊让我想起了早年看过黑白影片中的穹顶廊柱。维克多来不及寒暄，搀扶着一位苏联老夫人走向我们。让我亲切和诧异的是，苏联老太太一出口便不同凡响，她竟说一口标准的中国大连话。她临时充当起两国军人的翻译:“维克多是我的侄子,他说你们来自中国。”我说:“没错,阿姨,我们是中国军人。”她问:“那你,一定知道旅顺口?” “旅顺口常去。离我们驻地四十多公里远吧。”老太太突然嘴角哆嗦起来:“天哪,我曾在旅顺口住过整整十年。”她放声地痛哭起来……她侄子维克多用俄语劝说,而我用汉语劝说,我们共同白费了两国许多唾沫却没有一点效果,老太太悲悲戚戚的哭声在俄罗斯的高大建筑里响起了空旷的回音。

苏联老太太叫柳波芙·鲍里斯耶夫娜·伊万诺娃,她的姐姐尼娜与中国人程鲁民曾相识于苏联伏龙芝军事学院。1945 年 8 月,苏联红军与中国人民一道打败了日本鬼子,柳波芙及家人在旅顺口度过了十年时光。

姐姐尼娜在 20 世纪 80 年代初期身患重病,生命弥留之际把远在基辅的柳波芙叫到布拉戈维申斯克市,要柳波芙一定替她找到昔日的恋人程鲁民。

随着柳波芙故事的层层展开,她把我带进了那个原本不熟悉的年代,我仿佛觉得自己也身临其境…… 在布市逗留的日子短暂而时间过得飞快,转眼到了那年的 8 月下旬。苏联国内局势骤然突变,我们早已习惯称谓的“苏联”变成了“前苏联”,而原先中苏两国联合勘界工作,中国只需要面对着一个国家,现在却一下子变成了俄罗斯、哈萨克斯坦、吉尔吉斯斯坦、塔吉克斯坦四个主权国家。好在四国均承认中苏边界勘测的前期工作,使得边界谈判得以继续进行,而我也有充裕的时间把柳波芙的故事完整地接续下去。

结束勘测回国后的一个周日,我乘车去了旅顺口,那个叫太阳沟的地方曾是苏军司令部所在地,柳波芙就是在这里居住了十年。按照她所描述的方位,我用一上午的时间才在一处不起眼的地方找到了那座“富丽堂皇”的程家大院和曾被苏军官兵当作跳舞厅的藏书楼,昔日雕梁画栋的藏书楼变成了一座虫嗑鼠咬的仓库……我把以上的故事整理出来,又补充了大量的一手资料,终于可以给苏联老太太一个交代了,却得知柳波芙不幸去世。最初的手稿已蒙上了尘埃,而这些似乎都与她无关了,我所做的一切似乎都失去了意义,但我却从未想过放弃,我要给柳波芙一个完整的答案,哪怕她在天堂里听。

我清楚地记着柳波芙的回忆是从姐姐尼娜开始的,这一点无可厚非。柳波芙和姐姐尼娜经历的许多年许多事必定得有一个开头、一个节点、一个看似不经意却是历史必然的起因。柳波芙最先从尼娜身体某个部位的某个特殊状况讲起,似乎是即将纷至沓来的一个个重大历史事件,始于一个足以让我面红耳赤的特殊的生理现象……

第一章　苏官兵剑指旅顺口，孟八卦趣说程家事

诗曰：

黑龙江畔烟云过，乱世纷纷高悬剑。
沙俄榻卧鼾声起，水师屡挫铁甲卷。
曾经蒙羞大东沟，还须斡旋黄渤间。
古往今来多少事，掐头去尾整十年。

柳波芙说姐姐尼娜的经期一向很准，德军的入侵把一切都改变了，把有规律的生理现象都变得杂乱无章。尼娜刚来过月经，突然遭遇德军飞机空袭，她感到那东西好像又来了。她躲在一个僻静处上厕所，褪下裤子才发现自己负伤了，一块弹片崩到了她逃跑时翘起的屁股上。那次伤得不重，血却流出好多，以致再来月经时越来越少，后来便时有时无。

尼娜的经期恢复正常大约是在 1945 年 7 月，苏联反法西斯战争胜利后，在父亲老鲍的安排下，她住进了基辅军人疗养院。医生诊断她患有女性月经不调的同时，还患有战后抑郁症。以基辅那个地方疗养院的医疗水平，医生为尼娜服用了调节女性功能和具有镇静作用的两种药品。这两种药品共同作用的结果呈现出此消彼长的局面：女性功能障碍得到了改善的同时，战后抑郁症却有明显加剧的趋势。尼娜认为自己经期紊乱、月经失调等女性疾病并不像医生说的那么严重，只是感觉有那么一段时间，要么不来，要来也没来多少，几近干涸，几近黑红，像从铁管里空出来的锈铁水。再就是莫名其妙的烦躁增多了，情绪无端地波动。这也难怪，有过她那样的经历，战争留下来的烦恼本来就多……

疗养了一段时间，尼娜的嘴唇有了鲜艳的红晕，胳膊如同羊脂一样的皮肤，能看到藏青色的血管。身体的某个部位，如同沼泽地一样有地下的泉水在涌。

而苏军向苏中边境地区秘密集结的消息传来，对日战争一触即发，继续接受疗养尼娜觉得有些奢侈。再次检验经血结果显示，从剂量到色泽都恢复到德军入侵前的水平。尼娜便坚定地走出了疗养院的大门，屁股下好像还有渗漏的感觉。那时，基辅的大部分地区进入了深秋季节，当地的天气显得格外潮湿。尼娜栗色的头发一绺一绺地纠结，她嗅出了头发上的馊味和腰部以下的腥味。

一场滚着雷声的秋雨，浇在苏中边境布拉戈维申斯克市的旷野上。苏军后贝尔方面军第三十九集团军的临时指挥部里，十几个圆顶羊毛毡帐篷不规则地排列着，像雨中盛开的蘑菇，又像十几面被乱锤敲击的鼓。远处的简易军用机场上的苏军飞机，个个都被雨水激起了烟雾，如开锅煮了一般。尼娜冒雨跑进了父亲老鲍所在的指挥部里。

老鲍是苏军的一位上校军官，曾在伏龙芝军事学院担任指挥系主任，并给“中国班”学员授课，后来才转到苏军第三十九集团军工作。因为他有许多中国学生和对中国事物有许多的了解才临危受命。苏军出兵中国东北，对日最后一战的高级将领的名单里有父亲老鲍的名字，尼娜一点都不感到奇怪。

老鲍有一串叫起来既啰唆又拗口的名字：鲍里斯·伊万诺维奇·伊万诺夫。“鲍里斯”是老鲍的本名，意思是“为光荣而斗争”。“伊万诺维奇”是老鲍父亲的名字，意为“伊万之子”。“伊万诺夫”才是他的姓氏。中国人大都对像羊肉串一样的苏联人名记起来颇感头痛，尼娜认为中国人的俄语发音不太准确，舌头长在他们的嘴里却不会打卷，但他们却有着独特的称谓方式，想当然地直呼父亲为“老鲍”，尼娜在背地里这样喊了几声，听起来也挺亲切的。

老鲍喊来大尉军官安德列，两人小心翼翼地展开地图的一角，突然闯进来的尼娜让他们吃了一惊。安德列不知此时该起身表达重逢的惊喜，还是该老成持重地继续蹲着。在女孩子面前，更确切地说在尼娜面前，他可是肆无忌惮的。1941年6月22日，希特勒悍然撕毁了《苏德互不侵犯条约》，发动了对苏联大规模的武装进犯，莫斯科伏龙芝军事学院奉命向中亚名城塔什干转移。德军的飞机在空中疯狂扫射，尼娜蜷曲在一座三层小楼上，安德列撞门进来，一把抱住了她。安德列有些唐突，但他不顾一切的拥抱，还是让她充满感激。接下来，他的举动却让她瞠目结舌了。安德列退后三步，也可能是五步，单腿跪地，把左手放在胸前表白道：“尼娜，我心中永远的小鸽子，请接受我……”下面的话尚未出口，窗外飞机的俯冲声和炸弹的爆炸声近在耳畔，尼娜僵硬地退向墙角，不知所措地摇着头:“安德列,你疯了……”

当安德列还在继续疯狂的时候,门口冲进来一个高大的身影,他在尘土飞扬的硝烟中穿出了一条隧道。那人不由分说,一把拉起尼娜,转身向走廊跑去。尼娜感到脚下传来了地动山摇般的颤抖,那人快速把她扑倒在身下。从那人的腋窝下,尼娜隐约看到一侧的楼墙轰然坍塌,只剩下一截向前平伸的水泥楼板把他们孤立地悬置空中。灰尘暴土中,尼娜还嗅到了来自中国男人腋窝下粗犷的气息。她暗怪自己在这样危险的时刻,竟然还有不着边际的遐想,还能对异性的气味相当敏感。

尼娜的思绪又回到了父亲的毛毡帐篷里,她郑重地向老鲍敬了一个标准的军礼,说:“中尉军官尼娜·伊万诺娃向伊万诺夫上校报告,请允许我去中国东北参战。”尼娜说着把手伸进了兜里,折成四折的请战书已经被雨水浇湿了。尼娜在出发前,差点咬破手指写成血书。倘若那样冲动,她身上本来就亏空的血,会白白浪费的。

老鲍看一眼请战书,温和却不失威严地问女儿:“我们需要中国同志的帮助,你大概能够找到那个叫鲁民的中国人吧?”没等尼娜回答,一旁的安德列明显表露出心中的不满:“如果尼娜能找到鲁民同志,我也同样可以做到。”老鲍觉得有必要敲打一下心胸狭隘的安德列,说:“我明白你的意思,你不想让他们见面,尤其是在中国。”安德列的脸像一种鸟儿的嗉子,瞬间涨红了,仿佛心中的龌龊被人识破,又仿佛受到了莫大的冤枉和委屈,低声辩解道:“尼娜毕竟身体不好,她还需要继续治疗。再说,我们有必要让女人也去中国参战吗?”安德列的话显然冒犯了父亲的权威,老鲍提高了声调:“出兵中国东北是我们最高统帅的决策,对此你不该有任何怀疑。”安德列冒着虚汗,怯懦地说:“上校同志,据苏联远东情报局提供的情报,中国的鲁民同志在一年前牺牲啦。”

天兆乱象,按时间推算,在苏联境内泼雨炸雷的时候,远在千里之外的旅顺口也是乌云密布。剥茧抽丝,各路事情纷至沓来,还是先从旅顺口火车站东头的孟记驴肉馆说起吧。那天旅顺口的天气,热得像钻进了驴肉馆里的蒸屉。依窗而坐的一对男女大汗淋淋,男的叫曲抚顺,女的叫曲舒。男的掏出一盒东洋火柴,把画有日本仕女图的一面朝向女的。这是事先规定的“解除任务”的暗号。女的咬着牙说:“他们欠下的债就一笔勾销了?”男的压低声音说:“这些狗日的说好要来的,肯定发生了什么大事,若不然,他们是不会不来的。”

另一桌也坐着两位客人，像事先排练过似的，各戴一顶帽子。驴肉馆里的伙计上前问道：“客官，来小店点个招牌菜？”其中戴瓜皮帽的客人，把帽檐往低处拉拉，怯声细语地问道：“都有啥招牌菜？”伙计的脸上撮起了坏笑：“不是本地人吧？招牌菜竟不知道？‘钱眼肉’听说过吧？就是人们常说的‘干活菜’。”另一个戴前进帽的客人说：“真的不太清楚，也从来没听说过。”另一位伙计对同伴说：“别捉弄人了，直接告诉人家叫‘驴鞭’，岂不妥当？”戴瓜皮帽的把帽檐拉得更低了，戴前进帽的咳嗽了一声，脸也涨得通红。

门口响起了“贵客请进”的招呼声，孟记驴肉馆的孟老板从里间迎了出来。挑开门帘子，进来的是中共胶东区委大连支部书记、八路军大连支队政委周允声。驴肉馆是八路军大连支队在旅顺口的交通站，孟老板虽然不是中共党员，却是一位可以信赖的同志。

孟老板一面张罗着为客人上菜，一面机警地向周允声说道：“旅顺口地方不大，但这几拨客人要凑齐了还真不容易。右边桌临窗坐的一男一女是国民党，他们的暗杀计划‘流产’了，日本鬼子取消了原定的行动计划。左边桌那两位戴帽子的，看着像两个男的，其实是两个女的，她们女扮男装是来盯梢的。其中一位还是我老婆的外甥女。她说要找共产党，非说我也是，我本来就不是嘛！”孟老板打开酒瓶，为一副盐工模样打扮的周允声倒上酒。

周允声对孟老板的话，似乎压根没往心里去，爱看不看地把周围的人扫了一圈，蹲在了长条凳子上。孟老板不清楚周允声这次来有何目的，但这个时候他这个“粗”人肯定没有闲情逸致，到驴肉馆里来唠闲嗑，还唠得有滋有味，唠完火车站老街区的民俗，又唠起太阳沟新市街的风情。孟老板却是位精明的生意人，熟读《易经》，对摇卦占卜命运，或者测字预知凶吉祸福有两下子，旅顺口人都叫他“孟八卦”。孟八卦不用“掐指一算”也知道，周允声心里有事，但他粗中有细，还是装成寻常模样，装出有的是闲工夫地耗在这里。他想了解太阳沟以前的逸闻趣事，孟老板就把自己知道的尽量精练地说出来。

孟老板先从1895年说起。那一年，日本发动了甲午战争，占领了北洋重镇旅顺口。随后，俄、德、法三国干涉还辽，俄国趁机强行租借大连和旅顺口。俄国人来到旅顺口后，没拿自己当外人，反把他乡当“故乡”。俄国关东州厅长官阿列克谢耶夫在旅顺口搞了个城市发展远景规划，抛开当时的龙河以东的老市街，在龙河以西的太阳沟规划一座新市区。可是，新市区尚未开建就爆发了日俄战争，日本人战胜了俄国人在旅顺口安营扎寨。要说列强在霸占和掠夺中国土地上各有各的坏法，但是，在城市建筑上的眼光还是基本一致的。日本人没有为了“政绩”工程，而全盘否定了俄国人的“远景规划”，他们沿着俄国人的思路，在远离老城区的太阳沟修建广场，在广场的周围建造了一座座“洋葱头”式的“穹窿顶”建筑。当然，内部装修还保留着日本风格，一样不少地搬来了窗格、拉门、榻榻米这些日式符号。在旅顺口太阳沟，中国的、日本的、俄罗斯的，风格迥异的建筑混搭在一起，也不算太扎眼。

孟老板说，程家大院是程老爷子在太阳沟盖起的中式二层小楼，后来才有的程家藏书楼，在俄罗斯风情和日本风情的一条街上矗立起了中国风情。在甲骨文的收集研究、青铜器铭文的编纂印刻、古文资料的积累收藏等方面，程老爷子取得的成就为国人所称道。孟老板就没有见过这么喜欢藏书的人，在他的藏书楼里上溯远古下及清末，广漠浩瀚无不涉猎。令世人瞩目的有那么几个物件：甘肃敦煌发掘的《唐人写经》、河南出土的殷墟甲骨、新疆和甘肃罗布淖尔等地发现的汉晋木简等都被他收入囊中，这些文物件件都称得上国宝。至于收藏的元、明、清的图书和历史档案以及大量铜钱古币、印石卷轴等若要一一述之，十天八日也说不完。

由程家的收藏说到了程家的香火延续，孟老板又呷了一口酒。程老爷子和夫人只生有一个儿子程绪至。程绪至早年随当官的父亲四处漂泊，少夫人在安徽喜得头胎，在山东聊城梅开二度，到了天津后三阳开泰。只可惜儿媳寿命不长，给程家添了三个孙子后撒手而去，程绪至也未再续弦。

程老爷子是一位恪守古训的人，但在给孙子起名这件事上却颇有创新，他以孙子们的出生地皖、鲁、津来命名，老大程皖夫，老二程鲁民，老三程津生。程家家谱留下的排辈“字”序为：楷、承、渊、季、泽，儒、殷、临、延、简、绪、哲、藩、贻、泰，程老爷子丢弃一边，到了儿子的“绪”字辈也就终结了，要说原因实在是摆不上台面，程家从“殷”字辈起到“绪”字辈已经五辈单传了。而从长孙程皖夫开始以出生地命名，果然如高人指点的那样人丁兴旺。

指点迷津的高人道明了如何起名香火得以延续，却对可能带来的负面影响支支吾吾。周允声说：“那个‘指点迷津’的人也是个算卦的吧？”孟老板和周政委笑着又对饮了一杯。

孟老板口若悬河地谈古论今，蹲在凳子上的周允声除了偶尔插一句半句嘴外，只管就着热闹下酒。孟老板觉得再不收口在领导面前有卖弄之嫌了，心情复杂地说了一句："六年前，程老爷子因病而终，我真不知是替他老人家感到惋惜，还是感到庆幸。一个大学问家早逝，自然也把学问带进了棺材里是件憾事；但他与日本人，与伪满洲国又有扯不清的关系，如果活到今天，恐怕也只能速求一死。"周允声赞许地点点头："这一卦你早给他算好了吧？"

正唠在兴头上，门外传来了一阵嘈杂声，挤挤攘攘地拥进了三四个人。领头的人不但孟老板熟悉，周允声也有耳闻。旅顺口才多大个小地方，有头有脸的人想藏都藏不住，何况这是个凡事都想露脸的货。

进来的人叫于吉灶，太阳沟这一带都叫他于大把头。于大把头不知深浅地插下一杠子，周允声的眼角暗暗抽搐了一下，意外的变故很可能会打乱原先的计划。孟老板早就感到在很多时候，周允声的内心远不如外表表现得那么冷静，有时冲动起来情绪挺难自控的。但这并不影响孟老板对他高看一眼。在旅顺口能让孟老板高看一眼的只有两个人，一个是周允声，另一个就是愣头愣脑闯进来的于大把头。他知道于大把头是靠日本人的照应才当上了旅顺口商会会长。

于大把头早年正月十三祭海时，放海灯走了"水"，把停在锚地的两条木篓子船全部烧毁，成了穷光蛋的他偶尔倒腾点小海货。有人说他是火命，想成事得与水沾边儿。此后他在船厂当过苦力，替船主出海捞过鱼虾，如此，手头上也渐渐宽裕起来。又赶上日本人要维修旅顺口大坞，于大把头觉得这事同水沾边，便谋得一个工头的差事替日本人吆五喝六。打那之后，于大把头便一路顺风顺水，干什么都赚钱。后又与人合买了一条烧煤油的钢壳船，往烟台跑运输赚得钵满盆满。旅顺口商会选会长，于大把头因为有了日本人的提携，腰杆子更是粗了不少，走马上任了。

今儿还真巧了，在孟八卦眼里可堪大用的人都在小餐馆聚齐了，大有剑拔弩张之势。周允声呵斥"伙计们"："还看眼儿？上菜啦！"这是准备动手的暗号，他们装着要退下的样子，手却放到了腰间的位置。周允声突然一眼扫到孟老板递来的一个眼神。他自己也想到了，此时动手可能不妥。日本人快完蛋了，于大把头这个善于投机钻营的人不会认不清形势，此时动起手来未必是最好的选择。他擦拭了一下额头上的汗珠让旁人退下。

一位二十六七岁的年轻人进了驴肉馆，盯着这帮嘈杂的人群端详了一会儿，才招呼跑堂的过来点菜。孟老板幡然醒悟，周允声要等的人来了。女扮男装的那两人还没有离开的意思，计划泡汤的那一男一女却不知什么时候溜掉了。孟老板对戴瓜皮帽的外甥女吼道：“你还不快走，让你姨看着了非打死你不可。账不用结了。”外甥女拉起同伴，与新来的客人打了个照面，下死眼剜了他一下。

周允声对着孟老板装出一副不耐烦的样子：“都是些蹲着撒尿的货，磨磨叽叽的，没完没了，这酒还让人喝不？”孟老板把怒气转嫁到于大把头身上：“你还想留下来，让我敬你一杯？”

于大把头拱手说：“不敢，不敢。孟老板有事尽管传唤我。”说完，与两三个跟差的退出了驴肉馆。其中一个出了门口，又转身往里望了望，讨好于大把头说：“里面有八路军的周政委！就这么便宜了他们？”于大把头随手甩了个嘴巴子：“你现在还想把八路交给自身难保的日本人吗？”于大把头停顿了一会儿，平静了一下心中的憋屈：“放下周政委不说，那个新进来的人我怎么看着这么眼熟？留下两个靠得住的兄弟盯着点。”

驴肉馆内，周允声与新进来的人对上暗语，高兴地说：“我早该想到你会来。你去过苏联，俄语说得不打哜儿，上级不派你来派谁来？”周允声见孟老板还像相面似的端详着来人，推他一把：“程家的故事和藏书楼的宝物没有你不知道的，对这位上级派来的联络员你可别说不认识。”孟老板用力地握着他的手说：“知道知道，你是程家的二孙子程鲁民。当年，我还给你摇上一卦哩。”周允声笑着说：“你们是认得的。这，我倒忘了。”

周允声又蹲在长条凳子上，举起了酒杯。按事先的约定，程鲁民在驴肉馆里，只有见到蹲在长条凳子上的人才能上前接头。他以为周允声是为了接头才蹲在凳子上的，其实不是，周允声是个有座也不会坐的人。他除了睡觉时躺着之外，要么站着，要么蹲着，从小到大就没有坐杌子、板凳、椅子等这类东西上的习惯。周允声四下看了看见没人注意，才压低声音，直截了当地问：“胶东八路军总部派你捎个啥口信？”

孟老板借口去外面转转，离开了。程鲁民向他所敬慕的周政委凑近一些，同样压低了声音：“苏联百万红军越过中苏边境，正向中国东北境内的日本关东军展开攻势。胶东的八路军首长指示：做好准备，迎接旅顺口解放。”

周允声对程鲁民咬着耳朵：“我今晚就取了日本司令官山本的狗头。”程鲁民提醒说:“现在还不能轻举妄动。”没等程鲁民说完,周允声瞪了他一眼。程鲁民接着说:“把山本杀了,那些日本鬼子群魔无首,可能什么样的坏事都干得出来,总部首长期盼的是日本鬼子全部投降,可不是与他们单挑独斗。”

周允声在长条凳子上挪动了一下脚脖子,说:“日本鬼子突然从舰艇上卸下来几千条麻袋。山本司令今天的招待宴会也取消了,原来是狗日的到寿了。”周允声沉默了一会儿,忽然说道:“山本可能要对程家藏书楼动手。”程鲁民问:“他们也懂那些线装书?”周允声说:“小鬼子只怕比你这个程家子孙还了解藏书楼里的宝贝。我们的队伍该火速过来。”

周允声认为队伍必须在旅顺口集合才能以防不测,而程鲁民却说,胶东总部首长让他回来不是看家护院的,不能为了程家的藏书楼而让我们的队伍再受损失,甚至牺牲生命。这两人见面不到一袋烟工夫就发生了激烈的争吵。

程鲁民从烟台过海前特意换了一身干净便装。无论什么样衣服穿到他身上都是平整利索的,这让浑身油渍麻花、从未闻过香胰子味的周允声厌恶地皱起眉头。程家二少爷参加八路军了还把自己收拾得水光溜滑,受部队教育多年也没让他背叛那个高贵的家庭出身。长着遭火燎似的皮肤的周允声斜眼看他,他能觉察到那目光里轻蔑的意味。程鲁民清楚自己的身份,联络员就是个送信的,没有参加决策的资格。但是争论的问题涉及程家的藏书楼,他就有了发言权。对自己参加八路军的指路人,他耐着性子解释说:“这是两码事。总部首长明确要求我们保存实力,迎接解放。我们只有等待苏军进入旅顺口才能完成上级领导交给的任务。”周允声一拍桌子:“你以为程家的宝贝仅仅是你们个人的财产?日本人要滚犊子了,我们倒成缩头乌龟啦?”

周允声张口骂人是因为他没有拿程家的二公子当外人。当年,是他和孟老板找到了躲避日本鬼子抓捕的程鲁民。孟老板递来三枚大钱,程鲁民还以为是送给他跑路的盘缠,孟老板却让他摇一摇。周允声嘲讽道:“都什么时候了,火上房子你想起算卦了,算算井里有没有水?”孟老板说:“不差这一会儿工夫。”孟老板看着程鲁民摇出来的卦象,说:“程家二少爷即便遵从祖命完婚,也救不了你病重的爷爷,‘逃婚’方是逢凶化吉的上策。”程鲁民这才给父亲留下一封信,以逃婚为借口去胶东参加了八路军。所以,当周允声看到总部派来的联络员是程鲁民时,虽说皱了皱眉头,但内心里还是由衷地高兴。他就是这样,越是喜欢你,落实到嘴上却成了骂人的话。周允声虎着脸说:“你的学问都念到狗肚子里去了？怎么不知道爱惜书呢？”

程鲁民本不想再跟他争吵下去，尤其是眼下这种局势、眼下这种地方，都不是吵架能解决问题的。他缓下声调：“周政委，从战术上考虑不值当去冒险。苏军马上就打进来了，有苏军老大哥的帮助，我们才能毫发无损地……”程鲁民的话还未说完，周允声又嚷开了：“他苏军不来我们还不打日本鬼子了？不管怎么说，不能日本鬼子抢东西，而我们在一旁看眼儿。”

程鲁民想想，周允声说得也不是没道理，程家藏书楼不仅属于程家的，还是中国人的宝贝，当然不能让日本鬼子抢去。另外，部队开到旅顺口还是正确的，堵截日军，防止他们海上逃窜，也符合首长的意图。

随之而来的问题是部队如何向旅顺口集结。周允声把酒杯里的酒一饮而尽，又拿过来餐桌上的烟笸箩，卷起了胶河旱烟：“办法倒有两个，一个你们程家举办个婚礼，大家乱哄哄地都到你们家赶礼去。二个你们家办个丧事，队伍上的人披麻戴孝也能混进城里。我寻思马上就要解放了，不用那个哭哭啼啼的办法，不吉利，程家还是齐刺咯嚓办婚礼喜庆。”

周允声的一番话说得稀松平常，却让程鲁民哭笑不得，浓烈的旱烟味呛得他咳嗽不止：“周政委，不论办婚礼还是办丧礼，我们程家总得有人结婚或是有人死了才行。日本人对旅顺口婚丧嫁娶的事比我还熟悉，岂能糊弄得了他们？”周允声显然胸有成竹，不慌不忙地说：“当年，你逃婚拍拍腚走人了，可你那个小媳妇却当真了，现在还在娘家等你回来迎娶呢。照我说，你回家招呼一声，后天就给娶回来。那是个不错的姑娘，不辱你们程家的门面。”

第二章　老夫人威逼续前缘，藏书楼痛失镇宅宝

诗曰：

其一

日寇垂涎藏书楼，苏军直降飞机场。
英雄气短曲跑调，新郎理亏弟顶缸。
是非自始伏因果，姻缘到底分短长。
应有青山留栋材，不信柳发絮不扬。

其二

岂料灾星从天降，祸起苏军是友邦。
乍闻巢倾无完卵，再看尸横有国殇。
军纪败坏奸又盗，小城蒙羞毁与丧。
待到珍宝见天日，悠悠十年整时光。

柳波芙早就知道中国有座小城叫旅顺口，但她从未想过有一天会来到这里，并在此度过十年时光。柳波芙毫无忌讳地说，她是误打误撞遭遇了旅顺口，而姐姐尼娜却是因为忘不了一段跨国恋情，那个中国小城才走进了她的心里。

尼娜从莫斯科大学汉语专业毕业，被选调到伏龙芝军事学院担任中国学员的俄语教员。她的学员队里，有的军官身穿苏军军服却长有东方人的面孔。在那些东方面孔中，从坍塌楼房里把她拉出来的那个中国人给她留下了深刻的印象。随着他们交往的增多，她内心里暗生了一种想要倾诉的渴望。

中国男人的第一次约会让尼娜内心波动着甜蜜的涟漪。这个木头人似乎

有些反应迟钝，对她注视了很长时间也无话可说，尼娜毫无缘由地想靠向那个宽阔胸膛。她身体渐渐倾斜过去了，然而，木头人却在这么温馨的时候，抽冷子说出了令人沮丧的话：“我就要返回中国。我们，再见吧。”尼娜不解地收回了倾斜的身体，仿佛无处依靠，问：“为什么？反法西斯的战场不仅仅在中国呀！”她认为只有在苏联，在最具影响的伏龙芝军事学院里，才能把这个中国男人塑造成真正的军人。苏德战争会为他提供广阔的舞台，匆匆地离开绝对是轻率之举。

望着尼娜深眼窝里蓝宝石一样的眼睛，他说：“中国有个小城市叫旅顺口，我出生在那里，很小的时候就成了亡国奴。”尼娜的鼻翼不是一般的酸楚，“旅顺口”这个名字第一次走进了她的心里。当时，她甚至连旅顺口在中国版图上的具体位置都不知道，但还是关切地问：“到处都在打仗，真的能够回到你的旅顺口吗？”他充满信心地说：“会的，我一定能够回到旅顺口。如果有缘，就让我们在旅顺口重逢吧。”尼娜当即表示：“不论在哪里，我都会找到你。”

尼娜正在难分难舍之际，长着斑羚羊眼睛，也长着猎狗一样鼻子的安德列气喘吁吁地跑来，气急败坏地说：“让这个中国人走，他根本不值得你留恋。”尼娜回头，本想瞪他一眼捎带骂他一句，却望见了蜿蜒在山峦之间的长长的队伍，安德列毕竟是这个队伍中的一员。这让她的怒气有了些许的收敛：“安德列，你有点绅士风度好不好？”

准确地说，尼娜与他手未相握就分别了。除了紧急状态下他把她扑倒了，他们没有拥抱；除了在他的腋窝下深深地嗅到了他的气味，他们没有任何实质性的接触。甚至，想要倾诉的话尚未出口，他们就已远隔千里。但是在她的心目中，早把他当成了自己唯一的恋人。他有过真诚的相约，她也做出了郑重的承诺，就连他的独特气息也深深地留在了她的嗅觉里。只要她吸一吸鼻子，就能把那种东方人的汗气味回味出来，并一次次弥漫整个身心。

尼娜冒雨跑进父亲的军帐里的那天晚上，程鲁民也从烟台乘船回到了旅顺口。该发生的事情，似乎按照事物发展的轨迹，一件不落地发生了。

浓雾弥漫的夜幕早早地收拢了，路灯在紧临程家大院的巷子里晃出了水珠。一位穿和服的日本妇人倒腾着小碎步，匆匆地从门前走过。裙摆下交替移动的木屐早已失去了往日的优雅，一会儿聚缩一会儿拉长的身影犹如荡秋千一般。

程家大院像大多数中国式庭院一样，门庭、耳房、长廊应有尽有，大门一侧还挂着“太阳沟扶桑町256番地”的牌子，这是日本人统一编排的门牌号。大门另一侧挂着中国的红灯笼，灯笼上标记“程宅”的字样。在程家大院的后身，还有长廊相连的另一座小楼，在楼的门楣处题写有三个苍劲古朴的大字：藏书楼。同是两层小楼，只不过地势北高南低，再加上藏书楼的每层举架都比住宅略高，程家藏书楼与程家大院相比，差不多要高出半层楼的样子。

大门外蹑手蹑脚走进来的是程老夫人的小孙子程津生。程津生见全家人围坐在一起，表情复杂地望着他，反倒心情放松地直奔水缸去了。他十六岁了，正是让长辈们操心的年龄。他拎着弹弓在外疯跑了一天，连话都懒得说，拿起一只比脸还大的水瓢，舀出了一瓢水，咕咚咕咚地灌满了肚子。

奶奶一言不发，把脸扭到一旁。父亲程绪至没好气地呵斥道：“你探听出什么消息啦？兵荒马乱的，让奶奶一天都逮不着你。”程津生连瓢带剩下的半瓢水一同丢进水缸里漂着。他没来得及抹嘴，唇上细细密密的小胡子挂着小水珠儿，在灯光下闪着亮晶晶的光：“爸，日本鬼子投降了。”程绪至不屑一顾：“这还用得着你支棱个脑袋出去打探？瞎忙活。”程津生来到奶奶的身边，故作神秘地说：“奶奶，我见到了二哥哩。”程老夫人继续摇着扇子：“你二哥从地缝里蹦出来撞上你了？”

程绪至想凑到程老夫人耳边嘀咕，被程老夫人的扇子挡回去了。他只好退后一步，说：“程鲁民当年把我们给骗了。收音机里都说日本鬼子投降了，他不回来，还能去哪呀？”程老夫人有些吃惊：“你早知道了？快去亲家，把我那二孙子媳妇接回来呀，她一等就是五年了，可怜见儿。”程绪至说：“老夫人怕是高兴过头了，哪有当公公的去接没过门的儿媳妇？”程老夫人用扇子扇了儿子一下：“你呀，糊涂好几年了，还就今晚上清醒。那什么，让程皖夫和曲舒两口子去。”曲舒是程家的长孙媳妇，此时却面无表情地点了点头。她昨晚就知道了，日本鬼子早不投降晚不投降，偏偏在曲抚顺要采取行动时投降了，曲抚顺要为她报深仇大恨的承诺算是泡汤了。

留下程家长孙程皖夫和长孙媳妇曲舒的事以后慢慢说，还说离家出走的程家老二程鲁民。五年前，程老爷子重病在身，程老夫人请来驴肉馆的孟老板摇上一卦。孟老板说：“从卦象上看，一切都是天意……”随后，程老夫人找来郎中“杜一帖”，说：“你闺女杜荞面人品、相貌都是极出众的，属相、生辰八字也找孟八卦看了，与我二孙子程鲁民再合不过。如果你们做父母的愿意，我想找媒人与他们二人结为秦晋之好。”

杜一帖很恰当地表明自己的态度，很得体地说了几句诚恳的话。大意不外乎杜家家境比不得程家，有攀附之嫌；杜家闺女书念得不多，又没见过多大的世面，怕调教起来难免愚顽不化。这一点杜一帖不打诳语。这位乡村郎中靠熬煮蟾蜍制成膏药得了个“杜一帖”的绰号，其家境自然不能与杜家相比。程老夫人心急火燎地打断了：“我们只有一个请求，想尽早完婚。”知情人心里都明白，让程鲁民娶杜荞面儿纯是为了给爷爷冲喜。

这个程鲁民，还是十几岁的年纪就得了个“二混天”绰号，他还真算不上浪得虚名。那一年，程鲁民与两个小伙伴趴在日军军营里的墙头上，偷看日军的伙房里烧火煮肉，趁伙夫不注意把一包巴豆扬进了锅里。巴豆又叫“巴霜”“巴豆霜”等，书上写着这东西能治病，也能使人中毒，少量食入就可致人上吐下泻，重则能很快致人死亡。程鲁民从爷爷的药匣子里偷出一包，没有要了小日本鬼子的命，却让他们排起长队上厕所，有的还屙在了裤兜里。程老爷子发现巴豆少了一包，还得知一个排的日本兵中毒了，没敢声张，把程鲁民嘴里塞上毛巾吊打一顿。又长了两岁，程鲁民又惹麻烦了。于大把头替日本人当差，手里牵着个大狼狗。那条狼狗的血统不算纯正，但也是中国狗与日本军犬杂交的后代，有点“中日亲善”的象征意义。狗让于大把头训练得见到穿军装的日本人就摇头摆尾，见到破衣烂衫的中国人又扑又咬。程鲁民亲眼看到那狗把人腿上的肉撕下一块。天黑后，他烧了两个烫手的红薯，丢到了于大把头的院子里，那狗扑上去一口叉起，却被烫得呜呜直叫，甩掉热地瓜后，狗牙烫坏了，再见到人只敢龇牙却不敢下死口了。再后来，程鲁民闯下更大的祸，大连街上燃起了几把大火，把日本鬼子烧得胆战心惊，程鲁民是这个组织的外围人员。在日本鬼子的疯狂追捕中，他是仅有几个成功出逃的幸运者之一。从那时起，“二混天”的绰号在外面也叫响了。

程绪至还要训斥程津生，却见几年不见的程鲁民果然头冒热气突然现身了。程老夫人本想问问他，当年离家出走和今日冒失归来都是何种原因。程鲁民的嘴里搪塞着虚里冒套的话，却拐着弯儿地打听杜郎中的女儿杜荞面。程家人算看明白了，程鲁民不知又要耍什么花花肠子。他似乎也感觉到有些操之过急，从当年逃婚离家出走，到如今想主动结婚总得有个过程，总不能缺少过渡吧。恰在这个时候，程老夫人威严地咳嗽了一声，郑重地说："看来你是想回来收心的，那明天就把杜家的姑娘娶回来。"程鲁民做梦也没想到，有时机遇竟来得如此巧合，周允声是一级组织的领导，不由分辩地让他回家结婚；奶奶是一家之主，不可违逆地直接定下娶亲的日子。这两个八竿子打不着的人，在结婚这件事上的决定竟然高度一致。

程家去杜一帖家接亲的马车轿，挤挤扭扭地行走在通往土城子的大车道上。车辕上站着的车老板见路人纷纷向机场方向奔跑，手搭凉棚大声惊喊："大飞机，苏联人的大飞机。"

停机坪刚落下一架标有苏联字母的大飞机，飞机的引擎还在飞转，苏军官兵陆续走下来。1945 年 8 月 22 日，苏军后贝尔加方面军副司令伊凡诺夫中将和雅曼诺夫少将各带领 250 名空降兵，分别在旅顺口土城子机场和大连的周水子老机场着陆。尼娜的父亲，鲍里斯·伊万诺维奇·伊万诺夫上校，正在旅顺口土城子机场向围观的人挥手。安德列·涅克拉索夫大尉张大嘴用俄语喊话。风声加上飞机引擎的轰鸣声，人们没有听清楚他喊什么，即使听清了，也听不懂。

老鲍站到一块水泥台上用中国话喊道："我们是苏联红军。日本天皇宣布投降了，日本关东军已被打败了，你们，旅顺口解放了。"大家热烈鼓掌。安德列用俄语领呼口号："基塔依，哈拉绍。"人群中一片寂静，他们还是没有听懂。老鲍用中国话喊道："中国人民，好！"在四周围观的人们这回听清了，一起喊："苏联红军，好！"老鲍和众多的苏军官兵高兴地喊着："基塔依，哈拉绍！中国人民，哈拉绍。"人们兴奋地回应道："苏联红军，哈拉绍！"

周允声说，那天八路军里有一半官兵嘴角都在淌哈喇子，都对组织安排程鲁民回家完婚羡慕得要命，捡了多大的便宜啊！可他还在忸怩作态。八路军部分官兵去守护程家藏书楼，严防日本鬼子最后的疯狂。好命的程鲁民却在去接亲的马车轿上，与弟弟调换了服装，新郎官半道就蹽回来了，这就让人看出他有点不知好歹。也怨老鲍和苏军先遣队员动作太麻利，刚刚踏上旅顺口就形成了强大的威慑作用。也怨驻守旅顺口的日军执行天皇的命令不打折扣，他们很明智地选择投降，保卫程家藏书楼的战斗没费一枪一弹便"流产"了。但程家大院里缺失新郎的婚礼还在继续，新媳妇荞面儿被接到程家。如果苏军晚到两个小时，或者说，日军能有点骨气抵抗一会儿，一场争夺藏书的战斗会毫无悬念地让一场婚礼停歇，自然也就少了后面许多曲折情节。

瘦大个乔维轩跑回程家藏书楼："周政委，日本鬼子投降了……" 周允声先是一愣，随即转向程鲁民，得意地说："你看，这就对啦。不过，不够味嘛，对小日本的最后一战却没什么咬头。"乔维轩连忙补充道："日本鬼子不是向我们投降的……"周允声瞪起眼睛虎威个脸："维轩，你个臭大个儿，说话能不这么费劲巴拉的，不向我们投降向谁投降？"乔维轩抻细了嗓子说："是向苏联红军投降的。"

周允声又愣怔了一下，说："苏联红军来了？来得太不是时候嘛，这里还没有交火呢，他们倒增援上了。日本鬼子嘛，向谁投降都一样，一样嘛，都是共产党的队伍。走，迎接苏军老大哥去。"乔维轩慌忙阻拦："周政委，别去，苏联红军也把我们给缴械了。"周允声怒气冲冲地拔出手枪："妈的，你再敢谎报军情扰乱军心，我就地毙了你。"乔维轩委屈得眼泪都下来了："没、没有。"周允声拉起扳机："你还敢说没有！我怎么连枪声都没听到？一枪没放日本鬼子就投降了，我们也被缴械了，这是哪跟哪呀？"乔维轩声泪俱下地说："小日本是主动投降的，我们是被迫缴械的。"周允声气愤地骂道："那他妈的还不是一回事？程鲁民，你不是说苏军是来帮助中国人消灭日本鬼子的吗？为什么连八路军的枪也缴了？"

程鲁民一时也没有了言语。

旅顺口军港内，军舰上、货船上、水泥墩的旗台上，凡是挂着的日本国旗都被扯下来，随手丢在地上，踩得满是脚印。端着转盘子机枪的苏军战士来回巡逻。货场一角，集合了一队胶东大连支队的官兵，有几位干部模样的人正在同苏军交涉，由于语言不通，如同吵架动手一般地相互比画着。周允声快步跑到他们跟前："盐驴子，吵什么吵，吵能了事吗？"一位外号叫"盐驴子"的战士说："周政委，已经告诉他们我们是八路军，是共产党的队伍，可是，他们不知是听不懂还是不相信。"周允声搓了搓手，问："你们没唱苏联歌曲？唱个《卡秋莎》什么的。不会讲俄语，还不会唱无产阶级的歌曲吗？"盐驴子说："唱是唱了，他们没有什么反应，可能是我们唱跑调了。"

程鲁民看了看自己的队伍，每张年轻的脸都显得脏乎乎的，穿的服装已经看不出原来的颜色，有的补丁套补丁，有的露出紫铜色的肌肉。再看看人家苏军官兵，端着转盘子机枪威武、精神，武器好得没的说，单就那军装也让人眼红：挺实、板正、颜色一致，没有一块补丁。佩戴上耀眼的军衔，个个顶精神。程鲁民用俄语对持枪的苏军士兵说:“请找你们的首长,我要跟他交涉。”苏军士兵用惊奇的眼神看着程鲁民:“你和他们是同伙?你会讲俄语?”程鲁民充满自信地答道:“是的。我们是八路军,是共产党的队伍。”苏军战士耸了耸肩:“好吧,在没有搞清楚你们的身份之前,还请你配合一下,把武器交出来。”

他们被带到了原日军指挥部,这里正在改头换面,两位苏军士兵在墙上挂上苏联的旗帜,在国旗和党旗的上方挂上了领袖的画像。周允声边走边小声说:“老毛子大老远来了,还带着旗子和领袖画像,我们这么说话苏联人听不懂吧?”

一位苏军上校军官带领两位士兵走进来,得意扬扬地说:“我听见了,也听懂了,你在表扬我们不辞劳苦。请问,你们谁会说俄语?”

程鲁民看到这位苏军上校军官有些眼熟,仔细一看竟语无伦次了:“怎么会是你,老鲍?真的是你?”鲍里斯与程鲁民的两手紧紧地相握,随后又紧紧拥抱。老鲍说:“一听说黄皮肤黑眼睛的中国人能讲俄语我的好感就来了,没想到那个人竟然还是你。中国话怎么说的?他乡遇故知。喂,怎么回事?你不是牺牲了吗?我们在出发前还提到过你,只是,听说你牺牲了。”程鲁民指着周允声说:“这位是胶东大连支队的周允声政委,他可以证明我一直活得好好的。”

程鲁民见周允声神色焦虑,说:“上校同志,是这样,我们的人还被你们扣着呢。”鲍里斯有些不好意思:“噢,噢,放人是没有问题的,你们是不是应该统一一下服装,我们刚刚缴获一座日本人的仓库……”

周允声在衣襟上擦擦手才握住老鲍,说:“服装还是小事,我们手里拿的实在不能算作武器。”鲍里斯思考了一会儿:“按苏军司令部的规定,缴获日军的武器是要运回苏联的。这样吧,苏军也需要一个安定环境,请你们当中来一位级别高一些的军官,我们要共同协商维护旅顺口地区治安问题。”鲍里斯、周允声和程鲁民三双大手紧紧握在一起。

远远的,一辆日式卡车拖着烟尘暴土呼啸而来。车到码头哨卡处被苏军士兵拦截,发出了吱嘎一声。车头里坐着一位汗流满面的人跑了过来,周允声认出了来人是于大把头。于大把头见周允声、程鲁民和苏军军官一同走来,吃惊地连连抱拳作揖:“周政委,早就仰慕您了。这不是程家二少爷吗?那天晚上我就觉得你有些面熟,听说你投奔了八路还去了苏联,比苏军还早来两天,给苏军打前站了?我代表旅顺口商会杀牛犒劳苏军,你会说俄语,得替我向苏军美言几句。”

苏军入城后，程鲁民急忙返回烟台向总部领导报告情况。而老鲍大约也肩负同样的使命返回了莫斯科，偏偏旅顺口这个时候发生了看似意外，其实也在情理之中的变故。

驴肉馆的孟老板站在离街边稍远的地方看光景，一群女青年扯着横幅从他身旁跑过去。有两位跑几步又折了回来。孟老板这才看清，原来是在驴肉馆里女扮男装的那两位，有一位是他老婆的外甥女。恢复了女孩子的本来面目，外甥女显得格外漂亮。孟老板拿出长辈的派头，说：“都多大了，还疯跑?”外甥女说：“大姨父，苏军正在举行入城仪式，这回你可以大大方方出来看吗?”孟老板装糊涂地说：“我怕什么？倒是你，你姨妈又催促我给你找婆家，得闲就给你提亲去。”外甥女拉着同伴跑了，临了还留下话来：“我的事不用你们操心。”

上街闲逛看光景的于大把头转到了程家藏书楼北面。临街围着一圈人，一老者指着门上刚贴的告示念道：“依据中国政府与苏联政府签订的《中苏友好同盟条约》及《中苏关于旅顺口之协定》，苏军太平洋舰队紧急征用太阳沟洞庭街至广贸街的日军住宅。原住户务必从即日起两日内腾空楼内所有物品，逾期则按日军逆产处置。苏军太平洋舰队于 1945 年 8 月。”

周围的人听得似懂非懂，于大把头却听得明白。程家的麻烦来了，这麻烦还是苏军找上门的。他心里略有些得意还夹带着一点缺憾。过去替日本人没少张贴过这种东西，日本人叫通饬，苏联人叫布告，说的都是一个意思。只可惜苏军到现在还没要他干这种露脸的差事，这一点尚欠圆满。不过，一纸告示也足以弥补了他多年受到程家的冷落和羞辱。不便在此久留，让程绪至看到他，会无故惹上一身臊。

柳波芙说，刚到了异国他乡的安德列那天来藏书楼纯属偶然，他与干坏事的苏军士兵没有隶属关系，苏军太平洋舰队的士兵们把旅顺口的天捅个窟窿，也不用第三十九军的军官负领导责任。但事情的蹊跷在于偶尔一个无意之举却让安德列在十年后差点失去了一只耳朵，都是那天他闲来无事上街瞎逛惹的祸。

安德列径直地走进了一座中国楼房里。一个班的苏军士兵在楼房里吵吵嚷嚷，让他们失望的是外表阔气的中式小楼里没有食品柜，也不是储酒窖，充其量只是一个旧书店。程家藏书楼收藏的碑碣墓志、金石拓本、法帖、字画有三十余万件存放在此，程老爷子活着的时候按年代整理，并精心收藏于红酸枝木的书柜中。其内还有一间密室，专门收藏甲骨文、铜镜铜鼎、金石玉刻、古瓷古陶等大约也有几千件。安德列信手翻弄，看到了一个精致的牛皮箱子，从皮箱里拿出一片甲骨，见上面好像刻有字迹，似乎年代久远。这个真不是一般人能看懂的，在外国人的眼里就是个古老的骨头碎片。但是，把它装在那么值钱的皮箱子里，又放在了一个显赫的位置上，安德列把它当成了中国人的祭祀用品，当然，这样的祭祀用品也当属主人的宝贝。最吸引安德列眼球的还是那个牛皮箱子，对牛皮箱子独具慧眼则完全是因为他出身的家庭。安德列自称出身没落贵族家庭，他的父亲，和父亲的父亲都是苏联基辅那个地方的皮革商人。从小在制皮子的气味中熏大的安德列认出了这是一只纯正的意大利手工制作的皮箱。安德列像每次缴获战利品一样，拎着皮箱子下楼时吹起了具有俄罗斯情调的口哨。他满有收获地走出了程家藏书楼时，被路经此地的旅顺口中学校长冯石看见了。

藏书楼是冯校长每天的必经之地。远远望去一帮人围在楼前，靠近细瞅地上还堆起了从楼上抛下的物件。每抛下一批就引来一阵惊呼声，楼上的苏军士兵仿佛受到了刺激，受到了鼓舞，把更多的物件一起推下，引来更加惊恐的呼叫。有人偷偷摸摸地拿起一两本书，没有受到苏军阻止，便像得到了怂恿一样，其他人也肆无忌惮地把书掖进了裤腰里。冯校长赶忙劝说大伙："这些都是你们用不着的东西，拿回去当引火柴烧？暴殄天物啊。"

如同人们听不懂俄语一样，没有人能明白"抱天天物"是什么意思，还以为冯校长急成磕巴了。有人取笑说："冯校长，我们才不傻呢，'抱天上物'当引火柴烧可不糟蹋了吗？糊墙才好呢。"还有的人打趣道："天马上就要下雨了，不让我们拿走，还不是白白浇成了纸糊？"

偏偏就在那天晚上，一个意外事件发生了。吃完晚饭，天不算太晚，战士孙桥板拉肚子，就近钻进龙河边的小树林里，忽然听见龙河岸边有姑娘喊"救命"的声音。两位苏军军官酒后调戏中国姑娘，其中一位正在欲行不轨时，孙桥板迅速飞起一脚，踢在了两腿间的突出部位，苏军军官当时就一命呜呼。另一位被孙桥板一拳打中左眼眶，夺路而逃了。

周允声等几位八路军骨干一宿没睡。孙桥板自知捅了娄子却并不后悔："苏军官兵抢男霸女该杀，俺绝不连累八路军，他们要杀要剐俺一人顶着。"

有人建议孙桥板躲回山东去,等到程鲁民带来八路军首长再说。孙桥板坚决反对:“叫俺脱离八路军俺指定不干。是俺杀了人,苏军找不到俺如何能善罢甘休?”

第二天一早,天刚蒙蒙亮,苏军官兵大约有三十人把龙河边上的八路军临时驻地包围了,他们的翻译叫嚷着让八路军交出凶手。孙桥板平静地站出来,向前走了几步,说:“人是俺踢死的,与八路军无关。”有几位战士拥向前想护住孙桥板,却被持枪的苏军拦了回去。翻译跟带队的苏军中尉军官耳语了几句,那个中尉露出了凶狠的表情。在那一瞬间,孙桥板看清了他的左眼框上乌青了一块,这正是孙桥板给他留下的痕迹。孙桥板转过身来:“他就是……”话没说完,身后响起了枪声,那个苏军中尉开枪了。随后,他们爬上卡车扬长而去。

八路军战士被激怒了,他们不敢相信苏军中尉竟敢杀人灭口,他们不敢相信朝夕相处的战友就这么倒下,他们不能相信这些穿着苏军军装的人还是共产党领导的队伍,眼前发生的一切都变得不那么真实。他们握紧了扎枪头、鱼叉及一切可以当作武器的工具。

不早不晚,也就在这时候外面站岗的哨兵跑来报告:程鲁民回来了。

第三章　鲍里斯回避惊天案，安德列直面未亡人

诗曰：

其一

心系异乡定情早，久别遥思愁未了。
茫茫战地落孤雁，惶惶焦心到栈桥。
抽身难与尘缘绝，蓄志能逼谎言消。
无悔终有重逢日，欲说还羞马车轿。

其二

苏军家眷舰到岸，不关疾病关情感。
相知相思还相印，离别离愁莫离断。
远扯经纬丝有声，谁料咫尺麻成团。
忧心依旧疑心起，重逢能否续前缘？

有件事情柳波芙一直没弄清楚：刚来旅顺口不久的父亲老鲍，为何在短短几日后又返回苏联？按照安德列的说法，当时父亲匆忙回国述职。在苏军全部撤离了旅顺口数十年后，柳波芙查找了那一时期苏军的有关档案，均无任何文字材料可以佐证，她对安德列的说法产生了怀疑。父亲当时的军衔只是上校，而来到旅顺口的苏军中有五位将官，要说回国述职也轮不到父亲。当然也不排除父亲是受哪位将军的指派，回国就某个领域的专业问题做单方面汇报。不管怎么说，鲍里斯·伊万诺维奇的确在短期内回到了莫斯科，又带着他们的全家人来到了旅顺口。好在什么原因并不重要，对以后事物发展进程没有多少影响。

程津生又到了掌灯时才从外面疯跑回来，慌里慌张地卷进了门帘里，与端盘端碗的荞面儿撞在一起，刚热好的饭菜洒了一地。父亲程绪至气不打一处来，抬手就给了他一巴掌。程津生捂着半拉脸，没有分辩，没敢瞪眼，流了半天委屈的眼泪，才说出了让父亲更加闹心的事："爷爷的皮箱子被苏军给抢走了。"

还没等程绪至吱声，大儿子程皖夫出口成章的文采却用错了地方："爸，您不用忧心如焚，覆巢之下，岂有完卵？"程皖夫还是那么不招人待见，劝慰的话也让父亲心里犯"隔痒"。但在爷爷程老爷子的眼里，长孙程皖夫却如同能作七步诗的曹植一样，是个神童。他五岁时就熟背《世说新语》，爷爷常让他在外人面前显耀，程皖夫便稚声稚气地背诵道："孔融被收，中外惶怖。时融儿大者九岁，小者八岁，二儿故琢钉戏，了无遽容。融谓使者曰：'冀罪止于身，二儿可得全不？'儿徐进曰：'大人岂见覆巢之下，复有完卵乎？'"

程皖夫抑扬顿挫的背诵每次都得到爷爷捋着胡须的赞许，已作古的程老爷子高低不会想到，他得意的长孙在藏书楼被糟蹋，家人即将流离失所的时候，还能恰如其分地运用成语故事一言以蔽之。

程绪至责骂儿子"混蛋"的话尚未出口，见程老夫人走下楼，只好吞回去了，他不能在这个时候雪上加霜。程老夫人对程家别的宝贝不太经心，唯独对那个皮箱里装的东西格外看重。在外行人的眼里，要么把它说成一堆烂骨头，一文不值；要么把它说得价值连城，奇货可居。但程老夫人心里清楚，按当时的市场价格衡量，用它买下太阳沟一条街上的两家商铺还是绰绰有余的。这些宝贝是程老爷子花费大量的人力财力，雇人去河南殷墟收集来的。程老爷子时常手拿放大镜，把甲骨上凿刻的痕迹描绘到纸上把玩、欣赏，有时也喊夫人过来，有显摆炫耀的成分，也有共同欣赏的雅趣。

程老夫人把程绪至搀扶着的手推开，说："我们程家打从安徽老家算起已过百年，'无事不惹事，有事不怕事'也算祖训了。今晚，咱们先把饭吃下，再去找个地方落脚。"程绪至从心里涌出了两行苦涩的泪："老夫人，儿子不孝，让您这么大年纪了还跟着操心上火。"

也在同一天里，尼娜和母亲、妹妹跟随着父亲乘坐苏军军舰驶入了旅顺口军港。在一个陌生的国度，尼娜第一眼看到了安德列站在岸上振臂呼喊。他那瘦削的身躯和细长的胳膊放在远处，活像一条带鱼蹦到岸上。原以为一切都是陌生的异国他乡，见到了熟悉的身影，尼娜感到有几分亲切的同时，也对父亲产生了暗自的嗔怨。走下栈桥的她勉强伸出手，安德列却搂过她的双臂，回应热烈的拥抱，尼娜羞涩地扭过头去，并适时地收回了胳膊。她不想让父母对安德列产生好感，或者是误会。妹妹柳波芙在他们拥抱的时候瞪着吃惊的眼神，奇怪地看着他们。

父亲鲍里斯向安德列介绍了柳德米拉："这是尼娜和柳波芙的母亲，是一位擅长煮咖啡的艺术家。"老鲍又拉着柳波芙说："我的小女儿，她可不希望来到旅顺口，她担心她的鸽子不能适应国外的生活。我们还有位空军飞行员的儿子彼得，他可能会从空中到达旅顺口。"

安德列热情地说："请允许我以个人的名义欢迎你们，你们还是第一批来到旅顺口的苏军家眷呢。""那你还得欢迎它们，一位是王子，一位是公主。"柳波芙一边说着，一边把精巧的鸽笼子从背后移到前面，一对乳白色的鸽子露出了嫩红色的嘴和爪子。安德列故作惊奇地问："噢，你的王子和公主不晕船吧？"柳波芙看了安德列一眼："没有，他们离开布拉戈维申斯克市一点都没有伤心。"

母亲柳德米拉在出国前就看出来了，尼娜精神上的抑郁和身体某个部位的凝滞等病状，不但没有根本好转，反倒有明显加重的趋势。母亲劝说女儿应当留在国内继续治疗，女儿却坚持无论如何都不能错过前往旅顺口的机会，只有履行他们当年的誓约，她才能彻底了却这份心思。这种油盐不进的固执在母亲看来，不是精神抑郁是什么？

似乎只有父亲老鲍对女儿的要求给予全力支持。她在感受到父亲关爱的同时，也察觉出父亲所做的一切都暗藏玄机。老鲍在回国短暂的几天里，有一大半的时间在为她办理各种调转手续。他想方设法要把尼娜的工作关系从国内调到国外，最好落到苏军驻旅顺口第三十九军政治部。尽管到最后也没有把手续办利索，但有关方面答应他，完全可以让尼娜以家眷的名义先出国，档案随后就到。

苏军军舰进入旅顺口军港即将靠岸的瞬间，就是尼娜看到了一条"带鱼"摇首摆尾的那一刻，她对父亲感激之情急剧降温，甚至还对父亲为她调转所付出的努力产生了反感。父亲的辛苦奔波可能并非为了实现她的夙愿，而是要填补她的中国恋人牺牲后留下的空缺，是在有意撮合她与安德列的结合。父亲曾眼含狡黠的笑意告诉母亲："旅顺口旖旎的风光会让女儿心旷神怡，旅顺口有'最好的医生'会治好尼娜的战后抑郁症。"看到摇首摆尾的安德列，尼娜认为父亲是把蹦到岸上的“带鱼”当成了旅顺口最好的“医生”。

程鲁民陪同董汉彬旅长及八路军官兵从烟台过海，比老鲍早两天到达旅顺口。那是一个阳光明媚的上午，天气很好，鲍里斯的心情也很好，与前来拜访的董汉彬紧紧地握手：“欢迎你，董旅长，初次见面，我不得不向你表扬一下你的属下，程鲁民是位优秀的参谋人员，我刚踏上中国的土地，不，不，应当说在莫斯科时，他就给我留下了深刻难忘的印象。当然，也只有伏龙芝军事学院才能培养出这么优秀的人才。”

鲍里斯又与周允声握手，这是他们的第二次见面，但老鲍没有感到重逢时应有的热情，他宽厚的手掌让来自对方的生硬和冷淡“硌”了一下。

鲍里斯脸上细微的变化董汉彬都看在眼里。是老鲍首先提出，八路军要来一位级别高一点的领导，才有了程鲁民烟台之行。董汉彬有意用自己的热情来填平老鲍情绪上的波谷，说：“我也要特别感谢上校同志，是你的善意提醒，才有我们今天的晤面。”鲍里斯脸上浅显的疑惑很快消失，故作惊讶地说：“我有过吗？怎么一点也不记得了？我们还是心照不宣吧。”

老鲍打电话让人送来一份看样子并非十分急需的文件。一位苏军大尉军官来到鲍里斯的办公室，他放下手里的文件正准备离开，鲍里斯说：“请等一下。”老鲍一边继续他刚才的谈话，一边仔细地观察着那位苏军军官的反应，确切地说还包括程鲁民的反应。程鲁民认出了这位大尉军官正是安德列，安德列也怔住了：“怎么回事？你是鲁民？你还活着？”

安德列拉过程鲁民，急切地想听到他的解释，鲍里斯在众人的疑惑中坦然地说道：“安德列，还是让我告诉你吧，我回国后多方打听，苏军远东情报局掌握的那份死亡名单中的死者姓鲁，叫鲁民。而当年来到伏龙芝军事学院学习的鲁民姓程，现在仍然站在你面前。出现这种阴错阳差的原因，我只能说是我们习惯性地把‘程鲁民’的姓氏省略的结果。”程鲁民听出来了，老鲍故意为苏联的情报机关开脱责任，混淆是非地把责任推给了所谓的“称呼习惯”。

安德列悲怆地说：“是我犯了不可饶恕的罪过。”他像神经错乱一样转身跑出了办公室。鲍里斯猜到了，这个可怜的人可能去向尼娜检讨去了，但愿他别惊吓到女儿。安德列从来到走突兀而至的一段插曲都在鲍里斯的预期之中，为此他更加得意起来。

董汉彬用言语暗示，想尽快地回到会谈的氛围中去。鲍里斯说：“你看，我们总是有很多感兴趣的话题。你们可能还不知道，我这次回莫斯科汇报工作，苏军总部要求我们尽快安排苏军家眷到旅顺口来，我的夫人和女儿们已经同舰到达。苏军同样需要一个稳定安全的旅顺口。”老鲍注意到程鲁民的脸上不经意地颤动了一下。

董汉彬说：“上校先生，你的家人能与你同来旅顺口，真是一件让人高兴的事儿。但是，你知道吗？程参谋的家人却遭遇了藏书楼被强占、珍贵藏书遭焚毁和即将被赶出程家大院的劫难。更为不幸的是，我们的八路军战士因为阻止苏军军官的流氓行为，而被你们开枪打死。”

鲍里斯有些吃惊。面对中国同志的置疑目光，他的表情还僵硬在刚才的满足和兴奋之中。回到旅顺口的时间有限，老鲍还没来得及了解到他离开后发生的种种变故。他恰当地运用了外交辞令，说长途劳顿身体有些不适，建议会晤择日再续。周允声见谈了这么长时间一点实质性的进展也没有，刚要责问却被董汉彬的眼神制止了。董汉彬意味深长地说：“上校同志旅途遥远舟车劳顿需要静心休息，不再打扰了。”

从苏军临时指挥部里飞出两只不听话的鸽子，它们在异国天空里空起空落，还把羽毛抖搂在尼娜姐妹俩的头上，最后才落在了一座中式建筑的屋脊上小憩。尼娜和柳波芙追寻鸽子来到这里，只见楼的正面中部挂着“藏书楼”三个大字。

藏书楼已经被搬空了，那些藏书被运到旅顺口中学的一间空教室里。苏军官兵正忙着对一楼大厅进行改造。撤走四十几个书架空出的地方摆上二十几张餐桌，这里将要成为苏军食堂。把东北一角间隔成伙房，柳波芙和姐姐看到中国的泥瓦匠们正在砌砖抹灰垒灶台。姐妹俩不会想到，在未来的十年里，这里成为苏军吃饭、跳舞，甚至是开追悼会的地方。

多年后，柳波芙回忆起那段经历，对安德列是否道歉和忏悔已无半点印象。她固执地认为最该道歉忏悔的是父亲。老鲍不该在那个特殊时期说离开就离开，她一厢情愿地认为，如果父亲一直留在旅顺口，度过苏军刚到此地时经历的最阴暗的时期，或许就会避免发生程家藏书受损和打死八路军战士等恶劣事件。

苏军司令部派人给八路军临时驻地送来了一封信。周允声接到信就来到了董汉彬旅长的办公室。说是办公室也就一间土坯房，没有一块砖瓦，全是用土坯和芦苇搭建成的。周允声把没有封口的信放在了董汉彬的眼前:“苏军明明给程鲁民写的信,送信的人还说要交给八路军旅长收。”

董汉彬问:“你看过信了?”周允声说:“信没封口,里面全是伸腿撸胳膊的洋字码,也就程鲁民一个人能看明白,不是给他写的是写给谁的?”

董汉彬让通讯员小秦喊来了程鲁民把信交给他。信是用俄文写的,很短。大意是老鲍想单独约请程鲁民面谈,请务必来苏军司令部一趟。程鲁民把信的内容翻译一遍,面有难色地说:“我认为这样做不合适。”

周允声没好气地说:“算你还有点组织原则。你单独去肯定是不合适的,要谈也得你陪着董旅长去。”董汉彬说:“从老鲍的约见方式看,人家也没有刻意回避我们。再说,增进两军间个人的交往和友谊我看也不是坏事。我批准程鲁民同志前去赴约。”程鲁民刚走出门,周允声在背后又说了一句:“那个老鲍与程鲁民好像不只是师生关系。”

从老城区龙河边上的八路军驻地到太阳沟苏军司令部不到两公里的路程。那时,八路军的交通工具除了两条腿外没有旁的,程鲁民走着去赴约。离家五六年了,街道和住宅还是有不少的变化。上次回到旅顺口夜行昼伏几乎没有留下什么印象。现在他可以迈着军人的步子在街上行走。两眼不时地扫过新增的楼房,原先生活过的地方在阳光下变得陌生,老街老巷还能还原成原先熟悉的模样,无意间他走到了程家大院。

大门敞开着,他只往院内瞥了一眼,便证实了周允声说的苏军要强占程家大院并非虚传。大哥和父亲在倒腾生活用品,奶奶在院中呆坐着,还有一个陌生的背影在捆扎被褥。那个背影其实一点都不陌生,程鲁民不用细瞅也能想到,她是奶奶为他娶进家门的媳妇荞面儿,他没敢停下脚步。

过了程家大院往西又是一条相对繁华的大街。街道两侧有气大财粗的商人,在旅顺口持不同国籍的护照经商,操不同语言骂人的阔佬大都居住在此;有投机钻营的政客,巴结国民党、溜须地方维持会、舔洋人腚沟子的人,多数购置了这里的住宅;还有伪满洲国的遗老遗少,那些逗鸟遛狗玩蟋蟀的“皇亲国戚”也把家安在这里。程鲁民正往前走着,突然响起了一串串鞭炮声,路人纷纷侧头张望,只见几个穿黑衣的人抬着一块竖匾,上面写着粗黑大字“国民党旅顺口市党部”,挂在了大门的一侧。程鲁民问一个短发女生:“这是什么买卖,开业这么大排场?”那女生的嘴撇了一下:“旅顺口国民党市党部公开挂牌,这都不懂。”

程鲁民还走在路上时，安德列拎着一只皮箱走进了鲍里斯的宽大办公室里。省略了寒暄，他笑眯眯地看着老鲍，说："上校同志，看我给您带来什么宝贝啦？"安德列把皮箱子放在办公桌上，前后颠倒展示给鲍里斯看。鲍里斯漫不经心地说："噢，意大利的，纯牛皮。"

安德列兴奋地说："您还真懂。"自从见到了活着的程鲁民，安德列的情绪坏到极致，老鲍没有给他当面解释的机会。他总算找到一个不错的见面借口，而且，据他对老鲍的了解，这个"借口"肯定会让老鲍感兴趣。他赔着小心说道："像这样的皮箱大概有两百多年的历史，是真正的老古董，还是意大利牛皮制品商手工打造的呢。"鲍里斯不以为然地摇摇头。但是，打开牛皮箱后，里面的甲骨残片却让老鲍眼前一亮。

鲍里斯拿出了最大的一片举在眼前看，又掏出看地图用的放大镜详察仔细。老鲍曾在苏联国立列宁图书馆里，借阅过一本 1917 年出版的英文书，书名叫《殷墟卜辞》，作者是早年到中国传教的牧师，加拿大人明义士。从书上得知，中国河南省安阳的小屯村发掘最早有文献记载的商代都城遗址，出土的龟甲、兽骨上刻有的符号是三千多年前中国最早的成体系文字。日本、加拿大、英国、美国、德国等许多国家，也包括苏联的文物贩子都在收购和倒卖中国的甲骨残片。老鲍看着拿在手里的物件，抑制不住兴奋地问："你从哪里弄到的这个东西？再说，你怎么知道这是宝贝？"

安德列的心思不在那几片甲骨残片上，他还以为老鲍问牛皮箱子呢。"我当然知道这是宝贝，我父亲就是经营牛皮的皮货商……"安德列全然不顾老鲍手里举起的是一块甲骨残片。

鲍里斯没等安德列说完，哈哈大笑起来："你可真傻，三千多年和两百多年如何相比？你只知道牛皮箱子，却不知道牛皮箱子里装的东西有多么珍贵。"安德列还自以为是地说："当然知道，装在这么贵重箱子里的东西，不是中国人的祭祀用品就是像灵芝一样的贵重药材，肯定很值钱的。"鲍里斯有些爱不释手地说："这是旅顺口的宝物，不，当然也是中国的宝藏。尽管，我现在也说不准它们有多珍贵。你却给我出了一道难题，我们该怎么处置这些宝贝？"

鲍里斯把手上的甲骨残片迎着光线看："按照苏军司令部的规定，贵重东西是要上交的。交上去，交给那些对中国文化一窍不通的白痴手中，恐怕会被当成垃圾丢掉的。我想，还是应当还给它的主人。"安德列没有想到鲍里斯会说出这么一番话，担忧地说：“上校同志，作为您的下级，而且是多年的老部下，我不得不提醒您，在中国的问题上，您好像总在偏袒他们。您不会忘记苏联当局的最高利益和我们来到旅顺口所肩负的使命吧？”一位苏军士兵进来报告，说有位中国人要见上校。安德列知趣地起身要走，老鲍说：“你把皮箱子一块带回去。”安德列把皮箱子放到办公桌下，悻悻而退。

鲍里斯连忙穿上军装外套，做手势请刚进来的程鲁民坐下，说：“年轻人，当我第一次看到你结实地站在我的面前，我没有办法形容当时高兴的感觉。为你毫发无损地活着，也为我可爱的女儿最终能见到她最崇拜的男人，我们应当开一瓶香槟酒。”他以这样的一种方式开场看似信手拈来，却能一枪把程鲁民撂倒。程鲁民的思绪如往热油锅里添水一般翻腾起来。看来与尼娜的约定已不再是他们两人的秘密，但眼下他竟不知道该如何说起。鲍里斯看出了程鲁民心中的疑惑，说：“你可能不会相信，是我千方百计地把尼娜带到旅顺口。我这样做，你不会怀疑我的良好初衷吧？”

程鲁民与心中的恋人尽管尚未见面，但已在梦中把两个人的重逢情景预演了数遍。他们时而毫无征兆地在人来人往的喧嚣的街头偶遇，时而地老天荒地坐在幽静的咖啡店里四目相对，梦里的场景恒久不变地发生在苏联，他却从没渴盼过尼娜会有朝一日来到旅顺口。按中国人的说法，老鲍是个喜欢慢工出细活的人，程鲁民在来的路上，把老鲍可能约谈的内容反复猜想，替老鲍设计出各种开场白，但万万没有想到老鲍会单刀直入，以快刀斩乱麻的姿势直接从他的软肋上下手，一时让他失去了招架之力。原本他觉得自己应该为两军之间的摩擦而来，却突然增加了政治以外的因素，增加了情感纠葛的背景，使得他们之间的谈话氛围变得微妙而复杂起来。

程鲁民突兀地问了一句：“尼娜，她真的来到了旅顺口？”他试图极力掩饰内心的慌乱却毫无奏效，太阳穴处的青筋有节奏地弹跳了几下。鲍里斯显然看出了程鲁民的心思，说：“年轻人，我约你来并非特意告诉你尼娜已经来到了旅顺口。她既然来了，又与你同在一个中国小城，你们重逢是早晚的事，用不着我一个做父亲的人，早早地替她撩开神秘的面纱。今天，请你过来是想就我们关心的问题，提前交换一下看法。毕竟，你有过苏联生活的经历，我们沟通起来容易达成共识。或许，你能影响到董旅长，影响到八路军的上层。对于八路军的士兵死于苏军的枪下，我深表遗憾。”

程鲁民在心中十分崇拜苏联，这是无可置疑的。他和他的战友们甚至不惜付出生命的代价，就是要过上苏维埃的那种生活。而今，在旅顺口发生的事情，与他曾经见过的苏军官兵的行为却完全是两番景象。回到了那个敏感的话题上，程鲁民的自信心依旧没有得到有效的恢复，甚至，冲动的程度超过了自己的预料。他用手挤压了一下太阳穴处的青筋，说话的声音有些沙哑而颤抖："鲍里斯，你们某些官兵的举动，与我们这片土地上，曾经来过的强盗有何区别？"

鲍里斯："那件事从头到尾都是个意外，请接受我诚挚的歉意。"

程鲁民："难道一句诚挚的道歉，就抵消了一个战士的生命？"

鲍里斯注意到程鲁民穿着洗得发白的灰军装干净利索。他想起在苏联时曾看过一幅共产党在延安的宣传画，画上的人穿戴大概就是这个样子。他说："程参谋，请听我解释。苏共和苏军内部也有许多优秀的同志受到了不公正的待遇，甚至含冤而死。就是中共的内部，在各种清洗和肃反的背后，就没有错误地枪杀自己的同志吗？"

又是一阵短暂的沉默。有时沉默本身就是一种交流艺术，比起喋喋不休的说教更有积极的引导意义。鲍里斯停顿了片刻，他要留给程鲁民自我疗伤和自我消化的时间。程鲁民痛苦地思索着老鲍每句话的含义，"含冤而死"与"被苏军枪杀"完全是两种不同性质的话题，鲍里斯生硬地搅和在一起，不是由于语言沟通的障碍造成的，而是一种狡辩和抵赖。两人各怀鬼胎地停顿了一会儿，程鲁民在尽力克制住自己的冲动，鲍里斯也似乎从容了许多。

鲍里斯在不自觉中把自己换成了一个局外人，他试图以一个旁观者的口吻，再次伸出橄榄枝："苏中两国的目标是一致的，而且苏军与八路军还有着深厚的合作基础。在这个特殊的历史时期，只有苏军能够成为八路军和国民党军队中间的一堵墙，如果墙倒了，失去了缓冲地带，共产党与国民党的交锋只能不利于弱者。如果这堵墙可以为共产党遮风挡雨，那就不要拆掉它了。我希望这件事万万不可影响苏军和八路军友好的大局。"

鲍里斯做出了和解式的拥抱邀请，程鲁民冷冷地看了他一眼却没挪地方。鲍里斯只好暂且收起他的良好姿态，却没有丝毫的为难情绪。在程鲁民看来，他近乎臭不要脸地过渡到下一个话题："我是听你们说了，才知道程家藏书楼和程家大院也遭到了不幸。"

程鲁民没能克制住直冲脑门的愤怒："苏联是一个伟大的民族，有着独特而优秀的灿烂文化。像普希金、契科夫、托尔斯泰、高尔基等文化先驱为人类奉献了宝贵的精神财富。”他说到这里，更加不可抑制地提高了声调：“中国也同样如此。我是程家的后人，自然深知程家藏书凝聚着中国千百年来的文化结晶，是研究宋、元、明、清甚至更早朝代的知识宝库。可是，来到旅顺口的苏军却让一纸告示改变了她的命运，使她遭受骇人听闻的重大损失。中国文化遭受了如此浩劫，肯定有违于百万苏军出兵中国，消灭我们共同敌人的初衷，你们难道不怕中国人民大失所望吗？”

鲍里斯不敢再直视程鲁民深沉得有些变形、凝重得近于扭曲的脸。他取下毛巾擦了擦脸上的汗珠：“程参谋同志，请相信我的解释，苏军的士兵，也包括许多苏军军官，他们对本民族的文化都不甚知之或知之甚少，对于博大精深的中国文化更是丈二和尚摸不着头脑。就是我，一位学过汉语的人，也不能说绝对了解这些文化遗产的重要价值。如果他们懂了，可能去偷去抢，而不是去捣毁。”

程鲁民觉得老鲍有些心虚了，他没有就此住手，又在老鲍的痛处触及一下：“我也愿意相信，您的解释与事实真相完全一致，苏军士兵的确有他们愚蠢的一面。但是，他们在旅顺口的土地上骚扰百姓、强奸妇女，恕我直言，这不能不说与苏军高层的放纵有关。”

鲍里斯不停地擦着嘴、鼻子和下巴，像要想方设法捂住一个千疮百孔漏气的蒸笼，说：“这个问题，苏军在中国存在，在其他国家也存在。我们也曾毫不姑息地抓住一个枪毙一个，可是，还是屡禁不止呀。我回莫斯科述职期间，来之旅顺口的情况反映，辗转递交给斯大林元帅，他对这个问题也是很头痛的。全都枪毙吗？那些士兵有些还是军官，他们多数人在反法西斯的战场上屡建功勋。如今我们胜利了，没有仗可打了，他们却还有着公牛一样的体魄。”

鲍里斯本想粉饰一下，没有想到越描越黑，这把程鲁民恨得牙根痒痒：“鲍里斯·伊万诺维奇上校，无论你如何狡辩，在旅顺口的这片土地上，出现了这样令人痛心的事件，你们永远不会得到宽恕，你们会受到上帝的惩罚……”

鲍里斯打断了他：“我想为自己的人辩护一下，我们的苏军士兵，他们分不清是中国人还是日本人。在他们看来，东方人全都是一个面孔，他们听不懂被追赶的妇女说的是中国话还是日本话。”

程鲁民的愤怒毫无节制地爆发出来：“这就是战胜者的理论吗？难道对待

战败的日本女人就该实施强奸吗？你们还有人类的良知，你们还是人吗？”

鲍里斯明显处于争辩的下风，他不想在这个问题上纠缠了，抱着息事宁人的态度，说：“好，好。程参谋同志，我已经说了，这是一种辩护，不代表任何含义。我可以告诉你，需要请示上级的我会立即向上级反映的；同时，我还要告诉你，在我的职权范围内，可以得到纠正的，我会立即下令进行调整，包括你的程家大院。”

第四章 苏军换将整肃军纪，恋人圆梦相逢程家

诗曰：

苏军骄奢略收敛，眷属移居程家院。
初闻多疑情不存，久虑不改婚在前。
向阳早绿明前茶，逆水难驶桥下船。
是非曲直和高低，都在字里与行间。

从父亲鲍里斯·伊万诺维奇的口中，柳波芙知道中国当时有两支军队，一支是兵强马壮的国民党军队，另一支是穿得破破烂烂的八路军。说实在的，老鲍对穿得破破烂烂的八路军还算友好，不是因为尼娜的原因。尼娜没有那么大的能量可以左右其父亲，老鲍也没有那么大的胆量可以徇私情可以偏袒八路军。但无可否认，老鲍这位苏共上层路线的忠实执行者还是同情八路军的。

中共胶东大连支队暂时住在龙河岸边，董汉彬旅长走进石头瓦块的土坯房，各班排主要人员差不多都挤进来了，大家同仇敌忾，纷纷表达了要替战友报仇雪恨的决心。董汉彬因势利导，先让大家梳理一下这段时间心里遭受的屈辱和悔恨。乔维轩讲述了程家藏书被糟蹋，程家人将要流离失所的事情经过；周允声叙述了当地民女被蹂躏，我军战士孙桥板被枪杀的惨案始末……一桩桩一件件触目惊心，讲到动情处周允声和乔维轩二人声泪俱下，其他人也是泪水涟涟。接下来董汉彬与大家"通通气"，他说："苏军进入东北日本鬼子投降，大事我就不讲了，我讲点你们不知道的。"

董旅长讲得确实新鲜，与会人员闻所未闻，而且全是发生在苏军身上的糗事：

"在沈阳市内，一位苏军士兵端着转盘机枪坐在卡车上负责押运，车上装满

了从日军仓库里运出的“大头鞋”。几个中国小孩子跟在车后面跑，苏军士兵随手扔下一双鞋逗人玩，小孩子相互抢了起来，各抢到一只鞋的两个小孩子又当街打了起来。苏军士兵又扔下了一双，刚才的情景又在街头重演了一遍，苏军士兵哈哈大笑接着往下扔。卡车在街道上跑不快，跟在车后面的人越来越多，有的大人也跟着抢鞋，个头高的直接从车上往下拽。那位苏军士兵恼火了，端起转盘机枪冲天就突突了一梭子，把车后面的人全吓跑了。

“在长春，苏军官兵奉命拆铁轨运回国内，他们图省事，火车在前面慢慢开，人在后抓紧拆，拆一根装上一根。不知拆了多远却发现火车动不了了，原来前面的铁轨被别的火车拆走了。

“在哈尔滨林区发生过一起苏军士兵枪毙老母猪的事件。苏军士兵在山林旁边看见一头老母猪，便穷追不舍想吃猪肉，追没追上便举枪射击，明明看见枪枪都击中了，那头老母猪就是不倒，仍在奔跑。苏军士兵沿着血迹追到一个猪圈里，见猪圈里的小猪羔子围了一圈在争着抢着吃奶，老母猪临死前还把奶水送回了小猪的嘴边。猪的主人过来气得大骂：‘王八羔子，还吃，还吃。猪狗不如的东西。’”

周允声挺佩服董旅长的口才，但这个时候他的风趣幽默似乎用错了地方。我们的战士牺牲了生命，当领导的应该鼓舞士气激发斗志，还是自我麻醉涣散意志？如果不是旅长换任何一个人，他恐怕早就骂娘了。

董旅长最后带有总结性地说道：“也许有人会猜疑地问，旅长怎么不领着我们哭鼻子呀？是不是对我们战士没有感情呀？我告诉你，从今天开始把悲哀全放下来，我们没有时间哭鼻子，把我们的工作做好了，就是对战友的最好怀念，有没有感情不在流泪上。党中央指示我们抓住有利时机，依靠苏军把旅顺口变成八路军挺进东北的桥头堡。至于说到苏军中的害群之马，不是放任他们自流，而是要靠我们的影响，把这种危害降低到最低程度。”说到最后，董汉彬伸出双手勾下一个小指头：“毛主席曾形象地说过，这是一个指头与九个指头的关系……”

龙河对面便是临近火车站的孟记驴肉馆，这个联络站在日本鬼子投降后基本上公开了，一公开就失去了秘密联络的作用。孟老板过去是八路军情报人员，他的身份也基本上公开了。苏军进驻旅顺口后各种势力各方面力量重新洗牌，或暗中较量，或公开对抗，新一轮争斗开始了。孟提前得到情报，旅顺口的国民党党部要公开挂牌。这条消息八路军是掌握的,程鲁民碰巧去过挂牌仪式的现场,但董汉彬旅长不清楚苏军对此事的态度。孟老板有更为详细的后续情报:苏军反对旅顺口的任何党派任何政治势力公开亮相,对国民党旅顺口党部的活动坚决予以取缔。苏军士兵包围了所谓的国民党党部,砸毁了那块刚挂起来的牌子,双方在推扯过程中都有人员受伤。

孟老板的另一个情报是苏军已到达旅顺口的各兵种官兵有一万八千人之多,现已有部分苏军家眷随军了,以后还会有更多的家眷来到旅顺口。苏军在旅顺口的编制和数量眼下还是秘密,程鲁民也只有一个大致的了解。孟老板的情报还要深入一些,他说:"苏军官兵中有一部分来自被俘的白匪军,苏联最高当局决定近期要对这部分素质差的官兵实行调防。你们知道苏军为什么这么快就让军官的夫人随军来到旅顺口吗?是为了解决苏军官兵'那方面'的需求,这些'老毛子'好像对'那方面'要求得特别强烈。"

周允声有点听不下去了,说:"老孟,这是你批八字算出来的吗?能不能严肃点?董旅长还在这里呢。再说,我们现在的心情你也知道,哪还有心思闲扯淡?"孟老板看了周允声一眼,像犯了错误似的说:"我可不是瞎说,靠算卦能算出来倒省经费了,这些情报都是花钱买来的。"董汉彬说:"老孟,你说的情况很重要,我们还要向延安汇报呢。综合老孟和程鲁民两位说的情况,我们可以得出一个基本的结论:苏军还是倾向我们八路军的,他们也想整肃军纪和维护好旅顺口的社会治安。"

孟说:"我要报告的第三条情报是苏军换头儿了,驻旅顺口最高长官亚马诺夫中将无法保障时局的稳定,无力实施对苏军部队的有效管理,使得旅顺口地区的社会治安处于混乱状态,甚至一度失控。他已被苏联最高当局撤职回国接受审查。现在,旅顺口最高行政长官由伊万诺夫中将接任。伊万诺夫上任后的第一件事就是颁发了《戒严令》。"

周允声挠着脑瓜皮说:"还成好事啦?苏联人的名字真是怪,下级军官都叫什么司机(斯基),将军都叫什么懦夫(诺夫)。亚马这个懦夫(诺夫)看来真不如伊万懦夫(诺夫)。只可惜,孙桥板的仇没法报了,凶手恐怕早让他们放回苏联了。"

董汉彬、周允声、程鲁民又一次来到了鲍里斯的办公室。这次造访颇有点双方正式会晤的味道。苏军方面除了安德列参加外,还有两位校官和一位尉官。鲍里斯首先说道:“昨晚,我洗完热水澡坐在窗前,聆听着《莫斯科小夜曲》,欣赏着令人心旷神怡的军港夜色,眼前却仿佛突然出现了沙皇时代的勇士们与日本帝国官兵英勇搏杀的情景。敬爱的斯大林元帅多次站在中国的地图前,感慨地说:‘四十年啦,终于可以告慰我们的祖先了。’”

董汉彬与周允声坐在圆桌的一侧,听到这里相互看了一眼,眉头皱了一下。程鲁民不用看眼神也能猜出他们心中的疑惑。苏军进驻旅顺口对日军最后一战,在鲍里斯的嘴里,怎么好像说成为沙皇俄国复仇而来的?

鲍里斯接着说:“刚到旅顺口上任的伊万诺夫中将在将校军官会议上说,根据《雅尔塔协议》和《中苏友好条约》,苏军将在一段较长的时间里驻军旅顺口,负责维护这里的安全防卫。我们从现在起就得研究策略,做好谋划。形象地说,在国民党和共产党的争夺中,我们不仅仅要站在中立的立场上,或者仅仅同情弱者,更重要的是在寻求战略投资。我们所做的一切都关系到苏联在远东地区的最高利益。”鲍里斯讲安全防卫、讲谋划策略周允声还能听得懂,偏偏他怕八路军听不懂,打个“战略投资”的比方,这就让周允声越发糊涂了,难道苏军到旅顺口来做买卖吗?

鲍里斯又说了一个不算笑话的笑话,在座的苏军人员带头傻笑,中方人员也只好礼貌地笑了笑,会晤在双方人员莫名其妙的笑声中渐渐趋于融洽。但鲍里斯下面的话,却又向中方人员兜头浇了一盆冷水:“我还要郑重宣布一件事情:旅顺口人民政府即将成立。关于政府组成的人员我们是这样考虑的,旅顺口市市长提名由民主人士于吉灶担任……”

周允声刚刚略有放晴的脸突然僵硬了,憋了很长时间还是不可遏制地爆发出来:“你们是不是弄错了,让于大把头当市长?他是民主人士?他就是一个地痞无赖,一个日本人的走狗。噢,或许还是你们的走狗。”

鲍里斯对周允声的顶撞不但没有恼怒,反倒给予了充分的谅解。他仍旧心平气和地说:“周政委,你先不要激动。让于吉灶担任市长一职,我们是有所考虑的。从能力和威望上讲他的确不行,但是我们又不能不选一个无党派人士担此要职。而且,首要的也是最重要的前提是这个候选人要拥护苏军。亲苏是他能够成为市长的唯一过硬的要件。站在你们的立场上是否可以换个角度思考:与其选择一个能力强的人成为八路军的对手,莫不如找个笨蛋还好对付一些。”周允声的脸像煮在锅里的蟹壳一样涨红了:“指定于大把头当市长,你们伸出的手指头早晚会让王八咬住不撒口的。”

在座的苏军军官要么听不懂汉语，懂汉语的也听不明白周允声话语中的意思。程鲁民翻译说：“周政委说，让于吉灶当市长你们早晚要后悔的，旅顺口人民也不会答应。”鲍里斯说：“所以，要靠你们做群众工作。共产党人只要发动群众，没有克服不了的困难。你们声称我们是老大哥，其实，你们早已学会，甚至是超常发挥了这种工作方法。另外，我还要补充一点，旅顺口市副市长我们提议由董汉彬旅长担任。这样，可以说是对于吉灶的辅佐，或者说是你们认为的，对他进行节制。”

鲍里斯送别时又提了一个让人意想不到的要求：他想与家人住进程家大院，程家人也不必腾房子了，两个家庭住在同一个院子里。走出苏军司令部，周允声当着程鲁民的面向董汉彬发牢骚：“让程家人跟苏联人住在一块，葫芦搅茄子可能吗？这个老鲍想一出是一出。”董汉彬沉稳地听完他的看法，决定让程鲁民回家先征求一下长辈们的意见。

先期到达旅顺口的苏军家眷正忙着去看中国住宅。辽东半岛最南端秀逸的风光、适宜的气候都让这帮苏军家眷对新居充满好奇。程老夫人听门口有说话声，对荞面儿说：“出去看看，谁呀？说话跟鸟叫似的。”不一会儿工夫，荞面儿领进三位苏联女人。

程老夫人在旅顺口见过好多国家的女人，但没见过岁数大的这么胖，没见过年轻的这么漂亮。从她们三人的相貌看是苏军家眷无疑，有可能还是母女。程老夫人的心揪紧了：这苏军的太太小姐上门来逼着搬家呀。苏联胖妇人倒还和蔼，问：“这里是太阳沟扶桑町256番地吧？”

回到程家大院的程鲁民与尼娜的重逢没有一点戏剧性效果。他遵照董汉彬的指示，刚回到既熟悉又陌生的家，就看到院子里站满了人。父亲程绪至、大哥程皖夫、大嫂曲舒都回来了，还有些看热闹的左邻右舍。早晚要发生的重大事件此刻就要发生了。程鲁民首先认出穿便装的尼娜。他脑海中不用任何过滤，就把五年前那个飒爽英姿的女军人与眼前的穿着布拉吉的苏联姑娘重叠到一起了。

柳波芙说，姐姐与程鲁民重逢时没有欣喜若狂，也没有惊慌失措，却有些痴呆傻愣，她注视了片刻，才向那个烙在脑子里并突然复活在现实中的程鲁民走去。其他人自动向后退了两步，为木偶似的姐姐让出了一条通道。在众目睽睽之下,姐姐就那么如痴如醉地走向了程鲁民。程鲁民也向她走去。他们相互凝视着,没有言语,甚至表情上也没有多大的变化,只是他们的身体都在不由自主地颤抖,并在抖抖瑟瑟中伸出手来。他们好像心有灵犀地同时选择了握手,这是能够最低程度地表达他们悲喜交加之情,也勉强能让在场的人普遍接受的一种情感表达方式。

没等程鲁民说话,程老夫人走到了尼娜的跟前:“姑娘,我这个二孙子的事他可能没有来得及说给你听,你也就有的知道有的不知道。我们刚为他办过婚礼,只是他们还没有圆房呢。”一时间,尼娜觉得天旋地转,前后不过一分钟,她竟遭受了幸福和痛苦的双重折磨。在毫无心理准备的情况下,她与程鲁民重逢;当喜悦的颤抖刚刚掠过心头,又得知程鲁民竟然成了“办过婚礼”的人,痛苦似乎比幸福来得更快。柳波芙没有听懂那位中国老太太说些什么,还以为姐姐被突如其来的喜悦打击得有些虚脱。

苏联胖妇人说:“请允许我自我介绍一下:我是尼娜的母亲,你们称呼我柳德米拉好了。非常高兴我的女儿能在异国他乡见到她的中国朋友。我丈夫鲍里斯叮嘱我尽快找到你们,并告诉你们不要搬家了。你们还住在这里,我们也要住在这里,我们同住一个大院。这样,我们苏中两个家庭都没有后顾之忧了。”

程鲁民婉辞道:“柳德米拉,您和鲍里斯的美意我心领了。但不知你们想过没有,我们毕竟属于两个国家,我们的生活习惯不尽相同,我们的风俗人情更是有着天壤之别,两个家庭住在同一个大院确有诸多的不便。”

尼娜的脸上闪现出阴郁的神情。父母要住进程家大院的用心一时难以明白,但更看不懂程鲁民为何婉然拒绝,自己大概成了这个“办过婚礼”人的累赘了?父亲程绪至听了儿子的话也心生厌恶:“让住不让住是你说了算的吗?我这当爹的都不敢擅自表态,哪轮到你嘚瑟张狂!”荞面儿羞愧地捂上脸,这都是些什么事儿?缺了新郎的婚礼,孤单一人的蜜月,这还不算完,外国女人竟找上门要住在同一个屋檐下。曲舒此刻不便多说什么,大家都在等待着程家说得算的人拿出主见来。程老夫人在沉默了很长时间后终于开口:“尽管这娘仨儿第一次来我们家,但是我看出了她们是极和善敦厚的人家。苏军从老远的地方到旅顺口又不能背着房子来,你们就住在程家吧。”

尼娜与心中的恋人算是久别重逢了。程鲁民虽说“办过婚礼”,却丝毫没有冲淡他"死而复生"给尼娜带来的惊喜。何况,那位中国奶奶的话里还后缀一句:他与她没有圆房。当时,她尽管没能马上明白中国话"圆房"的深刻含义,但从中国奶奶无奈的口吻里,从那个神情忧郁的荞面儿脸上,她能猜到程鲁民肯定有不得已的苦衷。这么想着,离开程家大院时,她的心情又舒畅起来。

送走了三位苏联女人,大家才发现荞面儿躲在门后面垂泪。程老夫人的心头火噌噌往上蹿:"程鲁民,我丑话说在前头,你可是有媳妇的人了,如果再跟苏联小妖精勾搭,恐怕我饶了你,她在苏军当官的爹也不会放过你的。"没等奶奶说完,程鲁民从厨房里拿起两块饼子夹着一条咸鱼走出了大门。

程老夫人又在数落荞面儿:"这孩子这么不经事,一个明媒正娶的还怕那个'外国流'不成?"曲舒没看到荞面儿,还以为她生气躲出去了,说:"奶奶不用担心,她是咱家的马车轿接来的,说走也不能连个包裹不夹就走吧?"程皖夫白了曲舒一眼。她辩解道:"这话说错了吗? 荞面儿要是抬腿就走了,倒白白便宜了那苏联小妖精。"

荞面儿从门后进来,眼泪一双一对地落下来:"大嫂,看程鲁民的样子是要铁了心过苏联人的生活。这会儿又把苏军领到家了,想不过苏联人的生活都不行了。你们都不用宽慰俺,他过他的苏联人生活,俺过俺自己的日子。"

两只雪白的鸽子在程家大院的上空盘旋,最后落在了屋脊上。程津生认得这是两只苏联鸽子:"听说是苏军家的小姑娘用军舰带过来的。咱当地的鸽子羽毛都是灰不溜秋的,没有像这样纯种的白。"曲舒揶揄道:"对学习上的事你留心不多。对鸟呀,鸽子呀,只要是天上飞的没有你不明白的。"程老夫人想缓和一下紧张的气氛,说:"莫非这鸽子也通人性,别人家的房子不落,偏找咱家的房脊站脚儿,该着它们的主人要住进来。"曲舒说:"奶奶,哪是那样啊? 这一片地就数咱家的屋脊最高,那鸽子也拣高枝落罢了。"荞面儿起身回屋了,曲舒又遭程皖夫剜了一眼,她感到莫名其妙:"我说错了什么? 不都在说鸽子吗? 程津生说得偏偏我就说不得了?"程津生说:"我说的是鸽子,而大嫂夹枪带棒的。"曲舒说:"我怎么夹枪带棒了? 我给你当了四年嫂子、六年的老师,你话里话外却向着刚过门的小嫂子了。"

那一段时间里的旅顺口不断有好消息频频传来,也不断有坏消息接踵而至。好像传来一个好消息总会有一个坏消息如影相随:苏军进驻旅顺口是好消息吧,可是八路军的武器却被苏军收缴了;日军投降是好消息吧,但程家藏书楼因苏军占用而损失惨重;苏军的鲍里斯要八路军派领导来谈判也算好消息,可坏消息是八路军战士孙桥板被打死;苏军整肃军纪,社会治安有所好转是好消息,但旅顺口解放后的第一任市长,苏军却提名于吉灶担任……程鲁民和周允声掰着手指掐算,一个说好消息一个说坏消息,数量大致相当。他们不像是在梳理事情,倒像偷盗之后坐地分赃。

程鲁民心里默数的好的和坏的消息还远不止这些,只不过当着周允声的面没有说出口。他的家人不用搬家倒房子了是好消息,可是,老鲍却觍着脸皮要搬来与程家人同住;他与尼娜旅顺口重逢绝对是好消息,可是,荞面儿却继续住在程家没有离开的意思……

眼下还有一个好消息。无论是好消息还是坏消息都是因苏军而起,眼下的也不例外。鲍里斯突然来到了龙河西畔的八路军驻地,他乘坐的苏式吉普车在沙土路上刹车,一股胶皮味和裹在尘土里的汽油的混合气味传来了,当时这种好闻的气味引来了不少年轻战士直吮鼻子。

鲍里斯突兀而至,让董汉彬等人有些始料不及。进入九月份,旅顺口的天气没有凉爽反倒闷热,“秋老虎”的歹毒劲来了,瘦人身上发黏,胖人身上流汗,鲍里斯的脸上汗水把汗毛搿倒了一片。但他的鼻子上却没有一点汗星儿,越发让人觉得那鼻子像大理石雕刻的一样。鲍里斯抛开鼻子在脸的周围擦完汗,才开了尊口:“经过伊万诺夫中将的批准,旅顺口市即将成立警察局,而且,警察局局长由八路军推荐一名领导担任,原八路军部队全部充实到警察局,担负旅顺口的治安保卫工作。任务十分艰巨而又非常光荣,希望你们能够竭尽全力。”

在旅顺口这个特殊的解放区里,八路军马上就要变成警察了。八路军发生了这样大的变动需要立即向上级部门报告,尽管在当时的通讯条件下立即报告了,胶东八路军总部也不可能马上收到,周允声小声却十分解气地说:“让苏军的热脸往咱们的冷屁股上多贴一会儿。”

周允声最关心的还是苏军给八路军装备什么样的武器。苏军用的卡宾枪和转盘机枪哪样都行,实在不行用苏军缴获日军的三八大盖也将就了。八路军就要告别冷兵器时代,人手一支快枪,这样的好消息想破脑袋也想不出来。

然而,竟像走入了一个怪圈,不幸像最灵验的魔咒缠身一样,坏消息紧随其后。坏消息不关武器的事,只与服装有关,鲍里斯即将离开的时候又补充了一句:“警察人员的服装由新成立的人民政府提供。不过,从长远看,旅顺口早晚要成立自己的被服厂。”这也算不上什么坏消息，程鲁民心想就是有坏消息也不至于配合得如此默契吧。周允声却不合时宜地追问了一句：“警察也得穿八路军的服装吧?”

一脚门里一脚门外的鲍里斯停下来，说：“我还得强调一下：根据《中苏友好条约》的规定，你们只能穿国民政府的警察服装，而不可以穿八路军的服装。”

周允声正要发作，偏在这时，有人从窗口探进了半拉身子，眼珠子往屋里踅摸，焦急地喊：“二哥在吗？俺找俺二哥。”坐在窗口的乔维轩往外推他：“你二哥谁呀？怎么找到这儿了，开会呢，别在这里喊了。”程鲁民看见是三弟程津生，忙问：“三弟，你怎么来了?”程津生躲开乔维轩，闪到另一扇窗户一脚蹦进屋内，拉住程鲁民就往外走：“奶奶喊你回家，再晚了，怕赶不上了……”

第五章　姐妹隔兄弟情绵绵，家蔬炖飞鸽恨隐隐

诗曰：

岂是顽皮使弹弓，混充野禽腹中餐。
嗔连情深浅蘸醋，怨非酒过半吐胆。
鹊巢鸠占生嫌隙，家鸽汤煮含仇冤。
阅人无数谁英雄，高瞻休骂一少年。

尼娜拉着妹妹一起去龙河边转转，姐姐一张嘴柳波芙就看见了她的小舌头。如果不是八路军有支破烂队伍住在龙河，如果八路军里没有一位叫程鲁民的参谋，姐姐才懒得去鱼臭虾腥的龙河呢。柳波芙当即噘起嘴来，她不愿看到姐姐在一群脏兮兮的队伍里扒拉出一个脸蛋稍微干净一点的人。姐姐转身想自己走，她不得不跟在后头，让姐姐像花痴一样自己去更让人不放心。别看姐姐年长她几岁，但在处理情感问题时却显得非常幼稚。苏军大尉军官和八路军的寒酸参谋，放在一起不用比较，只有老鲍的大女儿才会傻到犯选择性错误。

上午，柳德米拉一个人又来到程家大院，委婉地说："如果中国奶奶不反对，我们一家人今天就搬来。我们实在想早一点把家搬过来。"程老夫人说："知道你们想早点住进来，我们把楼上的房间都腾空了。"接着，她让曲舒通知程绪至和程皖夫，马上回家有大事商议。又分派程津生去龙河的队伍里找程鲁民，嘱咐就按她说的说。

程鲁民与弟弟刚走出八路军驻地不远，在龙河边的树林里遇见尼娜和柳波芙姐妹俩。程鲁民停下脚步，程津生催促说："哥，奶奶还在等着咱们呢。"

鬼机灵的柳波芙听程津生一张口就找到了盟友，对他说："能够看得出来，你也不喜欢他们单独站在一起吧。"尼娜对妹妹说："中国话你这不是说得挺好

吗?”柳波芙没理姐姐继续对程津生说:“喂,你会是学生吧?读的学校在哪个?我们可能会成为同学吧?请给够他们回忆旧情的时间好吗?我们苏联人处事的礼节是这样的,好像也不损坏中国人的规矩吧?你阻挡在他们中间会很缺失礼貌的。”程津生听她说的中国话别扭得很,不过大意也算明白。

尼娜挖苦妹妹:“鼓励你两句你却越说越不像话了。”程鲁民朝尼娜走去,程津生还想跟过去,柳波芙一只脚尖着地摆出了芭蕾舞优雅的亮相动作,纤细的身腰舒展在大男孩的面前。程津生不甘心被她阻挡却又毫无办法,这个与自己年龄相仿的苏联女孩伸出长臂,在他的眼前又晃出了千手观音的造型,逼迫他的身体后倾,脚跟也站不稳了,柳波芙趁势把他推到一边去。

树林中的尼娜拥向程鲁民,称呼着在伏龙芝军事学院时为他起的俄文名字:“马克西姆,我们有过约定。现在,我来啦。请问,我们当初的誓约还算不算数?”她的手臂又白又长,像两根洗净的藕,白晃晃地圈在了程鲁民的脖子上。

程鲁民没有躲闪,也没法躲闪,她胳膊上细密的汗毛在他的眼前清晰可见。他还是习惯性地后缩了一下,却拖带尼娜身体倾斜。她像失去重心似的跌倒在程鲁民的怀里……

游离家庭之外已有数年的程鲁民回到自己的家,心里惶恐得像赴一场鸿门宴。程家的人陆续回来了,最后回来的程鲁民感觉出家庭氛围有些异常。对于苏军一家人住到程家大院,家人们最初没有表现出强烈反对,并不是因为苏军一家人多么受人待见,只是苏军住进来相对净身出户流离失所而言,两利相权取其重,两害相权取其轻罢了。当家人们在蒙受慌恐之后,渐渐领悟到这一切都源自苏军,而程鲁民与苏军黄毛丫头似乎早有勾搭,程家人在复杂的情感纠葛中总结出一条至理名言:没有家贼引不来外鬼。由此,程家人就把程家藏书楼受损,程家被迫倒房子等事都归罪到他们的身上。在程家人看来,程鲁民出走之后莫名其妙地回来,都是受了那个苏联黄毛丫头的诱惑。

按照董副市长的要求,程鲁民一方面要做好家人的思想转变工作,消除隔阂,解除误会,放弃对立情绪;另一方面要促进双方家庭发展睦邻友好关系,搁置争端,求同存异,把中苏两个家庭的友谊提升到两个民族、两支军队间友好协作的战略高度。但刚进家门剑拔弩张的局面,让程鲁民明显处于劣势,尚未开口已让家人轻蔑的目光剥掉衣裳,未曾言语却让家人憎恶的眼神鞭挞全身。父亲程绪至质问:“你回来给苏军打前站做卧底的吧?苏军不是在装修食堂吗?

他们还稀罕来咱家吃粗饭杂粮?”

程鲁民赔着小心说:“是奶奶让三弟喊我回来的。食堂是苏军官兵的食堂,鲍里斯一家人住我们家恐怕要自己起伙的。”见奶奶依旧端坐着,手里摇着纺锤纺线。她不吱声,他心里就没有底。

程绪至埋怨说:“你口口声声要过苏联人那样的生活,他们来了也没见有什么好的过法,却把我们原来的生活搅乱了。你爷爷的甲骨残片至今没有下落,都是你下的蛆,你引狼入室惹的祸。”

程鲁民无言以对,现成的话一句也说不出来。好在程老夫人的权威还在,她老人家摇了一下手里纺麻绳的纺锤,一语切中要害,骂向儿子:“你懂个屁。苏军中有好人也有坏人。”程鲁民心中略微宽慰一些,他快七十岁的老奶奶明事理,懂道理,说话还是那么嘎巴溜脆。但是,程老夫人接下来的话却让他也崩溃了:“知道为什么请苏军吃饭?今晚就让你和荞面儿圆房,我要给苏军一家人补上你俩的喜酒,让苏军家人都知道二混天是有家有口的人,省得他们往后还惦记着。”

程鲁民壮志未酬身先死,一大堆革命道理尚未阐述,组织和领导交代的任务一个字还没落实就得先为自己挣脱干系:“奶奶,吃饭是为了欢迎苏军,不要往我身上扯,苏军不懂什么圆不圆房的。”

有时候理解和误会就隔着一层窗户纸没有捅破。程绪至刚才还在心里埋怨程老夫人,还抠抠搜搜为一顿饭耿耿于怀,经过程老夫人简单的责骂后豁然开窍了。他有些自责也有些钦佩地说:“还是老夫人看得长远。我们也别在这干耗着啦,该干啥干啥。”他把家人进行简单分工:曲舒和荞面儿两人洗碗擦桌子,洗洗涮涮的事不用别人插手;程皖夫择菜切菜剁肉备料,上灶前先把刀磨快了;程鲁民劈柴担水,锅底烧着的缸里装的都要充足;还剩下一个程津生,吩咐他去邻居家借四盘八碟外加十个酒杯,要是毛手毛脚碎一个罚他一天别吃饭。分配妥当后,他自己挑着担子去街上买菜了。

程津生从邻家借来碗碟酒杯后,坐在院中的凳子上比画手里的弹弓。天空中飞来了两只鸽子,程津生知道是苏联的鸽子先来了。鸽子蹲在房脊上觅食,咕咕地叫着,红爪子上拴有一道窄窄的金属圈,在阳光下闪闪发光。鸽子是通人性的禽类,它们急着要为自己絮窝。程津生吹着口哨吓唬鸽子,鸽子乖巧地飞走了,他拿起弹弓就往外跑。曲舒问:“你不在家帮忙,又去哪儿野去?”程津生跟剁菜板的大哥挤咕了一下眼珠子，说："我去打鸟，兴许晚上能喝上溜鲜的汤呢。"

尼娜和妹妹柳波芙跟随着父亲鲍里斯、母亲柳德米拉，还有哥哥彼得来到了程家大院。尼娜是第二次进入这个中国东北辽南地区的大宅院里。第一次来到程家如痴如梦，几乎没有留下什么印象。之前，她还不知程鲁民活着，不知活着的程鲁民是在这样的一个中国庭院中长大。从母亲的嘴里，从中国奶奶的眼神里证实了一个意外的惊喜，她整个身心都被惊喜塞得满满的，沉甸甸的。随即得知，就在苏军到达旅顺口的当天，程家为程鲁民娶回了荞面儿，她整个身心又被掏空了，有一种飘浮在半空中的感觉。以前，医生诊断她患有战后抑郁症，她认为病是医生强加给她的。有了塞满了又被掏空了的经历，她感觉自己还是符合战后抑郁症的某些状况。应了苏联人常说的那句谚语："承认自己有病也就接近于痊愈。"

此时，大病初愈的尼娜小心地审视着这个中国的家庭。推开厚重的院门仿佛进入了一座宝藏的入口，让她产生了要进去探寻一番的冲动。木门上的花纹是一棵树历经沧桑的经纬，能让人联想出树的模样，能推断出树的年龄。转动门轴的厚重声音，仿佛是一个巨大而古老的车轮发出的喘息声。走进院内，上下两扇窗户镶嵌着精雕细刻的木花格儿，榫卯结构的花格图案设计得精美绝伦。从窗户望进去是一排整齐的家具，箱子、板柜、博古架……每一件家具上都留有岁月侵蚀的痕迹，都有着近似于中国的土地和中国人皮肤上那种特有的黄褐色。从走进大门伊始，她就感觉到中国家庭与树木有着千丝万缕的联系，所谓的家差不多都是树的生命的延续。

程老夫人和家人起身迎上前去。程鲁民把奶奶、父亲、哥哥、嫂子一一做了介绍，还有刚疯跑回来的弟弟程津生，唯独没有介绍荞面儿。程老夫人赶忙补充说："她是老二家里的，只是没有圆房。"曲舒又从背后拉了奶奶衣襟一下。

程老夫人再次见到柳德米拉和她的两个女儿不由得开心地笑了，苏联胖妇人有五十岁，胸前像塞进了两个葫芦，走起路来像荡在水缸里的瓢，不停地颤晃着。当妈的腰围比两个女儿合在一起还有富余。胖妇人很得体地微笑，脸上没笑出一道皱褶。程老夫人心里感叹：胖有胖的好处。两位年轻的姐妹都是蛋青色的皮肤，蓝色的眼睛都长着燕尾似的长睫毛忽闪忽闪的。要说差别，姐姐尼娜似乎病怏怏的，个子高挑，身材却不丰满。忧郁多于聪慧的眼神含有一种挑剔的表情，有一种经风见雨的倔强。妹妹柳波芙年龄尚小，身材瘦削，顾盼中露出不屑和傲慢，脸上星星点点的雀斑还未褪净，偶尔，微眯着眼睛还显出与年龄不相称的狡黠。这姐妹俩都是程老夫人不喜欢的类型，要说在其中硬选择一个喜欢的，程老夫人对妹妹的好感还要多一些。

苏军一家人刚进门时，程老夫人就看出多了一个年轻的小伙子。鲍里斯说："尊敬的程老夫人，我要特别向您介绍：这是我的儿子彼得，苏军的中尉飞行员，恰好昨天来旅顺口执行飞行任务。我把他也带来了，您不会介意吧？"

程老夫人说："看你长着一张苏联人的脸，中国话说得太地道了。哪里会介意，请都请不来，来了是肯赏光，快快坐下吧。"

在程老夫人的眼里，苏联男人的长相有些粗糙，远没有苏联女人那么精细。鲍里斯的眼睛深陷，如同两个鸟窝一样蓬乱，棱角分明的脸颊加上浓密的络腮胡子如同干打垒的土坯墙，少了一些精雕细琢的别致，多了一些漫不经心的随意。不过他的儿子彼得是个例外，这张有别于中国人的脸虽说稚气未脱，但让人看着舒心悦目。

中苏双方的家庭成员分宾主坐下。一楼紧挨后窗户的小餐厅有点挤，程老夫人招呼着荞面儿过来坐。荞面儿说："不上桌啦。"程老夫人说："挤也挤不着你。今天你们两人是主角儿。"程皖夫在灶间煎炒烹炸，用人李婶穿梭在灶间与餐厅间端菜倒酒，又给每人分放筷子。见筷子上面有水滴没有淋干，李婶拿着筷子在腋下衣袖上抽擦。程鲁民看着心生恶心，把李婶叫到跟前小声地说了两句，李婶不好意思地收起筷子。

程老夫人明知程鲁民嫌弃用人做法粗俗，又不卫生，却遮掩说："苏军的先生太太小姐哪里会用筷子，李婶快去把刀叉找出来。前两天准备搬家，不常用的东西都放乱套了。"老鲍说："不必麻烦。我们正好学学如何使用中国筷子。"程老夫人说："那就换一扎新的上来。你们可能不太懂中国人的规矩：中国人家里来了客人，女人一般不上桌子吃饭的，但是，今天例外。一来苏军家属里有女眷，我们这些女流之辈也跟着借光。二来今天又是一个特别的日子，程家为苏军接风，捎带也把我二孙子圆房的喜酒补上。把酒满上。"

程老夫人的话音刚落，尼娜的脸突然涨红，眼睛僵直在程鲁民的身上。程鲁民只朝她望了一眼，再也不敢转过头来。柳德米拉却显得十分兴奋，问："中国奶奶说的'圆房'是什么意思？是说结婚要住在圆形的房子里吗？中国词语中的'洞房花烛'又是什么意思？是在山洞里点上蜡烛吗？您说的话好像与住所有关。"

程老夫人乐了，乐得眼泪都出来了。曲舒忙解释说："你们望文生义了。中国人说话含蓄，结婚不说结婚，说入洞房，说拜天地，说结秦晋之好，说喝喜酒，说白头到老……五花八门林林总总，说多了你们也记不住。但说那结婚仪式吧，你们苏联新人去教堂结婚，神父像念经似的问几句客套话：你是否愿意娶她为妻，无论是顺境或逆境、富裕或贫穷、健康或疾病、快乐或忧愁，你都将毫无保留地爱她，对她忠诚直到永远？你们是这么念叨的吧？中国人不喜欢这么啰嗦，就几句话——一拜天地，二拜高堂，夫妻对拜，入洞房。入洞房就是小两口步入新房里的意思。"

苏军一家人听得面面相觑稀里糊涂也没弄清"入洞房"和结婚有多大的关系。柳德米拉还想问什么，尚未开口便让丈夫叫停了。鲍里斯还算个明白人，知道这些习俗不是一时半会能够弄懂的，深究下去怕有病的女儿承受不了。尼娜全神贯注地听曲舒解释。入洞房好像是结婚的最后一道仪式，程鲁民显然还有一些程序要走。她有这样的自信和把握，程鲁民早没入洞房晚没入洞房，肯定不会今晚入洞房。

柳波芙许是年龄尚小，正在用鼻子吸吮肉丸子里飘出的香味，只恨用筷子的手不得劲，笨手笨脚地夹不进嘴里。苏军飞行员彼得倒挺有高招，手握筷子像串糖葫芦一样串了两个，分给了两个妹妹一人一个……这是程鲁民吃过的最没滋没味的一顿饭。中国老太太和苏军上校各为自己的心事聚在了一个餐桌上。苏军上校不遗余力地把女儿带到旅顺口，"不计前嫌"地住进了程家大院，想必动一番心思做一番取舍的。可见，"可怜天下父母心"这句话中外通用。中国老太太的气度和胆识也令程鲁民刮目相看，他知道奶奶没读过兵书，不懂得"以夷制夷"，但巧妙地把尼娜纳入她的掌控之中，甚至还有超常发挥，让苏军一家人来亲眼见证"洞房花烛夜"，以此警示他们不要再有非分之想。

又四道热菜端上来了，蘑菇排骨、醋熘鱼片、毛蚶炒小葱、南瓜蒸海蟹。十六岁的程津生吃起东西正是如狼似虎的年龄，不知谦让客人，瞄准了蘑菇排骨就是一筷子。父亲程绪至看不惯，刚要举筷头抽他却被程老夫人挡下。"他还是个孩子，吃完了急着疯跑去，你跟他治什么气？不是不让你管教孩子，非要当着苏联人拉下驴脸，你早干什么啦？"

窗外有个人影一闪而过，程津生起身被程老夫人喝住：“你又想趁机溜走。让你大哥出去。”程皖夫出门不长时间折回来说：“是队伍上的人，找二弟的。”

鲍里斯的酒喝到半酣，脸上有些红晕，拉住程鲁民：“你不能走，告诉你的同志，现在是私人时间，不接受任何人的打扰。”程鲁民说：“我去去就来，看看是谁，什么事情。”他走出门外，见院门口暗处有一人影，仔细辨认才看清是队伍上的郭起仲，外号叫盐驴子。盐驴子一把拉过他的胳膊说：“周政委有些喝多了，要找你理论，谁劝也不行。”周允声站在院门外比比画画：“好日子都让你过了，喝个小酒，除了老婆还有外国女人陪着。我就纳闷，那外国的娘们不懂羞耻，明知你结婚了还脸不红不白地坐在你身边；这苏联人当父母的怎么不嫌磕疹，女儿都这样了也不知道管管吗？无怪你小子向往着苏联人的生活。”

程鲁民连推带拉把他拽到一边，说：“周政委，你误会了，我们的家人都在。再说，这也是董旅长交给的任务。”周允声的胳膊肘在空中画着弧线，说：“咱们都是喝酒，你看你三宫四妾地陪着，而我的眼睛里全是孙桥板的影子。”程鲁民听到这里，心像被蜇了一下，一时无语。

周允声提高了声音：“程家的藏书楼被损毁，连延安都惊动了，而你却在这里花天酒地的。你怎么不说话了？”

程鲁民诚恳地说：“周政委，咱们今天都喝了酒，明天唠好不好？我们不能因为苏军里有害群之马就把他们都当成我们的死敌。你也知道，鲍里斯对八路军还是友好的。”周允声又虎着脸说：“那是因为他的女儿与你相好。他在别有用心，你在认贼作父。”

这句话可真戳破了程鲁民的心窝子。在他看来自己就是个倒霉蛋窝囊废外加受气包。奶奶逼婚逼圆房，父亲和大哥时不时也挤兑他，家人的不理解也还在其次，因为从头到尾他没有正儿八经地向他们解释过。谁都可以怀疑他，谁都可以拿他的脑袋当夜壶，但周允声不行。就说结婚吧，从头至尾来龙去脉他当政委的一清二楚，怎么可以提上裤子不认账？程鲁民的牙齿咬得咯咯响，却尽力用平缓的语气说：“周政委，这是董旅长布置给我的工作，你要是有想法找旅长说去。”周允声略微有些泄气，但嘴里还是愤愤地嘟囔：“找谁我还怕了不成？”

盐驴子好说歹劝，在一旁费尽了唾沫才把周允声劝了回去。程鲁民回屋重新落座，程皖夫端上最后一道菜：青花碗装着刚出锅的家常菜。程老夫人介绍说:“这道菜叫‘天地炖’。‘地’是指地里长的山药,一种可入药的药材,当然也可食用。‘天’是指天上的飞禽。中国人常说‘宁吃飞禽四两,不吃走兽一斤’,说的就是天上的飞禽肉比地上的走兽肉好吃。”

苏军一家人似乎对“天地炖”这道菜挺感兴趣,喝着汤,吃着山药和飞禽。老鲍已喝得半醉半醒,说:“程参谋,你是个讲究信誉的人,也是一个值得信赖的人。我要告诉你一个秘密:苏军中的许多人不了解旅顺口,不懂中国文化,他们是站在苏联自身的立场和利益上处理中国事务。这就是我与他们的差别所在。”

墙角处的座钟敲着声响,提醒着小城的人们早睡早起,过了晚八点已经算是熬夜了。但今天确实是个例外,刚来旅顺口的苏联人的时差还没有调整过来,还显得有些意犹未尽。程老夫人本来想说一对新人不必陪着大家了,外面的月亮升得老高,正是洞房花烛之时。荞面儿看懂了奶奶的意思,心里就有些发虚,慌乱地低下头。柳波芙用筷子从炖菜中夹出一块骨头。她本来已经吃不下东西了,但肚子饱了眼睛还没有饱。这丫头使用中国筷子的水平不是一般的糟糕,骨头没夹住掉在餐桌上,她随即发出了撕心裂肺的叫声:“天哪,是鸽子。”

在一旁的柳德米拉愣了一下,问:“什么,你说是我们家的鸽子?”

程鲁民站起身来向柳波芙望去,只见她面前的一截飞禽的爪子已经煮得有些发白,但爪子套着一个像戒指一样的金属环在灯下闪着亮光。程鲁民看得清清楚楚,柳波芙带来的苏联鸽子才有金属环。他转向大哥程皖夫,厉声吼道:“你说,到底是怎么回事?”

程皖夫上前看了看,说:“我还以为是什么鸟儿呢,还高兴有一道硬菜可上,也就没有多问。”

程鲁民明白大哥和三弟故意下套报复苏军一家人。在这哥俩看来,或许杀死鸽子让苏联人恶心,让他们自食其果是一种最痛快的报复。但他不能明说,话里还要替自家兄弟遮掩:“你连苏军的鸽子和鸟儿都分不清就给炖上啦?”柳德米拉带着哭腔说:“王子是我们全家的宝贝。柳波芙从那么遥远的地方抱来的……”

柳德米拉话说了一半却突然仰起了脖子,紧闭眼睛憋住嘴,仿佛一张口就会有东西蹿上来,她强忍咽下去;尼娜胃里的食物直顶嗓子,她捂着嘴跑了出去,随后便能听到门外凄惨的呕吐声;柳波芙起身刚要伸手捂嘴,可还是晚了,她把吃进去的东西全部吐在餐桌上。程鲁民忍着心中的厌恶来到了程津生的面前,一手抓住他的衣领,另一只手紧跟着一个大嘴巴子,程津生一头栽倒在桌子下面。

程皖夫急忙跑过来,拉起弟弟程津生,把他扶到座位上,暴怒地看着程鲁民:“几年不见,你长出息啦,敢跟自己的兄弟动手了。不就是一只鸽子吗?”眼见火药味越来越浓,程老夫人气得浑身发抖,指着程绪至的鼻子,说:“都要造反啦,窝里斗啦,你还坐成个大爷的样子,没见过你这么窝囊的爹。”

程老夫人在荞面儿的搀扶下往房间里走,曲舒跟了上来说:“这二弟做得太过了,程津生打了只鸽子,又不是打死了人,值得他大动肝火?说不定还是误杀呢,苏军的鸽子又没有写字,就是写上苏联字,这哥俩儿也看不懂。老二媳妇,你也得说说他。”程老夫人瞪了曲舒一眼,说:“你让我清静清静吧,脑袋都大啦。二混天是她这个当媳妇的能说好的吗?他这一巴掌打了别人,自己却借由跑了,圆房的事又泡汤啦。”

第六章　收藏书知了斋散金，慰英灵众兄弟祭拜

诗曰：

一觉醒来梦黄粱，日日辛劳泪沾裳。
千金散尽易复得，万卷捣毁白收藏。
损人人前自亏理，利己己后总赊账。
后人若问前世情，怨债何时可有偿？

柳波芙还记得1945年9月份的一天，旅顺口中学开学了，这天也是她在异国他乡第一天上学的日子。那天，初升的太阳如同一个无壳的鸡蛋，蛋黄挣脱了海水的粘连冉冉拔起，晴朗的海面略有一点雾气，湿润的山林里有数不清的鸟儿啼唱，灰色的小楼里飘浮出缕缕炊烟，带来了煎饼果子、油条和豆浆的气味。整个旅顺口像一幅立体的画，悬挂在黄渤海交界的海面上。

程津生起了个大早，又要不吃早饭往外跑。程老夫人喊道："老师还没走呢，你急啥？"苏军二小姐柳波芙似乎忘记了昨晚呕吐的不快，从楼上跑下来拦住他的去路，说："我还没洗脸呢，你等我一会儿。"程津生退后两步，闪身从侧面跑出去，边跑边说："这都晚了，让老师批评你也不用要脸了。"程老夫人安慰她说："休要学那个海兽，女孩子第一天上学，跟你们曲老师一块走，没人敢批评你。"

鲍里斯早晨起得挺晚，昨晚浓烈甘醇的中国高度白酒让他的睡眠状况得到了有效的改善，当然，夫人酒后的折腾也让他精疲力竭。十几年苏军军营戎马生涯，让他养成了一种习惯：熄灯号不响他睡不着觉，起床号不响他也醒不过来。睡在中国民宅里，远离军号声的生活，他暂时还没有太多的不适应。

鲍里斯在洗漱梳理鬓角时，侧头看到柳德米拉正在打开绿漆木箱子，这只

木箱子是他昨天刚拿回来的。他顾不得下巴上的泡沫尚未洗净,连忙过来阻止夫人继续归拢物品。但还是晚了一步,夫人已经看到了木箱中还有一个小牛皮箱子。柳德米拉对这种大箱子套小箱子的做法心生好奇,丈夫的慌张更让她心生疑惑:"鲍里斯,这里装着你的财宝箱吗?"

鲍里斯刚要把牛皮箱子放回原处,夫人挡住他非要看看里面装着什么不可。柳德米拉原本深陷的眼珠子略微外凸:"天哪,我们竟然与这些死的东西睡在一个房间里。"

"你不用担心,这是刻在甲骨上中国最早的文字,是文物。"鲍里斯没有告诉柳德米拉这个皮箱子是程家藏书楼里的珍藏。外国男人大概也担心女人口风不严,只是避实就虚地说:"依照苏联政府出兵中国东北的有关规定,所有战利品都要及时运回国内。当然,他们不知道这些文物的真实价值,上交给他们可能会被当成狗啃剩下的骨头而白白糟蹋了。"

鲍里斯出门上班后,程家大院里中苏两家各剩下母女二人。柳德米拉和女儿尼娜继续整理房间,程老夫人和荞面儿待在一楼堂屋,耳朵却竖向棚顶。楼上有一种像是从洋匣子发出的声音,荞面儿仔细听听说不是洋匣子发出的而是从人的嘴里唱出来的。程老夫人问:"人能唱出那么好听的声音,那嗓子眼得有多细?"荞面儿说:"就是尼娜唱的,她们不吃苞米渣子,嗓子眼细着呢。"

程老夫人与荞面儿走上楼来,为昨晚的事诚心实意地向苏联胖妇人道歉。之所以选择这个时间上来,是因为他们家其他人都不在家。程老夫人与柳德米拉同为母亲,母亲对犯错误的孩子总是能够宽容大度一些。有她的大女儿在场也不错,比那个尖刻的二小姐在家要好许多。这位瘦削的苏联姑娘不是千里迢迢来到旅顺口吗?不是还对她的二孙子程鲁民有点意思吗?不是为此得了相思病吗?那么好,她是不是更容易原谅程鲁民那个不懂事的弟弟?

程老夫人的道歉从叹气开始。一声叹息是为苏军刚刚住进程家就发生了这样的事情感到惋惜,是为不懂事的孙子滥杀无辜感到痛心,是为一顿上好的中式大餐被吐得一塌糊涂感到遗憾。她说:"我骂过了那混账的东西。不是今天开学他别想吃饭。事儿不算完,放学回家看我不打断他的腿。"

柳德米拉吃惊地睁大眼睛,深眼窝里满是疑惑地问:"中国奶奶,您是说,您孙子打死了鸽子,您就要打断他的腿,是这样的吧?"

这一问把程老夫人问住了。看来这个苏联胖妇人"较真"了。但话已经出口如同泼出去的水不能收回，如同屙出去的屎不能坐回去一样。程老夫人只好怯声地说："是啊。"柳德米拉瞪眼、撇嘴、耸肩，外加两手一摊，一连串的动作一气呵成，十分协调十分不解地问："怎么能这样呢？您是做奶奶的人啦，不能因为孙子犯错误，您就犯法，竟然要把他的腿打断，惩罚得过于严厉了吧？"

程老夫人一拍大腿，眼泪都笑出来了。这位苏联胖妇人"较真"叫拧巴啦。我说打断他的腿就真的打断了？你当我傻呀，对亲孙子我有这心也下不去手。不过是为了道歉，不过是讨取你们的原谅，怎么狠歹怎么说罢了。程老夫人得出了一个结论，苏联的胖妇人是个心眼实诚的人，实诚到张开嘴就能看到肠子，实诚到肚子里有多少东西都能吐出来。实诚的人好交。

一场中苏两个家庭的危机悄然化解，两位母亲脸上都露出了欢愉的微笑。程老夫人看到床上的铺盖都是苏军配发的被褥，枕头是用一条浴巾裹着棉裤充当，她让荞面儿下楼去找两床新的蚕丝绸被，外加两对枕套。荞面儿跑下去又跑上来，蚕丝绸被抱对了却拎错了枕套。程老夫人说："这是日本货。日本人做的洋枕儿枕着不舒服，缎子面刺绣的枕套放在炕橀里，再回去找来。"

荞面儿又跑了一趟，拿来的刺绣枕套让柳德米拉爱不释手。日本人的洋枕套是机器印制的花，花印得像油画，远看马马虎虎，近摸却粗糙得刮手。而缎子面刺绣的枕套，是程老夫人一针一线用桑蚕丝绣成的，看一下满眼水彩样儿的清新，摸一把柔滑得很。

苏联胖妇人大概也懂得"来而不往非礼也"。她从箱子底找出了一个俄罗斯套娃送给程老夫人。程老夫人接过来说："这是个啥物件这么稀奇？是用木头刻成的娃娃吧？"

柳德米拉娘俩儿故意不说破。程老夫人摆弄了一会儿交给荞面儿，荞面儿把套娃的头部拧动了，再拧两下头部与身体分开，从里面倒出了一个小一号的木娃，接着再拧，又倒出来一个更小一号的木娃。最后把套娃的头和对应的身体合上，竟一连排上了六个从大到小的木娃。

程老夫人看着乐了，仔细地抚摸着做工精美的套娃："这个真好，六六大顺。一个比一个小，就像一辈留一辈似的，大概苏联人也懂得多子多福吧。荞面儿，这个就放到你屋里，你得好好供着。"

这边的房间里，程老夫人和柳德米拉唠着中国女红与苏联手摇缝纫机做活的差别。对面的另一个房间，尼娜拉着荞面儿坐在床上谈论的自然离不开青年人的话题。程老夫人心里明镜似的,那个苏联姑娘也如套娃一样肚子里有货,她在套着荞面儿话儿。尼娜问:“夫妻俩得有共同的语言、共同的向往,程鲁民跟你讲苏联人的生活你能听懂吗?”荞面儿咬了一下嘴唇,说:“在家里弄那些虚里冒套的干啥?家不是瞎扯淡的地方。柴米油盐糖醋酒茶,过日子该唠的事多着呢。”

程老夫人听着听着觉得不对劲儿,她们对话的声音越来越大,隐隐约约夹杂着哭泣声。程老夫人慌忙地走过去,边走边喊着荞面儿的名字。柳德米拉也跟着过来,进门一看哭的不是荞面儿而是尼娜。程老夫人有些意外,说:“刚才不是还说得好好的,怎么就落泪了?苏联丫头,你可别跟我的孙媳妇一般见识,她有冲撞你的地方我骂她。”

尼娜哭得双肩颤抖,脸上泪珠儿扑簌簌而下。柳德米拉不无担心地说:“中国奶奶,我女儿怕又犯了在苏联时的老毛病。”程老夫人一听这话更奇怪了,照这个样子看,她在苏联得的不只是什么抑郁症,恐怕得了花痴病也未可知,便安慰道:“丫头,有什么事说出来,别在心里憋着,窝心的事倒出来才舒服一些。”尼娜抽泣半天好容易忍住,抹了一把脸花容失色,时断时续地说:“我是为、为程鲁民哭的。他太幸运了,没有与她圆房。”

程津生抄近路去学校,必经过日本人设立的伪警察署。苏军来到旅顺口后,伪警察署闭门歇业,社会治安靠于大把头及其手下的维持。程津生本来没有打算在此耽搁,却见周允声和二哥程鲁民领着十来个八路军战士走进了伪警察署的门口。他躲在一棵大树后,掏出弹弓拉直了双臂突然松开,弹弓在空气中抽响,没有押上弹丸放了一个空枪。摸摸左脸蛋子似乎还微凸着二哥的手掌印,火辣辣的。不过,二哥要干的事他还是有兴趣偷窥一番,早把上学的事丢到九霄云外去啦。

旅顺口市警察局成立仪式没有程津生想象的热闹,甚至连一挂鞭炮也没有放。程鲁民先登上台阶请周允声讲话,程鲁民称呼周允声为“周局长”。周局长讲话实打实,像笊篱伸进汤钵里捞上来的全是干货:“甭管我们叫什么,我们都是八路军,谁要是忘了自己是八路军,谁他妈的是王八羔子。”

后一个上台讲话的程津生不认得,官肯定比周局长大,程鲁民称呼他董副市长。董副市长讲话嗓门儿更洪亮,也更有鼓动性:“同志们,过去我们常常幻想,打败了日本鬼子我们干什么?有的说,回家伺候老母亲;有的说,回家搂老婆哄孩子。如今，苏军来了把日本鬼子给打败了，可是，我们还不能回家。为啥？用程鲁民的话说，因为老百姓还没有过上苏联人那样的好日子。”他说一句，底下响起一阵掌声，他总共讲了十句话，下面鼓了八次掌。董副市长最后说：“下面，我们开始发枪和警察服装。”那掌声响得像鞭炮塞进了耳眼里，炸了。

发枪和发服装同时进行，一旁发着枪，另一旁发服装。有的先领枪，有的先领服装。先领到枪的欢天喜地，说：“我的娘啊……”枪是快枪，有的日本人用过的，有的日本人还没来得及用，从枪械库里拿出来的，枪上还粘着厚厚的黄油。先领到服装的人垂头丧气，把服装一丢，说：“去他娘的。”程津生所见到的八路军穿戴不行，不正规，什么样的衣服都有。而国军的服装也好得不成样子，他不明白八路军为何穿上这样好的服装还骂娘。

程津生看了一会儿便有些索然寡味，为此逃课实在有些得不偿失。撒个什么弥天大谎才能让曲老师信以为真，这是最让他绞尽脑汁、挖空心思也常常不能自圆其说的烦愁事。程津生刚想溜走却被人一把薅住衣领子，仰头一看是二哥程鲁民。他立时感到左脸蛋子还有点针扎火燎的。

程鲁民好像什么事情也没发生，又用话扇他的脸蛋子：“你看你哪像个学生，浑身蹭得跟泥猴一样。这都几点啦你还没去学校？”程津生回敬了一句：“不用你管。用着我了，好话说尽让我替你接新娘子，用不着了给我吃大嘴巴子。有能耐冲外人去呀，咱家藏书楼里的皮箱子都让老毛子给偷走了。”程鲁民听到这里，嗷的一声：“这事与你无关，你别给我找麻烦。”程津生不服气地说：“我要让他们知道，咱们也不是好惹的。”程鲁民一把拉过他：“你不用上学啦，给我回家老实待着。”

有一队学生经过这里，看到他们哥俩撕扯着，一位男生对着女生说：“程津生不用上学了，他都坐上了马车轿接媳妇啦。”那个女生把嘴角撇到了耳丫子：“别臭不要脸，看他接新媳妇，你是不是也着急啦？”

程津生躲过烦躁的程鲁民，朝着大哥的“知了斋”书画店走去。这个时候不早不晚去学校，迟到的理由实在不好编，但也不是编不出来。一眨巴眼，程津生想起了一个：就跟曲老师说是二哥不让去上学的。这个理由绝对过硬，头天晚上他打自己一个耳光，曲老师肯定相信二哥会做得出这等蠢事。再说，他刚才说话也确实有这样的意思，赖在他身上也不算冤枉他。

他要借用大哥的嘴把逃课的理由说出来。这样，无形中就增加了见证的因素，就有了第三方做证的力量。“知了斋”的门旁围了许多人，显眼位置上张贴了一张征集广告：“本店收购古画、古书、古物件，不问出处，价格合理，家中存有者尽可放心送来换钱，保证童叟无欺。”

一位老汉手拿了几本古书，犹犹豫豫敲开了小店的门。走出来的大哥接过书说：“一块五一本，你这五本总共七块五角。我马上给你拿钱去。”老汉一把拉住程皖夫，把书硬塞给他：“可不敢要钱。这是我家那个浑小子趁乱把你家的东西偷走的。你不怪罪就好。”程皖夫说：“我们心甘情愿付费给你们。”

程津生明白了父亲和大哥的用意，他们宁肯散尽家中钱财也要收回藏书楼散佚的书。造成这种后果是因为苏军强占了藏书楼，而二哥程鲁民却待他们为座上宾。从奶奶的话音里，他隐隐约约觉察出二哥与苏军家的大女儿似乎还有一种说不清的特殊关系。因此，他打死了他们的鸽子，让大哥下锅熬汤，苏军在不知不觉中自食其果，这是他在这个年龄所能做到的最恶毒的报复。

八路军从龙河岸边搬到了原日伪警察署办公了，改换门庭，挂上了“旅顺口市警察局”的木牌子。程鲁民忙完了挂牌仪式，领到了新服装换上。所谓的新服装也不是一水没洗的那种，只不过穿着不露皮肤，但有可能是从死人身上扒下来的。程鲁民照照镜子，比起八路军原来的穿戴有焕然一新的变化。从镜子中照见外号比名字都响亮的崔松石（舵楼子）、乔维轩（桅杆）、郭起仲（盐驴子）堵在门口。来找程鲁民的这几个人还穿着原先的破破烂烂的旧衣服，往门口戳着像个门神，或者像讨饭叫花子一样立着，谁也不先开口。他们推推搡搡地把驼背的盐驴子倒着推到了前面。盐驴子撕扯不过，说：“我们想去孙桥板的坟前看看，觉得穿国民党警察的衣服不合适。”

尽管董副市长号召大家要从悲痛中走出来，但怀念一下牺牲的战友还是应该的。程鲁民问：“看孙桥板怎么就不能穿上新发的服装啦？”盐驴子说：“怕弄误会了，怕孙桥板误把我们当成了国民党兵。”程鲁民的心里揪了一下，说：“那好吧，咱们一块去。”

七八个人来到一个新堆成的坟丘前。没有墓碑，也没有墓门。土坟头压着几张发旧、被雨水淋过的黄纸表明还有人来过。他们几个人摆上供品，烧了纸，上了香，对着坟头叩头，挨个向孙桥板说着心里话。

崔松石说：“孙桥板大哥，我是舵楼子。我们现在不叫八路军了，叫警察。穿的衣服也不是过去的了，我们再来时你得看仔细啦。”

乔维轩补充道："舵楼子说得对，我们怕穿上那样的服装会吓着你。你千万不要误会，不管穿什么样的衣服，我们都是八路军。"

崔松石："孙桥板大哥，真他妈的窝囊，不能替你报仇了，我们的队伍都让人改编了，这些也是大鼻子苏军干的……"

乔维轩打断他的话："舵楼子不要乱说了，程参谋还等着祭拜呢。"

崔松石不服气地说："我怎么乱说啦！苏军做的那些恶心人的事还不让说啦！"

郭起仲说："舵楼子，还让不让程参谋祭拜啦？"

程鲁民敬了三炷香，三鞠躬，说："你死得冤枉。你本来应该好好地活着的，你本来能看到现在的变化的。苏军整肃了军纪，把过去纪律涣散的官兵调离了。苏军倾向八路军的部队，批准我们正式组建旅顺口市警察局，把我们这支武装完整地保存下来。我们知道这些变化有你的功劳，你的死换来了苏军的醒悟，换来了现在融洽的局面。我们愿你安息。"

程鲁民知道后面有几双眼睛在透视着自己的脊梁骨。刚才的那番话不单单是向死者的祷告，更是说给身后几位活着的人听的。他说得沉静缓慢而又语气坚定，是发自内心地对死者的评价，更是对活着的人的安抚。

回来的路上，翻过一道山岗，过岗便是一个山坳，山坳里背风朝阳，几缕炊烟徐徐袅袅。秋季里山地的草叶已是枯黄，几栋民房在炊烟下若隐若现，黑土中那些不知季节变换的叶芽顽强地生长。战士乔维轩紧跑了几步撵上程鲁民，气喘吁吁地说："程参谋，我挺佩服你的，你挺有才干。"

程鲁民尽管以前没有与他交流过，但别人在哪方面夸你，说明这方面他也是强项，至少他是关注你才干的人。一句话拉近了乔维轩与他的距离。谁知，乔维轩后面的话却不着调了："你有文化又有才干找什么样的老婆不行？你弟弟替你接来的那个荞面儿就挺好，长得多俊呀，不比苏联娘们逊色。苏联女人结婚前要多好看有多好看，结婚后的身材就没法瞅了，那腰粗得十桶水也灌不满。"

还没等程鲁民说话，战士郭起仲一把把乔维轩推到后面去："乔桅杆，你都胡咧咧些啥？让你说正经事，你扯上苏联娘们的腰啦！你不说，我说。程参谋，我们不愿意穿着国民党警察的服装，也不想让老百姓指着脊梁骨骂娘，我们想调回八路军的队伍里，回山东老家那疙瘩也行，只要跟着八路军干，远点没关系。所以,我们来找程参谋帮我们联系一下山东的八路军。”

回到警察局,董汉彬副市长主持召开中共胶东地区大连支队会议,他首先宣布了对领导干部的任命:周允声担任旅顺口市警察局局长。程鲁民担任对外联络科科长,乔维轩担任保卫科科长,郭起仲担任交通科科长,崔松石担任总务科科长,跟随董汉彬从胶东过来的八路军排长齐雨林担任督导科科长。这项任命事先征求苏军意见时,老鲍对其他人没有提出异议,其他人老鲍还对不上号。他关心的只有两个人,一个周允声,另一个程鲁民。老鲍在周允声名字下面画了两道深深的铅笔印。这一点董汉彬早就想到了,但也恰恰在这一点上,他与老鲍没有一点商量的余地。老鲍也实在提不出自己满意的人选,他想提出让程鲁民担任局长,但掂量了一下,程鲁民无论从年龄还是资历都嫩了一点,对旅顺口的原班人马也不够了解,未必能够胜任。周允声成为无可取代的唯一人选。

任命宣布后,其他人员散会,新上任的各位科长汇报近期的工作开展情况。保卫科科长乔维轩率先发言:“自从苏军的戒严令下达后,市民们能够遵令守法。但执行不好的就是苏军士兵。发现了两起苏军士兵酗酒事件,对他们这帮玩意打不得,骂不得,最后给关到局里的禁闭室里醒完酒,让他们清醒之后才放行。他们还算有点人情味,临走时再三再四叽叽咕咕,听不懂他们说了些什么,估计是道歉的意思。咱们的人也算救了他们,他们若醉生梦死地回到了苏军营,受处分都是轻的。”

周允声插话:“这帮没有教养的玩意,再碰到这样的事不用醒酒,直接送给鲍里斯,看老鲍如何处理他们。”

交通科科长郭起仲说:“咱们局里现有的两台驴车算是我们全部的交通工具。咱们使用驴车一定要先打招呼请示。没有局长的条子,一律不准随便乱用。要用也得好好用,别拿哑巴畜生不当东西。前两天,一个科,具体是谁我也不想得罪人,把驴屁股都打出血缕子啦。那头驴刚产了个驴崽子,恋家。你不能老打它,得哄着来,到地方给拴住了,不然掉头它就跑回来看崽子啦,驴和人一样,通性。”

周允声说:“我接一句。别提那个倒霉的条子啦!出大门过两道岗都要看条子,咱们战士文化程度不高,条子上写别的字也不认识,只认得‘周允声’三个字,也怨我图省事,条子上只写个名字。可有的人更操蛋,装在兜里怕掉了,干脆把‘周允声’三个字贴到了驴屁股上当通行证。老百姓还以为那头驴叫周允声呢。好了，总务科。”

总务科科长崔松石憋了半天才说：“别的科提的都是条件怎么不好，可总务科提的却是嫌条件太好啦。国民党的警察服装没有人稀罕不奇怪，奇怪的是有人竟说现在的警察局不是共产党的啦，还有人要去找真正的八路军。”崔松石看了乔维轩一眼，乔维轩低下头。

周局长：“总结的话请董副市长讲吧，大家欢迎。”董汉彬在大家的掌声中走到前面，说：“我和周局长刚刚在大连开完工作会议，结合刚才各科长的汇报，我想讲讲目前的时局和我们的任务。第一，我们的警察成分很复杂。当中除有部分工人、市民、抗联官兵以及胶东支队改编进来的人外，还有打着各种牌子的国民党分子，以及汉奸、特务和‘关东州’时候的工头、旧军官、伪职员等。第二，旅顺口市的治安现状很复杂。有些地方的领导权没有掌握在我们的手里，国民党还在公开组织集会、演说，公开发表反苏反共言论；美蒋特务分子暗中勾结，伺机反扑。据大连市警察局通报，反动势力近日要发起反革命暴动。第三，我们战士的思想状况也很复杂。有的人对世界局势不够了解，对苏军进驻旅顺口持否定态度，对穿着国民党警察服装颇有微词。我们在座的不是也有想离开警察队伍的吗？”

下面有了小声议论声，董汉彬看了一眼，继续说道：“我们的同志有两个问题没搞清楚，一个是我们同苏军的关系，另一个是我们现在的作用。我们在工作中一定要注意和苏军搞好关系，这是毋庸置疑和不可否定的。要同他们合作好，就要很好地研究和充分地利用《中苏友好同盟条约》，特别是这个条约里与旅顺口、大连地区的地位有关的条款。说到我们的作用，我看至少有三点：一是要成为社会治安的保护神，二是要成为东北八路军的桥头堡，三是要成为苏军与八路军联系的纽带。”

周允声最后强调了两句：“刚才，董汉彬副市长的讲话很重要，我不再重复。据我们掌握的情报，国民党在旅顺口的特务要组织暴动，他们盯上了程家的藏书和珍贵文物……”

第七章　画正字累计麻袋数，垫胸高递减视觉差

诗曰：

藏书无奈进学堂，虫嗑鼠咬闹心慌。
囿金未见隔辈显，积墨却逾当代香。
生前名利碍手眼，过后是非看炎凉。
校舍西墙今犹在，不见当年排分榜。

柳波芙说，程家的藏书收藏在藏书楼里时她无缘得见，而堆放在学校教室里时她有幸见过，那时她没有觉得麻袋里装的物品是那样神圣和宝贵。后来倒腾教室时，曲舒老师协助程皖夫统计数量，还以麻袋为单位计数。柳波芙第一次见过中国式统计方法：每搬走一个麻袋，用粉笔画一道横，五个麻袋画出一个“正”字。

周允声事先通知程家人都到学校来，董汉彬副市长快步迎上程老夫人，亲切地问：“家人都来了吧？”曲舒打眼一瞧，发现少了一位也还多了一位——荞面儿没来，却多了一位闪动着碧绿猫眼的苏联少女。曲舒厉声说道：“柳波芙，你不回去上课，到这里凑什么热闹？”柳波芙淘气地说：“你们搞什么秘密活动怕我知道？”程鲁民说：“不是怕你，是我们要开个家庭会议，你也有兴趣参与？”柳波芙说：“我对你的事感兴趣，对你们的家事没有兴趣。”

程鲁民向董副市长介绍了家人，并特意指着大嫂说：“她是我的大嫂，叫曲舒，在这所中学当老师。”程老夫人说：“我还有位二孙子媳妇不爱抛头露面，今天没有来。”董副市长说：“那好吧，我们先看看程家的藏书。”

曲舒带领着董副市长、周允声等人来到了堆放藏书的教室里。两间起脊的教室举架不高，装满书籍的麻袋一袋袋垛到了房梁下。董汉彬从开口的麻袋里

拿出两本线装书，翻了翻，又小心翼翼地放了回去。他走到程老夫人的面前，说："今天把程家人召集到一起有个重要事情要传达给大家：毛主席在延安得知程家藏书楼遭到破坏非常痛心，专门指示东北局有关领导，一定要妥善处置。省委要求我们一定做好抢救和整理工作。"程家人听了不知说什么好，董汉彬接着说："今天请程家人来就是落实毛主席的指示。市政府经过慎重考虑决定从程家挑选一人，调市政府文化局工作，专职负责藏书整理。程老夫人，你看你们家谁适合做这项工作？"

程老夫人点头赞许道："各位长官，你们别看我年岁大了，可这心里头明白。我们家出个人到政府上班，就是拿着公家的俸禄干自家的私活。也就共产党的队伍里才有这等好事。"

程绪至觉得程老夫人说话过于直白，道理是那么个道理，但说出来容易让人误解，好像共产党的队伍里白拿着俸禄干私活是值得赞誉的好事儿。他找了句现成的话打了个"补丁"："老夫人的意思是这些古书现在不仅仅是程家的宝贝，更是我们国家的文化传承，我想，干这活……"

没等儿子程绪至说完，程老夫人打断了他的话："我看你干不了这活。你爹活着的时候，让你干你都不稀罕。你不是常夸海口说干裁缝在行吗？现在，一把年纪了倒想去端公家的饭碗？没道理。要说干这个活得让程皖夫去，他可是个心灵手巧的好孩子。"

程绪至受到程老夫人的"抢白"，心里不是滋味。这话让董副市长和周局长听了，好像他争着抢着要占公家的便宜似的。程绪至笑着说："董副市长见谅，我说的话可不是老夫人的意思。不不，我说的和老夫人说的是一个意思，就让程皖夫去。"董汉彬副市长也笑了，说："既然程老夫人和程绪至先生都同意让程皖夫去，那好，让他明天就去市政府报到。"

董副市长等人走出教室刚要告别时，见门外有一人恭候多时了。曲舒向董副市长介绍说："这是我们学校的冯校长。"冯校长抱拳作揖说："敝人姓冯，单字石。请董副市长、周局长、程老夫人及各位朋友到校长室小憩片刻，顺便对学校工作给予训导。"冯校长看样子有四十来岁，长着标准的四方国字脸，脸颊棱角分明，眉目间有一种气宇轩昂的学者风范。冯石待人接物文质彬彬的做派给董副市长留下不错的印象，如果不是时间急促，董副市长还挺想与他详谈一番。冯校长的言谈举止几乎能给所有人都留下好印象，就连程老夫人也时常问孙媳妇:“冯校长近来怎样啦？好长时间都没到家里来了。”曲舒知道冯校长与公爹有过一段不愉快的过去,只好应付说“挺好”一带而过。当年的把兄弟程绪至对冯石还是一副爱理不理的样子,内心里对他的积怨甚至超过了于大把头。

冯石一直把董汉彬等人送到校门外,说:“程老夫人把那么贵重的藏品存放在敝校是本校长的荣幸,政府又派出警员专职保护,学校对藏书理应尽绵薄之力。冬天取暖用材就由学校出,警员们的午饭也在学校食堂里热。董副市长和周局长千万不要见外,有什么吩咐尽管明示。”人们都走出了老远,董汉彬一回头,见冯石还笔直地站在原地招手,便停下来摆了摆手示意他们回去。这种真诚的送别也让董汉彬记忆深刻。

曲舒对冯校长至今还有一份敬重和感激蕴藏在心。曲舒能成为程家的长孙媳妇是冯校长做的红媒。曲舒从天津师范专科学校毕业来到了旅顺口中学,接待她的正是冯石校长。热情奔放、相貌端庄的女青年在旅顺口这个小地方受到空前的关注。一段时间内,社会上的三教九流、达官贵人甚至晚清的遗老遗少都以各种借口亲自来到学校,冯石校长都有些招架不住了。平时请都请不来的显贵们颠颠地亲自跑来一趟,冯校长光是迎来送往就弄得苦不堪言。那时候旅顺口的显贵们特别多,每一座小楼里都可能住着一位或几位叱咤风云的人物。他们居心叵测,竟像蚊子一样叮着热血女青年,有的替儿孙们“叮着”,有的厚颜无耻替自己“叮着”。

那时候的冯校长还是程家的座上宾,还深得程老爷子的赏识。冯石没有在众多的追求者中物色,却有意成全程家的长孙程皖夫。他把利害益弊向曲舒推心置腹一番,最后说:“也许你认为程皖夫配不上你,但程家绝对能够配得上你,程老爷子的声望和影响绝对是一棵参天大树,累了可以依靠,热了可以庇荫。”

曲舒在那么复杂而险恶的局势中来到旅顺口并不是她个人的意愿。国民政府从学校吸收一批热血青年派往东北各地。曲舒能够成为热血青年中的一员则完全因为她有一位远房亲属,就是那位叫曲抚顺的中年男人。曲舒在父母双亲死于日本鬼子屠刀下,孤苦伶仃之时,曲抚顺塞给了她当时最缺少的关爱和生活费,并承诺只要跟着他干,就一定能为她的双亲报仇。

曲抚顺来学校的次数越来越勤,关爱也越来越多。曲舒快要毕业的时候已经成为一名胸怀救国救亡理想,并即将付诸实施的热血青年。远房亲属家在旅顺口,而她本人无依无靠,选择投奔亲属而来,倒也没有引起日本人的怀疑。经过诸多关卡，她顺利地来到旅顺口中学当一名老师。曲抚顺得知冯校长做媒一事，向上面汇报后，对曲舒说："程老爷子虽然现在赋闲在家，但日军高官多与他有牵扯攀附，嫁到程家对掩护身份开展工作肯定会有庇佑作用。"曲舒一直默默地听着，曲抚顺以为差不多就算说服她了，可能只是因为害羞她才没有言明。曲抚顺追问道："你总得表个态度吧，点头也行。"曲舒牙缝里挤出一句话："我国仇家恨未报，绝不可能嫁给程皖夫当程家的大少奶奶。"曲舒最终也没有接受曲抚顺的建议。她主意已定，暗自打算要靠自己的能力摆脱眼下的麻烦或者是纠缠。后来虽有曲折，却还是与程皖夫结为夫妻。

在成为程家长孙媳妇的好多年后，曲舒多了一位叫柳波芙的苏联学生。在长达十年的岁月里，她教过许多像柳波芙一样的苏联学生。现今的旅顺口中校原址上还保留着当年的那些教室，在那些储藏着非凡经历的教室里曾经响起过日本学生朗诵课文的东洋腔调，也曾展现过苏联学生演练俄罗斯歌舞的异域风情。曲舒因为担任过苏联学生的老师，得到过许多言过其实的表彰；还因为她对日本学生的同情和怜悯，不可避免地被打成国民党和日本人的"乏走狗"。在批判"苏修"运动中，曲舒又被扣上日本和苏联的"双料特务"的大帽子，不得不离开教师的岗位。昔日风光无限的女教师被剪去长发，戴上由塑料布做成的透明高帽子游街批斗。当然，柳波芙回国了不可能知道中苏两国交恶后中国老师的窘境，即便后来她接到来自旅顺口的来信，看到了其中对曲舒老师的部分描述，怕她也难以置信。

当年的苏军二小姐在中国师生的眼里绝对不是一盏省油的灯。学校开学那天，程津生因为逃课没有看到她大闹中国学堂。曲老师知道她长着高高的个子，提前把她的座位预留在最后一排。柳波芙走进课堂时大部分的中国学生早已到校，她仰着头从前排走向了最后一排，用不算流利的中国话让女同桌"敬请离开"，后面又追加一句"快点滚蛋"。此时，曲老师站在教室前排，喊住了她："柳波芙同学，为何赶走你的同桌？"同学们本来就对这位长着洋娃娃脸的苏联女生心生好奇，见她又会说汉语又会用中国话骂人，纷纷侧头看她如何出洋相，听到她回答老师的话更是笑喷啦。柳波芙说："我不想跟女同学同桌。我一定要与程津生做同桌。"

班上的同学大都在十五六岁的年龄，正值青春的朦胧期，男女同桌中间还有一道"楚汉河界"，男女同学间还在羞涩中躲躲闪闪，这回可开了洋荤啦。这位洋娃娃不但主动要求与男同学同桌，而且还指定了唯一人选，程津生没在场更增添了此事的神秘感。同学们一阵窃窃私语，曲老师及时制止了混乱的场面，心平气和地对她说："柳波芙同学，安排座位是老师的事，请你不要挑三拣四。"柳波芙说："为了能有一个愉快的学习环境，学生有选择自己喜欢的同学做同桌的权利。"曲老师更加耐心地说："柳波芙同学，你既然来到了中国，想学习中国的文化首先要学会尊重中国的老师。中国有句话叫作'疾学在于尊师'，意思是：要很快学得知识和本领，首先在于尊敬老师。"

第一天放学后，柳波芙闷闷不乐地回到了程家大院，剩下的一只鸽子从房脊落地，在她的面前孤独地发出咕咕的哀叫声，她像条件反射一样胃里返上来一口酸水。这里是她和鸽子的临时栖息地，然而不幸的是公鸽子却被端上了餐桌。那个杀害鸽子的凶手在外逍遥了一天，到现在还不见踪影。既然上帝安排他们在同一所学校同一个班级，而没有其他别的安排，那她索性要求老师与他同桌。她得在方便的时候慢慢修理他。在苏联这种流氓加无赖的小男孩她见得多着呢，还没有她修理不了的。

尼娜的调转手续没有如期到达，她在旅顺口尚无接收单位，只好闲在家里。尼娜现在的境况与荞面儿差不多是一样的：都居住在程家大院，都没有正式的工作，都见不到她们想见的人。荞面儿似乎还略有优势，略占上风，略胜一筹。荞面儿至少得到过程老夫人的首肯，还坐过马车轿。那个马车轿是什么东西？在中国人的心目中像教堂一样神圣吗？尼娜都恨死了马车轿啦。

姐妹俩分开一小天的时间似乎比平时更显得亲密些。姐姐询问了妹妹第一天上学的情况。妹妹关心姐姐中午都吃啥了。在你来我往一问一答中话题自然过渡到程津生的身上。妹妹说："那个中国臭小子大概是怕我了，早晨走得那么早，却一天没到校。"柳波芙深感惋惜又深恶痛绝的是对手的无故退缩。临了一句她说："我要让他为鸽子的死付出代价。"

尼娜为妹妹阴暗的复仇心理暗暗地吃了一惊。在她应征入伍时，妹妹还是一个天真无邪的小学生，几年不见人长大了，心里也生长出一种冷硬和尖刻。尼娜在枪林弹雨中见过太多的流血和死亡，妹妹虽没有直面肉搏和杀戮，却也留有躲避敌机轰炸的惊恐印象。她们姐妹俩似乎都患有战争抑郁症，每当面临紧急状态都如进行一次病理检验，她们心中的战争阴影如同癌症细胞一样，在一次次透视中越来越大，每次检验结果都确定有加剧恶化的倾向。她们连同恶心的反应都表现出同样的症状，无论是那种文雅地小口洋溢而出，还是那种略显粗俗地喷射而出。凡是产生这样的呕吐都是因战争埋下的病灶，都是她们对腥风血雨持有恐惧的胃肠反应。父亲老鲍把她们姐妹带到了旅顺口，一个新的环境并非与过去完全割裂，似乎还有着某种潜在的联系。

尼娜直言不讳地要求柳波芙原谅那个小男孩："他跟你差不多大的年龄，即使他让鸽子变成盘中餐也是因为我们有过错在先。"尼娜列举了苏军占用了程家的藏书楼，下级军官抢男霸女等丑陋行为，说这些都可能是引发中国人报复的诱因。她要妹妹原谅程津生并不是给别人改正的机会，而是要让自己完成一次自我救赎。总之，来到了旅顺口就要净化心灵弃恶扬善，这对她们来说没有什么不好的。

柳波芙对姐姐的话置若罔闻，或者，一只耳朵进一只耳朵出。她吃惊地瞪大眼睛，说："尼娜，谈论这么深奥的问题你该跟我说俄语，我怎么能听得懂你说得那么复杂的汉语呀。"尼娜明白她在耍赖，至少在搪塞，说："你忘记父亲的规定了？在旅顺口我们是不可以说俄语的。"柳波芙不想让姐姐继续干扰她的既定目标，迅速地转换到下一个话题："你是不是还仍旧喜欢那个中国男人呀？比程鲁民优秀的苏军军官也不少，安德列从哪方面讲都在他之上啊。"尼娜吃惊地看着妹妹："新词你倒是学得挺快。"柳波芙脱下外衣走进走廊北面的淋浴间，关门前伸出脑袋喊："姐，我要洗澡，给我看着门。"

柳波芙冲洗完毕后，擦干了挂满水珠的身体，见尼娜的乳罩搭在衣架上，便上前摘下来往自己的胸前比量。她的胸尚未发育成熟，穿上后很像一个能装下鹅蛋的碗，只装上一粒鹌鹑蛋，把乳罩的挂钩扣在最紧处还能转动自如，柳波芙有些自卑地对着镜子噘嘴。走廊里响起了脚步声，有如空谷足音，时而缓缓移动，时而藏头缩尾，接近洗浴间门前声响戛然而止。

程津生在楼梯上就听到了洗浴间里的流水声。他迈向走廊里的脚像踩在棉花上一样，淋浴间里散发出的热气更让他有一种腾云驾雾的感觉。透过小窗口隐隐约约看到里面洗澡的身影，程津生的心吊在嗓子眼里，鬼使神差地停在门口向内张望。恰恰在这时候，柳波芙突然推开门，程津生的半拉脸被门挤了一下。他像被扇了一巴掌似的红着脸低头正欲往回走，柳波芙几步就超过了他。她抬起一条跳过芭蕾舞的长腿横在他的面前，另一条腿脚尖立地，罩着内衣的胸似乎有两只很小的乳鸽在颤抖。程津生下意识地看了一眼眼前的长腿，润滑、光亮，在灯光下每个细小的汗毛都竖起了一个阴影。那种油画一般诱人的肤色，让他心跳过快，让他本能地贪婪却又不敢再看下去。

柳波芙挑衅地说道："中国同学，没想到你对女人洗澡还有兴致？"程津生分辩说："没有，我、我没有想……"柳波芙开心地笑了："哈哈，你好像不太自然，是不是还没有长大啊？"

听到外面的动静，尼娜从房间里走出来，说："柳波芙，你快让开，别堵在这里。"柳波芙不情愿地收回了大长腿，顺手在程津生的下巴上捏了一下："噢，小胡子还是软软的，一点都不扎手的。"

看着程津生狼狈逃窜，柳波芙在姐姐的催促下不情愿地回到卧室，她的手里还攥着姐姐的乳罩。尼娜见她的拳头里握着东西，问："柳波芙，你拿它干啥？"柳波芙把姐姐的乳罩套在身上，又在乳罩里塞进软垫和手巾等物品，胸前才显得鼓足起来。尼娜笑着朝她的后背拍了一下："我的丑小鸭妹妹想要长大成人啊！"柳波芙说："我要能长成这样，程津生是不是就不敢欺负我啦？"

尼娜说："没有人想欺负你，你看那个男孩子在你面前羞臊得不行，他哪有胆量欺负你呀。"柳波芙说："他已经欺负我了，我一定要让他付出代价。"说着她脱下乳罩就要撕，撕了几下没有撕动拿起剪子就要剪，被姐姐抢下来。尼娜生气地说："柳波芙你疯了不成，平白无故你剪它做什么？"柳波芙呜呜地哭了起来："我恨我……自己。"

程鲁民已经有一个月没有回家了。周允声多次拿这事打趣他，那天忽又扯起这根话头："程科长，从咱局里到你家，蒙脸的驴都能找回去，你怎么老借口加班晚上不回家？饱汉子撑着了？"程鲁民说："我的事，你又不是不知道。"周允声说："这么长时间没提这事我都差点忘记了，程家大院除了有你的新娘子外，还有个外国娘们。"程鲁民说："这都是老掉牙的往事了，没想到周局长还有滋有味地倒嚼。"周允声走到他的对面，严肃地说："我可不是跟你开玩笑。今天你必须回家去。"

看着周允声的脸色还真没有开玩笑的样子。程鲁民不明白现在的局势如此紧张，国民党的地下组织活动频繁，局里的工作刚刚开展起来，千头万绪纷繁复杂的事不够周局长忙的，他怎么还有闲情管闲事？程鲁民说："周局长，我要登报声明，本人坚决与程家脱离关系。尼娜和荞面儿都住在程家大院，想一想我头就老大，躲还犹恐避之不及。你命令我回家真不如杀了我。共产党没有把两个不相爱的人逼进一个被窝里的道理。”

周允声沉默了一会儿，说：“共产党是不能把你逼进被窝里，怪我大舌头。据老蔡记驴肉馆的孟老板提供的情报，国民党特务曲抚顺最近在旅顺口露面了，而他接触的人中有一位与你的家人有关系。”程鲁民一脸茫然，随后又摇头说：“不，不。你肯定搞错了，荞面儿不会是国民党特务。”周允声说：“你先别挤眉瞪眼，听我把话说完。我说的不是荞面儿而是曲舒。我怀疑你大嫂与国民党最近策划的暴动案有牵扯。”

周允声的一番话让程鲁民哑口无言。他对大嫂曲舒还真谈不上有多少了解。程老爷子病重时，程老夫人逼他成亲冲喜，程鲁民据理力争地把大哥程皖夫推出去：“按长幼有序先成亲的也应该是大哥呀。”程老夫人说：“你大哥的事你不清楚，也不是一两句话能说明白。何况他去外地了，电报拍过去没有回音，远水解不了近渴。”程鲁民回到旅顺口后，没再同大哥说起过去烂芝麻秕谷子的往事，但心中还是有芥蒂的。程老夫人那么迫切地要自己同荞面儿圆房不就是想早点抱上重孙子吗？大哥大嫂结婚几年还是没有生育，程老夫人对这只不下蛋的鸡似乎压根就没有抱怨过，有些不合常理；奶奶在家里向来是说一不二的，唯有对曲舒的话言听计从，难道仅仅因为曲舒是中学老师吗？有点解释不通。还有，大哥大嫂这对夫妻表面上还算过得去，但他们俩之间的客气或者拌嘴有种“夹生”的感觉，究竟哪里不舒服，程鲁民一时半会还真说不上来。

周允声在桌子上的烟笸箩里卷起了一根胶河旱烟，有滋有味地吞云吐雾。他平日里不抽烟，尤其不抽这种呛鼻子的旱烟。在程鲁民的记忆里只见他抽过一次旱烟，那次是在孟老板的驴肉馆抽的。程鲁民想：周允声算跟自己干上了，他抽着旱烟给自己分派的活儿多半要与女人打交道，结局肯定是费力不讨好，事后他指定不认账，至今也难以掰扯清楚。

第八章　荞面儿肥臀谬以羞，柳波芙流血误为病

诗曰：

性格迥异两姐妹，披锦挂绣满院香。
弱柳向来舞轻薄，铁肩一贯承担当。
少惹是非远喧嚣，多临坎坷近平常。
述说当年经身事，满腹心酸伴凄凉。

柳波芙说，从来到旅顺口的第一天，她就追问母亲何时才能回到苏联。她从来没有想到能在此居住了十年。十年，超过了她生命的十分之一的时间。这十年，她感觉几乎是在与世隔绝的孤岛上度过的。她像一棵生长在高寒地区的白桦树，突然移植到四季分明的旅顺口，被冻土层裹挟着的青春骤然复苏了，如一夜催开的花蕾。她的冷漠她的斜睨她的桀骜不驯，都是对异国他乡的水土不服，都是对遭遇青春期的猝不及防，都是她那个年龄特有的心存叛逆。

姐姐尼娜刚到旅顺口时讲中国话，眼目前的日常用语还勉强应付。不到半年时间，就连说起犄角旮旯里的东北话，她也能张嘴就来。顺口溜达出来几句俗言俚语，一点都不比本地人差，这点倒与争强好胜的妹妹有相同之处。柳波芙说，既然姐姐遇上了荞面儿这么个竞争对手，在能说会道方面也不能比她稍逊一筹。荞面儿管吃饺子的调味剂叫“忌讳”，姐姐如果说成“醋”，那会让旅顺口人捂嘴笑话半天。

程鲁民在中外两个女人的较量中回到了家，有些日子没迈进的程家大院，让他的眼前一亮。晾衣绳上悬挂的羊毛方巾舞动得五彩缤纷，如同一面迎风飘扬的旗帜，程鲁民认得那叫俄罗斯的披肩；另一根晾衣绳绷紧了，挂着女人用的三角内裤有如横空出世，像节日里拉起了多色的三角彩旗。程鲁民躲避着才没

让“彩旗”轻拂脸上。程家大院的“节日气氛”，不但程老夫人看着心堵得慌，就是程鲁民这样的人见过西洋景也骤然脸红心跳。柳波芙在往外挂“旗帜”时，尼娜就强烈地反对，但她却振振有词：“压在箱底的衣物长毛了。”尼娜反驳说：“要说羊毛披肩拿出来晾晒还情有可原，那几条破裤头你晒哪门子太阳？”柳波芙强词夺理：“内裤拿出来晾晒为的是消毒杀菌。”尼娜看穿了她的鬼把戏：“在苏联时懒得像一只贪睡的猫，来到程家大院你却勤快了，偏要拿旅顺口的太阳杀菌，究竟是何居心？”

程鲁民此次回家肩负的使命略有转变，他要正面对大嫂曲舒进行一番火力侦察，但一进院子里，眼花缭乱的异国情调多少有些干扰。他未敢在院中久留，躲闪着窜进堂屋，见尼娜正在研磨什么。大哥程皖夫在一边饶有兴趣地问：“不用石磨磨，用这个铁疙瘩摇出的黑面也能熬粥？”尼娜说：“这东西不是熬粥用的。煮咖啡你懂吗？”程皖夫的脸马上表露出不屑一顾的神色，说：“苏军大小姐，煮咖啡跟我们煮面糊糊是一个道理，都是先把豆子磨碎了………”尼娜被大哥逗得笑岔了气，见到程鲁民进屋也装着爱答不理的。程鲁民使劲地眨巴着眼睛，有一种误把故乡当他乡的错觉。

程皖夫与二弟寒暄两句就要出门，程鲁民挡在前面，转弯抹角问大嫂曲舒怎么没有回来。大哥说：“你大嫂该回来了。现在没回来还不是有事耽搁了。”程鲁民不敢转身就走，怕直奔主题会引起大哥猜疑。他与尼娜打一声招呼便拐进奶奶的屋子，没想到荞面儿也在。程老夫人顺手拿起笤帚疙瘩朝他身上抽了几下，落到肩头的感觉像掸去浮尘。程老夫人说：“你个掐脖子的，掉下巴的，伸长舌头的海兽，你母亲算有福之人去世得早，不然也得活生生被你气死。荞面儿这么好的媳妇算什么？守活寡呀，真正辱没了先人。”

荞面儿从程老夫人的手里拦下笤帚疙瘩，那心思程鲁民看得透明白，不是怕他挨揍，而是怕奶奶闪了腰。程鲁民装着一副涎皮涎脸的样子，说：“荞面儿也在这儿。看奶奶说的，好像我真欺负了你似的。”奶奶说：“比欺负了还狠，还歹毒。有能耐躲过了初一，十五你也别回来。”程老夫人拿起纺锤下炕，口里说着：“看到他我就气不打一处来。”荞面儿帮程老夫人提上金莲鞋，搀扶着她推开门，正要跟随一起出去，却又被奶奶推回来了。

屋里剩下程鲁民和荞面儿，彼此经受着无言的煎熬。荞面儿用手拉了拉衣襟的后摆，不自然地遮住了后面。程老夫人不止一次地跟荞面儿说过尼娜：“屁股撅得老高,没长个能生男孩的身子。”在旅顺口,年轻女性的屁股无一例外都受到老太太们的严格审视。据老太太们的人生常识,屁股宽胖者生男孩居多,而骨棱翘起的或是窄而瘦柳的屁股,却极容易生女孩,她们对这样的屁股嗤之以鼻。程老夫人此时的用意再明确不过了,说尼娜的不是就是夸奖荞面儿的长处,打击洋人的弱项就是长国人的威风。可是,荞面儿偏偏没有理喻程老夫人的良苦用心,心里还妄自菲薄,还觉得自己的屁股过于宽胖,过于扎眼,常常习惯拉拉衣襟后摆,免得过于显露了腰身。

荞面儿坐也不是站也不是,只好用手指缠绕自己的长辫发梢,把发梢缠绕成螺旋状,松开捋直再缠绕,以此遮掩心中的窘迫。早上,她在脸腮上涂了淡淡一层胭脂粉,嘴唇亦似略艳一些,手指甲上还贴着凤仙花瓣儿。偏偏赶上程鲁民这个时候回来,碰巧这些举动就好像有意取悦他似的,想想就没有意思。程鲁民以前就知道,这种花瓣儿也叫“染指甲草”。如果关起门来,女人染上指甲倒也别有一种风韵。不过,现在的荞面儿是跟尼娜生活在一个屋檐下,她怎么就不会跟洋人学学?取人家的长处,补己之短呢?难道外国女人“浪摆”的洋法子就那么难学?

好一阵子过去了,程鲁民才打破沉静:“你看,我们俩人在一起,是不是都找不出话说?”荞面儿:“嗯。”程鲁民说:“我们以前连面儿都没有见到,结婚后,暂且这样说吧。结婚后也没有交流。”荞面儿:“嗯。”程鲁民说:“即使是我们勉强在一起,也是大眼瞪小眼,不会感受到婚姻的美满和家庭的幸福。”荞面儿:“嗯。”

程鲁民有些生气地说:“你是不是除了会说‘嗯’,不会说别的话啦?”荞面儿勉强笑了一下。程鲁民问:“你知道什么是爱情吗?”荞面儿麻利地回答:“知道。就是不要脸。”程鲁民怔了一下,荞面儿解释说:“咱这地方,真正的两口子过日子没有说爱不爱的,只有偷情养汉子的人才把那两个字挂在嘴边。”

程鲁民苦笑一下:“我告诉你,爱情不是偷情,更不是‘不要脸’的代名词。爱情是、是……是什么我也说不上来。不过,我知道,结婚得有爱情,在一起过日子更离不开爱情。以前是我不对,利用了你。要说原因是因为组织上的要求,是为了打鬼子。”荞面儿说:“俺一点都不觉得你在利用俺。”

程鲁民说:“你知道吗?苏军老家的那个地方,他们那里的人都过上了好日子,他们为爱而生活在一起,男女青年的脸上都带着幸福的笑容。苏军来了,他们会带来这种美好的生活,他们会教给我们什么是爱情的。”荞面儿辩解说:“他们不全是这样啊,他们不是也有抢男霸女的时候吗?”

程鲁民一时语塞,没想到轻易让一个没有见过世面的小女人问住了。但他毕竟是去过苏联的,他亲眼见过,并十分崇拜苏联人的生活。他知道,他和他的战友们为此付出的努力,甚至牺牲了生命就是因为他们向往这样的生活。他想起奶奶经常说的话,用在此处搪塞她正合适:“个别的坏人哪个地方都有。我们要学习他们的长处。”

荞面儿丝毫不怯懦地说:“他们的长处俺也见识过了,以前,小日本在的时候,卖火柴论户卖,一户一年只卖给两包,人多家口大的根本不够用。苏军来了改成按人头卖,人人都有份,俺挺喜欢这个法子的,认为还是苏军好。可是现在,他们教你过爱情生活,让结婚的男人在外面像没人经管的羊一样散放,俺又有点不喜欢他们啦。”

程鲁民有些不耐烦她的絮叨,说:“生活离不开柴米油盐,离不开像买火柴这样的小事。但是,这些不是生活的全部。人不是小猫小狗,不能关到一个笼子里面就生儿育女了。人是需要感情生活的,婚姻是要以爱情为基础的。”

这会儿轮到荞面儿不耐烦了,她几次想不客气地打断他的话,可是插不上嘴。后来,她实在听不下去了,便捂上自己的耳朵:“不要再说啦,你说的俺听不懂,俺说的你又不理会。你不想回家,可以。不给俺名分,也行。但你不能撵俺走,俺是你们程家的马车轿接来的,苦啦,累啊,俺都愿意。俺就在这过自己的生活,苏联人的生活与俺八竿子打不着,不要也罢。”

程鲁民心里盘算着如何逃离此地。与荞面儿沟通的结果是她没退缩而自己先得撤退了。门外传来了叩门的声音,程鲁民像捞到救命稻草一般把门拉开,反倒把敲门人吓了一跳。尼娜瞪大眼睛,一只手端着的比酒盅略大一点的茶碗,另一只手抚在胸口,往上翻着眼皮说:“对不起,我不知道只有你们两个人在屋内。”荞面儿倏地涨红了脸,像干了见不得人的事被撞见了,低头捂眼要从门框边挤出去。尼娜说:“荞面儿,我什么都没有看见。我只想请你喝杯咖啡,现磨的。”程鲁民想起了在苏联时听到的俄罗斯谚语:“如果有人把咖啡端到床前,说明那不是你的床。”程鲁民觉得尼娜此时真的傻得可爱,她挖空心思的举动也无异于对牛弹琴。荞面儿即便知道世上有咖啡这种饮料,也不会知道俄罗斯还有这句关于咖啡的谚语。

尼娜朝捂着脸的荞面儿紧追两步:“荞面儿,等一下。你的手指……”荞面儿不好意思地将手指躲在身后。尼娜转到她身后看,荞面儿只好双手手心朝下,带着月牙弯的弧度伸在她的面前。尼娜仔细端详着,说:“太漂亮了。荞面儿,你也要为我的指甲上这样的妆。”程鲁民怀疑自己听错了。这都叫什么事儿,中国女人土得掉渣的臭美装扮,却让洋姑娘稀罕上了,也许真应了那句话:别人的才是最好的,民族的才是世界的。

堂屋里,程老夫人坐在太师椅上与尼娜的母亲柳德米拉唠嗑,程鲁民这才想到尼娜去给荞面儿送咖啡也可能是奶奶的主意。尼娜或许还不知道他在屋内,程老夫人动了一番心思,让尼娜冒冒失失地闯进去,就想让她亲眼撞见他和荞面儿两人单独在一起。在成就一门婚事还是搅黄一门婚事上,奶奶颇能拿捏出城府来。矮桌上放着几只茶碗是程家人平日里用来喝茶的,尼娜又要把煮沸的咖啡往茶碗里倒,程老夫人喊了声:“慢着。”

程老夫人让荞面儿把茶碗收起来,对尼娜说:“你别糊弄我这中国老太太。这喝茶的碗连个把儿都没有,能用它喝咖啡?它就不是干这个用的。”程老夫人吩咐荞面儿去里屋找来了一个盒子,打开盒子,里面装着地道的景德镇烧制的喝咖啡物件。程老夫人说:“这套物件还是老爷子活着的时候收的。是专门给洋人备下的,好多年都没人碰了。今儿难得尼娜有雅兴,我们须得接得住,也别让她以为我们都是土老帽儿,什么都不懂。”

程鲁民在心里埋怨着奶奶:您老人家既然懂行,为何不早点出手?尼娜哪里知道程家还收着这个?人家不过是用个替代品,您何必非要出苏联姑娘的洋相?程鲁民暗自担心尼娜生气:可别跟这个中国老太太一般见识,若是那样你就上当啦,以你的聪慧应当看出来奶奶是在专门打压你的。

尼娜不但没有生气,反倒拿起杯子仔细端详,由衷地夸赞说:“真是好东西,中国瓷闻名世界。”程老夫人的“打压”并没有影响她的心情,程鲁民的担心纯属多余,他正要把心放回原处,荞面儿却一口吐出来,杯里晃出来的咖啡也溅到了尼娜的裙角和腿上:“这,什么怪味?中药味加鸡粪味啊?”荞面儿拿起手巾擦完嘴又要俯身给尼娜擦裙子,被尼娜挡了回去。程老夫人问:“烫着没有?”尼娜感激地抬起头来刚要回答,方才明白地看出来,程老夫人在问荞面儿的嘴“烫着没有”。

程鲁民对程老夫人说:“队伍上有事,须得回去。”程老夫人气哼哼地说:“你们的那个队伍什么时候没有事儿过？你来或去就是一个过场，用不着在这碍眼。”程老夫人早就想动之以情晓之以理，苦口婆心地同程鲁民唠叨唠叨。可能讲官话她一个老太婆，一个妇道人家不一定会说，但是，眼下家里的事如同秃头上的虱子明摆着嘛！本民族的、明媒正娶的、长辈看好的，生辰八字合得上的哪能说变就变？你到底看哪样的顺眼？长着一双猫眼睛，头发白得像没有盐吃似的，胸大屁股翘的？就那样国外的山猫海兽中你意？程老夫人失去谈话兴致，这回不全怪程鲁民，部分是因为荞面儿的不争气。程鲁民回来了，别人依然谈笑自如，她却好像生了一肚子气；程鲁民要走，尼娜仍旧欢天喜地的，她好像还在生气。程老夫人看出荞面儿的薄弱之处，与那个外国丫头相比，胆识和气度还是有一定差距的。把明媒正娶的夫妻二人关在一个屋里，特意让那个外国货撞见，不好意思的应当是她，恼羞成怒也该是她才对，怎么倒像你被人捉奸似的，就这么个精神头怎么能守得住自己的地盘？拴在裤腰里的丈夫也得被人撬去。这个外国丫头终归见过一些场面，听说还扛过枪上过战场。荞面儿都见过啥了？就见过她爹杜一帖捉蟾蜍宰蟾蜍煮蟾蜍，狗皮膏药还能贴不到身上？

曲舒若按时回家能与程鲁民打个照面，但她那天偏偏摊上个意外插曲。柳波芙举手请假去厕所了，程津生就开始收拾书包，从书包里拉出了一件女人用的东西，这东西其他的中国同学还未必认得，但程津生是知道的，他们程家大院里除了正方披肩和三角“彩旗”之外，还晾晒一种女人用的东西。

曲舒厉声质问：“你随便动女生用的东西是何用心？”程津生不服气地说：“我没有动。”曲舒说：“你没有动难道是它长腿跑到你的书包里？”程津生说：“我一打开书包它就在里面。”同学们见老师把它定义为“女生用的东西”，就有了许多的好奇和联想，聪明的男生已经联想到它的使用部位和用途。

曲舒心里明白，这件事可能真的冤枉了程津生。以她对这位小叔子和对这位中学生的综合了解，他还没有胆量偷拿外国女人戴的乳罩，即使他有偷东西的好奇心，也没有胆量拎在课堂上张扬。毛病还出在蹲在厕所里那位国外的二小姐身上。

柳波芙回到教室门口，室内已经乱成一锅粥，她基本上达到了预期目的。既把自己撤出局外事不关己，又给程津生留出时间便于栽赃。但此时此刻她却没有恶作剧后的窃喜，因为，她偏偏在那个时间里与一件从未经历的事情不期而遇了。

柳波芙捂着肚子回到曲老师的面前，教室里的嘈杂声戛然而止，同学们的眼睛齐刷刷地盯在了她身上。柳波芙红着脸吞吞吐吐地说："我想说，我可能得病啦。"

也许女学生的语言表达上有些障碍，也许是老师压根就没往旁处想。柳波芙实在不能不说出实情："我刚才好像尿了许多的血。"看到柳波芙更加苍白的脸上，曲舒半是搀扶半是簇拥地把她带出了教室，来到了女生厕所里。柳波芙刚才蹲过的地方，还有残留几滴鲜艳无比的血迹，那是一个妙龄少女的青春之血。仅就个例来看，曲舒觉得人类的肤色和容颜不是由血液决定的，眼前国外少女的初潮与中国少女别无二致。一样的浓稠，一样的艳丽。

放学的铃声响了，曲舒等同学们都走出教室才搂着柳波芙从厕所里出来。她看到柳波芙白色的裙子后面洇湿了一块，作为老师她有责任不让他人看到这块青春的标记和秘密。她们重新回到了教室，在共同等待天色暗淡下来的那段时间里，曲舒说："其实老师跟你一样，第一次来月经也是手足无措，也是心中慌恐，也以为尿了裤子，其实，只因为是第一次，我们没经历，我们也不懂得。放心，这不是害病而是好事，老师应当恭贺你成人啦。"曲舒从这个顽皮的女学生的脸上看到了难得一见的娇羞。

曲舒等操场上的学生们都走了，才拉起柳波芙离开教室。刚走离校门口不远，一个戴着草帽卖鱼的男人冲着曲舒吆喝道："活鱼，来一条吧。"曲舒说："我们家前天才买了鱼，也不能天天吃鱼。"卖鱼的说："这鱼又便宜又新鲜，还是买一条吧。"破草帽下遮着的那张脸，曲舒再熟悉不过了，那个卖鱼的人正是曲抚顺。

曲舒拎着鱼和柳波芙在傍晚时候才到家。曲舒嘱咐柳波芙上楼休息，自己进了厨房，用剪子从鱼肚中取出一根芦苇管，剪开抽出一张纸条展平，上面写着："家母病重，请一名洋大夫，明天一早带至学校，待派人接应。"曲舒看后把纸条扔到灶坑里烧了。

曲抚顺直到日本投降了，也没有实现帮助曲舒杀死一个日本鬼子的诺言，反倒大言不惭地教育曲舒以民族大义为重。曲舒明白，字条上的暗语是给她布置的一项任务，要她找一位俄语翻译明天一早带到学校。曲抚顺的上司，国民党特派员已经来到了旅顺口。他们最近策划了一个大动作，想利用程家藏书楼被苏军强占，珍贵书籍被迫搬迁到学校教室遭受了重大损失为由，鼓动被清退的日伪时期警察向苏军示威，以雪国民党旅顺口党部被解散之耻。他们吸取了以前的教训，这次行动不能暴露国民党暗中操纵，最好让共产党兜着。有共产党垫背，事情就成功了一半。当然，曲抚顺不会向曲舒透露那么详细。凭直觉，曲舒有了某种不好的预感，曲抚顺不像找个翻译那么简单。

近一段时间，一出接一出的事闹得程老夫人丢三落四的，心思都花在了程鲁民与荞面儿圆房上，倒是把程皖夫和曲舒两口子的事淡忘了……

程皖夫结婚的前一天晚上，曲舒毫无征兆地跪在了程老夫人的跟前。没等程老夫人问话，曲舒脸上泪珠儿一流双行，双肩抽搐了半天，凭程皖夫怎么拉她也不起来。程老夫人说："你倒是说说，为什么委屈成这样，难道是我们程家强卖强买逼你成婚不成？"

曲舒欲言又止，眼泪又蹿出了一串："我父母双亡，都死于日本鬼子的手里。曲舒虽出身寒微，但国仇家恨未报，实在不甘心结婚生子，碌碌一生。"

程老夫人起身把曲舒扶在木椅上坐下，说："看来程家还真是无福与你结缘。不知曲小姐说了半天究竟如何打算？"曲舒擦干了眼泪，说："我是抱着必死的信念来的，如果程老夫人看在我苦命的分上，容下我拳拳之心，就请开恩帮我离开此地。"程老夫人说："茫茫人海中你能向我一个老太婆掏心窝子说话，咱娘俩还真有缘分。我有个主意，不知你能否委曲求全？"曲舒也是一个急性子的人，听到这儿，忙说："老夫人有何高见，晚辈一定遵从。"程老夫人说："你一个弱女子走到哪儿能让我这个当奶奶的放心得下？不如这样，你还是嫁到我们程家，名义上是程家的孙媳妇，但可以没有夫妻之实。如果有一天你能找到杀害你父母的凶手报仇雪恨，咱们再另做打算。如果苍天有眼无珠报不了此仇，你就是我的亲孙女。"

曲舒什么话也没说，在程老夫人面前跪下，恭恭敬敬地磕了三个响头。"奶奶。受委屈的不是我，是皖夫大哥。请奶奶放心，我不会耽搁他太长的时间。"

苏军来了，日本鬼子投降了，曲舒比任何人都惶恐，也比任何时候都沮丧。一则，她曾立下的誓言毕竟打了许多折扣。二则，程老夫人好像没有"另做打算"的意思了。怪只怪程鲁民回来了，程老夫人的心思都放在了他与荞面儿的身上。当然了，程鲁民那里也怪起了程老夫人，现成的长孙和长孙媳妇，不与他们要重孙子，却跟他和荞面儿较起劲来。

堂屋里只剩下她们娘俩儿在团毛线团儿，程老夫人试探着问："皖夫那臭小子没有欺负你吧?”曲舒心中打了个冷战,说:“奶奶瞧您说的。有您在,我不怕欺负。”程老夫人说:“奶奶也不能跟你们一辈子,往后的日子还得靠你们自己。咱们的孩子比起苏军的还是少了些见识,精神头明显不足。”曲舒不好意思地岔开话题:“看到柳波芙慌张无措的样子,我就想起了自己的第一次。比她略早一点,是十五岁那年。今天是多少号了,21 号吧。呀,我过了好长时间啦,还没来……”

“你真的还没有那个?找中医号号脉吧。”程老夫人没敢再往下想。一男一女住在一个房间里,月经又过了好长时间没来,但未必就是真的,要说有事早该有事了。

曲舒尽管躺下挺早,但翻来覆去没有睡着。已过半夜,她直起上半身,借着走廊里微弱的灯光,看着渐已入睡的程皖夫。程皖夫恍惚中被她看醒了,也爬起来,看了看床头上方的钟,见时针已过十二点,他揉了揉眼睛:“都几点啦,还不睡?”曲舒说:“你明天上午,噢,应该是今天上午还去学校吧?”程皖夫眼皮睁不开了,说:“大半夜的,问这些干吗?”曲舒说:“也没啥,只是睡不着觉。你明天别去学校啦。到文化局上班已经有些日子了,应当去文化局向领导汇报一下,领导满意了再接着干,不满意按领导的要求重整,别干冤枉啦。”

“你不懂,领导更不懂,干这活全凭良心。你半夜不睡觉,瞎操心。”程皖夫说话的声音大了起来。曲舒转过身来不再理他,怄着怨气渐渐地睡着了。

程皖夫迷迷怔怔将要睡着时,听到曲舒说起梦话:“你不能去学校,国民党,他们明天要去抢书,快跑,快躲起来。”程皖夫以前隐约知道曲舒有说梦话的毛病。他连忙拉起被子往她头上盖去。夜晚太静了,二楼还住着苏军一家人呢。曲舒被被子捂醒了,程皖夫问:“你刚才梦里说的可是真的?”曲舒用手捂着脑门,遮掩说:“我说什么梦话了?你记着上午不要去学校即可,千万听话。”

曲舒翻了个身又香甜地睡去,程皖夫却辗转反侧睡意全无。他不知道曲舒的梦话是真是假,也拿不准该不该向公安局报告一下。他使劲地抓住自己的头发,竟生生地拽下一绺。反正是无法入睡了,莫不如去向程鲁民说一声。如果是真的,算是给公安局提个醒;假了,只跟自己的二弟说说还有回旋的余地。他蹑手蹑脚地走出室外。

第九章　来匆匆郎中会亲家，急切切孕妇挡枪口

诗曰：

不能明辨心窝囊，同受拘禁身临窗。
送出人质未脱险，撞倒夫君正中枪。
善缘结善风润柳，恶吏治恶雪添霜。
善恶有终何时报，不差朝阳与夕阳。

柳波芙说，昨晚尼娜开导她好半天："有个异国的同学多么好呀，可遇而不可求。"在新的国度开始了新的生活，柳波芙朦胧地感觉到自己有了莫名的羞怯，这大概就是书上说的少女初潮吧。她不再反驳姐姐的话，还想着为自己的恶作剧向同桌道歉。可恶的中国坏小子每天还是拎起书包就跑。旅顺口的第一缕阳光照在了形单影只的鸽子身上，她没有向任何人承诺放弃报复，现在听到鸽子叫她心里还隐隐作痛。

柳德米拉蹲在墙角处正在拆那个装手榴弹的绿木箱子。程老夫人凑过来看一眼，说："家里活不靠男人，光靠老娘们干哪行？你看你喘的。"柳德米拉说："中国奶奶，我习惯了。丈夫在苏联时就不怎么着家，儿子彼得当飞行员也常年不回来。什么事不得靠我这个老娘们？"程老夫人问："好好的箱子你拆它做什么？"柳德米拉说："你没有看出来？鸽子要孵小鸽子啦。我要把这个木箱子改成鸽笼子。"程老夫人说："你这个苏联老娘们，什么中国话都会说，什么中国事都明白。不过，这件事怕是你弄错了。剩下一只鸽子怎么能踩蛋抱窝呢？"柳德米拉笑了，停下手里的活，说："这个，也许是公鸽子留下的种，也许又在旅顺口找了伴儿，反正鸽子这两天不是叼回来一根草，就是衔回来一缕马尾。你们不是管这叫布置洞房吗？"程老夫人忍不住笑了："这叫絮窝。"

她们正在外头唠得欢实呢，楼内走廊里传出了敲门声。听声音是敲荞面儿房间的。隔会儿又传来了曲舒的问话声："荞面儿，见到你大哥了吗？"荞面儿门没开，在房间里回应说："我怎么会看见大哥呢？"荞面儿的声音明显含有不满，程老夫人眼不花耳不聋，在院子里听得一清二楚，心里埋怨着曲舒：这孩子咋糊涂了呢？哪有刚起床就满世界找丈夫的？再说啦，你上哪儿去找不好，偏偏到兄弟媳妇屋里找大伯哥？怨不得人家荞面儿不给你好脸色。

曲舒刚要走，尼娜就跑了出来，说："曲舒大嫂，我想与你一同去学校。"曲舒一时还没有反应过来，既没有点头也没有摇头。想起昨天傍晚曲抚顺的纸条，她心里暗暗地吃了一惊，但表面上还算镇静地说："你在家待着多好，去学校有什么意思？"尼娜说："我去看看柳波芙上课都干了些什么，她近期的心思好像没用在学习上。"曲舒想：绝不能让这个会说中国话的苏联姑娘去学校，曲抚顺还满街找翻译呢，自己若把她带到了学校，浑身是嘴也分辩不清。她推托说："我今天有事，等我闲着再带你去。天这么热，在家凉快，哪也不要去。"说完便头也不回地走了。

放下旅顺口城里的事不提，先说说城外有个叫"土城子"的地方，那里是荞面儿的娘家。荞面儿的父亲杜一帖蹲在炉灶前，把几根松木柈子添到炉膛里，又往"药吊子"里装蟾蜍熬制膏药。荞面儿娘从外面急急地回来，紧着鼻子说："你看你，成天在家煮啊熬啊的，弄得满屋子里全是癞蛤蟆味儿，我现在一看到活蹦乱跳的东西就恶心。"杜一帖抹了一脸灰，说："你恶心什么？没有这个祖传的秘方，没有给人治病的膏药，全家人都喝西北风你就不恶心啦！"

炉膛里的火苗舔着"药吊子"，杜一帖才回里屋背起了药箱，荞面儿娘忍不住又唠叨："上哪去也没忘记你的药箱子。这一大早喂驴、套驴的真好意思全让我一人忙活。"

太阳沟那边的风言风语已经传到了土城子，说什么的都有。有的说老杜家的姑娘让人家给休了，攀高枝儿早晚是这个下场。还有的说老杜家找的女婿跟"老毛子"好上啦，听说还是个苏联女军官。荞面儿娘听了这些传言没有个不急的，两口子早就要去程家看看虚实。

赶着毛驴车小半天的工夫来到程家大院，见大门紧闭，荞面儿娘喊了两声又双手拍门，还是没有应声儿，杜一帖拿起鞭杆子挠着驴耳根和驴腿内侧的痒痒，毛驴子被挠得发出了间歇的叫声。

程老夫人听到驴叫，出来开门，见是亲家来了，忙说没有远迎、对不起之类的客套话。杜一帖见荞面儿比以前瘦了，正在忙着沏茶，荞面儿娘却灰着脸进屋了，略坐了一会儿便执意要走，程老夫人一再挽留："你看看年月不来一趟，腚刚沾上炕沿儿就要走，我们程家人的脸往哪放？如今和外国人住一个大院，让苏联大婶如何看待我们？"荞面儿娘问："听说苏联的老娘们的胸剁下来能塞满两个脸盆子，我们坐在这里哪有这个分量。"

杜一帖的脸上挂不住了，他是个最好面子的人，从十八九岁干起了乡村郎中，半点容不得颜面扫地，偏娶了个成事不足败事有余的老婆。说荞面儿娘刀子嘴豆腐心也好，说煮烂的鸭子煮不烂的嘴也罢，反正她缺德在嘴做损也在嘴。

程老夫人送到大门口还在挽留："本想留亲家吃顿饭，中午大孙媳妇也回来了，还要请郎中号号脉呢。"杜一帖说："改日走到这眼前再说，太阳沟我也常来。"出了程家大院，两口子便毫无顾忌地叽里呱啦起来。两人叽里呱啦地走出了旅顺口老城区，刚上了通往乡村的土道上，冷不丁从路旁蹿出两个人来。

那两人长着一张大饼子脸和一张长挂脸，还押着一个老头和一个老太太。两个老人上身像打摆子，下身如同筛糠，浑身上下抖得厉害。没等杜一帖反应过来，大饼子脸和长挂脸架起两位老人就上了车，拉起驴车掉头了。荞面儿娘心疼毛驴，只得从驴车上下来跟在后面。

杜一帖心里明白，八成遇上歹人啦，便紧跑了两步说："两位大兄弟，你们这是去哪呀？到了地方，把我扣下来，估计我那老婆子能答应；若是把驴扣下了，她准跟你们拼命。"

回头再说那天早晨城里发生的事。程鲁民向周允声报告了程皖夫的异常举动：他大哥一大早来说有人要在学校里闹事，但他却又支吾着不说出消息的来源。周允声问："你大哥现在在哪？"当得知还被扣押着时，生气地说："这不是胡闹吗？以后谁还敢向我们反映情况？"周允声把乔维轩、崔松石、盐驴子等闹情绪的战士都喊来，给他们布置了任务："你们不是吵着闹着要上前线吗？又嫌我们穿着国民党警察的服装碍眼。我给你们一个特殊任务：脱去警察服装，把武器都换成短家伙，混进学校里相机行事。"几个人都十分高兴，纷纷说："局长放心吧。早有这等差事，撵我们也不走啦。"

董汉彬、周允声、程鲁民等跑步来到中学操场外，趴在矮墙上观察动静，四五十名苏军官兵已将操场围住。见鲍里斯带着两个卫兵走过来，董汉彬说："强攻的事要慎之又慎，藏书楼里的文物还堆放在教室内。”于大把头也赶来了，当他得知领头闹事的是曲抚顺时，把手下的一胖一瘦叫来耳语了一阵子。董汉彬说：“于市长，你有什么想法跟公安局交代一下，这个时候我们要相互通气统一行动，避免发生误会。”于大把头说：“警察局该干什么干什么，我有我的办法。”

被放出来的程皖夫也跟到了学校，一把拉住程鲁民：“千万不要开火，他们没有多少人，他们会投降的。别把他们逼急了，逼急了他们什么事都能干出来，一把火烧起来可就全完啦。”程鲁民把他推到一边，说：“大哥，你快回家吧，有我们哪。”

操场里的曲抚顺向身边的人蛊惑道：“你们本来在警察局里干得好好的，共产党却把你们清洗掉了，这还不算完，他们还要把你们赶尽杀绝。”有人附和：“要活命就得跟他们血拼到底。”

程鲁民从鲍里斯手中拿过望远镜，朝着学校的教室里望去：“鲍里斯，情况比设想得还要复杂，教室里还有十来个学生。”鲍里斯用俄语对苏军士兵说道：“没有我的命令，谁也不准开枪。”

操场上的歹徒躲进教室，只推开一扇窗户，学生们的小脑袋一个个从窗户中挤出来，又被一只大手按了下去，年龄小的学生吓得哇哇大哭。曲抚顺得意地说：“别怕，苏军不会向学生们开枪的，警察也怕大火烧了教室里的宝物，我们有双重保险。”他转过身来，看到了双手护着学生的曲舒，故意说道：“噢，还他妈的全啦，老师也在。让你找的‘洋大夫’呢？”

曲抚顺推开窗户，把手卷成个喇叭筒状，对着操场外喊：“警察兄弟们，你们可都听清楚了，马上派一名翻译过来，我要和苏军长官对话。”周允声拦下正要翻过围墙的程鲁民：“不要上当，看看他们还能玩出什么新花样。”

曲抚顺把两扇窗户全都推开，喊道：“在我手上有十一个学生，他们受到了严重的惊吓。我不想难为这些孩子，你们可派人把学生换回去，一个警察可换三个，这买卖划算吧？一道最简单的算术题，学生们都出去，该来几个警察？噢，你们这些大老粗，看来我得找个学生求证答案了。”他揪住一位小同学的衣领子，那位小同学吓得连忙回答：“除不尽……”

鲍里斯看了一眼周允声，刚要说话，穿着苏军军装的尼娜挤到了父亲的身边。尼娜早晨要到学校看柳波芙，曲舒没有带她，她还是自己找来了。老鲍把她从矮墙边拉向身后，说：“你什么时候来的？快回去，这里不是演习，动真格的，非常危险。”尼娜平静地说：“我知道。”

曲抚顺又喊话了：“我的耐心真的很有限，如果你们再不答复，学生们很可能会被烧死，教室里放着很多点火就着的书哩。”他停了一会儿，吞口唾沫湿润一下冒烟的嗓子，见围墙外还是没有回音，又喊道：“我不想再扯着脖子喊了，那样太累啦。快来个鸟翻译，不然，别怪爷们下手狠了。”

程鲁民又要翻墙头，周允声把他推到一边：“你不懂怎么对付这帮土匪，还是让我去吧。”程鲁民说：“他们要的是翻译，你上去也不顶用。”程鲁民刚翻到墙头上，就见尼娜手举着一条白手巾，从学校的大门口向操场走去。

程鲁民麻利地从矮围墙跳进操场，几步冲到了操场中间，在他身后还跟着一位苏军大尉军官。

安德列也跑了进来，边跑边喊：“你们不要对女人动粗，有本事咱们男人决斗。”曲抚顺怔了一下，说：“哎哟，还是苏军娘们有魅力，一下子勾来了两个。把他们都给我捆啦。我说话是算数的，留下两个娃，其余的都放走。”曲舒像老母鸡护鸡雏一样连搂带拉地把孩子们领出来，送出孩子后又返回来了，教室里剩下的两个学生齐声哭喊：“老师，老师。”

程鲁民从大嫂的举动上断定自己的猜测没有错，大哥不可能从旁人得到消息。倘若是从旁人得到消息，大哥也没有必要隐瞒不报。只有一个可能，大嫂是这次暴动的知情者。当曲舒返回时，程鲁民抬头向学校的墙外望了一眼，无意间看到银杏树上蹲着的一个瘦小的身影。他仔细辨认才看出是弟弟程津生趴在树上。程鲁民不由得紧张起来，不知道这个操蛋的弟弟程津生又要给他惹什么麻烦。

曲抚顺和蔼地说：“苏军老妹子，我们应该算是盟友。把我说的话一字不漏地告诉苏军长官：让所有的警察全部缴械，站着队，一个接一个地走过来。”尼娜想了一会儿，用俄语喊道：“老鲍，他们要诱捕八路军警察，不要上他们的当。”曲抚顺等了半天，不见苏军和警察有任何反应，说：“苏军老妹子，你可能不太了解我，我真不是个很有耐性的人。”说着他把枪口指向程鲁民。尼娜走到了曲抚顺和程鲁民中间，说：“别、别这样，太恐怖了。他们会按你的要求做的。”安德列的上身被绑着，栽歪着身子把尼娜撞开，说：“不要命啦？事情都是程鲁民他们惹起来的，你没有必要替他承担后果。”

正在双方僵持着的时候，大饼子脸和长挂脸赶着驴车来到校门口，毛驴车上坐着惊恐不已的两位老人，杜一帖夫妻还照旧跟在驴车后面。于大把头得意地对鲍里斯说：“我手下来晚了，不过事情马上就会有转机。你们看，车上坐着的是曲抚顺的爹妈，我有办法让这个挑头的曲抚顺放下武器。”董汉彬上前一步：“我明白你的用意。我们是人民政府，不能采取流氓无赖土匪地痞的做法。”于大把头说：“我的副市长，节骨眼上你怎么能跟娘们似的？想压住对方就得比他更狠。你看我的。”

于大把头朝着教室的方向喊：“曲抚顺，你看好啦，这车上坐的不是二姓旁人，而是你的亲娘老子。你还想跟苏军、跟政府对抗到底，头一个往里冲的就是这两个老东西。”手下的把老两口绑在车上，又在驴尾巴上拴上一串挂鞭。有人抽出一根火柴，递到于大把头的手上。董汉彬上前说：“你不能胡来，我们不能伤害无辜的百姓。”左右的人要阻止已经来不及了，于大把头麻利地点着了鞭炮，又朝毛驴屁股狠狠地踢了一脚。毛驴拖着驴车，拖着在尾巴上炸响的鞭炮向操场上冲去，后面跟着追毛驴的警察。

曲抚顺被校门口瞬间发生的一切震住了，喊道：“于大把头，你他妈的比警察还狠。老子走到了这一步，只有对不住爹娘啦。”说着，朝着父母跪下了。曲抚顺突然矮了一截，把安德列显在了前面，一颗弹丸从银杏树方向射来，正好打中了他的左眼眉骨，血从他的眼角滴下来。安德列的手被绑着，嘴却在叫骂：“真他妈的土匪，挨了黑枪，哎哟。”程鲁民知道，不论曲抚顺是否跪下，弟弟瞄向安德列这一弹弓是蓄意已久的。他能在险象环生中抓准了战机，又从容撤离了，还真不能小看了这小子。

潜伏在学校的乔维轩、崔松石、盐驴子等人纷纷从教室的房顶和墙角跳出来，举枪大喊：“不许动，放下武器。”在众歹徒举手投降的时候，程皖夫却不知从哪里冲了进去，手里握着一把铁锹没头没脑地向他们拍去，一连拍倒了两个，眼看着第三锹奔着曲抚顺挥去。气急败坏的曲抚顺抬起枪朝着程皖夫瞄去。程皖夫两只眼睛直勾勾的，根本没在意黑洞洞的枪口正对着他。曲舒见状飞快地冲过来，一头撞开了程皖夫。程皖夫跌倒了，子弹击中了曲舒的左肩膀处。躲过一劫的程皖夫像傻了一般愣在原地。

程鲁民见大哥傻愣愣地站在原地，喊了两声：“大哥，大哥，大嫂可能负伤了。”见他没有反应，程鲁民跑过去弯腰扶起曲舒。鲜血从曲舒的衣袖管里淌了出来，他连忙喊来崔松石：“驴车呢？快把驴车牵过来。”崔松石说：“刚才还在，好像被大娘赶走了。”程鲁民说:“救人要紧,快给我追回来。”

荞面儿娘和驴车从校门外被追回来。杜一帖见亲家大嫂的肩膀上流血了,瞪了荞面儿娘一眼:“跑得比谁都快。快把亲家大嫂放到车上。”他站在驴车旁为曲舒察看伤情:“亲家大嫂的肩膀被打穿了,肩膀上没留下子弹,贴上我的膏药,保准半个月就能长上。”杜一帖又让曲舒伸出手腕为她号脉。

鲍里斯从外面的人群中挤进来。他不知道杜一帖是有名的中国郎中,更弄不懂肩部受伤捏手腕有何作用,催促程鲁民:“不要再耽搁了,马上送去急救,直接送到苏军医院吧。”杜一帖听说要把曲舒送到苏军医院,拉住驴车不让走。尼娜过来说:“程家女老师受了枪伤得马上救治,可不敢耽搁啊。”杜一帖吃惊地问:“你会说中国话呀,你可别给误了大事。”他四下看了看,把尼娜叫到一旁,小声说道:“苏联姑娘,有件事我也只能跟你说了,程家大嫂看脉象是滑脉,可能是有喜了。”杜一帖见她还是瞪大疑惑的眼睛,明白自己对一位苏联姑娘说的话过于深奥。“程家大嫂可能怀孕了,这回你听懂了吧?让你们苏军医院的大夫在救治时可千万当心啊。”尼娜惊疑地看着杜一帖,心里还是不明白。中国郎中把手指放在女人的手腕处就能知道怀孕了?这也太神奇了吧?来不及细问深究,驴车已经走远了。荞面儿娘呆呆地看着杜一帖:“她爹,亲家的事没有你不知道的,咱家的驴去哪你知道吗?”杜一帖说:“死人一个。驴车后面不是跟着咱家的女婿吗?”

程鲁民和众人等在苏军医院的走廊里,焦急地朝手术室里张望。苏军医院原址是旅顺口中等专科职业学校,日本人霸占旅顺口后改为大日本陆军野战医院,苏军接管后在此设立苏联第三十九军医院。楼房里不闻琅琅的读书声了,只有不锈钢金属器械碰撞的声音,间插着还有伤病员呻吟的声音交织在一起。楼房里也不见原先作为教室时的雅致模样,同样白色的墙壁上,此时却遗留着暗褐色的血污,不知是日本人的血,还是苏联人的血,但基本上可以排除中国人的血,因为这所医院以前从不收治中国伤员。只在一个礼拜前,苏军才决定医院可以救治中国伤员。即使马上就有中国人的血喷到了墙上,短时间内也形成不了那样一种深褐色。

一位秃顶的小个子的苏军医生从手术室里出来,他身后跟着一位留长辫子的中国女护士。苏军医生不会说汉语,从手术室里出来用俄语对长辫子护士发火。长辫子护士全神贯注仍显得十分吃力地听着,但好像还是没有听懂苏军医生的话。苏军医生不是一位好脾气的男人，对女护士的态度傲慢而生硬，语言不通但挥舞着蛮横的手势却极为流畅。程鲁民的语言优势一下子凸现出来。他上前走近女护士："苏军医生说，伤员的身体极为虚弱，先做妇科检查，确定怀孕后要及时终止妊娠。"女护士吃惊地看了他一眼，说："你也懂？我倒是听明白了。我建议医生先救治伤员，其他的事以后再说。苏军医生为此而发火，说这不是我该管的。"程鲁民说："当护士的还是要遵从苏军医生的意见。"他转过身来，用俄语恭敬地对苏军医生说："她作为一名护士肯定会尊重医生的意见，只是有些不懂的地方向您请教：为何要先做妇科检查？"苏军医生斜眼看着程鲁民，说："中国先生，你的俄语说得不错。"

在场的人竖着耳朵听却也听得一头雾水，不但苏军医生说的俄语他们听不懂，就是程鲁民与女护士说的中国话他们也压根没听明白。什么"终止妊娠""妇科检查"，这都哪跟哪呀，乱七八糟的。程鲁民说的话好像与他大嫂的伤势一点都不沾边儿。

此时，穿着军装的尼娜从里面出来了，程鲁民这才反过神来，苏军医生和女护士发生争执好像是因为大嫂引起的。他有些迟疑，有些拿不准地问女护士："你们说的终止妊娠，可是肩部受伤的女人？"女护士说："是啊。你是她的家属吧？"程鲁民一时口吃了，张开嘴却说不出话来。女护士冲他生气地说道："你们这些个男人，媳妇怀孕了竟不知道？"程鲁民心里明白是她误会了，解释说："受伤的是我大嫂。"护士不好意思地笑了，说道："你大嫂伤势不重却挺麻烦，苏军女军人告诉苏军医生，你大嫂怀孕了，你们家人还不知道？刚才医生的话，你比我懂。按你说的做，我们要遵从医生意见，准备终止妊娠吧。"

程鲁民无比诧异地蒙在那里。女护士左一个"怀孕"了，右一个"终止妊娠"，他实在搞不清楚，怀孕多大的事为何从未听奶奶说过，也没听大哥说过，尼娜却能知道得如此清楚。不管怎样，大嫂怀孕总归是好事一桩，是喜从天降，盼还盼不来呢。他甚至自私地想到了，如果此事为真，那么奶奶大概不会再对他步步紧逼了。

长辫子女护士名叫谭敏，她把程鲁民请进了医生办公室。苏军医生客气地说出了一大堆话，翻译成汉语大意如下："伤者因为失血过多需要输血，治疗中会对胎儿产生极为不利的影响，马上做人工流产。"程鲁民看着他那光亮的大脑壳简直有些匪夷所思，这个不规则的大脑壳里的想法非常不着边际。旅顺口这个小地方，女人流产不是一个小事件，都是有些重大的不得已的原因，还从未听说无事无非“终止妊娠”的，真要那样做是脑子坏掉了，是大逆不道。程鲁民用俄语对苏军医生说：“一棵发芽的松树流树油子了，当医生的只要把流树油的地方堵上即可，而不必把刚发的树芽砍掉。”苏军医生仰着脖子说：“如果我没有听错的话，你是伤者丈夫的弟弟。而能够决定这件事的只有两人：受伤仍想成为母亲的女人，或者是她的丈夫，其他的人都请免开尊口。”护士谭敏带揶揄的口吻说道：“还请程先生尊重苏军医生的意见。”

此刻，程鲁民带人急于找到另一个有“决定权”的人。他们一路找到了学校，在放有藏书的教室走廊里看到了瑟缩的程皖夫。大哥目光呆滞，口吐白沫，浑身抽搐，唤他几声没有回应，程鲁民着实心中恐慌。大嫂挨了一枪还没有吓成这个样子，大哥怎么成了尿裤子的货？想到大哥从前有抽羊痫风的毛病，他连忙招呼来人将大哥抬回了程家大院。

第十章　杜郎中三问二混天，程津生两见飞行员

诗曰：

昏昏不知有枪响，才高八斗亦惘惘。
娶妻守信暗分床，得子生隙疑顶缸。
薄情难免尴尬事，义女无缘骁俊郎。
露外椽头先朽腐，莫道阔檐可遮阳。

柳波芙是最早到校的那批学生中的一个，不过她没有成为曲抚顺的人质。早起后柳波芙如厕的次数明显增多，屁股下面垫着纸让她老觉得有尿感。到校放下书包她就蹲进了厕所，后来响起的鞭炮声、枪声等嘈杂声她倒是听得真真切切。柳波芙回到程家才碰上从苏军医院回来的姐姐，姐姐为妹妹讲述了她不曾看到的画面，这些画面与她脑海里的声音合成了一个完整的惊险故事。

杜一帖两口子不到半天工夫，再次来到了程家大院。老爷们不想给亲家添麻烦，老娘们却说不到亲家等着，还能去哪里站脚儿？学校和程家，一个太阳沟西头一个太阳沟东头，没有多远的路，他们却走得汗流浃背。程老夫人和荞面儿显然不知头晌发生了什么事情，但凭直觉吃惊不小，一时不知说什么好。荞面儿娘泪眼潸潸地说："我们回来等驴车的，驴车让姑爷赶走了。"程老夫人不清楚亲家的话中凄凉的背景，还是以不见外的热情打圆场："那是你姑爷不想让你走，想让你们留下吃午饭。快坐下凉快凉快。"荞面儿娘见程老夫人说得驴唇不对马嘴，一上午备受折磨，备受惊吓的委屈顿时变成了火苗儿往上蹿，说："你那二孙子若有那好心，就不用我们颠颠地进城了，也不用经历了一上午的恐吓，把心悬在舌头根底……"杜一帖见老娘们说得过分了，使劲地咳嗽一声，她才把后面的话窝回去了。

程老夫人指着刚进门的两位外国姑娘，向杜一帖两口子介绍说："这是苏军姐妹俩，老大叫尼娜，老二叫柳波芙。"荞面儿娘斜眼看了一眼姐妹俩，见姐姐气喘吁吁，像中国的病西施似的，见柳波芙外向、张狂，与中国小丫头片子的嘚瑟劲大同小异，撇嘴说："哎哟，真是开眼界了。外国的大闺娘咋都长得这么白？像褪了裤的水葱儿。看看那个小腰精瘦的。"程老夫人何尝不知道这姐妹是两个妖精？但是，既然她们住进了程家大院，拜托亲家好歹忍耐点，不看僧面看佛面，损人的话从亲家的嘴里说出来听着别扭。

程老夫人心里正不得劲呢，往院里望了一眼，差点背过气去。程皖夫被四个男人抬进了堂屋，众人不知如何是好，眼瞅着他有上口没下口地捯气儿，都没有了主意。程老夫人走到程皖夫的面前，用食指刮掉他嘴边的泡泡，那泡泡还是像河蟹鼓沫似的，不断地增多。程老夫人对杜一帖说："亲家，这是他老毛病又犯了，到你出手的时候了。"

杜一帖翻开程皖夫的眼皮看看瞳孔，用筷子撬开下巴看看舌苔，后又拉起他的手腕把了把脉，才说："程老夫人，您孙子这是急火攻心，淤积于脑，形成了阻滞。"众人听得似懂非懂面面相觑，但心里都明白，这个时候不能给程老夫人添乱。程老夫人把飘散的银白色头发划归耳后，理出了一份镇定："亲家，都这个时候了，该怎么治，你是有主意的。"杜一帖说："只能下干针了。"

众人按照杜一帖的吩咐，有的端来火盆，烧红了木炭，有的烧开滚水，煮沸毛巾。杜一帖从背包中拿出银针在炭火上烤，烤过后用消毒的毛巾擦净，长短不一的针排成一排。程老夫人是见过杜一帖针灸治病的，这个医术高超的乡下郎中，越是表情淡漠，越是冷酷得不近人情，手头的活才越有准头儿。

杜一帖针灸前的准备工作都做好了，尼娜姐妹俩默默在一边，看得大气不敢出，不知乡下郎中拿针做什么用。杜一帖手里的针在拇指与食指间捻动着，程老夫人看出，杜一帖神情自若中有几分自信，也有几成拿捏的成分，连忙吩咐："快给亲家上茶。"李婶急忙拿起高桌上的茶壶刚要倒茶，程老夫人清嗓似的咳嗽一声，李婶像做错事似的停住手，接过程老夫人从腰间掏出的铜钥匙，到里屋炕柜里取来了那把唐三彩的凤首壶，外加两个同样是唐三彩的白瓷杯，重新沏上清明前的碧螺春敬上来。杜一帖来程家的次数不是很多，但每次沏茶用的都是这套名贵的茶具。

杜一帖不紧不慢地呷了一口茶，嘴里品着茶香，指间依旧捻动着银针："姑爷,我问你,亲家大嫂送到医院了吧?"程鲁民点头应声:"送到啦。"

杜一帖:"那,拉车的毛驴呢?"程鲁民:"毛驴拴在警察局的驴圈子里,您放心吧,好料喂着,不会让它和警察局的驴咬架的。"

刚才还在杜一帖手里捻动的针,不知什么时候落在了程皖夫的脖颈上,程皖夫"啊"地叫了一声,围观的人心被提到了嗓子眼。尼娜伸长脖子往前看,却把妹妹柳波芙的眼睛捂上了。

杜一帖又呷了一口茶:"姑爷,我上午来时,你不在家。下午来了,却不见荞面儿。天快黑了,她去哪里啦?"荞面儿娘说:"下你的针吧,别让大家都跟着揪心。有你这样当爹的吗?先惦记着驴,后才想起闺女。我看哪,闺女在你的眼里还不如一头驴哩。"

程鲁民说:"荞面儿去苏军医院照看大嫂去啦,实在没有人手,她去照看方便些。"经杜一帖这一问,程老夫人才发现荞面儿不在屋内,无怪杜一帖拿捏。但嘴巴却忙中出错,张冠李戴问起了曲舒:"到底怎么样了?我这一天眼皮跳个不停,她是不是真怀孕了?"程鲁民心里为大哥着急,救醒大哥才好让他去苏军医院,说:"奶奶,别打断杜大夫,待会儿告诉您大嫂的事儿。"

杜一帖手里的针眨眼工夫笔直地立在程皖夫的头上。针立汗出,程皖夫后背上如悬豆一样布满汗珠。

杜一帖拿出来第三根细长的针。李婶又续上一杯茶,杜一帖没接,手里的针还在捻来捻去:"我还有第三问。"众人的心就这么被他捏在手里不停地捻着。程老夫人这回真要昏厥过去,程鲁民要上前搀扶被她推开。尼娜说:"上帝呀,这哪是治病,分明是在上刑嘛!"程鲁民头上也冒出了热汗,如同针扎在他的身上。

杜一帖说:"那好,这第三问就不问啦。我要祝贺老夫人,您就要有重孙子啦。"第三针慢慢地在程皖夫的两眉中间扎下去。程皖夫突然张口,把嘴角的白沫吸进却没有吐出来,眼珠翻白,印堂发紫,嘴角耷拉着……众人几乎都瞪起惊讶而焦虑的眼睛。程老夫人吓得不轻:"你把他怎么啦?亲家,这回我也难信你了。"说着眼泪流了下来。杜一帖啥话没说,用水洗净手又用毛巾擦干,才端起杯子品茶。众人围上前,眼巴巴地望着程皖夫。程鲁民拿起毛巾擦去了程皖夫脸上的汗珠,他才慢慢地睁开眼睛,张口打了个哈欠,抬起两手向前,伸展个舒服的懒腰,竟如刚睡醒一般揉了揉眼睛:"我在哪里呀?你们怎么都来啦!"大家这才长长地喘了一口粗气。程津生说起他先前的呆、傻、痴的举动,众人笑得眼泪都流下来了。程皖大对先前的事竟 ·无所知,只记得去过警察局找过他的二弟,其余的皆为半是糊涂半是梦。

程老夫人扯起衣襟擦着眼角,由衷地叹服:“刚才真是误会亲家了,华佗再世般的手艺,若不是亲眼所见,说破大天也不会相信的。”荞面儿娘说:“亲家奶奶,您就别再夸了,他经不起您这么夸奖。天都黑下来了,我们要往回赶路,这就走啦。”程老夫人惋惜地说:“亲家忙活了这半天也没吃口热饭,真是过意不去。也罢,今儿乱糟糟的,改日,咱们一定好好聚一聚。”

众人出门相送。程鲁民早安排人把驴车赶回来,等待杜一帖夫妇上车。送走了杜一帖夫妇,程鲁民拉了一下程津生,慢后几步,小声说道:“大嫂在苏军医院住院,你去盯着点,不一定露面,有外人进入,盯紧了记住告诉我。你的弹弓打得不错,带上你的武器。”程津生内心欢喜,嘴上却说:“好像我欠你似的!”

程绪至是快到傍晚的时候回家的,搁在往常,他这个点回家还算早的。程家有人在学校受伤的事很快就传到了裁缝铺,他上了一半铺板就往家跑。若是程家有人受伤那想都不用想,一定是二混天惹祸了。回家一看,程鲁民坐在椅子上没事儿,但他的心还是揪紧了。二混天平时连人影都看不到,偶尔回来一趟也如火燎腚似的,家中不出大事他能像老太爷似的端坐在椅子上?

程老夫人暂时还没腾出嘴来训他,装着没看到眼前这个人,只顾向程鲁民问话:“你大嫂的事不打算让我知道啦?”程鲁民在苏军医院时就思量着如何过奶奶这一关。苏军医生对中国的事情,具体说对程家的事情还是不够了解,大嫂是保胎还是流产,不是他们两口子说了算的。即使大哥不抽羊痫风,那也得奶奶点头。

程鲁民说:“爸回来了,我正好要跟你和奶奶详细说说。”程老夫人瞪了二孙子一眼:“你先别当他回家了。他的铺子重要得很,我们千万别用家长里短的俗事扰了他的正业。”

程鲁民苦笑了一下:“你们娘俩都多大岁数了还在斗,不怕我们学坏啦?先说正事儿,大嫂的伤势不重,她替我大哥挨了一枪,肩膀上穿了两个眼……”程老夫人听了哆嗦一下,厉声骂道:“挨刀宰的海兽,那还不重,给你肩膀上穿两眼试试。”程鲁民说:“奶奶,您别急,听我把话说完。若是一枪下去只有一个眼,说明子弹留在身上,穿两眼说明子弹出来了。我事先声明,往下说的话你们听了可要挺住，不能惊喜过度，更不能乐极生悲……”

程绪至忍不住插话：“那一枪是谁打的？国民党还是八路军？”程老夫人说：“没撵你走算给你面子。管谁打的干啥，你能找人家报仇呀？”程绪至说：“曲舒这孩子怎么个来历你竟忘记了？”一句话提醒了程老夫人，她对程鲁民说：“那就告诉他是谁打的。”

程鲁民说：“是国民党，一个叫曲抚顺的人打的。”程老夫人对程绪至说：“听清楚了，是国民党打的。”程绪至一手握拳砸在另一手的掌心里，说：“这一枪打得好。”程老夫人说：“真是有毛病，遇大事就糊涂。”程绪至说：“曲舒肯定不想为他们干了，才遭此黑手。”程老夫人说：“为国民党干活也不全是坏人，曲舒就是个好人。别让他打岔，你继续往下说。”

这倒是个意外收获。关于大嫂的事，奶奶和父亲总归要比程鲁民知道得多一些。他接着说：“你们不会也是才知道大嫂怀孕了吧？”程老夫人嘴里一边念叨着阿弥陀佛，一边埋怨他：“你看你，绕个圈子干啥？好事儿还说什么乐极生悲？”程鲁民皱了皱眉头：“苏军医生说，大嫂失血过多，后期治疗使用药品对胎儿会有影响，建议大嫂终止妊娠。”程老夫人显然没听明白，程绪至也埋怨道：“看你吞吞吐吐说说停停的，就大大方方说怎么治吧？”程老夫人向他撇了一嘴：“女人的事你们老爷们不明白别瞎掺和，医生说怎么治就怎么治。”程鲁民说：“苏军医生说要打胎。”程老夫人一听便火了：“他苏联人能懂中国的妇女的病？快让你大嫂回家，可别让苏军医生把我的重孙子给祸害啦。”

程鲁民回到警察局小会议室时，董汉彬、周允声及几位科长在此已经争论好半天了。没人通知他赶回来开会，半道插进来又不好退出去。当然，程鲁民坐下后，原先开会的人员也没有刻意回避他。他们接着刚才争论不休的话题：一个是对曲舒身份的认定，另一个是鲍里斯带走曲抚顺等人的动机，这两件事都与程鲁民有着或明或暗的牵连。董汉彬小声对他说：“要理解周局长的良苦用心，他不希望你参会只是想把你从这件事中择出去，不想让你为难或受到刮扯。”程鲁民点点头，小声说：“其实，我对我这位大嫂的了解不比在座诸位更多。”周允声走向程鲁民，说：“你还真想把头伸进来等着挨剁，那你就临死放个响屁。”

程鲁民认为曲舒从本质上说还是位有为的爱国青年，她痛恨日本鬼子，又不抵触和排斥苏军和八路军，只是早先站队站错了。而在当时，国共两党倡导抗日民族统一战线，有志的爱国青年也不是全都集中在八路军这边，所以应当历史地全面地评价他的大嫂。对于程鲁民的表态，周允声不能认同，他说：“日本鬼子投降了，共产党与国民党成了死对头。曲舒要么和共产党站在一起，要么跟国民党穿一条裤子，她面前没有三岔路口。曲舒今天挡了一颗子弹不假，我们要看看她是替谁挡的。她不情愿就这么暴露，还想继续隐藏下去，玩命挡子弹能说得通吧？她和你大哥是两口子，为丈夫不要命了也说得过去。提起你大哥，我倒想起来了，他天不亮就来报信的，还不肯说出从那个粪坑里掏出的屎来，这里面肯定夹带着猫尿！”

程鲁民不想与周允声发生争执，不想争执不代表就同意他的说法。他坚信大嫂不会陷得更深，充其量也只能算是国民党外围组织的一个小喽啰。他建议成立一个审查小组，派专人对曲舒的问题进行审查。他不能容忍程家被怀疑潜伏着一个国民党特务，本来他的家庭就够复杂的。董汉彬副市长赞成他的建议，但周允声却说：“怎么个审查？曲抚顺等人被苏军带走，其用意再明显不过，苏军还是怕得罪国民党。他们把人带走，用不了几天，装上大卡车送出金州石河子就算驱逐出境。别看人是我们抓的，却连毛也摸不着，没提审就让苏军物归原主。没有曲抚顺这个证人，如何能查实曲舒？”

荞面儿在苏军医院里护理大嫂，几乎一宿没合眼，天亮了又去水房，把大嫂换下的脏衣服洗净，接着端回温水准备给大嫂洗漱，把曲舒感动得不知说啥好。曲舒哽咽了半天才说：“以前吧，还没觉得你有多么好，老话说患难见真情，你真是我的亲妹子。”荞面儿用袖管把脸上的汗水抹了抹，说：“俺倒不在乎是不是你的亲妹子，俺就想和你处好妯娌关系。”曲舒刚才说的话，已是难得的真情表白了，她不是个见谁都妹子长妹子短的人，没想到荞面儿不但不领情，反倒挑理了，这死丫头最看重的还是要成为名副其实的程家媳妇。

她俩正在有上句没下句地唠闲嗑，躺在床上的曲舒见门上方突然有一张脸挤扁在玻璃上，连忙起身。荞面儿开门迎进程老夫人。程老夫人让曲舒快躺下，问了一句：“伤口咋样了？”随即眼睛便盯在她的腹部看，问吃得如何，睡得怎样。曲舒说还有些发烧，其他的还好。程老夫人说：“哪好也不如家好。”程老夫人边说边扶着她下地，对荞面儿说：“你把东西收拾了，咱不受这份洋罪，快回家。”

荞面儿不解其意，说：“奶奶俺不嫌遭罪，分明在享福。苏军医院里这玻璃敞亮得像没关窗一样。”程老夫人瞅了她一眼：“你觉得好你住下，你大嫂须得跟我回家。”荞面儿看出奶奶不像在说笑，也不知哪句话让她生气了，忙顺着她的话往下说:“大嫂的伤口还真不用住院养着,俺父亲的膏药保管一贴就能见效。”程老夫人恍然大悟,说:“咱们常常犯同一个错,关键时候总是把你爹给忘了。”

她们拾掇好了东西正准备出门,长辫子护士谭敏进来了,不解地问:“怎么,要打包回家,谁批准的,你们把苏军医院当成旅店啦?”程老夫人上下打量着这个穿白大褂的女人。曲舒说:“她是护士谭敏。”程老夫人说:“果然是白衣天使,不食人间烟火呀。我问你,医院是不是治病救人的地方?你听说过有这样的医生,一面救治大人的病,一面要把她肚子里的孩子掐死?”荞面儿惊得合不上嘴,看看谭敏,又看了看曲舒。谭敏听了又好气又好笑,说:“谁在造谣?谁说苏军医生掐死胎儿……”

程老夫人说:“他们不叫掐死,叫人工流产或是其他别的什么,都是要人命的。这位姑娘可能还没有出阁吧,你要是当了母亲就明白了,女人十月怀胎,再难也不会让别人把自己的孩子给流了。”曲舒说:“奶奶,你别拿谭敏护士说事,她还没有嫁人呢。”谭敏的脸红着说:“这跟出没出阁,嫁没嫁人没关系。苏军医生没有恶意,他们想让孕妇生个健康的孩子,只不过……”程老夫人嗓门大了起来:“你不用替那些人狡辩,我们家就住着苏军,他苏联大婶亲口告诉我的,他们的医生给女人流产像捣碎一头蒜那么简单……”

正说着呢,苏军小老头医生来查房了,他对谭敏说了一通谁也听不懂的俄语。谭敏转过身对程老夫人说:“苏军医生坚决不同意提前出院。他说伤者的体温不正常,伤口很可能感染了,也不排除得破伤风的可能。如果伤口持续恶化,就不是胎儿能否保住的问题啦。”程老夫人说:“你告诉他,这是我的孙媳妇,她肚子里的孩子是我的重孙子,我们程家的事,我老太太还能做得了主。”

谭敏把程老夫人的话翻译给苏军医生,这个谢了顶的小老头像被揭了伤疤一样恼羞成怒。他有力地挥动着拳头,使劲地摇晃着脑袋。不用翻译程老夫人也能猜出他在骂人。但是,谭敏翻译过后,程老夫人却忍不住乐了,苏军医生挥动着拳头说的是:“她是我的病人,这是任何人也改变不了的。”他摇晃着脑袋说的是:“那个胎儿是母亲的孩子,而不是母亲的母亲的孩子。”

程鲁民恰恰在这个时候正合时宜地出现在病房里,谭敏总算盼来个明白人。一位中国的犟老太太,另一位是苏联的倔老头,这两人都有一副尖牙利齿,尽管语言不通,但他们的舌头却如相互纠缠在一起的两条蛇。谭敏像对法官申诉又像等待裁判裁决,把刚才他们说过的话,简单地复述了一遍。程鲁民对奶奶说:“应该听医生的话。”程老夫人说:“听他的话我的重孙子就没了。”程鲁民又说:“没有您想象的那么严重。苏军医生只不过把可能出现的后果跟我们讲清楚了,而并非一定如此。”程老夫人说:“那也不行。一旦如此,我找谁要重孙子?你说破天来也不行,你就是答应今晚就与荞面儿圆房,我也不能让曲舒在医院里住下。”

曲舒乐得直咳嗽,荞面儿脸红得恨不能找个地缝钻进去,谭敏一半听懂了,另一半听得半片囫囵。她实在没法准确地向苏军医生翻译出完整意思,只好说成:“程老夫人说,即使她的二儿子今晚成婚,她也不能让大儿媳妇继续在医院里接受治疗。”秃顶的苏军医生拍着他那又大又亮的脑袋,对程鲁民说:“上帝呀,中国人的事怎么这样复杂?先前扯上了与胎儿无关的母亲的母亲,现在又扯上了鬼才能懂的母亲的二儿子来。”苏军医生承诺没有曲舒同意,谁也不能做流产手术,程老夫人才勉强答应再在医院里忍受两天。

程津生趴在后院的一棵盆口粗的银杏树上,恰好能看到病房里的一举一动。他放学回家,简单地往嘴里胡乱塞了几口饭,刁着一块饼子就跑到了苏军医院。二哥程鲁民让他盯梢,这件事情他还是擅长和愿意效劳的,比代新郎接亲的差事做起来过瘾。

从树上看到室内的房门开了,大哥程皖夫进来了,大嫂在荞面儿的搀扶下起身下床,他们三人说什么话,程津生当然听不清,不过他想看看屋内还有什么人,就爬向另一个树杈。不料,腰里别着的弹弓掉下来,他只好暂时放弃盯梢,先捡回武器再说,便哧溜一声,从树干上滑下来。

程津生落地时像猿一样躬身屈腿反弹而立,但还是晚了一步,他的弹弓早已被一双白皙修长的手抢去。他本能地伸手就要夺回属于自己的东西,但那双平生见过的最嫩白修长的手,却如同伸进油锅一般,更加灵活地反弹回来。尼娜像缴获战利品那样没收了他的武器,又捏着弹弓的皮兜儿吊在他的眼前晃荡,问:“为什么又上树偷看女病房?”程津生窘迫地辩解:“我没有,是我二哥让我来的……”

程津生没等说完,想先下手抢到弹弓就溜,尼娜反手一把抓住他的手腕,他挣脱几下都没挣脱得了。被一位年轻漂亮的苏联姑娘拉扯着,甩又甩不掉,他的脸越发红得厉害,窘态百出。

尼娜揶揄地问道:“莫非偷看女生洗澡也是你二哥教唆的?”疏忽间,程津生身子一栽歪跑掉了。尼娜在后面追着，距离却越拉越大。尼娜本不想再追了，却看到程津生一只手提着裤子跑，速度明显地慢了下来。她乐了，这家伙把裤带跑开了。她一手捂着笑得岔气的肚子，另一只手终于扯住了他的后衣襟。尼娜又笑又喘，累得直不起腰来。程津生趁机重新系好了裤带，双手反剪背向后面，像泥鳅一样上身抖动，敞开的上衣被尼娜拽下来，程津生又跑掉了。跑了一会儿，程津生感到尼娜不再追了，便收住脚往回走了几步，毕竟上衣在尼娜的手里。

尼娜说："你、你不但弹弓打得准，跑得也挺快，若不是你掉裤子，我真的追不上。"程津生说："这算什么，你是女的，我都没好意思使劲跑。把衣服还给我。"尼娜说："不行，不能这么白白便宜你。知道我是女的，你还让我累得犯喘？"

程津生盯着这位叫尼娜的苏联姑娘，第一次近距离地打量着她，内心体会到从未有过的舒坦和爽朗。他们之间的隔阂在赛跑时就烟消云散了，此时他们正靠在两棵相距很近的树上。尼娜娇柔地问："你家的那个漂亮的小媳妇，对你好不好呀？"程津生既怯懦又有几分得意地说："她不可能对我不好。娶亲那天还是我代二哥接新娘子上了马车轿。"

北面传来了脚步声，还有一男一女的说话声，尼娜的哥哥彼得在长辫子女护士的引领下走过来，尼娜与哥哥拥抱了一下问："你怎么找到这里了？"彼得说："妈妈说你到医院来了，我正好到医院做一项身体检查，谭护士就把我带来了。"彼得汉语说不好，他用俄语告诉妹妹的。

彼得与程津生以前见过一面，那晚苏军一家人在程家吃饭，彼得还记得餐桌上的那只鸽子，说："中国美味，鸽子，吐得一塌糊涂。"尼娜说："好啦，以前的事不要提了，程津生现在是我的好朋友了。"

程津生还记得彼得那天佩戴着苏军中尉军衔的样子，彼得再三感谢谭敏护士的帮忙，他最后又说了一句话，就与大伙儿告别了。具体说了句什么告别的话，程津生印象模糊了。他与彼得也只有两面之缘，此外再未有一点一滴关于他的记忆。直到在朝鲜战场上，程津生意外地看到了彼得那张惨白的脸，脑海中蹦出了那句话。人，有的时候真是很奇怪，忘得死死的一句话，却能在一个特定的场合毫无根由地突然就冒出来了。彼得临走的时候，对所有的人是这样说的："我们还会再见面的。"

第十一章　鲍里斯智退调查组，程津生勇救落水女

诗曰：

黄金山下沙滩旁，偷窥诚恐亦诚惶。
疑似仙子下凡界，确定浴女少衣裳。
天蓝水碧一点红，山呼海啸九重浪。
弃羞藏怯救人起，驴背空水无指望。

柳波芙说："作为她的老师，曲舒最先知道她少女的秘密，她在她面前也是第一次表现出羞羞答答。"柳波芙对旅顺口的记忆大多都是关于曲舒的，对她的好感溢于言表。但她在旅顺口时就没有弄清，具有如此人格魅力的曲老师为何受到了审查。离开旅顺口后，发生在曲老师身上的事，她就更无法理解了。最没给柳波芙留下好印象的人当数程津生。直到黄金山下发生了苏联少女溺水事件后，她才对这位同桌的印象逐渐有所转变。

曲舒是在程老夫人一再催促下才出院的，她躺在医院里也不得消停。程老夫人一天去医院两趟，那么大岁数的人了，撵着小脚上午一趟下午一趟，她心里过意不去。班上的学生走一拨又来一拨，苏军医院门口站岗的不放行，他们竟与苏军士兵捉起迷藏，互相掩护着钻进来。柳德米拉差不多也是一天探望一次，每次都带来鲜花，曲舒所在的病房便如同花店一样摆满了月季、玫瑰、秋海棠、雪菊等花卉。无功受禄，曲舒为受人恩惠却不知如何报答而难为情。程老夫人却紧着鼻子说："苏联人终究不如中国人实在，把个病房弄得花里胡哨的。"

曲舒离开了花团锦簇的病房，回到家里身心轻松了许多，但离家才几日，丈夫程皖夫却让她陌生了。程老夫人怕她分心，直到出院后才将程皖夫的病情告诉她。杜一帖针灸治好了程皖夫的病，家人没发现他有什么后遗症，唯独曲舒

看出来了，丈夫增加了怯懦多疑的毛病。他常常羞愧满面，不该腼腆的地方也让他羞愧得无地自容。曲舒怀孕，说无心插柳也好，说歪打正着也罢，结果是完美的。再说啦，他们早就是夫妻了，行夫妻之实本也无可厚非，可程皖夫就迈不过这道坎。他觉得当初虽无鉴定具有约束力的书面协议，但口头上的允诺实际上已抛到九霄云外。尽管阴差阳错好事多磨，程老夫人欢喜得不行，但这件事终归是让他告别了正人君子的行列，变成了没有信誉的小人。

曲舒厘清了原委，眼泪先是左一滴右一滴地落下来，后来哭得雨打梨花泪流两行，恼恨无比地说："让别人知道了，就他是个要脸的，我却活生生成了没脸没皮的。他知羞知辱知丢人，全然不顾卷了我的脸面？"程老夫人骂他榆木疙瘩，骂他一根筋，骂他好日子过够了要作死，骂他什么也不管用，就这份要脸的人你能怎么办吧？

曲舒回到程家大院的第二天，一件让人气愤的事儿盖过了程皖夫的榆木疙瘩脑袋。市警察局成立了曲抚顺事件调查组，被调查人员涉及曲舒。周允声对曲舒总体上的印象不错，但因为程鲁民的原因，不能不对曲舒调查一番，尤其与苏军的高级军官住在同一个大院里，不得不做出一种姿态来。

周允声兼任市警察局调查组组长，乔维轩、崔松石和盐驴子为组员。周允声还建议找一名有文化的人充实到调查组，跟随董汉彬从烟台来的八路军排长，现为警察局督导科科长的齐雨林被抽调到组里来，并被指定排在组长之后的二把手。

二把手齐雨林带着三名组员进驻了程家大院，审讯和交代问题开始了。二把手齐雨林问："你上学期间曲抚顺为你提供了多少活动经费？"曲舒回答："那不是活动经费，是我的学费和生活费。"

在她父亲母亲遇害后，在其他的亲属不是家庭条件有限不能接济，就是家庭富裕也不愿接济的情况下，曲舒总能在大学校园的一角，在囊中羞涩的时候见到那个熟悉的身影，曲抚顺也总是在她最需要钱的时候来到学校。

齐雨林显然对她的回答不甚满意，又提出了一个问题："那你说说，你是何时何地采用了何种形式加入他们的组织？"曲舒不假思索地说："我没有加入国民党的任何组织啊。"

曲舒刚来到旅顺口不久的一天夜里，日本鬼子开始了大搜捕，第二天就传出有许多抗日志士惨遭被捕和杀害的消息。曲舒放学后找到了曲抚顺，说："我想加入你们的组织，想成为像你那样的人。”曲抚顺摇摇头，委婉地说：“你能有这样的想法我十分高兴。但是，你毕竟年轻，还没看到日本鬼子的全部残暴。”曲舒心里明白，曲抚顺没有直言拒绝完全是顾及她的脸面。国民党组织不是她想加入就能加入的，或许她还不够资格。

曲舒受伤的那只胳膊有些酸痛，她活动活动身子，转换个坐着的角度，说：“我能问你们一个问题吗？”审查组的人面面相觑，不知何意。齐雨林说：“你搞错了，现在是我们在审查你。”乔维轩说：“应该让人家问嘛。”曲舒说：“在我生活无助的时候你们在哪？当我想为父母报仇时你们又在哪里？我不在乎什么党派，只要是打鬼子的我都愿意加入。可惜，在我需要的时候你们没有出现。”齐雨林气愤不已，说：“是我在审你，你没有资格说这样的话。”

乔维轩、崔松石和盐驴子刚开始对这种审案还挺新鲜，在二把手齐雨林与曲舒交手了几个回合之后，渐渐感到乏味，盐驴子不停地打盹，其他两人的眼神不知飘向何处。齐雨林非常专业地让曲舒在记录纸上按手印，说：“考虑到你的身体状况，我们今天的审问就到此吧。你近期内不要外出，我们可能随时找你核查问题，请你配合。”

第二天一早，齐雨林像上班一样准时地来到程家大院，不过他们组里非战斗减员了，崔松石扯绺子请假了。第三天、第四天盐驴子没请假也找不到人。接二连三这么审着，程老夫人急得不行了，压低声音跟程皖夫说：“你媳妇究竟什么事儿？抓又没抓，天天审查，她受伤不说还有身孕，哪能这么折腾我重孙子？”程皖夫说：“我去找老二说道说道。闹事的头头他们捞不着审，警察局净拣些虾皮蟹盖软柿子捏。”程老夫人说：“你别去添乱了，你二弟不受牵连就不错了。”

他们正说着，柳德米拉下楼，问：“中国奶奶，警察局里的人找曲舒什么事？我丈夫问我，这里不是集中营，他们怎么能像审犯人一样？”柳德米拉大嗓门，程老夫人生怕被隔壁的人听着，忙做了个噤语的手势。鲍里斯从楼上下来绕过她们，径直去隔壁的房间，一把推开房门，对里面的齐雨林说：“请你出来一下。”

屋内的人吓了一跳。他们来审查之前都已经知道程家住着苏军一家人，但来了几次，只见过苏军家眷。他们来此上班，鲍里斯正好去苏军司令部上班，所以难得碰面，而今天鲍里斯走得晚些，头天晚上柳德米拉把曲舒的遭遇跟他说了。别人的事他也许不是很清楚，别人的事他也许不会过问，程家人的事他就不能不显示一下苏军老大哥的权威。

鲍里斯对齐雨林说:“听说你们为曲舒专门成立了审查组,这很好,你们要把她的事迹好好整理出来交给我,我要推荐到苏联的报纸上发表,曲舒的身上有很多中国女人的优秀品质,我亲眼看到她为了学生,为了她的丈夫舍生忘死……”由于半道杀出个鲍里斯,审查曲舒的事不了了之。

到了10月上旬,旅顺口的天气渐冷,程津生拿起一件衣服,急急忙忙走出大门,却没想到碰上了苏军的二小姐柳波芙。他想绕道走开,却被柳波芙挡住了去路。他不想招惹她,自从上次把她的鸽子炖了熬汤喝,二小姐总用一种仇视的目光盯着他,让他浑身刺痒。柳波芙伸开手臂拦住他,不容置疑地说:“你送我到黄金山的海边去。”程津生退后一步,说:“我还有事呢,你自己不会去呀!”柳波芙说:“我不认识路,我怕碰到坏人,总之,你得送我去。”程津生问:“挺远的干吗去黄金山?”柳波芙回答:“这个嘛你就不要管了,送我去就是了。”

程津生没有理睬刁蛮的二小姐,果断地转身走了。柳波芙尾随其后不紧不慢地跟着。程津生沿着路边一直往前,偶尔回头,还能看到那个鬼丫头在后面盯梢,他不清楚如何能甩掉她,转眼间,来到了苏军司令部门前。

柳波芙就这么一直跟着,突然紧跑几步,来到站岗的苏军哨兵旁,同他们小声说了几句俄语。苏军哨兵持枪追上程津生:“站住,转过身来。”程津生本能地想跑,却听见了苏军哨兵拉动枪栓,发出了吓唬人的声音。

苏军哨兵命令说:“转过身,回来接受检查。”程津生不明就里,但又不服气地说:“为什么检查我,我犯了什么王法?”苏军哨兵傲慢地说:“马上你就会明白。”

程津生慢腾腾地转过身,心里想着自己没有什么过错,也不怕他们咋呼。走回门岗附近,却突然看到过来几位苏军军官,拥簇鲍里斯向大门走来。他低下头躲向一边。在这个时候,他不想让柳波芙的父亲看到自己,鲍里斯偏偏认出了他,走过来问:“淘气鬼,你又闯下什么祸了?”

苏军哨兵立正敬礼:“报告上校,您的女儿揭发他身上藏有凶器。”鲍里斯伸出一只手端起了他的下巴,温和地看着他的眼睛:“噢,你的眼睛告诉我,你的武器只是一只弹弓,对吧?”程津生老实地说:“柳波芙让我带她去黄金山,我没去,她就让哨兵抓我。”鲍里斯对哨兵说:“他的凶器我知道是什么,先放开他,按照中国警察的办法,我下班回家后审他。”程津生头也不回一溜烟跑掉了。

程津生折回头，反过来跟在柳波芙的后面，一路追到黄金山海边的小山包上。一路上，他都想着如何找她算账，就刚才诬陷自己的事好好损损她。黄金山海域是一片天然的海水浴场，苏联女人穿着红色泳装，在海水里、沙滩上或泳或卧，海滩像撒了一把白芝麻粒。10 月份的气温比往常略低一些，当地人赶小海的都懒得下水了，但洗海澡的苏联女人热情不减，她们好像天生比中国人抗冻。冰天雪地里穿裙子的女人不在乎旅顺口进入了深秋季节。她们可能还不清楚，那片海域是一片锅窝底。所谓的“锅窝底”是说海底像锅底一样，前一脚还踩在沙底上，后一脚掉进去就没影啦。

一头毛驴拴在附近的山坡树上，对远处的风景不屑一顾，只顾着低头悠闲地吃草。程津生不敢再往前去，躲在树下看到柳波芙三下两下把衣服脱掉跳进了海水里。岸上岸下白白的大腿，高耸的乳房夸张地在他的眼前晃来晃去。看得他心跳加快，脸红到了脖子根。

程津生想转身离去，眼睛却没舍得离开那些从未见过的“西洋景”。他抽自己一个耳光，下了很大决心才缓缓离去。刚走没有多远，海边传来了惊恐的呼喊声：“快救人呀，有人被海水卷走啦。”俄语呼喊的声音撕心裂肺，程津生尽管听不懂也吓了一大跳。顺着喊声向海边望去，有人落入了“锅窝底”的暗流里，那个红色的泳衣一会儿被海浪拍入海底，一会儿又被推向浪尖。程津生没有多想，快速丢掉上衣，紧跑几步扎向了海水里。

一个大浪把程津生掀到了溺水者身旁，他伸手抓到了女人胸前最柔软的部位，又像触电似的缩回手来。溺水者瞬时被海浪冲出老远。岸上传来了俄语和汉语交织在一起的喊声：“抓住她，抓紧她。”

程津生借助海浪的惯力，又一次冲到溺水者身旁，手臂紧紧夹在她的腋下，奋力向岸边游去。溺水者死死地拖住他，让他感到恐惧，感到筋疲力尽。一个大浪砸来，他的口鼻像被撒上了石膏粉一样，呛得他脑海里一片空白。那个柔软的身躯又从他的胳膊里滑走了。

程津生经过了两三个回合才把溺水者拖上岸，被他拖上岸的是一位与柳波芙年龄相仿的苏联女孩。岸上的其他苏联姑娘吓得只是哭，只是不停地呼喊，不懂得如何抢救。程津生强打精神跑到树林中，牵来了那头啃草的毛驴。众人不知他有何用意，程津生分派柳波芙帮忙，合力把溺水的苏联少女放到驴背上空水，柳波芙没有异议地服从了，溺水事件让她变得从未有过的听话。程津生牵着驴在崎岖不平的沙路上颠，指望能把海水从苏联少女的胃里空出来。那头毛驴一个劲地叫着，叫得程津生心烦意乱而又无可奈何。直到他黝黑的皮肤晒出了盐霜，苏联少女的眼睛还是没有睁开。

鲍里斯带着两名参谋人员，事先没打招呼就来到了周允声的办公室。周允声严格遵守董汉彬制定的“三大纪律”：一不对苏军讲脏话，二不能给苏军起外号，三不能对苏军身上的异味嗤之以鼻。他对老鲍的态度也在慢慢地发生变化，这位苏联老人家没有他想象得好，也不比想象得坏多少。由于没有得到通报，接待工作就在这种事先没有准备的慌乱和仓促中进行着。通讯员小秦去茶水房现烧开水，弄得走廊里满是烟和雾气。小秦熏出眼泪才把水烧开，拎着暖水瓶进屋时又挤爆了一个，沉闷的爆炸声把屋里的人吓了一跳，周允声差点把手枪从腰间拔出来了。那时候人们对响声特别敏感，差不多每一个响声都与死亡如影相随。谁能天真地想到，此时的“爆炸”只损失了一个瓶胆，暖瓶罩有如竹篮打水一般兜着一些碎片。

周允声很痛心，望着为数不多的办公用品又损失了一个，说：“老鲍，算是为你们来，放了一个炮仗，苏军要说这是礼炮也行，马上就有茶水喝。”鲍里斯摆摆手说：“我们之间的联络确实太不方便，有些事完全可以通过电话来沟通。如果你同意，我让通信兵在苏军司令部和警察局之间架起一条电话线。”

鲍里斯主动提议架设一条电话线，如果不是一头连着警察局，另一头连着苏军司令部，那肯定是求之不得的好事。周允声在多年前曾见过这种“顺风耳”，十分清楚电话的方便之处。但是，电话线架在苏军司令部与警察局之间，他就拿捏不准了，万一这种电话机具有窃听功能呢？他得请示报告，不能擅自做主；为慎重起见不能马上应允，也不能让鲍里斯看出来他的怠慢。周允声打着哈哈把这一敏感的话题岔过去：“啊呀，这是最好的明前龙井茶，过去是给皇帝进贡的，一般人不了老百姓的嘴里，你尝尝，小心烫呀。”老鲍原本热情洋溢的脸阴沉下来：“完全是为我们之间联系方便着想。再说，在你的职权之内，你还推诿。”

周允声把茶杯递到老鲍的手里：“没事你就来喝茶，有事你就当面说。咱们常见面说说话也省得相互惦记。”鲍里斯耸了耸肩，摊开双手摇了摇头：“咱们有那么亲近吗？不过，还真有件事得求助一下警察局。”周允声说：“我是个直性子的粗人，就喜欢当面锣对面鼓。事儿掖在嗓葫芦里难受。”鲍里斯放慢语调说：

“是这样的,周局长,刚刚得到报告,一位苏军军官的女儿不幸溺水身亡,需要找一位神父。请周局长帮帮忙尽快地找来。最好是苏联的神父。”

鲍里斯从警察局出来,让参谋人员回苏军司令部,自己就近回到了程家大院。见柳德米拉也在院中,就与程老夫人、曲舒闲聊。程老夫人得知有位苏联少女不幸遇难,心情沉痛地说:“可怜见的,小小的年纪竟留在了这里,黄泉路上无老少,早点给孩子找个好地方葬了吧。”鲍里斯说:“这个,这个,老实说,我们正在考虑。我听说在旅顺口有个沙俄公墓,我想麻烦程鲁民陪我去看看那个地方。”

曲舒插话说:“二弟未必知道,我倒是去过好多趟啦。”程老夫人看了曲舒一眼。当着鲍里斯夫妇的面,她没有把话明说。曲舒来旅顺口才几年,她如何去过很多次?曲舒看出了奶奶心中的疑惑,说:“日本人为了表白他们的仁慈和宣扬他们的义勇精神,几乎每年都要组织学生去沙俄公墓观瞻,目的是从小树立日本学生必胜信念,将来为天皇效力。”

程老夫人说:“要说选墓地,找别人还未必行。有个孟先生,外号叫‘孟八卦’的干这事在行。那个不愿回家的人刚才不是回来了吗?这会儿工夫又走了?”程鲁民从厨房里边吃东西边走出来,嘴里的食物还没有吞尽。鲍里斯说:“你在家里正好,我需要一位向导。”

程鲁民咽下最后一口,说:“我刚才也听个大概,你们要找沙俄公墓?有一点我不明白,为什么要把一位青春少女与四十多年前战死的沙皇士兵葬在一起?”鲍里斯回答说:“这个嘛,你们中国人可能不会理解。说句不该透露的话,不仅仅是为了埋葬一位少女。苏联最高当局有了明确的指示,凡在旅顺口牺牲者的遗骸不运回国内,都要埋葬在旅顺口。不论怎样,沙俄公墓早年曾埋葬了我们民族大家庭的子民,他们是我们无论如何都不能忘却的祖先,也是我们曾经引为自豪的功臣和勇士。当然,在你们看来,那一段历史是你们的耻辱,他们是你们的罪人。”

程鲁民:“鲍里斯,逝者虽已经尘封了四十多年,但好像这一切还没有过去。”

鲍里斯一时还不明白程鲁民的用意,说:“是这样的。”程鲁民的情绪有些亢奋,提高了声音:“这些是为打败日本鬼子而英勇牺牲的苏军官兵的遗骸,而那些早已腐烂的是沙皇士兵,你们想把这两种人葬在一起?真不知你们是怎么想的。”

鲍里斯不置可否，程老夫人接上话儿：“你们说的我听不大懂，只能明白个大概意思。好人死啦，要选个好地方下葬也属人之常情，孟先生可以替你们另找一处好的墓地，何必与那些冤魂死鬼搅和在一块儿？”

鲍里斯耸了耸双肩：“程老夫人，有些事是我能决定的，还有许多事情，不是我个人能左右得了的。”程鲁民急着把口中的食物咽下去，吞得面红耳赤，说：“鲍里斯，如果把那可怜的女孩子运回莫斯科，你们爱葬哪里葬哪里。但把她葬在中国的土地上，你们是不是应该听一听我们的意见？”

鲍里斯：“这件事，只能这样。人都到了另一个世界啦，我们何必为此争论不休？用你们的话说，让他们早日入土为安吧。”老鲍歉意地告辞，来到楼上跟夫人说：“我就知道，以中国人思考问题的方式，他们肯定接受不了。”

程鲁民从家中出来就赶回警察局，先把关于大嫂的事汇报给周允声。周允声和程鲁民最近像两只咬嘴的蟋蟀，或者像两只斗架的公鸡，一谈到荞面儿就吵得不可开交。绕开荞面儿，他俩又变成了纯粹的上下级关系。程鲁民把了解到的有关曲舒的情况，怎么来怎么去的，一五一十地讲述一遍。周允声听得出奇地认真，偶尔还用笔在本子上记一下。程鲁民讲完了，等待他表态了，周允声对此却一个字也没提，扯到了八竿子打不着的，当然也是挺棘手的另外两件事上：“鲍里斯来过了，他要在苏军司令部和警察局之间架一条电话线，这件事要马上报告董副市长。另一件事，他让我们替他找个神父，还不想声张，不知你有没有这路货色？”

程鲁民说：“刚才回家我见到他了……敢情我说了半天大嫂的事到你这全消化了，连点骨头渣子也吐不出来？”周允声说：“对你大嫂的事得往后放放。眼下拣紧要的事先说。”

程鲁民嘎巴溜脆地说：“一条电话线嘛，又不是割地赔款，辽东省委大连市委不会不同意的。”周允声不放心地问：“电话机里有没有可能安上窃听器？”程鲁民笑了：“可以先打开电话机检查一下就知道了。至于找神父，大连和旅顺口早些年都有，但很多神父受到了日本人的迫害，说他们传教传的是红教，是红色魔鬼的代言人。结果这一行当的人，大多是俄罗斯人，有的被打死，有的被投进了监狱折磨至死。”

周允声不吵架时言语不多，程鲁民停了一会儿，又接着说：“我听说有位苏联姑娘在黄金山的海域溺水身亡，我估计他们找神父可能与这件事有关。另外，苏军在解放东北时与日军作战中牺牲的烈士还尚未入土，他们也想把他们葬于沙俄公墓。”周允声说：“我说嘛，苏军找神父找得那个急呀，像找失散多年的亲人，他们不至于为一位苏联少女下葬急成那样。你看，干警察这行就得本乡本土的，人头熟、脉络广、消息多。你去动用你们程家的社会关系，找到神父向鲍里斯交差。”

程鲁民握着周允声的手，从力量上感觉到他对自己的信任正在恢复，说：“周局长，我觉得扯电话线的事未必须要汇报，但苏军烈士选墓址的事马上就应向董副市长报告。”

于大把头坐在市政府的办公楼里，悠然自得地吸着烟，接连打了几个喷嚏，犹如骡马打了几个响鼻，浑身上下通透了不少。抓住曲抚顺他自认为立了大功，在苏军面前露脸的事最近多起来，而这一次他的灵活果断表现得更为突出，相信会给鲍里斯留下不可泯灭的印象。

刚才，董汉彬副市长来到他的办公室，商量在日军的后勤仓库原址成立旅顺口市被服厂一事。董汉彬提出了两个厂长候选人，一个程绪至，无党无派懂业务，自家开着裁缝铺的私营业主。另一个是警察局总务科科长崔松石。于大把头在用人方面的反应一点不比溜须苏军来得慢，他的两只眼睛滴溜溜转了两圈：好一个董八路，你分明是在设套儿。找一个更坏的陪衬，让我只能选取相对不太坏的那个。在被服厂厂长人选上，董汉彬的确动了一番心思，让程绪至担任，于大把头容易接受。他又补充了一句：“推荐的人选鲍里斯过目了，他让我们市政府敲定一个。”于大把头说：“这么个不起眼的破厂长，程绪至能够出山也是给苏军的面子，你去跟他说吧。”

刚打发走董汉彬，多年的一个跟班的慌里慌张地从外面跑进来。从前他进屋向来蹑手蹑脚的，于大把头预感到可能发生了让他张皇失措的大事。跟班进屋就说：“苏军军官的女儿让海水灌死啦。”于大把头恨不能抽他个大嘴巴子：“没见识过世面的东西，苏军军官死了女儿也值得大惊小怪的？”跟班的赔着小心，说：“当然，死个苏军家属不算什么，关键，鲍里斯要警察局找个神父。”

于大把头说：“让他们找去，他们想见上帝没人拦着。”跟班的说：“那是，那是。不过，在旅顺口现在已经没人再提‘神父’二字，好像干神父这个行当的人集体去见上帝啦。苏军这么一找，容易再扯出岔子，保不齐有人会联想到以前的那个神父。”

于大把头开始警觉起来，跟班的慌张不是没有道理。当年，为领日本人的赏钱，他密谋告发了一位俄罗斯神父。于大把头换了一种口吻：“照你这么说，我们还真不能小看啦。”跟班的说：“就是，就是这个意思。”于大把头绕着跟班的转了两圈：“那好，你去一趟外地，不管沈阳还是哈尔滨，请来一个神父。不用苏军找，我们给他准备一个，省得他们东找西找，烦人。”

第十二章　程家院经营乱纷纷，苏军官悼亡语迟迟

诗曰：

勘墓选址徒悲伤，新坟紧邻旧坟旁。
日俄角逐野魂哭，苏军履约壮士亡。
何甘败将招新鬼，岂能英雄挂旧账？
无语小酌将进酒，还是生死两茫茫。

柳波芙到旅顺口后几乎独往独来，没有知心朋友，也不与同学交往，每天不在程家大院就去学校。姐姐与程鲁民的情感没有达到预期的热烈程度，有些郁郁寡欢，有些重染旧疾的倾向。父亲最近在神神秘秘忙一件大事，也就少了许多关于学校的问话。柳波芙怀疑自己的孤独也有家族性的诱因。程家的大哥程皖夫最近倒与她挺相似的，每天在学校里上班的时间比在家还长。曲老师身体恢复以后，他们两口子去同一个办公地点却各走各的。柳波芙心生好奇地尾随他到了那间塞满麻袋包的教室，才第一次惊讶地发现，传说中神秘的程家藏书如同废品一样堆放着。

程皖夫又重新做一回当学生的感觉，置身于久违的教室里，耳闻琅琅的读书声，秉承祖上遗德遗风，干着自己倾情的文化事业。教室的一角只够放下一张课桌和一把椅子，椅子的木条硌在屁股的感觉都能唤起他当年的印象。学校不是一块净土，但是，没有了恐吓和打斗，这里还是他向往的理想之地。在这方面，他不像二弟程鲁民那样有着崇高的理想，他不憧憬苏联人的生活，只想安分守己做学问，或者心无旁骛地过自己的日子。

除了梦幻自己的学生时光之外，他还真切地领悟到有一位先生活灵活现地辅佐着自己。这位先生不是别人，正是他的爷爷程老爷子。藏书楼里的每一册

藏书都凝聚着爷爷的心血。爷爷在世的时候已把书籍条秩编纂成册，可惜让苏军给糟蹋得一塌糊涂。爷爷的目光就在教室里的某个地方注视着他，引导着他。在查找、整理、归档书目的时候常常有如神助；在疲惫不堪地倒腾着一个个沉重的麻袋包的时候，他不敢有丝毫的懈怠松弛，因为爷爷如芒在背的目光督促着他。

董汉彬副市长和周允声局长第二次来到了临时藏书的教室。之前，发生在操场上的枪击事件，程皖夫似乎没有留下多少记忆。虽然曲舒用肩膀替他挡了子弹，但好像中弹倒地的是他，是他正在恢复丧失了的记忆。从周局长那里得到消息，藏书就要搬离他所钟情的学校教室。

董副市长从安全的角度，从便于管理的层面决定将藏书搬至旅顺口市文化局的办公楼里。还没等程皖夫提出反对意见，一同迎接副市长的冯石校长不停地摇头。冯校长以其专业的眼光提出这些珍藏本经不起折腾了，年代久远且因温度和湿度不宜，纸张已变得脆腐如蚀，再次搬迁难免会造成更大的损坏。董副市长说："正是从藏书管理方面考虑才决定挪的。校舍年久失修，突降暴雨难免有滴漏之处；教室在一层，地面潮湿易遭虫嗑鼠咬。总之，多方调研还是搬为上策。"

程皖夫早早地回到了程家大院。或许明天，他就离开学校到文化局上班。回来后看到柳德米拉与程老夫人在喂鸽子。柳波芙从苏联带来的母鸽子在悠闲地觅食，嫩红的双脚不紧不慢地迈着俄罗斯贵妇人的方步，子弹箱改装的鸽笼子里新添了两只乳鸽。程老夫人干瘪的嘴唇咂出了一连串的惋惜："可怜的小鸽子，一出壳就成了'背生子'。"柳德米拉显然对"背生子"这个中国俗话十分陌生，程老夫人解释说："用在人身上，'背生子'说的是小孩子出生前父亲就去世了。"柳德米拉哈哈地笑了："中国奶奶，鸽子和人还是有区别的。小鸽子肯定是旅顺口鸽子的后代。"程老夫人也笑了，说："当我瞎操心了，真像你说的那样就好了。"

吃完晚饭，曲舒洗了个热水澡，换衣服时程皖夫见她身腰明显怀了，原先的杨柳细腰突兀地突起了一道圆弧。他们两人刚合到一张床上还分睡在两床被里，曲舒把棉被缝成了一个筒，像美国大兵的睡袋。连续几个月色朦胧的晚上，她像一只蚕蛹躲进了茧壳里，固守她的领地让他干瞪眼。就在程皖夫渐渐习惯了这种睡法，经过简单的胡思乱想之后也能鼾声如旧之时，曲舒却把被筒拆了，把两床被子合盖在一起。迷迷瞪瞪的他被一副光滑如玉的躯体凉醒了,他的皮肤能感觉到锦缎般的柔软和丝滑,没有领悟到肌肤之亲却让他窒息眩晕,简直崩溃了。随即,他从崩溃中清醒过来。曲舒的脸贴在他的胸膛上起伏,任由泪水流淌。他的胸膛就有一小片的灼热,一小片的冰凉,可能就在那时他有了不可抑制的冲动。平静下来后追忆当时的每个细节,方才理清楚先冲动的不是他,他是被诱导的,被引领着到达了畅快酣淋的境地。这与他通过书本或道听途说得来的阅历严重不符。在他的认知领域,女人应当是被迫的或者被动的。尤其是他仰慕已久的女教书先生,更没有引诱他的理由。她应当在他不择手段的强迫中奋力抗争,仅多半推半就。至今他还想不明白,曲舒缘何如同一只抖搂了香粉的蝴蝶,主动地带着女人特有的气息扑面而来。

当晚的争吵是从鸽子生了一双雏鸽开始的。程皖夫有意无意地说:“苏军的子弹箱里的两只小鸽子还不知是谁的种呢!”刚洗过头的曲舒接话了:“还能是谁的? 咱旅顺口的呗。”程皖夫说:“人们都看错了鸽子,还管它叫‘夫妻鸟’呢! 结果怎么样? 公鸽子刚死时,母鸽子忧伤一阵子,没过几天母鸽子就在旅顺口的上空急切地寻找新伙伴,这才几天就生儿育女啦。”曲舒一面绾起湿漉漉的头发,一面说:“你到底想说什么? 为鸽子伤感,你至于吗?”程皖夫说:“我也只能说说鸽子。”曲舒生气地问:“你到底什么意思?”程皖夫默不作声了。

程家大院最早起床的还是程绪至,他那天特意把自己拾掇了一番。担任了旅顺口市被服厂厂长后,他对家人说自己倒不在意当厂长,现在比任何时候都惦念着程家丢失的珍宝。若能找到程老爷子留下的甲骨残片,他宁肯不当这个一无所有的破厂长。程老夫人相信他说的是真心话,但也看出儿子“空在岸边守望,不如退而结网”的心态,老太太头一遭没有对儿子实施言语攻击。被服厂确是一穷二白,程绪至把自己裁缝店的三台缝纫机全部贡献出来,又动员了另外几位裁缝带着机器入厂,才凑够了十台机器。原日军的后勤仓库挂上了“旅顺口被服厂”的木牌子,远看着白底黑字挺像个公家的买卖。程绪至把仓库地上的耗子洞堵上,抱来家猫拴在缝纫机腿上,让它叫春的时候把公猫招来,仓库里的物品从此少受耗子祸害。

厂子今天挂牌,程绪至压根儿就没想搞排场,对谁也不发邀请。周允声和程鲁民来打听关于神父的事碰巧赶上了,自然不会带贺礼而来,看到红绸子从牌匾上徐徐退下,才知道今天开店大吉。周允声说:“先说声祝贺吧。程鲁民的嘴憋得真够严实。”程绪至说：“周局长，你什么事怨他都没错，可挂牌这事他确实不知道。”

周允声说明了来意之后，程绪至说：“头些天程鲁民问起过，都是些压箱底的陈年旧事。”日伪时期，程绪至和于大把头结识了一位俄罗斯神父。大连抗日放火团给日本人的仓库放了几把火，有人给关东军报信，说背后指使的是苏联人，日本宪兵满大街搜捕，与他们熟悉的那位神父不幸被抓进了监狱。程绪至上下打点，终于买通了看守。当他带人接出神父时，却发现神父的舌头被割掉了半块。程绪至安排人连夜把神父送到了庄河的深山里，这么多年再也没有联系，也不知神父还在不在原先的那座寺庙里吃斋念佛。

程绪至有些歉意地说：“我知道你们找神父，要为淹死的苏联女孩做祷告，可这位神父的舌头都没了，即使找到他，他也不能传达上帝的旨意了。”程鲁民说：“于大把头不知从哪个渠道得到了苏军要找神父的消息，安排人去了沈阳等地……”没等程鲁民说完，周允声抢过话头：“你看看，于大把头都派人去找了，我们还瞎忙活啥？”程绪至想起了这几天来，于大把头有事没事就跑缝纫铺，言语隐晦地威胁他不要多管闲事。他说：“这事还是听周局长的。苏军用一个神父足够了，何必像争宠一样跟于大把头争呢？”周允声说：“你这儿子哪都好，就是在鲍里斯面前挺不起腰来。当你爹的面，我表明组织上的态度：绝对不能找苏联人当老丈人。那样，家里放个屁都能传到苏军那里去。快与尼娜断了吧，在老鲍跟前你也硬气起来。那天他来了，找你你不在，我单独会的他，该热情咱还热情，但他想拉根电话线，我就装着没听见。”

程绪至说：“听领导的话没有亏吃，一心跟荞面儿过日子一了百了。”程鲁民在父亲面前不想跟领导斗气，在领导面前也不想与父亲犟嘴。他岔开话题：“我觉得于大把头对神父的热心好像不单单只为了争宠。”究竟为什么他也说不上来，只是一种直觉吧。他恳请周允声局长还是派人去庄河一趟，把神父的情况了解清楚，并建议周局长让父亲亲自走一趟。程绪至也愿意去探望一下故交，周允声勉强同意了。

用无事不登三宝殿来形容程鲁民回家这件事恰如其分，他每次都来去匆匆，而且回回有事搁不住脚，回家倒也没拿自己当外人，饿了就吃，吃完就走，想留也留不住。时间长了，家里人渐渐明白，荞面儿不离开程家，程鲁民就不会在家里留宿。按照程鲁民的心思，即使他不回家住，荞面儿也不该赖在程家。她住在程家算哪门子亲属？尽管程老夫人说过，她要把荞面儿“当成孙女养着”，那种善意欺骗的话如何能遮人耳目？“当成孙女养着”，说起来好听，明眼人谁看不明白？荞面儿在程家就是一个不用付工钱的用人，程老夫人把原先的用人李婶都辞退了。

由于国民政府对大连、旅顺口实行了经济封锁，粮食、蔬菜及一切食品的价格涨得离谱。旅顺口本来地方不大，原居人口加上外来的苏军及家眷，这么多人的吃喝拉撒睡在一个孤岛上，还不像一群蝗虫一样所到之处无不风卷残云？荞面儿治家理财的本领就像曲舒的肚子一样显露出来了。

程家属于旅顺口的大户人家，家底殷实的人家过日子不免大手大脚。程老夫人随程老爷子走南闯北，虽说什么样的苦日子都过过，但毕竟年龄不饶人，有些力不从心。而荞面儿从小就协助母亲缝缝补补节衣缩食，有过苦日子的历练。于是，程家的餐桌上有了粗粮和细粮两掺的黄白搭配，也有瓜菜与粮食搅拌的黄绿组合。这样节俭的晚餐却让程家人吃得香甜可口，就连吃惯了洋列巴的苏军家人也品尝得有滋有味。

过日子光靠“节流”毕竟有限，还得“开源”。荞面儿又向程老夫人提出要出去倒腾点补贴回来。程老夫人说：“养家是男人们的事，还没到咱们女人出去讨食的地步。”荞面儿说：“闲着也是闲着，您就让俺闯荡闯荡。”荞面儿先用自己的“梯己钱”去农户家收购鸡蛋，再用鸡蛋去苏军军营里交换大列巴，再把大列巴卖给缺粮食的人家换回了现钱。每到晚上，劳碌了一天的荞面儿就坐在床上码票子。那时候旅顺口流通的货币五花八门，荞面儿用鸡蛋换回的零钱也就花里胡哨。日本统治时期的朝鲜银行发行的老头票，也称为金票，取代了双头鹰卢布，市面上已不多见了，荞面儿卖鸡蛋时照收不误；老人们对伪满洲国发行的货币和苏联红军司令部发行的“苏军券”都不感兴趣，但苏军营房的俄罗斯大列巴见钱眼开，不管伪满洲国留下的，还是苏军营里流通的，亮出的票子够数就能成交。苏军进驻旅顺口以后，中共在沈阳发行了东北银行流通券。那时候，全国各大解放区内各有各的银行，各银行发行各自的货币，而且相互间不能通兑。陕甘宁的边币买不了晋察冀的火烧，晋察冀的边币也买不了陕甘宁的烧饼。八路军战士每月领到的五毛钱津贴，在外地的市面上一毛钱可以买来一碟花生米或一碗阳春面，但在旅顺口用同样的钱半个列巴也换不来。

边区的货币随着八路军奔赴东北而流通到旅顺口。共产党和国民党在日本投降后战略上达成了惊人的共识，谁占据了东北谁就获得了中国的半壁江山。于是，国民党以海陆空为后盾同八路军争夺东北的大幕快速拉开了。八路军调兵遣将能力相对薄弱，但是笨鸟先飞，动腿早，抄近道，从山东烟台划着木桨踏上旅顺口这个东北的桥头堡。苏军一方面顾及国民政府的颜面，一方面又想把自己标榜成公正的化身。苏军白天收缴了八路军的武器，把他们全体集中在学校的操场上，晚上返还武器让他们继续向吉林、哈尔滨方向挺进。

如果没有苏军顾及颜面和标榜公正地瞎折腾，荞面儿的大列巴就到不了八路军战士的手里。当然啦，边区银行发行的各种票子也到不了她的口袋里。荞面儿趁着八路军盼着天黑的时候开始她的流动销售，她是为数不多前来劳军的一员。后来有人义正词严地指出，荞面儿的行为属典型的买卖行为，与劳军扯不上一毛钱的关系。而当时的情况她若不收钱，战士们说什么也不要她的苏联大列巴。她心里清楚那些花花绿绿的票子在她手里只是废纸，但她愿意这么做的动机再简单不过：程鲁民曾是这个队伍中的一员，假如他在队伍里，她还能让他手里拿着边币挨饿吗？

鲍里斯步行来到了旅顺口火车站。以前，乘坐苏式吉普车经过这里只是匆匆一瞥，留在记忆里的火车站已是相当了不起的俄式建筑。这个东靠白玉山山角，西临龙河，南濒军港的俄罗斯风格木质小楼，如草帽一样的尖顶和蘑菇一样的屋檐立于廊柱上，屋顶上覆盖着绿色鱼鳞状铁皮小瓦，如同铺满了一层银杏树的叶子。按照鲍里斯的说法，旅顺口火车站当属他的前辈们早在日俄战争前的杰作。他由衷地赞叹前辈奇妙而伟大的构思，精湛而宏伟的工艺，声称这样如诗如画如音乐一样完美的建筑，坐火车在苏联境内转八圈也找不到。据日后考证，鲍里斯的前辈只建了一个简易的火车站，只贡献了一份车站楼的建筑图纸，最终，这座俄罗斯风格的车站楼是日本人依据沙俄的图纸建成而保存至今的。

没有人对鲍里斯关于"火车站的传说"泼冷水，他对前辈的敬仰直到苏军撤离旅顺口时还萦绕在胸，那已经是十年以后的事啦。此时，鲍里斯不是来考证历史建筑的，他正等候着从苏联境内开来的一列火车，即将随车皮运来的那份沉重多少让他感到步履维艰。

根据苏联最高当局的要求，为解放中国东北牺牲的苏军官兵将埋葬在旅顺口，苏军司令部从苏联境内调运了大理石墓碑。这些墓碑的材质不算稀缺，中国境内出产的大理石也不比他们的差；墓碑的雕刻工艺不算精湛，旅顺口能工巧匠雕刻出的石碑也不比他们的孬。为何偏偏从大老远的莫斯科发货，鲍里斯没说出个子丑寅卯。有过苏联生活经历的程鲁民给出了一种比较贴近的解释：这些英烈的遗体不能返回苏联安葬，用来自他们祖国的石碑永远相伴，也算是一种精神寄托。后来的另一场人人皆知的战争，亡者仍然埋葬在旅顺口，却没有从莫斯科再运来石碑。旅顺口的石匠们在不知情中显露出非凡身手，雕刻了许多具有异国情调的石碑，矗立在苏军烈士陵园，"祖国的石碑永远相伴"的说法不复存在。但是，程鲁民心里清楚：不会有人纠缠此事了，因为涉及三个国家间的一个重大机密，为保密起见只能就地取材，或"就地取才"了。

鲍里斯接受了为解放中国东北牺牲的苏军官兵选择墓地的特殊任务。说"选择"不尽准确，因为莫斯科方面比他这个身在旅顺口的苏联军官似乎更了解旅顺口，他们的电文准确地标明旅顺口存在一处沙俄时期的公墓，而新的苏军烈士墓园原则上应拓建于此。鲍里斯清楚中国人对日俄之战中战死在旅顺口的沙皇官兵非但没有怜悯之心，反倒有一种抵触情绪，中国人对日俄战争中无论战胜者还是溃败者，无论活着的还是死去的人仇视程度基本一样。

鲍里斯感到从未有过的疲惫。紧邻沙俄公墓旁扩建苏军烈士陵园毫无疑问会触动中国人脆弱而敏感的神经，连程老夫人都明确表示反对。鲍里斯凭借对中国人细腻情感比较全面的了解愈加谨言慎行，他没有声张，而是尽量回避，不得不说时才透露一点。一位苏军军官的女儿溺水身亡，而那位军官的妻子要求请一位牧师为他们的女儿主持葬礼，他才不得不向周允声和程鲁民含糊地说了个大概。

鲍里斯怀着悲痛的心情为一个个年轻的生命勘察他们最后的归宿，亲自迎接那些来自莫斯科的石碑。他用虔诚的手抚摸着这些石碑，心潮起伏，终究有一天他要离开旅顺口，而这些石碑还在，它们会永远陪伴着那些孤独的灵魂。鲍里斯突发灵感，突然想到在异国他乡能够陪伴和慰藉苏军烈士英灵的还有那些俄式建筑，包括旅顺口火车站。

鲍里斯亲自来到火车站还有一件私事，他个人从莫斯科托运的货物也到了。那件东西订购了很长时间，却与墓碑同车运达，按中国人的说法肯定不是吉兆。

这两天，周允声和程鲁民为苏军要把烈士墓建在沙俄公墓东侧一事争吵不休，两人都吵到董汉彬的办公室了。周允声认为苏军这么做完全不顾及中国人民的感受，也降低了苏军国际主义的水准，实属香臭不分、好赖不知。沙皇侵略者的孤魂野鬼怎能与英烈忠灵搅和在一块儿？我们要对得起历史，更要对后人负责。将来，我们的子孙祭拜那些为解放东北而牺牲的苏军英烈的时候，肯定会去烧纸焚香扫墓什么的，那些沙皇侵略者岂不跟着白白享受着圣洁的香火？当后人们看到烈士墓旁还埋着沙皇侵略者时又该作何感想？把美好的和丑陋的放在一起，后人们会骂我们这些人当年不长脑子。程鲁民不理周允声，对董副市长说："我起先也是这样想的，后来我想通了。原沙俄公墓我们能把它炸平了吗？不可能吧。那是历史的遗迹，留着它时刻提醒我们不忘雪耻，我看没什么不好的。苏军为解放东北牺牲的官兵修建烈士陵园，我们得支持吧。为什么这两项放在一起我们就不能接受呢？"周允声把董汉彬办公桌上的茶缸子端起来一饮而尽，砰的一声砸在桌子上，说："不要喝了几天洋墨水就把腚坐歪了，更不能因为有了相好的就处处舔人家的腚沟子。苏军放屁拉臊，香臭不分，我们也跟着瞎了鼻子不成？"董汉彬说："你看看你们，越说越不像话了。省委指示过对苏军要求同存异，具体到这件事上就要为苏军建烈士墓提供方便，暂且不要管墓地建在哪里。"

为中国东北的解放同侵华日军作战而英勇牺牲的苏军官兵，以及不幸死亡的苏军家眷灵柩安放仪式如期举行。苏式吉普车里董汉彬、周允声和程鲁民在旅顺口水师营三里桥西的沙俄公墓下车，鲍里斯陪同着苏军将校军官们几乎同时到达。

野草灌木纵横繁杂之处，有一块赫赫有名的旅顺口阵亡将士纪念碑，那是日本人为日俄战争中阵亡的沙皇官兵修建的。纪念碑正面刻有俄文"这里是在保卫阿尔杜尔港的战争中阵亡的俄罗斯士兵的遗骸"，碑的一侧用汉字刻着"旅顺陈殁露兵将卒之碑"，另一侧也是汉字刻着"明治四十五年十月，大日本政府建之"。这里埋葬着日俄战争期间战死的成千上万的沙皇官兵，游荡着数以万计的为沙皇战死的冤魂。

沙俄官兵强行占据旅顺口，又被日军消灭在此，四十年前的日俄战争并没有将强虏灰飞烟灭，沙俄公墓的上空时不时地飘荡着招魂的幡，游荡着蛰伏的梦。对这些本该湮没于时空中的历史积淀，鲍里斯的骨子里还有些许的寄托，还有割舍不断或根本没有割舍的牵挂。他对着日军立的那块石碑端详许久，刚才还满是沉重的表情似乎有了缓解，转身对程鲁民说：“建成这座公墓不是俄罗斯人，也不是中国人，而恰恰是战胜国的日本人。在战场上日俄是死敌，可他们没有让我们先辈的灵魂飘无定所。为此，我对我们共同的敌人还是有些敬重的。”

程鲁民有点厌恶地看了一眼鲍里斯，这个苏联人不仅被日军掩埋沙皇官兵的行为感动了，好像对中国人还心存成见。日本鬼子杀完人立地成“佛”不受谴责反受追捧，好像中国人没能杀死他们没有埋葬他们反而有罪过似的。他不得不提醒这位心存“感激”的苏联人：“我还记得，日本人在旅顺口办的学校常常召集日本的学生来此进行所谓的战争教育、爱国教育。日本人把沙俄公墓当成他们野蛮扩张的教科书，强盗教育的培训基地了。”董汉彬面向苏军军官，以更大的手势补充道：“我们共同的敌人并不偏爱苏联人，你们看到的不是逝者安息的地方，而是日本人耀武扬威的另一个斗法场。沙俄公墓是日本人修建的不假，但是不能说成日本人被沙俄官兵的视死如归的精神所感召。日本人修建的目的不是为了缅怀战死的沙俄官兵，而是为他们的所谓的圣战树碑立传。”程鲁民以最精练的词语把董汉彬副市长的话翻译出来。

人们站在新建的苏军烈士墓前，向矗立着的石碑默哀。这些从苏联境内运抵旅顺口，原先横卧的只是石材，现在立起来就仿佛有了灵性，有了归宿。塔式、柱式，长方形、圆锥形等各种式样的碑上刻有逝者的姓名和生卒年月；按照逝者生前的兵种，墓碑上还雕琢兵种的标记符号：有的雕琢坦克，有的雕琢大炮，有的雕琢铁锚；墓碑上还镶嵌了逝者的照片或制作精美的瓷像，悼念者能够亲眼看见他们生前的音容笑貌。苏联工匠们将一块块普通的石头赋予了生命。

苏军参加悼念仪式的有后贝加尔方面军的第三十九集团军，以及苏军太平洋舰队等将校军官，在仪式结束后便离开了三里桥。鲍里斯、安德列、董汉彬、周允声、程鲁民等部分人员留了下来，他们还要继续参加由神父主持的苏军家眷的葬礼。于大把头的跟班紧盯着由他找来的假神父，假神父表情怪异地看着身旁挖好的墓穴。

程鲁民看出苏军及家眷与先前沉寂的悲哀不同，此时的悲痛呼天抢地。苏军官兵们失去亲人与失去战友的悲痛，在程度上还是有所区别的。同样是死亡，为战争而死是一种天经地义的悲壮，而亲人的意外死亡才让人悲痛欲绝。

第十三章　砌壁炉老鲍藏玄机，生小罐曲舒过鬼门

诗曰：

孤岛添丁不添粮，壁炉久燃木柴荒。
尽显风流开发店，煞费苦心砌空墙。
婉拒错爱嘴半闭，惊为痴缘手自伤。
多情反被无情恼，可叹世间总无常。

柳波芙说，苏军来到旅顺口的当天，荞面儿才从马车轿里走下来，先于姐姐来到程家不超过半个月时间。荞面儿与姐姐前后脚走进程家大院，身份却有天壤之别。不管程鲁民抵赖的理由多么充足，荞面儿仍是程家的马车轿子，还有两挂炮仗娶进门的媳妇，左邻右舍年长的喊她“程家二少奶奶”，年轻的喊她“程家老二屋里的”。而姐姐呢，程老夫人和曲舒称呼她“苏联大小姐”，邻居大婶隔着院墙吆喝她“外国大丫头”，警察局里的人背地里称她是程鲁民“相好的”。姐姐曾问荞面儿“相好的”是什么意思，荞面儿脸一红却不予理睬。从曲舒掩嘴而笑的举动上，柳波芙还以为是骂人的话。后来曲舒才告诉姐姐“相好的”是“情人”的意思。姐姐顿时觉得“相好的”也没有那么难听，她愿意当他的相好的。曲舒说：“尼娜别傻了，在我们这里‘相好的’是指不正经的女人，正经女人哪有说自己是别人相好的？”

尼娜偏偏又丢失了档案，她在旅顺口成为一个既没有“身份”又没有“身份证明”的人。苏军在旅顺口驻扎的各兵种，包括苏军后贝加尔方面军第三十九集团军、苏军近卫坦克第六集团军坦克旅、苏军空军第55歼击机军以及苏军太平洋舰队等等，海、陆、空三军没有哪个部队能够接受一个失去了档案的人。尼娜从十七岁起参军，六年多的军旅生涯似乎戛然而止，毫无征兆地回归到一位

普通人的生活,甚至连普通人也算不上,苏联普通公民也有工作单位、户籍关系等档案材料,她几乎一无所有。只能从父亲的档案里查找到关于她简单得不能再简单的文字记载:尼娜·伊万诺娃;与本人关系:父女。

战后抑郁症如阴霾一样笼罩在她的心头。尼娜离开苏联来到了蜂腰形状的辽东半岛最南端,犹如一棵白桦树移植到银杏树的林子里,既显眼"隔路",又有些水土不服。原以为银杏树生长的地方,黄海、渤海的交界处全是阳光、海浪和沙滩,没有想到西伯利亚的寒流还时不时地从海面吹来。

一个没有身份的人,旅顺口举行苏军烈士安葬仪式不会有任何单位通知她参加的,权衡半天,尼娜还是觉得应该为死去的战友们送别。苏军和警察局的大队人马在城外集结的时候,尼娜"顺手牵羊"骑上柳波芙的自行车,奔向三里桥方向。这辆来自莫斯科的红色女车,飞转在银白色的大街上已经很耀眼了,穿行在沙俄公墓死灰色的碑林中,更如沉寂海面上亮起了灯塔的光芒。

安德列先向尼娜跑过去,他追尼娜的姿势像慢跑动作,像在山坡上发起了浪漫的爱情攻势。据程鲁民对苏联老毛子的了解,安德列太有可能在死人墓前向尼娜诉说衷肠,他有那种浪漫情怀,但他的表演有些滑稽过头了。

安德列还在浪漫的时候,董副市长与周允声制定了抓捕方案,并快速地控制了于大把头和假神父,同时,程鲁民把真神父的控诉材料递给了鲍里斯。俄文材料里记载着于大把头等人勾结日本宪兵,残害俄罗斯神父的暴行,于大把头指使跟班的人,把真神父的舌头割掉……鲍里斯当场就被激怒了,说:"这个于吉灶并不像他表面那样忠厚老实,我要把这份控诉材料送给伊万诺夫中将。"程鲁民又想起了周允声曾说过的话:"指定于大把头当市长,那根手指会让王八咬一口的。"

伊万诺夫中将对神父的控诉材料做出了重要批示,具体的批示内容不得而知,但从鲍里斯的反应速度来看,批示相当重要。苏军司令部与警察局专门成立了"日伪人员残害苏联神父案"联合调查组,当天把于大把头羁押在旅顺口监狱。关押他的监号正是当年关押神父等其他苏联人的地方。警察局找到了当年的知情者,包括程绪至在内的五名证人,他们内容大抵相似的证言,形成了完整的证据链。同时,警察局还查实于大把头向日本人告密,以及欺行霸市抢男霸女搜刮民财等种种罪证,一并交给了鲍里斯。此案的涉案人员不需做特别移送,直接由旅顺口市警察局执行抓捕。在于大把头尚在羁押期间，程绪至来到了旅顺口监狱见了他最后一面，同来的还有冯校长，这三位当年结拜的兄弟喝掉了一瓶酒，摔碎了三只碗。于大把头被抓捕后不久，鲍里斯就在苏军司令部上层游说，提议让董汉彬担任旅顺口市市长。大概只过了不到十天的时间，旅顺口的大事记上，同一天记载着两件大事：一件是于吉灶被苏军第三十九军纠察队执行枪决；另一件是董汉彬不再担任副市长，改任旅顺口市市长。

再回到苏军烈士墓那个场景去，对于大把头的抓捕行动刚刚结束，程鲁民等人也准备返回，却见山下跑来一人，大汗淋漓，话也说不囫囵，蹲在地上大口喘息。程鲁民仔细一看不是别人，正是弟弟程津生。程津生从太阳沟的家中一口气跑了十多里路。也就他那生瓜蛋子似的体格还行，换了别人早累趴在半路上。程津生喘息未定，说："苏军士兵，到咱家，奶奶不让他们进大院，正僵持在家门口。"

说起事情的起因，又要倒回至旅顺口火车站，鲍里斯早晨吩咐几位苏军士兵去车站提货。那些货物打了简单的包装，用麻绳、白桦树皮捆绑、包裹棱角，从外面只能看出大理石的材质和大概形状。苏军士兵肩扛手抬费劲地把货物挪到程家大院，程老夫人却把货物拦截在大院门口。这些货物与运往苏军烈士墓石碑材质一样，程老夫人看着心里膈应："苏联人怎么能把给死人用的东西抬回家？你们不讲究不在乎，我们看着心里不舒服。你们住一年半载走了，留下的东西阴魂不散，我们找谁破灾？"程老夫人高低不让他们抬进院里。

那几个苏军士兵年龄不大，执行军官的命令却不打折扣，他们不会扔下物品，让鲍里斯自己扛回院内。他们还要坚持往里抬，程老夫人坚决地堵在门口不让进。

程津生看见奶奶与苏军士兵顶起了犄角，他估摸苏军士兵抬错了地方。但那几个苏军士兵听不懂中国话，跟他们说什么也是白费口舌。他知道二哥和苏军官兵都去了沙俄公墓，只有找到他们才能阻止这几个当兵的干傻事。

程津生跟着哥哥搭上返城的苏式吉普车，可比两条腿快多了，气未喘匀溜，就看见奶奶坐在大门口的一把椅子上，手杖立在跟前。鲍里斯随后也回来了，这次绝对不是巧合，而是苏军的一位士兵跑去向他禀报的。苏军其余的士兵懒散地坐在那堆货物上，见到长官来了，训练有素地立正站好。程鲁民看得出苏军经过纪律整肃，军纪大有好转，吊儿郎当的毛病的确改掉了不少。

没等程老夫人质问原因，鲍里斯上前扶起她一再道歉。道歉的不是这些物件搬错了地方，而是事先没有同程老夫人打招呼。程老夫人说："事先打招呼也不行，这样的东西就不能进这个院门。"鲍里斯做了标准的摊开双手、耸肩和晃头的一连串动作，说："中国奶奶，您误会了，这些不是墓碑而是壁炉。壁炉，明白吗？旅顺口的冬天就要来啦，住这么好的房子没有壁炉会是一大缺憾。在一楼客厅如果安上壁炉，架起松木柈子，燃起熊熊的火，旅顺口的冬天里我们都会感到很温暖的。"

经鲍里斯这么一说，在场的人都释然了。程鲁民说："苏联人与咱们尽管有些风俗不同，但对丧葬用品的忌讳也差不多，我想他们不会把墓碑抬进家里的。"他向奶奶解释说，"壁炉是用作冬天取暖的。"程老夫人也笑了："你看看闹出了多大的笑话！别以为我老太婆不懂，咱旅顺口外国的啥奇巧玩意没有？还是你爷爷活着的时候，我跟他一同去过肃亲王府，肃亲王的十四格格从日本回来完婚，他们的家里就有壁炉子。这东西要是合在一块靠在墙壁上我能认识，可分开了又打上包装，我就当成那些不吉利的东西啦。"

柳德米拉从外面回来，得知事情的真相，笑着卖乖，说："我只一会儿不在大院就闹出这么大的误会。"这个十分具有商人头脑的胖妇人一大早就去太阳沟转悠。她从爱跳舞的苏军家眷身上发现了商机。每个礼拜六晚上，程家藏书楼里的舞曲准时响起，跳舞的苏军家眷却添了件烦心事，整个旅顺口找不到一家美发店。苏联女人的头发不剪不烫不修整进舞厅，简直要了她们的命。回想起在莫斯科的那些日子，一个个用舞步串起来的夜晚，哪一场舞会，女人们不是扬着漂亮的头发旋转着？她们从礼拜六上午就去美发店做头发，没有预约上的只好提前到头天的下午，晚上担心损坏发型还有坐到天亮的时候。柳德米拉为美发店在太阳沟选好了一处门头房。

柳德米拉先在家里为程老夫人做示范，先拿自己的金黄色头发当试验品。她把当地的棉槐树条截成两三寸一段，再把沙子放进铁锅里烧得滚烫，如同炒栗子一样，把成段的棉槐条埋进沙子里加热。取出后趁热去皮把头发缠绕在棉槐条上，冷却后头发便呈弯曲状。程老夫人仔细观摩了烫发的全过程，不得不佩服苏联的胖妇人头脑灵光。她年轻的时候也曾干过这等浪事，学别人拿火扦子在火盆上烧热了卷上头发，只烫一绺弯曲的头发在前额上显摆，出门后就藏进了围巾里。与苏联胖妇人的办法相比，火扦子的火候难以掌控，弄不好会烫焦头发。即便火候掌握得恰到好处，头发上也会沾有炭灰。

柳德米拉在苏联人的金黄色头发上取得成功后，还想在中国人的黑发上继续验证。无奈长有黑发的女人凭她怎么劝说，也没人甘心当她的免费顾客，这让她着实想不通。程老夫人说："她们烫成你那样的毛毛鬈，没法出门见人啦。"跟中国人交流真是太费劲了，话虽能听懂，意思却不通：直的变成弯的，头发还是那根头发，怎么就没脸见人了？

胖妇人把程老夫人的冷嘲热讽根本不当一回事，说干就干。在太阳沟交下租金的门头房里，按照中西合璧的样式装饰一新，又从莫斯科运来苏联不锈钢剪发工具，开业庆典的日子也就到了。

太阳沟里紧邻苏军司令部的那条街上，早在沙俄强占时期就形成了俄罗斯风格的雏形。只是尚未铺张开来，爆发的日俄战争让这里转向了日式风格。现在，这条街上的咖啡馆、酒吧、古玩字画店等商铺兼容并蓄，中国的、苏联的、日本的特色经营应有尽有。柳德米拉的烫发店开张的那天，苏军的女人们和程家的女眷都来祝贺，就连曲舒也特意从学校里赶来看稀奇。

鲍里斯这天没去上班，也没有去烫发店参加开业仪式，却在程家大院实施了他温暖一冬的"壁炉工程"。苏军官兵当中也是什么样的能工巧匠都有，鲍里斯授意安德列，精心挑选出以前搞过土建工程的棒小伙子，先设计草图，然后七手八脚地开墙凿洞。壁炉镶嵌在墙里，在壁炉位置的上方连通了程家原有的烟囱，用苏军修建防御掩体的水泥抹缝，除一处设置为预留口外，"温暖一冬"的供暖设施基本上大功告成。

鲍里斯选择这个日子开工肯定谋划许久。那些石材堆放在程家大院有些时日却迟迟没有开工。程家人和苏军家眷都不在程家大院的时机不是很多。程老夫人一般不出门的，即使她偶尔外出一趟，还有荞面儿，还有柳德米拉、尼娜等在家。鲍里斯选择这一天开工的理由听起来也说得过去，安装壁炉要穿墙凿洞，有尘土有声响，选择烫发店开业那天开工，两家人可以免受其扰。

鲍里斯让安德列把士兵们打发走了，开始实施工程的最核心部分。他从卧室里拎出来那只意大利的皮箱子，当着安德列的面打开。表面上在点验里面的甲骨残片的数量，实际上是让安德列见证珍贵文物一件不少。在安德列惊诧的目光的注视下，他把皮箱子从预留口处放进去，又立上两块砖头抹上了水泥。

存放皮箱子的地方，是他经过深思熟虑选定的。曾有好长时间，鲍里斯对着程家西山墙发呆。在他敲定了垒壁炉的位置后,对存放皮箱子的地方也动了一番脑筋。皮箱子不能靠炉火太近,那样容易烤着了;离壁炉也不能太远,太远了,新抹上的水泥痕迹无异昭示于人。只能放在既不让火烤着又不宜暴露的地方。

安德列奇怪地看着鲍里斯的举动,像看着一位守财奴把珠宝藏进了夹墙壁里,说:“尊敬的上校同志,您有必要费此周折吗?”鲍里斯说:“这是我所能想到的最好办法。程家的宝物还在程家,而我们又没有亲手把宝物还给程家。”

在太阳沟的同一条街上,烫发店热热闹闹地开业,对面早开业的咖啡店更显得优雅而寂静。汪志江受国民党省党部派遣,担任国民党驻旅顺口市联络员。以前,冯石校长就觉得汪志江年轻不免张狂些,约他在咖啡店里见面就有些欠沉稳,喝茶喝酒喝稀粥喝什么都比喝咖啡强。但汪志江不这么看,他说:“我们现在同苏联人打交道就要学会高雅,捏着鼻子也要把咖啡灌进肚子里。”冯石也就不好再坚持己见。强忍住“鸟粪味”给他带来的呕吐感,聆听着汪志江以省党部的口吻对他的强烈指责:“自从国民党旅顺口市党部公开挂牌被苏军取缔以后,我们的运气一直走低。曲抚顺煽动老警察闹的那一出,示威不像示威,暴动还欠点火候,总之弄成了四不像。省党部对此十分恼火。我还没敢说想趁机把藏书运走的事。我们不但没运走一本书,反被苏军驱逐了多名骨干……”

曲舒挺着大肚子每天还像往常一样站在讲台上。班上的苏联学生多了起来,柳波芙比他们早到了几天,自然把班上的事、旅顺口的事添油加醋地炫耀一番。有的苏联女学生汉语说得不好,用俄语对老师的肚子提出疑问。柳波芙眉飞色舞地说:“我刚到咱们这个国际班上,曲老师和我们一样,肚子也是扁平的。我敢说,曲老师的肚子里有个中国小孩。”

曲舒到了临产期,出门身子笨重,程老夫人劝她不要上班了,她有各种理由搪塞,还说多活动活动生孩子不费劲。程老夫人天天提心吊胆,暗自为她准备了婴儿用品,还跟隔着一条街的接生婆打好招呼,一经去找要随叫随到。

那时普通女人拿生孩子也没太当回事,第二天要生产了,头天还在地里劳作的女人多了去了。好多婴儿在母亲干活时出生掉进了裤裆里。但程家不能这样,程老夫人盼重孙盼得眼睛发直,再加上程家的家境宽裕,想不看重都不行。柳德米拉说:“苏联女人生孩子更不当一回事儿。女人生孩子像去趟厕所一样简单。”

曲舒生产那天被她的学生们用一块门板抬回了程家大院。早晨出门的时候还没有任何症状，快到中午了她忽然肚子疼得挪不动步。冯校长见此情景让程津生几个高个子的学生把门板拆下来，抬着曲老师送回程家。

柳德米拉从楼上走下来，说：“怕是要难产了，为何不直接送往医院？”程老夫人让那些毛手毛脚的学生小心抬进房间，说：“没听说生孩子还上医院生的。”说完便吩咐程津生去喊接生婆。程津生却抽不出胳膊来。曲舒嘴里咬着衣领角，一只手死死地抓住了程津生的胳膊，指甲已经深深地挖进了肉里。程津生是个厚道的孩子，一路上竟一声不吭坚持到家。而柳波芙见曲老师的血水从门板缝隙中滴下来，走到半路上两腿瘫软蹲在路边。

接生婆一进院就与程老夫人打哈哈故弄玄虚，说她三天没敢出门耽搁了不少营生。又说没她接生不了的婴儿，让程老夫人剥好喜蛋等着重孙子降临。屋内传出了一声高过一声的喊叫，柳德米拉的心被喊声揪得老高，扶着程老夫人站在门口说：“中国奶奶，还是去医院吧，这样太危险。”程老夫人说：“原以为你是个有见识的，你们生孩子不是像上厕所一样吗？”柳德米拉说：“这不一样，曲舒恐怕难产，我看你找的接生婆很不专业。”

一会儿工夫，接生婆举着两只沾满血水的手出来，她那样子与屠夫无异：“程老夫人，那孩子是个横生子，头没出来，一只脚却先出来了。”柳德米拉见接生婆连医用手套都没戴，血污从脏指甲缝间往下滴，心里一阵阵恶心，说：“中国奶奶，早点送到苏军医院吧。”

程老夫人说：“去什么医院？早知如此还不如让杜一帖把膏药带来呢。”柳德米拉说：“当然要去苏军医院。这可不是贴一帖膏药婴儿就能爬出来的。”程老夫人愤愤地说：“别提你们的苏军医院，那里的医生就知道堕胎。再说，那些医生都是男的，接生的活怎么能让他们男人动手？”

程津生把父亲程绪至、大哥程皖夫都喊回家，他们刚刚进屋听到了柳德米拉与程老夫人的对话。程皖夫拉开门，进到屋内，只过了一会儿，两眼直勾勾地出来找水槽子，吐出来一摊秽物。程绪至不容置疑地大声叫喊：“快把曲舒抬到苏军医院。”程老夫人被他的声音吓了一跳，这可是个在她面前大气不敢喘的窝囊废，今儿头一回长能耐啦。程皖夫吐够了，走过来说：“爸，你没看到外面下雨吗？”程绪至说：“我的傻儿子呀，外面就是下刀子咱顶着锅盖也得去，这可是两条人命啊。”

曲舒在苏军医院生下了一个男婴，全家皆大欢喜。程老夫人、荞面儿还有苏军胖妇人和她的两个女儿全都来到了医院。程老夫人在大家的祝福声中接过那个幼小的粉团儿，恨不能含在嘴里。柳德米拉问孩子叫什么名字，程老夫人说：“大名字让他爷爷起，我早给重孙儿起好了小名，就叫小罐。”苏军一家人弄错了字音，更不明其意，竟喊着“小官”。

程老夫人把小罐放回曲舒的身旁，在大家围看的时候，她悄悄抽身来到了护士站。谭敏护士对程老夫人还有些印象，曲舒负伤住院时就是这位老太太让孙媳妇提前出院，没想到时光过得太快了，转眼间孩子都生出来了。程老夫人早忘记了去年的那位大眼睛的护士，但见谭敏为人和蔼，就把她拉到一旁求她办一件事情。

程老夫人恳请谭敏把孩子的胎衣找来让她带走。谭敏曾听老人们讲过，用胎衣焙干可以医治各种妇科病。苏军医院不回收胎衣，放着也是当垃圾处理了，谭敏找了一块油纸包好交给了程老夫人。程老夫人千恩万谢地说了不少客套话，恍惚觉得这姑娘挺面熟，一时又想不起在哪见过。谭敏见她在自己的头上打量，便摘下护士帽，把盘在帽内的长辫放下，程老夫人会心地笑了。

鲍里斯那位当飞行员的儿子彼得，有时从旅顺口飞往基辅，有时又从基辅飞回旅顺口，空起空落没个准地。在旅顺口驻足的时间也不固定，有时长有时短，回到程家大院寥寥几次，偏巧两次家中无人。上次去苏军医院找妹妹尼娜，那位长辫子女护士的笑脸还留在他的脑子里。他一直渴望着能再见她一面，便向领导提出身体不适要去医院体检。苏军空军飞行大队领导十分重视，安排他回国进行检查，本来他没有飞行任务却临时调整让他飞回莫斯科。他心里那个懊悔呀，别提有多郁闷。这次，他又说自己的胃肠功能不好，常常拉肚子，并声称这么小的毛病在旅顺口的苏军医院检查即可。他回到了程家大院吃了闭门羹，心里却是一阵窃喜。

谭敏穿着白大褂，听诊器上的一个听筒挂在衣扣上，另一个听筒挂在胸前不停地晃荡。刚送走程老夫人，在走廊里见到一位苏军中尉举手敬礼，她回头看了一下自己左右和后面都没人，才明白这个苏军军礼是敬给她的。再仔细一看，敬礼的空军军官大半年前见过。还真巧了，今天碰到的都是熟人。

谭敏捂着嘴笑，问："你又来看你妹妹的吧？你妹妹不可能老在医院里。"彼得有些结结巴巴地说："我们还是说俄语吧。"谭敏故作严厉地说："不行，在旅顺口你就得说汉语。"彼得变得更加紧张："上次，你带我，好容易找到妹妹，我还没有谢谢你。可是，今天，我又找不到妹妹啦，就想到了你，也许你还愿意帮我找到妹妹。"

谭敏显然看透了彼得套近乎的心理，冷冷地说道："对不起，你妹妹不是医院患者，帮你找她不在我的职责范围内。"彼得说："假如我是你的病人，是不是你就应该答应了？"

谭敏忍住笑戴上了口罩。彼得分明看出那双好看的眼睛还在笑。谭敏转身离开，彼得傻呆呆地望着她离去的背影。

谭敏一人心不在焉地查看病志，彼得敲门进来，固执而又胆怯地站着。谭敏头也没抬却十分肯定，除了彼得不会是旁人，说："你怎么又来了？我不是说过，没有义务为你找妹妹吗？"彼得语出惊人："我想请你为我办理住院手续。"谭敏觉得这个苏联飞行员甚是可笑："你好模好样的住什么院？请不要妨碍我的工作。"彼得听罢，悄无声息地退了出来。谭敏望着离去的彼得，心里忽然有些异样的感觉。

彼得六神无主地沿着走廊毫无目的地往外走。在旁人看来，这个长相英俊的苏联小伙子有些痴呆，一定是脑袋出了问题。他来到了走廊尽头的弹簧门处站下。再往外走便离开医院，那是他所不情愿的；回头再去找谭敏，他真成了厚颜无耻的标准笑柄，他更不甘心。彼得手扶门框苦思冥想，门给了他灵感，让他眼前一亮，他想起了一条"苦肉计"来。这种俄式建筑的实木双扇门宽大厚重，门框上自带弹簧，开门时得用力推开，松开手时能自动关上。平时门一般不关的，门框上有麻绳固定在墙上。

彼得把手放在门框上比量，他自己站在门框边无法让门最大限度自行关上，只好耐心地等待着能帮他完成"苦肉计"的人出现。

机会终于来了，一位打扫卫生的女人，手拿扫帚边走边扫过来。彼得恳求说："请你把闩门的绳子松开。"打扫卫生的女人看了看彼得，解开绳子，双手扶着门框关上了门。彼得摇摇头说："我是想看看门的弹力够不够。请你站在最远处，重新松开。"打扫卫生的女人不知这个苏军军官想干什么，但她没有理由不按他说的做。这一次，打扫卫生的女人把门拉到了最大限度，然后松开，在门将要回到原位的一瞬间，彼得的手伸进门框里。或许，连彼得自己也没有想到，他会发出那么惨烈的一叫，全走廊的人几乎都听到了。

谭敏随着人们跑到走廊尽头，心里不好的预感不幸成为现实，她从围观的人群中挤进去，看到的是一只血肉模糊的手，再看，这只手臂连着一张稚嫩的脸，竟然还冲着她凄恺地微笑。

第十四章　假募捐程鲁民挨砸，真开业荞面儿被剪

诗曰：

苏军家眷开发店，郎中女儿拐柳筐。
穿过街巷奔阡陌，倒腾禽蛋换粗粮。
当年学艺身腰细，如今盘髻手指胖。
店铺赠予荞面儿，常念秀发曾飞扬。

柳波芙说，母亲柳德米拉在苏军撤离旅顺口时，美发店的设备没有换成卢布带回国，而是无偿地赠予了荞面儿。当时她不明白母亲为何这样做，过后似乎也没理出头绪。在开店初期让荞面儿学习美发技艺，母亲似乎只看好了她的纯朴、勤劳和善良，并非已经为后来的赠予做了铺垫。即便生扯硬拉偏要往一块儿想，也显示不出两者间有何牵连。后来发生的事情，母亲或许有了许多拿不准的猜测，或许有了不可证实的怀疑，柳波芙当时忽略了其中的隐情。旅顺口的事情有时还真像一棵树，偏离主干的末梢斜蔓，却有可能在更远的地方撑起了一片阴凉。

柳波芙放学后还未走进程家大院，远远地就听到房间里传出了婴儿嘹亮的啼哭声。程家人喜得重孙子，高兴得无可无不可，不能不在此一叙。程老夫人见柳波芙回家了，挽着袖子擦眼泪，说："苏军的二丫头，你是不知道呀，这院里好久没有听到初生儿的啼哭了。"

程老夫人大概记不清有多久没有闻到奶香和尿布混合的气味，没有看见悬挂在房梁上摇车的摆动。长久以来，有的只是长短不一的声声叹息，有的只是层出不穷的发霉气味，如同暗无天日一样的沉寂。这许多年发生的许多事，哪有一件是顺心的？是值得高兴的？几乎一件都没有。先是程绪至的媳妇去世，接着程老爷子归西，再后来程鲁民离家出走……也有几件事看着像好事，其实

不是。如程鲁民回来结了婚却不同房，让人空欢喜一场；如苏军来了日本鬼子投降，藏书楼却遭了灭顶之灾……如此，只能说是好的表象隐藏着不好的结局。程家人差不多是踩着烦心事一路走来，终于有了小罐的急促而亢奋的啼哭，毫无缘由的哭声一扫沉寂和阴晦。程老夫人原先以为孙子媳妇都未必是程家的，更别说盼望重孙子了。曲舒十月怀胎一朝分娩，程老夫人那种充满焦躁悬着的心着实落地了。

荞面儿剥了一盆煮鸡蛋，红皮蛋壳扔了一地。那一个个圆滚滚的鸡蛋，将要填补小罐留下的空缺，会让曲舒的肚子重新变得鼓圆，那是一种让人眼热心动的满足和凸起。在那个鸡蛋如同岫岩玉一样稀缺的年代，荞面儿无怨无悔地在苏军军营与庄家院里穿梭，在大列巴和鸡蛋中倒换，只是祈祷自己，有朝一日也能有那样一个争气的肚子，也让鸡蛋填充其中。

曲舒生下小罐正赶上头伏天来临，坐月子期间正是旅顺口一年中最潮湿最闷热的季节。奶奶不厌其烦地指点着，曲舒不胜其烦，但还是认真地聆听着。围头巾、戴帽子，头不能出汗，身子不能受凉；饭菜少放盐，入口不能有咸味，更不能齁着；屋里得关紧门窗，不能进过堂风，口鼻下巴都不能让凉风掠着。不能长时间站立，不能走得太远，不能用凉水洗手洗头洗澡，不能情绪失控，忽悲忽喜……当得知平日难得见到的小米、鸡蛋是专门为产妇攒下的，并要在产后全部消灭掉时，柳波芙难以置信地问：“为何生小孩子之前不吃呢？”程老夫人说：“你小孩子家家的不懂，女人生孩子肚子里亏空，得用食物填补。”接着，程老夫人又对柳德米拉絮絮叨叨中国女人坐月子的种种不能，把个苏联胖妇人听得云山雾罩。

柳德米拉要进里屋探访一下中国式的坐月子，程老夫人像安全检查一样，让她把身上的钥匙、手链、戒指等金属物主动拿出来。据说，身上揣金属物件进到坐月子的屋内会把产妇的奶水带走。尽管柳德米拉对中国的风俗习惯给予了充分的尊重，但是，仍旧忍不住地问曲舒：“你真的打算在蒸笼里度过一个月的时光？”没等曲舒开口，程老夫人颇具权威地说：“坐月子，坐月子，三十天一天都不能少。我们老一辈女人都是这么过来的。”程老夫人逼着曲舒头一顿饭一口气吃下十二个鸡蛋外加三碗小米粥，曲舒每个十分满足的饱嗝儿都有股鸡屎味道。

1946 年底，新生的东北民主政权尚在襁褓中。东北民主联军正规军由最初进入东北的11万人发展到25万人，即便这样，东北国民党部队无论在数量上，还是在机械化的程度上，都远远超过了共产党的部队。中共一方面要对付撕毁和平谈判的国军正面进攻，另一方面还要在立足未稳的情况下剿匪和抵挡日伪残余势力的叛乱。在那个最寒冷的冬天，战士们的御寒棉衣成了首要问题。

旅顺口中学校长室炉火正旺，把一截炉筒烧得通红。国民党省党部联络员汪志江贴近冯校长的耳朵，抑制不住兴奋地说道："向你传达一条特大喜讯：国军重新夺回了长春，共产党的部队闻风而逃，躲进了长白山一带。"冯石的脸上依旧没有像汪志江所企盼的那种振作表情。火炉子把他的手烤得缩了回去，声音还是冷冷的："照你的说法，那些泥腿子早冻死在林海雪原之中了？你的消息准吗?"汪志江耐着性子说："兄弟不要再对党国半信半疑了。共军从旅顺口经过时我偷偷看过，他们每人只有一个单薄的背包，只穿着单衣单裤，根本没有过冬的棉袄。上峰指示我们要想尽一切办法阻止大连、旅顺口的苏军为他们提供援助。"

冯石看不惯年轻人不经事儿的张狂，说："阻止？谈何容易？苏军在大连和旅顺口表面上貌似公正，背地里和八路军穿一条裤子。"汪志江在室内来回踱步，踱得冯石头晕，他还没有停止的意思。"旅顺口跟全国其他地方不一样，共产党在苏军的扶持下登上了国际舞台嘚瑟，董汉彬、周允声这几个土包子放起了洋屁。我们要向老对手好好借鉴一下他们做地下工作的方法。依我看首先要学会发动学生。"冯石不以为然地摇摇头："发动学生？你不了解学生，他们与共产党有着天然的近亲关系。"汪志江说："我们就要利用这种近亲关系给共产党制造麻烦，为美国在国际上遏制苏联提供炮弹。你这位校长也要以亲共的面孔出现在学生们的面前，为长期的地下斗争做好准备。"冯校长的脸上露出了难得一见的笑容，嘲讽道："还长期呢，照你的说法怕用不了几天旅顺口都是国军的天下。"

悬挂了一年多的"旅顺口市警察局"牌子撤了下来，又挂上"旅顺口市公安局"的牌子。尽管牌子同样大小，尽管挂上去的都是白底黑字，但公安局叫起来就比警察局爽朗顺口。过去把八路军战士称为"警察"怎么叫怎么拗口，现在喊声"公安战士"听起来也对路子。

老城区这几天热闹非凡，街头上拉上横幅，树上张贴标语，书写着"为东北民主联军的将士送温暖""有钱出钱，有物捐物"等几个大字，三个募捐箱排列在拼凑的桌子上。让冯石把募捐活动安排在老城区，汪志江还是有所考虑的。此地居民大多是中国人，容易引起共鸣引起反响，又离苏军司令部和市公安局有一定距离，规模尚小时不易引起怀疑，一旦形成了气候再向太阳沟推进，便有了星火燎原之势。

募捐箱刚摆上街头第一天，市公安局接到报告，程鲁民派去的人回来说："好事儿，市民和学生在为东北民主联军募捐钱款呢。"程鲁民把反馈的情况向周允声报告了，周允声说："苏军的戒严令又没有不让募捐，为东北民主联军募捐更没有取缔的道理。不但不能阻拦，有人若想破坏捣蛋，公安局还要站出来给他们点厉害尝尝。"

第一天的募捐现场就像市场上蹩脚的一处摊铺，行人们走过路过也就错过了。第二天第三天的情况也大致如此。冯石拿起募捐箱摇了摇空空荡荡，看了一眼在一旁佯装钉鞋掌的汪志江有些泄气了。汪志江招手示意冯石过来，继续给他鼓气。募捐活动经过了三天的酝酿，现在正处在发酵期。这三天上街买菜的告诉锅前做饭的老伴，上班干活的告诉家里喝闷酒的父母，支篷摆摊的告诉炕头纳鞋底的媳妇，大伙儿都在交头接耳一件事：学生们不去课堂念书了，却在为远在长白山穷得穿不上裤子的部队募捐。明天是礼拜六又是"逢五"赶集的日子，人们不为弄清东北联军是何方神圣，只为看看学生上街胡闹也得比平日多来几成人。

一股潜流尽管尚未形成波涛汹涌之势，但乌云低聚风浪积压，已经有了造势的先兆。当着董汉彬市长的面儿，周允声和程鲁民两人也毫不掩饰他们的严重分歧。周允声说："我们共产党的公安局不和学生站在一边，那都不是人干的事。人家学生为东北民主联军募捐，共产党上街禁止是不是脑袋坏掉啦？那咱们真成了黄狗子啦。日本人的、国民党的什么样警察我没见过？只有他们才驱赶和抓捕学生，他们的手段甭想让我使出来。"

程鲁民在董市长的面前极力申辩自己的观点："学生上街募捐这件事对我们对苏军来说好比手捧刺猬，或者捧着一个烫手的地瓜，任其发展下去会给苏军造成被动。"程鲁民话音未落，周允声就反驳道："为什么你总把脑袋伸到苏军的屁股下替他们着想，怎么不替站在寒风中冷瑟瑟的学生想想？共产党的公安局真不怕冷了他们的心？"程鲁民说："我替苏军着想有什么错吗？在当前替苏军着想就是替中国的命运和前途着想。"周允声在董副市长的面前摆出了息事宁人的姿态:“你看看我们的程科长,他先前告诉我苏军是在为中国革命着想,我们按照苏联人的想法做,就能过上苏联人的生活。现在,他却又替苏军着想了。”未等董汉彬表态,程鲁民毫不相让地说:“仅就这件事来说,苏军的担心不无道理。据孟老板传来的情报,募捐的背后可能有国民党在暗中操纵。”

周允声办公室里的电话响了,听筒里传来鲍里斯生气的声音:“你们公安局好像在为他们维持秩序?据我们了解,一些不明身份的人在现场拍照,不只是募捐那么简单。你们可能还不知道,不但中国的学生在搞募捐,苏军的子女都参与其中了,我女儿柳波芙也站在街上捧着募捐箱。应该尽快取缔,不能让国民党暗中操纵,明里再向苏军提出抗议。”

程鲁民带领着乔维轩等十几个公安人员来到了老城区,穿过层层人墙,挤到了旋涡的中心爬上了课桌。眼下晃动的人头密密麻麻,飘忽的各种颜色头发涌起了一道道彩色的浪。程鲁民晃晃悠悠地站在桌子上往下扫了一眼,尼娜、柳波芙等许多苏军家眷都挤在人群中。他伸出胳膊有力地挥动了两下,人群里稍微安静下来:“同学们,我们接到上级的指示,要求立即停止募捐活动。”一位男同学大声喊道:“警察局是八路军改编的,东北民主联军是共产党领导下的队伍,你们反对募捐?同学们,不要听他胡说。”

程鲁民又摆了摆手:“同学们,请冷静一下,旅顺口是什么地方,是由苏军军管的地界,是全世界都在关注的地区。美国政府和蒋介石的国民党政府,他们的眼睛都在盯着这里,他们巴不得这里出点乱子好插上一杠子。你们这么做不是明显授人以柄吗?”另一位女同学插话:“你们不让募捐就是替国民党办事,你们根本不是共产党。”人群中有人附和:“他们不是共产党,他们是黄狗子。”“反对募捐的人不会有好下场。”程鲁民看到冯石校长也站在人群里,他的周围站满了血气方刚的男女学生。

“同学们,同学们,请听我说。正如你们所知道的那样,由于国民政府撕毁了和平协议,东北民主联军受到国民党军队的军事进攻,他们大冷天还在深山老林中穿着单薄的衣服。你们主张正义,同情弱者的心情是可贵的,也是我们能够理解的。但是,在旅顺口这个特殊的解放区,你们这样做不但不会达到你们的良好愿望,还会给爱好和平的人们造成被动局面,成为别有用心的人得以利用的工具。”没等程鲁民说完,人群中有几人带头挥拳高呼口号:“不要听警察胡说,募捐无罪。”“警察反对募捐绝没有好下场。”

从四面拥过来的人浪把课桌挤倒。在程鲁民后仰跌倒的一瞬间，牛高马大的乔维轩托起他的背部。有人拿相机专门找苏军家眷拍照，两位公安战士与拍照者发生了争执并将其带走。有人呼喊："警察抓人啦，镇压学生绝没有好下场。"人群中发生了骚乱，有人趁机向公安战士横冲直撞，公安战士手挽手组成人墙，集体向前推进。一部分人被迫离开募捐场地，仍有少数人负隅顽抗，投掷石块、木棒。程鲁民的面部被击中，血从右前额流淌下来。

程鲁民被战士们就近送回程家大院。他斜倚在家中堂屋的罗汉床上，血涂抹在半拉脸上，像舞台化妆化成的阴阳脸。程老夫人和曲舒带着患感冒咳嗽的小罐去看中医，荞面儿自个在家准备晚饭，突然见到血糊淋拉的程鲁民着实吃了一惊。乡村郎中的闺女流血的场面见过一些，受父亲耳濡目染，止血包扎等简单的处置也会一招半式。如果伤者不是程鲁民，荞面儿也不至于惊慌成那样。见他右前额上方皮开肉绽，能看得见红肉白骨，她内心颤抖不止。

荞面儿端来半盆清水，撒下两羹匙盐搅匀，从棉絮里抽出一团棉花蘸上盐水为程鲁民精心擦拭伤口。待全部血迹清理完毕，她又从外门框上摘下悬挂的干艾蒿。父亲杜一帖的床头有一本医书《本草纲目》，荞面儿得闲时也经常翻看，一些常见的中药她都能记得其功效。其中有一段写道：艾蒿有抗菌及抗病毒作用，有平喘、镇咳及祛痰作用，有止血及抗凝血作用，有镇静及抗过敏作用等。荞面儿将艾蒿捣成粉末，用烧酒调成粥状揞敷在程鲁民的右前额上，又从针线笸箩里扯出一个布条扎上。

当时的旅顺口像荞面儿懂得这么多药理知识和包扎技能的人不是很多，但这一切在尼娜的眼里完全是苏联的乡下水准。尼娜得知程鲁民负伤又不见人影，找遍了旅顺口的苏军医院、市立医院和中医诊所。当她心灰意冷地回到程家大院时却被荞面儿的举动惊呆了，她不敢相信一位没受过任何专业训练的人能够实施战地救护，仅从那条脏兮兮的布条上就可以看到这种家庭式急救水平何等业余。她不由分说地揭开脏布带时，"啊"的一声脱口而出。翻开肉皮的伤口上竟涂抹了一层黑乎乎的东西。尼娜说："快随我去苏军医院进行消毒处理，得了破伤风可不是闹着玩的。"荞面儿用鼻子哼了一声："以前乡下人流血，找到俺爹都是这么处理的，也没听说谁破伤风了。"

礼拜天的早晨，尼娜来到太阳沟挂着"苏军服务社美发店"牌子的窗前往里看，透过霜花融化的玻璃窗望去，屋内坐着几位排队等候的苏联女人，除了母亲柳德米拉和妹妹柳波芙外，荞面儿也在，她是母亲力主来店里帮工的。

柳德米拉看到荞面儿拐大筐换鸡蛋的手冻得通红，手背上还生了冻疮，心酸了好一阵子。她的店里也的确需要一位手勤眼快、伶俐透落的人，她的两个女儿显然指望不上。昨晚，她转弯抹角地跟丈夫说起了想雇用荞面儿的想法，鲍里斯歪着半栽身体，旗帜鲜明地表示反对："作为苏联公民对外国人实施雇工剥削，与社会主义国家的性质相背离，是殖民主义的残渣余孽。"柳德米拉说："你用不着躺在床上说那些在莫斯科用俄语都讲不清的大道理。我和我的国家所作所为都是一个性质：都是在帮助需要帮助的人和人民。"

尼娜偷听到父母的对话心里好笑。现在，她不但与荞面儿住在一个大院，而且都被安排在同一个工作岗位，经过了一番角逐之后好像重新回到了同一条起跑线上。尼娜推开门的瞬间，室内外不同的温差让她脸红了。荞面儿起步就比她早，不仅比她先一步来到了美发店，还在勤快地打扫卫生。地上已经堆起了一撮五彩斑斓的毛发，有直的，也有弯曲的，有像麻一样棕色的，也有像新鲜苞米缨一样淡红色的，还有像菊花一样浅黄色的。荞面儿把苏联女人头上多余的色彩扫进了撮箕里。

母亲柳德米拉正在为苏联女顾客烫发。从苏联运来了电烫工具，把原先的爆炒棉槐条子的做法淘汰了。柳德米拉熟练地从金色头发中分出一绺，用银色的梳子梳理、裁剪整齐缠绕在金属棒上，每个金属棒都接上了电源，女人的整个头部像被犁铧翻弄过的土地，又像在接受法西斯残酷的审讯。柳德米拉试探地用手调控温度，并让两位学徒工靠近观摩，还说要用荞面儿的头发试验一下。

柳波芙听说后诧异无比，尽管母亲没想用她的学生头当试验品，但她对母亲近来的怪异行为越来越不能理解。母亲到旅顺口后，迅速沾上了中国的铜臭，为赚钱开美发店是对艺术的背叛，是自甘堕落的表现。当年的母亲，在她的苏联同学眼里是何等高雅。母亲用巧克力制作精美的雕塑漂浮在咖啡上，同学们看到巧克力在温馨的氛围下一点点融化了，欣赏到神奇的棕色的冰雪消融；母亲用一把铜烙铁放在白桦树皮上烫出了山水人物，形象逼真，美轮美奂；母亲把胳膊粗的白桦树做成相框，显得古朴大方……如今，母亲的艺术天分用在了头发的造型上，用在了艺术与卢布的置换上。她与荞面儿用鸡蛋换列巴的行为没有本质的差别，不仅如此，她还幻想对旅顺口的中国小媳妇进行脱胎换骨的改造，想让一位逢言必称"俺"，穿着家纺粗布土衣的中国女人放开辫子，烫出俄罗斯贵族的发型,想一想真是可笑。

柳波芙看荞面儿的心态都复杂出花儿啦,一方面,她对荞面儿的忍耐和坚守充满着不是一般的敬意,但愿她能一如既往、持之以恒地坚持下去,这样,她的姐姐或许不至于“沦陷”于旅顺口,心甘情愿地委身在一个中国男人的怀里。另一方面她真不希望姐姐与这样的中国女人成为情敌,她甚至有种预感:姐姐不是荞面儿的对手。荞面儿在生活中吃苦耐劳、坚忍不拔的精神哪怕有十分之一渗透于感情里,姐姐就会输得很惨。荞面儿是她接触到的中国女人最聪明的一位,她不但心灵手巧而且记忆力超强,没有上过学却认得许多汉字,还能大段背诵医书。对医学,确切地说对中国的中医有一种无师自通的天分。柳波芙对具有艺术家气质的母亲,在用人上实在不敢恭维,中国人把“教会徒弟饿死师傅”的现象形象地比喻为“猫拜老虎为师”,苏联人也有类似的谚语故事,而母亲在这方面的认知似乎先天不足,时常表现出好为人师的热情,似乎要把美发技术毫无保留地传授给自己女儿的情敌,一位与她毫不相干的人。

柳德米拉让尼娜与荞面儿从剪发开始学起,就像学厨师的先学刀工一样,是一种基础性和忍耐力的培训。尼娜对修剪头发的热情远没有练习刺杀、骑马和刀劈稻草人来得更有耐心。剪子在她手中刚练了一会儿工夫就把修长的手指磨出了水泡,她宁愿自己当稻草人。荞面儿有着跟程老夫人学习绣花、剪纸的功底和吃苦耐劳的精神,一招一式得心应手。柳德米拉不时地站在一旁鼓励先进,鞭策落后的人。

鲍里斯来到烫发店时,太阳已经偏西了,冬天的太阳落山早,像凉锅贴饼子一哧溜就滑进了锅底。柳德米拉见丈夫百忙中光顾她的小店,有一种受宠若惊的荣幸,也有一种突临检查的慌张。店里站没站的地方,坐没坐的位置,她如同不会待客的家庭主妇一样手忙脚乱。鲍里斯环视了一下店内的格局,看了看店里全部家当及所有的员工,从他皱起的眉宇间柳德米拉看出了不屑,看出了对在国外打拼的人,以及对自谋出路劳动者的轻蔑。鲍里斯径直地走到尼娜的跟前,说:“这里不适合你,我说过,绝不能让你把时光都浪费在你母亲的误导里。”

鲍里斯专门来找尼娜,并想让尼娜远离烫发店。市公安局要举办一期俄语培训班,其目的不言而喻。在苏军里能听懂汉语的官兵寥若晨星,在公安局里会说俄语的人更是凤毛麟角,而公安局和苏军交往日益增多必须得消除语言障碍。周允声与程鲁民共事以来少有默契,而对此却难能可贵地达成共识。他们一起来到市长办公室，程鲁民说："请董市长出面协商苏军，请他们提供培训俄语的师资人员……"周允声没等他说完便严厉地责问："程科长怎么半途变卦了，不按我们商量好的说？"董汉彬听出来了，周允声这个大老粗不懂得"师资人员"的意思，忙替程鲁民解释说："就是提供教俄语老师嘛。"

周允声说："向市长汇报的就是找个苏联教书匠，我俩事先商量时，我说他也能干，他说他还欠点火候，怕误了自家兄弟。"董汉彬笑着问："是'误人子弟'吧？"周允声说："我一想人家好歹也是科长，哪能让他去'误人子弟'呢？就问他：你看谁当这个苏联教书匠合适？他吞吞吐吐半天才说尼娜合适。我当时就想到了，他肚子里窝着花花肠子，说不定还'明里修贱道，暗地去嫖娼'呢。"董汉彬大笑不止："真有你的，我看得先举办个汉语扫盲班，给你先培训一下——明修栈道，暗度陈仓。"周允声说："都是一个意思。尼娜也未必愿意教一帮笨嘴拙舌的老爷们学鸟叫。可气的是，我同意了他却变卦了，不找教书匠却要找什么'师资人员'，在市长面前玩什么洋字眼儿？"

老鲍接到了董汉彬的电话后，来到美发店，向尼娜讲了董市长的盛情相邀，讲了培训工作意义之伟大，前途之光明的话。当然，当着柳德米拉、荞面儿、柳波芙以及爱美的苏军家眷的面，他没有任何只言片语贬低烫发这项工作。

尼娜与父亲在一旁谈话，柳德米拉却在开导荞面儿，她勉强同意只放开辫子修剪一下，但不烫发。她之所以能走出开放的第一步，是因为柳德米拉说，女人扎辫子无论用中国人的眼光还是苏联人的眼光，怎么看怎么不像一位新媳妇，别人兴许还以为她没有出嫁呢。柳德米拉为她设计了披肩直发型，平时备用一条方巾，追求清纯大方就用方巾围裹，喜欢亮丽动人就用方巾扎起头发。在头发没有铰掉前用方巾比量了一下，荞面儿在镜子前扭扭捏捏地接受了这个方案。柳德米拉原先想指导尼娜为她修剪头发，尼娜被父亲拉到一旁，柳波芙主动替补上来，没过多久传出了一声惨叫，所有人的目光都盯在了荞面儿的耳朵上。

鲍里斯与尼娜的谈话不但柳德米拉在听，练手的柳波芙也竖起了一只耳朵。她动作笨拙生硬，注意力又没全用在荞面儿的耳朵上，而集中在自己的耳朵上了。但她绝没有想到，锋利的剪子尖会铰住荞面儿的耳垂儿。随着啊的一声惨叫，荞面儿透明的耳垂上如同挂着一颗红宝石的耳坠儿，晶莹剔透的血珠儿将滴未滴。

第十五章　程老夫人喜庆寿诞，苏大小姐难咽药汤

诗曰：

食缺米面与杂粮，身多灾祸心多伤。
七十华诞乐事少，百岁人生苦日长。
生隙皆因穷计较，结缘还需添坦荡。
好心误作驴肝肺，终归火能熣干汤。

柳波芙上学时与姐姐一同出了院子，一群觅食的鸽子突然飞起，尼娜忙将手提包放到头顶，新修剪的头发才没有落上灰尘暴土。柳波芙打趣姐姐，穿着一身呢料裙装，上身双排扣的列宁服，下身配直筒裙，整个一身苏联女教师的打扮。从院外进来的程鲁民看到她们姐妹，不可能不看到姐姐的高腰皮靴与筒裙间还裸露了一段肉色，但他却没有注意到柳波芙斜睨的眼神。

尼娜筒裙与皮靴之间的一段肉色，让程鲁民心里直打冷战，早晨窗户都结冰了还穿成那样，苏联女教师一点不知冷暖吗？急着往外走的尼娜见程鲁民回家，挺意外地说："今天是俄语培训班开学仪式，你这位科长兼班主任却有闲情逸致回家了？"程鲁民说："父亲捎信急得很，我回来看一眼就走。"

程老夫人见程鲁民回来了，不满地看了程绪至一眼："难得你今年还能记着我生日。不是早说了吗？不过。等小罐过生日时你们再置办几桌酒席，我一个土埋多半截的人过什么生日，趁早收起你那份孝心。"

程绪至说："老人的生日一个都不能落下，过一个还不是少一个？何况您今年还是七十大寿。"程老夫人对曲舒努嘴说："你听听，哪里是给我过生日，分明在咒我早死。告诉你，高低别折腾我，让我清清静静过几天舒心的日子比啥都强。"

程绪至把程鲁民拉到外屋说道："再过两天你奶奶过生日，亲属朋友左邻右

舍免不了送来贺礼，找你回来就是合计合计怎么办。孟老板看过卦，说你奶奶今年‘犯太岁’，生日收礼不宜收别的，只能收棉衣布料。我琢磨咱们得提前跟赶礼的人说一下。另外，收来的布料怎么处置也得提前盘算好了。”

程鲁民的眉眼里露出了狡黠的笑。两天前他找到了驴肉馆的“孟八卦”，说奶奶马上就要过七十大寿了。孟说：“好事呀，我得到场祝贺去……”程鲁民打断他：“找你来不是让你去赴宴，而是想让你摇上一卦。”孟摇摇头：“不行不行。你和你大哥的婚事，你哥俩全没照卦签上说的去做，程老夫人都不信服我了。半月前在街上碰到老人家，她还说要去砸了我的幌子呢。”程鲁民说：“也怪不得奶奶不信服你，你现在的卦是越来越不灵了。”孟无奈地苦笑。程鲁民忽然想起什么，说：“要不这样，你给我父亲算一卦。在孝敬老人这件事上你怎么说父亲会怎么听，没有不灵验的。”

父亲急急捎信让他回家，程鲁民心里明白孟老板的卦术起到了作用。孟借口到被服厂办其他事，临走时程绪至让他算一卦。孟问：“为自己还是为子孙?”程绪至说：“老夫人快过七十岁生日了。”孟拿出三块铜板让他摇了摇，看着卦象说：“老人家今年‘犯太岁’，七十大寿不能乱收礼品。”程绪至神色紧张地问：“那过还是不过，有何破解之法?”孟说：“过还是要过的，七十大寿哪有不过之理？按我说的过，保准百病不犯。老夫人收礼只能收棉衣布料这样的礼品，收的礼品也不能家人自用，‘犯太岁’嘛。”孟也只能暗示到这个程度，如果把怎么处置“礼品”都说透了怕弄巧成拙，会让程绪至起疑心。

程鲁民知道父亲的被服厂就是个空壳，只要奶奶过完生日，厂里的缝纫机就能转动起来。程鲁民叮嘱自己一定要慎之又慎，这件事除了需要瞒过奶奶，取得父亲支持外，还要得到董汉彬、周允声的批准。

程鲁民回到公安局小礼堂在后排坐下，只赶上开学仪式的尾声，台下鼓掌欢送领导离席。尼娜走上讲台，眼神巡视一周，在最后一排停顿下来。程鲁民明白他身后的目光，对屁股没有焐热凳子的行为肯定不满。

粗大的银杏树下，落叶在寒风中起舞，光秃秃的枝条挂着冰霜迎风而立。周允声和程鲁民走在街头，呼出的热气变成白霜挂在了眉毛上，周允声不耐烦地说：“我都冻得鼻涕邋遢的，什么事能给个痛快不?”程鲁民搓了搓耳朵说：“想利用我奶奶过七十大寿募捐棉衣布料送往北面，让不明真相的学生闹募捐搅和了一下，真担心苏军拿井绳也当成蛇了。”周允声埋怨说：“你能不能什么事情别在乎老鲍？瞧你那点出息。你爷俩大大方方地给老鲍发个请柬，光明正大地请他赶礼去。”

掌灯时分，尼娜和柳波芙姐妹俩挽着胳膊下楼。程鲁民和父亲程绪至在一楼大堂里舞文弄墨，刚正规书写了一份请柬，鲍里斯就回来了，程绪至用毛笔添上了鲍里斯的名字，郑重地递给了他：“本月 22 日我家老夫人七十大寿，敬请鲍里斯拨冗光临。”鲍里斯接过请柬展开，从头至尾看了一遍，看得直晃脑袋。鲍里斯用汉语对话还算地道，但说和看差距大了，对请柬上文绉绉的话他几乎一句也没看懂。尼娜、柳波芙围过来，程鲁民拿起请柬边念边给他们讲解：

各位新朋旧友、故交老邻，各位同事、同人、同志

——这是抬头统称，泛指被邀请者。

人生古稀岁，儿孙绕膝旁。
移桑枯旧柳，麦苣胜膏粱。
帘卷富家门，素袖频添香。
挽夫赏霁月，长夜避磷光。
孺敏勤训诫，源远溪如肠。
君生弃旧疾，孽深佛无量。
幅窄慎缝纫，知了斋奉养。
祈盼能传承，比邻可兴邦。

——这是一篇赞美奶奶的颂词，也可以称为五言古诗，每句话都是五个字。

阴历十二月二十二日十时整，在程家大院举办程老夫人七十华诞庆典，敬盼莅临。儿子程绪至，孙子程皖夫、程鲁民、程津生叩首祈安。

——这句话是告诉被邀请人的时间、地点、事由及邀请人姓名。

程老夫人不喜珍果佳肴，不求绫罗绸缎，不收首饰珠宝，以忐忑之心收粗布棉衣之贺礼便荣幸至极。富者成匹成卷不嫌多，穷者只尺布头不嫌少。切不可多添额外之情。

——请柬背面写的这句话的意思是提醒前来祝贺的人送什么样的礼物符合老寿星的心意。奶奶一生钟爱布料，年轻时也亲手纺纱织布，程家的老式手摇织布机现在还挂在北屋仓库里。

鲍里斯摸了摸下巴说："听了你的讲解我反倒更加糊涂，何止不能甚解，简直如坠雾里。中国话写上去的和说出来的差别也太大了。" 鲍里斯对作诗的话题不感兴趣，眼睛瞅了一圈儿，四下寻找手摇织布机。问："你刚才说老夫人还会织布?""是啊，我们小时候穿的盖的没有不是奶奶亲手纺织的。要说对布料有研究那还得是我父亲。"程鲁民知道父亲对布料的了解可比对藏书楼里的物件熟悉多了。程绪至对诗的探讨插不上话，但说到织布却来精神了，眼前又多了个对织布有相同兴趣的鲍里斯。他接过话说："老鲍啊，你住在这里的时间说长不长，说短也不短了，平日里你能瞧上的都是些高雅玩意，谁知你对纺织土布还能上眼? 在旅顺口除了家纺布之外，市面上卖的布料还有几种：广州运来的土织布，上海倒腾来的机织布，日本东洋产的匹头布。手工织布的上色比较简单，用细绳在布上扎起一个个小疙瘩，放在染缸里着色，解开后便成了蓝底碎花布。20 世纪 30 年代以后，用坯布加上瑞士产的实色染料，也称阴丹士林，加热煮好后就变成了人们喜爱的印花布，丝滑光亮，装潢也讲究了许多。"

冷不防鲍里斯的兴致被硌了一下，程皖夫从里屋搬来一只凳子，放在壁炉前，他踩着凳子用锤子在壁炉的侧上方敲敲打打。父亲程绪至让他在有壁炉的那面墙上钉进一只木楔子，想在程老夫人过生日那天挂条幅用。程皖夫敲打的地方，砌壁炉时抹上了水泥，又刷上石灰涂料，经过一冬的烟熏火燎，已看不出新旧色差。父亲还没说什么，像犯了心绞痛的鲍里斯却在身后惶恐紧张地问："程皖夫，你这是做什么?"

程鲁民看到老鲍脸上的汗都出来了，老鲍这种不合情理的紧张，让他着实有些纳闷，可能担心程皖夫砸坏了他亲手砌的壁炉吧。父亲显然意犹未尽，继续说道："同是机织布也分手工机织布和完全机器织布，也分梭织布和针织布。手工机织布是人工蹬脚踏板，费力而且效率还低。完全机器织布是用马达代替人工出力，织出来的布面也光滑细致些。这些机器织布所生产的夹纱呢、夹布、竹纱府绸等比起家织布不但效率提高一大截，而且质量也提高了一大步。"

程鲁民觉察到，老鲍对纺织印染的话题，早已失去了原先的热情，眼睛不眨地随着程皖夫手中的锤子转，脸上是一副挨了锤子敲打，还在强忍着的表情。程绪至显然忽视了鲍里斯游离的眼神，总算找到一位愿意听他卖弄织布常识的人，而且，这还是个穿着考究军服的外国人，他不可能轻易放过这个话题。程绪至还在口若悬河："旅顺口人最喜欢的还得算上海的'龙头细布'，这种布是日商裕丰株式会社 1932 年在上海才开始生产的纯棉平布，注册商标为'龙头'，故称'龙头细布'。其他种类像印花布、斜布、呢布、匹头布等，受喜爱的程度就比不上'龙头细布'。哎呀，听我夸夸其谈，不会耽搁你们的正事吧？"直到程绪至收口了，程皖夫停住手，鲍里斯被敲打得七零八落的表情这才逐渐恢复原状。这是程鲁民第一次发觉老鲍对那堵墙提心吊胆的。

第二天就是程老夫人生日，程家大院门前，从八点三十分响起了耍狮子的锣鼓点儿。两头狮子摇头摆尾在前，敲锣的、打鼓的、碰镲的、吹唢呐的紧随其后。绿衣黄裤踩高跷扭秧歌，舞起来的红绸带把脚下扑腾的雪末扬得老高。光是这一敲一吹、一蹦一扭就吸引了众多乡亲。也有苏军官兵从营房里走出来，瞪着眼睛看既稀奇又热闹的舞狮子。应邀或主动前来贺寿的人们不断地走进程家大院，程鲁民和父亲站在大门口揖拳相迎。来宾遵从请柬上的嘱咐，或抱着的，或手拎着的，或胳膊夹着的不是整捆的布匹，就是被叠成方块的布料，几乎别无其他礼品。

门口左右分别设置两处来宾礼品登记，程鲁民拿起一册礼品单展开一看，只见上面毛笔小楷齐整整地写着来宾的单位和礼品的数量："市总工会白布六丈，幅宽三尺；市商业局印花布一匹，幅宽三尺；市工业局平纹机织布一匹，幅宽四尺；市粮食局斜纹机织布一匹，幅宽六尺；旅顺口市中苏友好协会蜡染布两匹，幅宽四尺八寸……"程绪至说："这么多呀，真是没有想到。"

程鲁民又翻开一页："这还没念完呢。市公安局局长周允声奉上藏青平纹布四十尺；市港务局局长顾杰威奉上东洋暗花细纹棉布二十八尺；市妇女联合会会长鞠茹珍派人送来白布二十尺；市文化局局长李可禁奉上上海宽幅面料十五尺；旅顺口市市长董汉彬奉上白色粗布五十尺……"礼品单里登记的客人什么样身份都有，礼品数量多少不一，布料质地颜色也是五花八门。程鲁民放下礼品单问父亲："有些人可能没明白请柬用意，送来了印花布、蜡染布和喜庆红布，邻居们大多送来了一块块布头，这样的布料做衣服得费些周折吧？"

程绪至说："是要费点周折。杂色布需要做漂白处理后再重新染色。零碎布料做支前军服也只有拼凑起来。有布料总比没米下锅强,收下再说。”后来,东北战场的硝烟散尽,大部队过山海关时,人们看到有的战士身上的棉袄上下部分缝接而成甚为纳罕。其实,那就是旅顺口被服厂最早的拥军产品。

程老夫人穿戴一新来到了院门口,程绪至忙说:“老夫人,我和您二孙子在此迎候即可,您是老寿星,您要是站在门口,还有谁敢进屋,不都围着您站着?”程老夫人不高兴了:“礼多人不怪。我在屋里坐着也是坐着,还不如出来活动活动。”程绪至说:“那好,只要您别冻着,随您。”程老夫人转怒为笑,对儿子少有放晴了脸:“我就想迎迎这些老亲故邻,也想跟你说说话儿。当年,你的父亲得了三个孙子别提有多高兴……”

进来了一位贺寿者老远就向程老夫人打招呼。程绪至冷冷地说:“想不到把你都给惊动啦?冯校长还大驾光临。”程老夫人说:“本来是熟得不能再熟的熟人,长时间不来往倒显得生分。冯石,可是有年头没看见你啦。”冯校长看了程绪至一眼,面有愧色:“老夫人过生日,您说我能不到场吗?还有一事,本不该现在说,但说了你们别挑理。就是曲舒工作的事,如果她愿意,还是让她回学校吧。现在正缺老师,薪水也会高一些。”程老夫人说:“冯石,你先请入座,曲舒的事,还得她自己拿主意,谢谢你费心了。”

程鲁民引导冯石向屋里走去,刚往里走了几步,落地的鸽子凌空而起,冯石突然打起喷嚏,急忙从兜里掏出手帕来:“你们家现在养鸽子了,过去可没有。”冯石又接二连三地打几个喷嚏。程鲁民疑惑地说:“鸽子是苏军的小女儿养的。”“我说呢,以前没见到程家有这东西空起空落。”程鲁民愣了一下,掩饰了刚才疑惑的眼神,把冯校长让进了院内。

鲍里斯和安德列在礼品登记处踌躇半天,程鲁民走过来。鲍里斯把程鲁民拉到一边:“我见到中国人手里都拿着礼物。贺寿送布料,这是你们的礼俗吗?”程鲁民笑了笑:“算是吧。送礼,中国人讲究送稀罕物品表达诚意,眼下没有比布料更紧缺,更受人稀罕啦。”鲍里斯说:“我也入乡随俗吧,我和安德列把军大衣留下当作贺礼,你看如何?”程鲁民说:“苏军领导能来参加奶奶的寿诞已经是万分荣幸。再说,柳德米拉已经送给奶奶一件俄罗斯羊毛披肩,非常珍贵,你们不必再费心啦。”

庆寿仪式开始了,大家议论纷纷的声音渐渐地停了下来,程老夫人端坐在太师椅上,程绪至来到台前清了清嗓子:“各位亲朋故邻:适逢家母七十大寿,诚邀诸位嘉宾莅临，感怀之至，不胜荣光。家母平生清心寡欲，淡泊名利，更无半点贪奢之心。现声明，恳求各位带贺礼之举，皆为不肖子孙所为，与家母无关。诚恐此举败坏程家名声，特与家人商定，将索取之物全部做成棉衣棉裤，赠送给最需要的人。顺水推舟，借花献佛，没有扬名之意，只有恕罪之心，万望诸位嘉宾海涵、明鉴。下面，首先请市公安局周局长讲话。”

鲍里斯的脸上露出了恼怒和气急败坏的表情，对程鲁民说道：“你们搞的什么名堂？学生们上街募捐的事情好容易平息下去，难道还要变本加厉，非要惹出更大的麻烦不可吗？”程鲁民平静地说：“上校先生请息怒。事情完全不是您想象的那样。所谓的募捐是国民党煽动学生搞的阴谋，而我们借贺寿的名义筹措布料衣物，则完全是为了解决前线战士的当下困难，是旅顺口市人民群众的自觉行为，性质不一样嘛。”鲍里斯说：“说来说去还是一回事，都是从这里把钱物送到前线。对于这种事，我历来的态度是你们常挂在嘴边的一句话：睁一只眼，闭一只眼。但是，你现在把我也拉下水啦，让我陷入了你们的圈套之中。”程鲁民笑了：“您说得言重啦，你们完全可以继续睁一只眼，闭一只眼。”

由于国民党军队对陆地和海面上的封锁，关内的物产运不到关外，从苏联境内调运粮食暂时远水解不了近渴。旅顺口当时最怕的事是请人吃饭，自家人的肚子，尚不能填饱，哪有多余的口粮招待别人？为程老夫人过七十大寿也只有祝寿的仪式而没有寿宴。尽管事先已与程老夫人商量好了，但真到了送客人空腹离席，程老夫人的脸上挂不住了：“这办的什么事？收了人家的礼，却连一口热乎的饭也没吃就走了。当年可不是这么办喜事的呀。远的不说，就说程津生过第一个生日，我们家还刚来旅顺口，太阳沟洞庭街的一条街上都摆满了桌子，程家大院前面一溜烟垒起了十几口炒菜的大锅，那阵势，上了岁数的人至今提起还直咂巴嘴。”

程绪至说：“老夫人，您也用不着过意不去，现在就是这么个年景，搁谁也拿不出那么多粮食。”程老夫人撇了撇嘴：“周局长讲的我听明白了，说你们孝顺那是拣好听的说，说你们有大孝那更是投其所好。亲朋好友送的礼品我也看明白了，就像给首饰店老板送金货，人家有啥送啥，为啥？收礼后转身拿到自家的柜台上卖了，那叫一个便当。你要不是当个被服厂的厂长，哪会送来那么多布料呀！给我穿到死也穿不了一个零头儿。”程绪至小声对程鲁民说：“你看你奶奶心里明镜似的。这是在替我们想好了遮掩的话儿。老人家怕将来共产党人坐不了天下，为我们找好了退路。”

送礼的人都走了，家里人还是要吃饭的。程老夫人说：“我们再紧巴也得请苏军一家人吃个晚饭。”鲍里斯此时正在楼上要小孩子脾气呢，程鲁民觉得还是自己去邀请吧，便责无旁贷地上楼敲门。鲍里斯打开房门，脸上恼火的神色尚未完全消退。但他还是客气地说：“请进吧，我在此住了这么长时间，难得你亲自登门。”程鲁民说：“我知道，在你们那里不会轻易让别人进卧室。不过，这是在中国，我就不客气了。再说，这里的每个房间都是我熟悉的，现在的床位摆放也如从前的一样。”

鲍里斯：“除了这套沙发是后增添的外，其余的都是原来的家具。你今天能破例上到二楼，我还真有些受宠若惊。”

程鲁民语调舒缓地说：“好啦，下楼吃饭吧。你们习惯于把问题争论清楚了再吃饭，而中国人则喜欢在餐桌上探讨问题最终达成一致的见解。”鲍里斯和程鲁民走出了房间。

等到程鲁民和鲍里斯下楼，中苏两家人都已经到齐啦。程老夫人换上一身大红缎子面的棉袄，袖口和底边绣着祥云图案。胸前的纽扣最为显眼，那是用布条缝成线绳盘成蝴蝶状的扣子，花白头发绾成的发髻与精美的上装组成了中国老太太最为典雅的造型。荞面儿的下耳垂红肿而上耳郭显得更加苍白透明。尼娜好像始终不在状态，深陷的眼窝里显露出忧虑的表情，上下眼皮像涂上一层暗褐色的油彩。柳德米拉说：“我都不想让尼娜参加晚宴啦，她的身体实在不好，我劝她住院治疗，可她说什么也不同意。”程老夫人说：“那哪能呀，但凡能坚持还是要下楼的。再说，我还给她配了一服中药呢。”柳德米拉高兴地说：“她可是见证过中国中医的神奇，跟我说过多次针灸治病的事。”

酒桌上，原先的中苏两家人各坐一边的秩序打乱了，程绪至及儿子们与鲍里斯混坐在一起。鲍里斯说：“我敬老夫人一杯，您今天过生日，我喝上了中国的茅台酒，真是一个值得纪念的日子，今天是多少号，我得记住啦。”程绪至说：“按中国的阴历算，今天是冬月二十二日，再有一个多月就过大年啦。”鲍里斯拍着脑门：“你们的日历，什么公历阴历的，我老也换算不清，总觉得日子又过回去了。”

餐桌的另一边，柳德米拉和女儿们凑到了程老夫人的身边唠得尽兴，她们谈论的都是与吃有关的话题。柳德米拉说：“中国奶奶，我们都知道，现在的食品奇缺，能够吃上这样的饭菜已经实属不易。”程老夫人说：“要不是咱们两家一个楼住着，真不敢请你们吃饭，也真没有可以请客的东西。酒是当年老爷活着的时候存下的，豆油也放了有几年啦，其他的只能是粗茶淡饭。你们的大女儿怎么不动筷子？噢，我想起来，我还为她准备了一服中药。你看我现在的记性，年岁大了就是不中用。”

药昨天就焙好了，按照程老夫人的指点，荞面儿找来两块砖上面架起一块瓦片，底下用炭火烘烤。“两砖一瓦”如同灶台一样放着从苏军医院里拿回来的胞衣。荞面儿干这种事再地道不过了，在娘家常常架起“两砖一瓦”替父亲焙制中药。荞面儿还记得女人分娩后的胞衣为红色，稍放置即转为紫色，中药里称为紫河车。她还能背出《本草纲目》中关于这味中药的章节：“天地之先，阴阳之祖，乾坤之始，胚胎将兆，九九数足，胎儿则乘而载之，遨游于西天佛国，南海仙山，飘荡于蓬莱仙境，万里天河，故称之为河车。”

柳德米拉对程老夫人低声说：“尼娜在苏德战争受伤后留下毛病，她的那种事没有一次是准的。她自己受疾病折磨不说，还让中国奶奶跟着操心。”程老夫人接过荞面儿冲好的药，用羹匙调了调递给尼娜。尼娜接过药碗取了一匙，放到嘴边抿了一口，鼻子紧回去了：“实在难咽下，味道怪怪的。”

程老夫人说：“大口喝下，这药对别的病不敢打包票，对女人营养不良、月经不调，少经或是闭经绝对有特效。”柳德米拉问：“这药都是什么成分？这样神奇！”程老夫人说：“快快喝下，喝下了我再告诉你。以后我死了，再有人得这样的病，你们也能治了。”

眼瞅着尼娜把一大碗的药喝了下去，女人们的目光都转到了程老夫人的脸上。程老夫人见大家都十分有兴趣，特别是苏联的女人们都好奇地睁大眼睛，显得十分兴奋，说：“我那二孙子程鲁民老说要过你们那样的生活。叫我说，你们也要过过我们中国人的生活。扯远了，咱还说药。”程老夫人把眼前的一碗水递给了尼娜，看着她喝了两口，才说：“其实，这药也没有什么复杂的，关键是制药的过程。新取的药材要放在通风避阳处阴干后，放在‘两砖一瓦’焙酥了，用药碾子碾成粉末，再用滚开的水冲成碗中的样子，即可服下。”

尼娜依旧不解地问：“中国奶奶，您说了半天，药里到底都有什么成分？”程老夫人看了尼娜一眼：“恕不相告，实在是我们老祖宗留下的祖传秘方不能示人。好啦，天也不早了，藏书楼的舞曲声都响了老半天，你们年轻人早就心痒痒了吧，咱们也该散了。”

第十六章　为重孙老夫人辟谣，被调离程鲁民抱怨

诗曰：

恭喜程家添重孙，心胸狭隘骨肉亲。
谁睹侧耳贴脑勺，无视红痣窝脚心。
堂堂气势秉遗风，恢恢训诫能传今。
昭示儿孙欲长进，半在身教半墨浸。

柳波芙见姐姐尼娜喝了一个礼拜的药身体没见好转，却也没有什么太大的不适，便端起药碗喝下一口。那药味道怪怪的，很难咽得下去。尼娜抢过药碗说："药都是有毒性的，岂能混喝？"姐姐捏着鼻子才把药抿进了嗓子眼里，又接过母亲柳德米拉递来的水喝了一口，没有压服下去，反倒反胃了，干吐了一阵子。她双手放在胸口摩挲着："妈妈，你总得告诉我，我喝的是什么药？药快喝完了，可我自己还不知道喝的是什么。"柳德米拉说："药是中国奶奶的秘方，我能知道？"尼娜说："别瞒我行吗？中国奶奶过生日那天，听到你在问她呢。你却不告诉我，肯定有怕我知道的秘密。"

尼娜最想找到程鲁民问个明白，但一连几天在程家大院不见他的影子，为这点事去办公室找，似乎不妥，似有借机见面之嫌。那天尼娜出门去上俄语课，见到程津生从墙角拐出来。程津生在路口堵她，是要告柳波芙的状。自从曲老师休产假，柳波芙换了代课老师，情形又与刚到学校时差不多。她在黑板上画代课老师的漫画像，脑袋画得很大，脖子以下画得很细的那种。应当说，柳波芙挺有艺术天赋，代课老师的嘴唇较厚，讲课时嘴张得较大，这个样子画到黑板上引起同学们的哄堂大笑。挨了老师的批评后，柳波芙又要煽动学生罢课。程津生感到事态很严重，但他不想告诉家长让同学们说他是"告状精"，只好让尼娜

劝劝柳波芙。尼娜听完后，没有表现出程津生期待的那种愤慨，她只是浅浅地笑了笑。不过，程津生没有生气，尼娜虽是浅笑却笑得挺好看的，看到这张笑脸任何人再闹心也不会生气的。尼娜问："你知道柳波芙最听谁的话吗？"程津生摇摇头。尼娜说："当然是最听曲舒老师的话。除了她，也就是你说话她还能听。"程津生说："我们俩早就不说话啦。"

尼娜说他的话柳波芙能听真是挺勉强的，她没亲眼看见柳波芙是怎么傲慢地对待他，在他身上实施的恶作剧，其深度和广度远远超过代课老师，以致让程津生在尼娜面前难以启齿，也就是近期他们的关系才略有改善。他没有为自己辩解，转身要走却被尼娜喊住："你急什么？我还有话要问你哩！你要是知道可不许隐瞒。你奶奶给我喝的是什么药？"

尼娜突然发问让程津生一点思想准备也没有，弄得他满脸涨红。程家大院里多次烧瓦焙药，程津生也就多次闻过那种烘焙的味道。那时，大人们都以为他小，说此类话从不背他。他很小就无师自通地知道，"两砖一瓦"上烘焙的东西是女人生孩子时掉下来的，但却脑筋想疼了也没想出来从哪掉下来的。不过，那些口服奶奶焙药的女人他还隐约记得。最早喝药的是自己的母亲，母亲没有因为喝了这种药而延长生命，在他八岁时母亲就去世了。母亲之后还有几位女人喝过这种药，她们似乎都与程家沾亲带故。如果说有规律可循，那就是凡是得了女人病找到了程老夫人，她老人家开出的药方非此药莫属。

直到奶奶为尼娜焙药时，程津生才彻底弄清了这味药的名字。程老夫人大概不知道中医管那东西叫"紫河车"，也只有荞面儿才叫出这么好听的名字；奶奶也没有称它为胎盘，胎盘不是当地人的通常叫法。奶奶对荞面儿说："把那个胞衣焙了……"说这话时程津生正准备出门，书包都背好了，他佯装墨水瓶忘记带了又折回屋里。从窗户上看到了荞面儿架起了"两砖一瓦"，下面放好了炭火盆，上面放上了叫"胞衣"的东西，接下来的程序他再熟悉不过了。

"胞衣"这个称谓相当形象，形象得程津生一下就产生了奇特的联想。他把胞衣想象成猪尿泡，也想象成是鱼鳔。猪尿泡从猪膛里取出后，用脚踩在草木灰中反复揉搓，直到插上管用口能吹成气球状；而鱼鳔本身就是一个在鱼膛里掌管上升或下潜的气囊。这样看来，女人生孩子的胞衣也如猪尿泡和鱼鳔一样。

尼娜背着双手倚在一棵大树上直视着程津生。程津生抓耳挠腮的，在尼娜的瞋目威逼下,只坚贞不屈一会儿工夫意志就坍塌了。他忐忑一会儿说:“听说、听说是专治女人病的药。”尼娜依旧双目圆睁眉毛上挑,没有好气儿地说:“我还不知是治女人病的药?我只问你这药是用什么东西制成的?”程津生想跑,但跑是跑不脱的,他早已领教了尼娜奔跑的速度,胆怯加惶恐地说:“我不知道。我知道也说不出口。”

尼娜更加厉声斥问:“看你吞吞吐吐的必定心怀鬼胎,治病的药有什么说不出口的!”程津生扭捏了一阵子:“在我们这里,就我奶奶来说,治女人病还能用啥药,无非就是……”尼娜完全恼了:“无非就是什么?你想让我永不搭理你吗?”程津生像被人掐着脖子:“无非就是女人身上的东西呗。”尼娜说:“女人的东西?女人的什么东西?你能不能敞亮点?再这么抠一句你说一句,没人再给你好脸色。”程津生大声喊道:“就是大嫂生孩子掉下来的胞衣。”

尼娜的身体绵软地从倚着的树干上刺溜滑下来,胃肠却翻江倒海,趴在地上干呕:“你们全都疯啦,你奶奶让我吃你嫂子生孩子掉下来的胞衣,恶心死人啦。”程津生无言以对,没有一点反驳的借口和理由。对奶奶的做法他原先就颇有微词:怎么能用中国女人的胞衣去治苏联女人的病呢?无论从肤色、口味,还是风俗习惯上来说,都有差异嘛。

尼娜甩开程津生,头也不回地朝着公安局方向跑去。

公安局里,周允声故意漫不经心地问了一句:“那个俄语女先生教得还行吗?”程鲁民说:“那当然,你看我的俄语水平就能检验出老师的教学质量啦。”周允声不怀好意地一笑:“我可不能用‘师生恋’的学生成绩检验‘师生恋’的先生水平。哎,你们俩现在掉腚工夫就能打个照面,是不是烈焰又遇上干柴啦?”

程鲁民委屈地说:“当初与荞面儿假结婚是你布置的,现在与尼娜‘掉腚工夫打个照面’也是你安排的。”周允声白瞪他一眼:“组织安排你结婚,多美的事!你小子不领情,婚都结了又不认账。让你上课也没让你擦火柴皮,干吗非弄出火花来?”程鲁民嘟嘟囔囔:“反正我觉得冤屈得慌。”周允声缓和了一下气氛:“我这当领导的还是不托底,在中苏关系上,你到底扛得住还是扛不住?”

程鲁民恳切地说:“荞面儿为了打日本鬼子,不明不白地结了婚,她也挺冤的我知道。但为了争取苏军的理解和支持,也为了打败国民党反动派,让她再做出最后的牺牲,行吗?”周允声仰起脖子说:“你们知识分子就是有种酸溜溜的臭毛病,凭啥让荞面儿一次又一次做出牺牲,却让苏联女人步步紧逼?老老实实跟荞面儿过日子，别净想些外国流。”

程鲁民故意清了清嗓子，提高了声调：“我的局长大人，我与尼娜的关系，你也清楚关系到国际声誉和国际影响，真心相爱的‘中苏关系’能说拉倒就拉倒啦？”周允声怒斥道：“你少拿大奶子吓唬小孩。总得讲个先来后到吧，你与荞面儿订婚在先，举行婚礼也在先，没有一样比尼娜晚。告诉你，没你说熊话的地方。”程鲁民瞪着两眼：“这些都是我奶奶和你强加于我的，是家长和领导共同干预的结果，是典型的双料包办婚姻。”

周允声看了一下程鲁民：“嘿，你还来劲啦。你想没想过程家的藏书楼毁在谁的手里？程家的珍宝至今下落不明，最有可能让谁祸害啦？”程鲁民说：“这是两档子事，怎么能往一块搅和？”周允声：“怎么成两档子事？完全是一码事。我实话跟你说吧，旅顺口差不多让我派人翻个底朝天，还是没有找到。也只有苏军驻地没去查，也没法查。苏军里有谁最知道这些宝贝的价值？我说得够明白了吧。你却要娶他的女儿当老婆，说不好听的，这是认贼作父，你懂吗？”程鲁民不吱声了，他眼前出现了鲍里斯看到程皖夫敲墙时的紧张表情。

周允声也意识到自己的话过于苛刻，示意程鲁民坐下。他似乎想换一个轻松一点的话题：“顺便问一句，你嫂子曲舒最近怎么样？”程鲁民从刚才的窘境中缓过气来：“倒也没有发现有什么异常的情况。生孩子之后，一般她也不出门。只是冯校长在奶奶过生日的时候说过，让她早点回学校上班。”

“对你父亲的拜把子兄弟你到底了解多少？”

“了解谈不上。不过，学生上街募捐的事他脱不了干系。”

“最近，国民党在东北战场上照他们吹嘘的，那是‘取得了节节胜利’，而那些杂水玩意儿却没有冒出泡来配合大好形势，没缘故地疲软了，蔫头耷脑了，这倒不像这群驴屌的所为。”

“我发现周局长说话从来就没有随便过。我知道我现在的处境，一方面，因为与尼娜的关系，苏军的事你让我少参与；另一方面，由于还有个有问题的嫂子，国民党的事似乎我也不便插手。我天天跟着学俄语……”

“你难道看不出来，我这是为你好，是在保护你？终究有一天你会明白我的用心。”

“我要申请去长白山，去小兴安岭，去有东北民主联军的地方真刀真枪地干一场。我不想让你为难，也不需要你的额外保护，只希望组织上能信任我，让我有点事做。不然我真的发疯啦。”程鲁民终于忍无可忍地爆发了。周允声沉下脸：“为你好你不领情便罢了，蹬鼻子上脸了。你找董市长说去，他要能放你走我是个棒槌。”

他们竟不知道尼娜什么时候泪流满面地站在门口。尼娜看了程鲁民一眼，对周允声说：“周局长，我有事要找程鲁民。”周允声不冷不热地瞪她一眼珠子：“这里是办公场所，扯犊子的事回程家大院扯去。”

程家大院也不太平，也有扯不完的犊子，曲舒怀里的小罐刚吃几口奶又哭闹起来。程老夫人怜惜地说：“女人奶孩子期间，可不能生闲气，两口子打架闹火的，那奶水说回去就回去了，遭罪的是孩子。”曲舒极力掩饰着：“奶奶，谁说我们打架了？”程老夫人说：“你还瞒着我，你们昨晚吵吵闹闹的，到底为啥呀？”

曲舒眼圈红了，赶忙揉搓着眼睛，好半天才挤出一句话：“奶奶，说起来让外人笑话，你孙子怀疑小罐不是他的。”程老夫人气得手都颤抖了：“这混账东西，去，把你公公叫来。”曲舒说：“奶奶，你可别生气啦，我俩干仗怨着我公公啥事啦？”程老夫人说：“你别管啦，叫你叫，你就叫去。”

还真说不清楚程皖夫从什么时候开始嘟噜个脸拉得老长，见到小罐也不亲了也不抱了，成天长吁短叹像谁欠他几百吊似的。程皖夫现在也跟老二程鲁民似的不怎么回家，时常赖在文化局里拿着整理书籍当借口。曲舒从小罐出生后查找原因，大概就是过“百日”那天，邻居大妈说小罐长得像妈一点都不像爸。曲舒觉得邻居在夸赞小罐拣父母的优点长，要是长成他爸那样该有多丑呀，程皖夫的脸却难看起来。

程皖夫往前追溯得更早一些，从两口子有性生活后找到了原因。现在想起来那种曾有过的幸福感荡然无存，说不定她在给自己栽赃。要不然一个女人怎么突然就主动了？女人做那事不都是被逼无奈至多半推半就，哪有那样急不可待？再说，他还在朦朦胧胧之中，对女人的生理周期还处于一知半解之时，她的月经就停了。严格说，他就没见到自己的老婆来过月经，没见过她使用垫在屁股下的月经带，没见过沾在月经带上，或者不小心蹭在被上那东西的颜色，她没有给他看见那东西是啥样颜色的机会。

奶奶侧目怒视：“混账东西，你爹爹是怎么教育你的，眼瞅着也快奔三十的人啦！我问你，昨晚为啥又跟你媳妇干架？”程皖夫从未见程老夫人发过这么大的火，规规矩矩站好：“唉，我怎么找这么个长舌妇当老婆？她都跟奶奶说了些什么?”程老夫人说:“还能说些什么?说你这个当爹的是个顶缸的,孩子不是你的是别人的。”程皖夫看奶奶的脸色,低声说:“她都承认啦?”

程绪至手足无措,疑惑地问道:“这是哪跟哪,原先不是挺好的吗?怎么突然就变了?你说不是就不是啦?你给我说清楚,到底怎么回事?”他走过去,一把抓起程皖夫的衣领子。程皖夫怯懦地说:“原先还没看出来,只是、只是,外人说小罐长得不像我。”

程老夫人说:“听风就是雨的玩意儿,你自己不会看哪?小罐从生下来我就认准啦,他就是我的重孙子。”程绪至赔着笑脸:“老夫人,也别太武断啦,既然您孙子有疑惑,咱们是不是……毕竟是您孙子的事,咱们代替不了他。”

程老夫人擦着眼泪:“长着眼睛是喘气的呀?翻开他小时候的照片看看,小罐跟他小时候简直是一个模子倒出来的。他的脚心里长着一颗痣,再看看小罐的小脚心,同样的地方也有一块,这是什么?这是传承,是带着祖辈的血脉来的。”程皖夫不服气地说:“也不能单凭脚底长痣就断定是您的重孙子。”

没有人比程老夫人更细心地看着小罐了,她从那个小小的身躯上一点点找出了祖辈留下的印迹,也从祖辈的身上找出留给小罐点点滴滴的遗传。看像与不像,一般人侧重看小孩子的脸形、眼睛、嘴巴和鼻子,而程老夫人有自己的辨别方法,她认为有些地方随着年龄的增长会有所变化,单眼皮会变成双眼皮,小嘴唇会变成阔嘴巴,尖鼻子或许变成了方鼻子……但最能看出遗传因素的却是耳朵,是耳郭、耳垂、耳屏这些耳朵上的附件。父亲长着一双招风耳,儿子的耳朵不可能靠墙(耳朵贴近后脑勺);父辈长着大耳垂,留给儿子的绝不可能是小耳垂;父辈耳屏上长绒毛的,儿子小时候不长,等长大了个个长绒毛一个也跑不掉的。小罐耳朵完全是皖夫的缩小版,整个耳朵紧贴着后脑勺,属于“耳朵靠墙,家存万担粮”的那种,程家子孙没有不是这种耳朵的。

程皖夫听完奶奶的话还是疑惑地问:“您说小罐脚底长痣耳朵靠墙,我怎么没有看到?”程老夫人没好气地说:“你总共才抱了小罐几次?你要是看出来才怪呢。”程绪至似乎还不放心,不紧不慢地说:“老夫人,现在都什么年代了,苏联人都用X光看病了。我们也不能仅凭一块痣、一只耳朵就断定小罐是您的重孙子。”程老夫人刚才舒缓的情绪又被惹怒了:“你还要什么证据?我给你找去。别的孩子顶着头个生日拱出牙根来就不错了,可咱们程家人小时候,最晚也晚不过六个月就长出小牙。小罐吃得这么不好,五个月就长出两颗小牙,这算不算?”程绪至脸上有了笑的模样:“老夫人说他是您重孙子,谁还敢不认?”

这当儿,多日不见面的程鲁民怒气冲冲地推开门走进来,程老夫人斜眼看他:“真是稀客,今天刮了什么风把你刮回来了?”程鲁民气呼呼没头没脑地来了一句:“奶奶,我问您,谁让您给尼娜喝那种药啦?”程老夫人不以为然地说:“哎,我当什么事哩,还能给她喝毒药呀?你们男人不懂。”

程鲁民任性地说:“我怎么不懂?别拿我当小孩子。女人身上掉下来的东西,怎么能让她喝?奶奶知不知道,尼娜从上午吐到现在还恶心不止,把胃里的黄水都吐出来了。”程老夫人没有想到会把尼娜折腾成这样。在她看来根本就不算什么事,要算事也算一件积德行善的好事。程老夫人没好气地说:“是你告诉她的?是她让你回家跟你奶奶干架的?”

程鲁民说:“奶奶,她们是苏联人,她们跟我们的风俗习惯不一样。您为她好也得告诉人家喝的是什么药,得人家同意了再喝。不能让人家不知情就喝下女人身上掉下来的东西。”一句话噎火了程老夫人:“早知你们这样,还不如让曲舒自己喝了呢!别提我现在多后悔。好心还让你一顿数落,我还没认她是程家的媳妇呢。没怎么的,你就袒护着她,你就不怕伤天害理遭报应啊。”

程鲁民见奶奶气得浑身发抖,才意识到自己说的话有些生硬了,想想奶奶也是好心办了让人误会的事,心有愧疚不再言语。程老夫人用手背擦泪说:“去把那个苏联的黄毛丫头给我喊来,我倒要问问她,我一个老太婆哪点对不起她,让她挑唆我孙子回家跟我干架。”程绪至、程皖夫和曲舒都劝程老夫人消消气,不要计较了。正在劝得起劲,尼娜怯懦地从门口走过来,倒吓了程老夫人一跳。她揉搓着胸口说:“你这丫头,走路怎么没有一点声响?本来就一头白发,走路听不到脚步声那像啥了?”尼娜眼泪流下来了,说:“奶奶,您好心为我治病,我没有怪您。中国人不是常说良药苦口利于病吗?我现在明白了。”程老夫人的气消了大半,拉过尼娜的手:“孩子呀,我没告诉你是什么药,就是怕你喝下去反胃呀。”

苏军在大连出版一份叫《实事报》的中文报纸。尼娜如果档案不丢应当早就到苏军第三十九军司令部政治部工作了,报社或许早就发现这个通晓汉语的人才了。报社要商调尼娜一事是父亲告诉的。老鲍认为总算有个非军事部门主动接受了,对她来说是难得一遇的好事。安德列却说:“尼娜缺失了档案,以前的经历形成空白,当务之急是需要补充上来,而不是急于往下进行。”

安德列很快就搞到了“程鲁民也要调到报社”的消息。老鲍看出了安德列心中不那么坦然，不留情面地批评说：“你能不能不那么龌龊，能设身处地替尼娜想想？你与我女儿的事，我始终尊重你们的个人意愿。尼娜的态度你恐怕比我还清楚，这是两相情愿的事而不能像中国人说的烧火棍子一头热。”

这句话刺激了安德列敏感的神经，也许这么多年追求无果让他情绪失控，总之，安德列此刻眼里没有对上司的敬重，也没有对前辈的畏惧，竟然肆无忌惮地对老鲍吼叫：“尼娜的幼稚情有可原，而您作为她的父亲怎么能如此执迷不悟？尼娜可能与程鲁民结合吗？在实行苏军军管的旅顺口，苏军女军官与八路军成为夫妻将是天大的笑话。蒋介石政府与美国说，旅顺口的苏军与共产党实施‘共管’，他们想找都找不到这样的把柄，你不是为他们提供最具说服力的素材吗？”

鲍里斯见安德列恼羞成怒，竟把自己当成了发泄的渠道，也丝毫没有退避的意思：“你说的是我以前的顾虑，现在，尼娜连档案都丢了，有什么可怕的。”

安德列第一次看到鲍里斯发这么大的火，说出这么绝情的话。这位上司的脾气在苏联人中当属性情温和的那种，但这一次鲍里斯滴酒未沾却撕掉了温情的面纱。安德列半天没有说话，他要让自己先冷静下来。当他看到鲍里斯要拂袖而去时才诚恳地拉住他，说：“我们都在为尼娜的前途着想，只不过考虑的方法有所不同。我已同尼娜的原部队联系过了，必要时她得先回国一趟。”

程鲁民被通讯员小秦气喘吁吁地找回局里，周允声围着程鲁民莫名其妙地转了两圈，说：“你可真行啊，说调走就调走。这下子可好了，你这样的人才不用再在公安局里受埋没啦。”程鲁民被弄得一头雾水，不知他何出此言：“周局长，开什么玩笑？你帮我调到东北民主联军去啦？”周允声不听则已，听了更是火上浇油，吊个哭丧的脸说：“你要是调去长春、哈尔滨我还佩服你算条汉子。到苏军报社喝茶水看稿子算哪一路英雄？”

周允声怀疑程鲁民说不定早就知道自己要调走了，原因是董汉彬市长说尼娜也调到报社去了。这样一来，程鲁民很可能就有另外一条知晓的渠道。最让周允声觉得受到愚弄的是昨天见到程鲁民，他还假装什么事情都没发生的那样，程鲁民都被苏联“布拉吉”缠住腿了，还不想在自己面前提裤子遮羞。

程鲁民弄清楚事情的来龙去脉，也如被苍蝇下了蛆，要多恶心有多恶心。尼娜自己怕还不知道呢，更别说为他通风报信。他愤愤地说：“组织上调动我的工作，总得征求一下我的意见吧？哪怕走过场装样子也得象征性地问问我有啥意见吧？我找董市长去。”这么长时间朝夕相处，周允声了解他还没有修炼到充愣装傻的程度，说：“这么说还没人给你传个小道消息？”程鲁民正憋了一肚子的火，牵三扯四地一起抖搂出来：“我大嫂的事，你明松暗紧，自始至终就没有放松对她的监控，但对我却一字不提；对于程家藏书你也一直没有放弃追查，但因为我和尼娜的关系，也没有让我参与。这次又怀疑尼娜给我通风报信。要是不找董市长说道清楚，你还真以为我想离开公安局呢。”

周允声不吱声了，他注视着程鲁民，等他说得自己都冒汗了，才递过去一条毛巾：“程鲁民，局里的工作有分工，也的确考虑到你自身的特殊情况。近期一些工作没有安排你去做，我的确有我的小算盘，你认不认账都没关系。这次调你去苏军报社，可能冤枉你了。”

周允声与程鲁民合作三个年头了，小的争执不断，大的分歧常有，这都不算什么。他俩那种相互协调、补台是以另一种求全责备的方式表现出来的，属于那种抑扬顿挫般的和谐关系。即便在对待尼娜的问题上，国际友谊和民族情感、雅致浪漫与清纯朴素发生尖锐对立，也没有影响他们惺惺相惜。周允声不但内心期待着，就连只有他们二人能够理会的眼神，那种正话反说的语调都极力怂恿他去找董市长据理力争。程鲁民是董汉彬从胶东带来的，他本人去找市长肯定好使，他在市长面前说话不必顾及深一句浅一句，不必担心语气重惹市长不高兴。周允声真心不想让程鲁民改行去干什么狗屁记者，若此，不但是公安局的重大损失，还将对旅顺口市涉外工作产生无法估量的影响。周允声把接通董市长的电话递给了程鲁民。

董市长电话里明确表示反对。周允声和程鲁民两个大男人像两只大猩猩一样默然相拥，伤心地相互拍背叹息。

周允声说：“啥也不说了。本来我还有个私事烦你，你这说走就走也不好劳驾了。”程鲁民还没见过他吞吞吐吐不脆生的样子，神色不安地问：“周局长，你有什么吩咐尽管说呀。”周允声犹豫一会儿：“别人给介绍个对象，我拖了老长时间没见面，主要是心里没底，想让你调教调教，你与中外女人都搞过对象，多得是鬼道眼，而我三十岁了还没摸过女人的手。”程鲁民哑然失笑，调侃他说：“你还真露出了软肋。我以为世上没有难倒你周允声的事呢。”

第十七章　周允声相亲单放飞，程鲁民送别双栖身

诗曰：

奉命担差送文书，不关情爱不拘束。
相约费时未相识，依嘱减繁省工夫。
曲意逢迎面非昨，坦言陈情心如初。
人生本就少通途，无心欢愉有心堵。

柳波芙对一件小事却记得挺牢，在程鲁民去报社报到的前一个晚上，她见过他。程鲁民回到程家大院的原因没有说出个花样，还是找那个老掉牙的借口，对奶奶说回来借大哥一套衣服。柳波芙听了心里暗暗发笑，他不就想约尼娜明天一起走吗？还说什么在报社上班不用再穿公安局的服装，他除军装外没有别的衣服。大嫂拿出个包裹翻找半天只找到一件合适的上衣，裤子不是破的就是短了，程鲁民只好还将就自己腿上穿的警察裤子。

第二天早上，程鲁民在办公室收拾东西，把可能用得着的物品都装在一个布兜里，正要去同周局长告别，进来一位女同志站在门口粗声粗气地问："哪个是局长？"程鲁民放下布兜问她有什么事，女同志从裤兜里掏出一封介绍信递给他。介绍信上写着："市公安局：兹介绍鞠茹珍同志前往贵局联系参加俄语培训班事宜，请接洽。"落款处还盖有市妇女联合会的公章。公安局的俄语培训班效果挺好，董汉彬市长在全市的工作会上大加赞扬，近来陆续有不少单位派员参加培训。

程鲁民笑了笑："妇女同志来学习俄语挺好，我带你去找周局长。"把她领到了局长办公室，周局长不在，程鲁民想让她到会议室等一会儿，但那位女同志说："局长的门都没关，一准没走远，说不定撒泡尿工夫就回来，俺就在走廊里

等吧。”

真让那位女同志不幸言中,周允声果真没有走远。原伪警察局局长室西侧有一个卫生间,日本人以前安装的坐便器现在还保留着。刚搬来第一天,一屋子的人争吵半天也没弄清楚这个瓷坛子是干什么用的,后过来的程鲁民告诉了他们这物件的作用,让他们笑得直不起腰来。周允声坐在马桶上面屙不出屎,往往坐了好长时间又得跑下楼去找旱便池。跑来跑去挺麻烦的,经过多次演练,他可以双脚踩在坐便圈上蹲着解大手了。程鲁民感觉好像卫生间里有人,刚进去又捂着鼻子退出来,站在门外说:“这两头都应当坐着解决的,你怎么只会蹲着来?走廊里有人等你,我得快去车站赶头班车到大连。”

抽水马桶响过之后,周允声来到走廊里张望,那位姑娘起身又掏出了介绍信说:“周局长吧?正找你呢。俺是为参加俄语培训班的事来的。”周允声接过介绍信看了一遍,不好意思地问:“你叫鞠茹珍吧?”那位女同志笑着解释说:“俺们茹珍主任说她有事脱不开身,让俺替她来的。俺叫麻洁秋。还记得苏军要来之前的一个晚上,俺与茹珍姐扮成男的去了驴肉馆,俺们见过你。”麻洁秋接着却埋怨起自己来了:“哎呀,你看这叫什么事?俺真不该替俺主任来。”

离大连市中山广场不远处有一座俄式三层小楼,当年的大门上挂着一块扁方的铜牌子,铜牌子像一面镜子能晃出人影儿,上面的“实事报”三个字像用毛笔书写上去的,有种力透纸背的功底,细看是把铜板腐蚀了涂上黑漆。同样的招牌,挂在报社的大门口,就有了艺术的气宇轩昂。这里是《实事报》创刊的地方。不过现在很少有人知道《实事报》的第一张报纸就是在这里问世的,程鲁民第一天也是来这里报到的。

他来到三楼推开了副社长办公室的门,见一位挂着少校军衔的苏军军官前胸紧靠宽大的办公桌低头看文件。这个家伙程鲁民看着十分眼熟,此前怎么也想不到安德列坐在副社长的位置上,原本想说俄语临时改口变成了汉语:“是你,安德列,你晋升了军衔,调报社当副社长了?”

安德列略微抬起脸,冷漠地站起来。当然,这是程鲁民个人的感受。就安德列内心来讲,放下二郎腿,双脚着地,前腹微收地站起来完全是对旧相识,或者说是对老情敌的一种尊重。他桀骜不驯的表情中夹带着一种居高临下的从容:“尼娜大概不会像你期望的那样来报社报到了,你现在反悔还来得及。”程鲁民从初始的惊诧中逐渐冷静下来,说:“她丢失了档案,不能来报社工作也在意料之中。”安德列主动伸出手，程鲁民以为要握手抬手迎上去时，安德列却在扭捏作态，掌心朝上换成了“请坐”的手势，说：“即使她的档案不丢，我也不会容忍办公室里每天上演爱情故事。”程鲁民一再告诫自己慎怒，没有必要在第一天上班就和上司争吵。他舒缓了一下口气说：“我相信我们三个人当中，没有人会把工作当成儿戏。”

安德列从文件柜里掏出几张表格，递给了程鲁民：“这点你说得没错。请履行手续吧。”程鲁民接过一看，这是三张俄文表格，需要填写的内容与他想象的却大相径庭。安德列似乎看出了他的疑惑，不屑地说：“这是一份工作合同。”程鲁民知道这是一份工作合同，但是，合同与他的工作有什么关系？安德列继续着冰冷的口吻：“你们每位来报社工作的中国人都要填写这样的合同。”程鲁民的脑海里想到了过去见过的卖身契，想到了按下手印的穷苦人。他申辩说：“我是组织上派来的。”

中秋季节傍中午的时候天气热得要命，程鲁民却感到安德列口齿间如寒冬腊月里呼出了白雾：“那是你们中共的事，与我们的工作无关。报社即便能接受你，你也只是一名雇员，我们的利益关系一律按合同约定执行。职务一栏，你可以填写专家，也可以只写雇员，随你的心情。”安德列的手指滑向了表格的下一行，在一处空白指了指。程鲁民看到紧挨着职务栏的下面是工资栏，上面写着阿拉伯数字53.5，数字后面的币种是卢布。

程鲁民以前从未领过工资，偶尔领到的津贴费也不用明码标价。他得知苏军每个月都固定在八号发工资更觉得十分可笑：“尊敬的副社长，我参加革命这么多年，第一次看到工资规定得如此清楚，不给工资我也会照样干好工作。”安德列出乎意料地表现出不同寻常的耐心，口气也温和许多：“你现在是为苏军司令部工作，与以前肯定会大不一样。我相信你到这里工作，生活水平会发生天翻地覆的变化。你们常说打土豪分田地，大概向往的就是这种生活吧。你对工资不满意可以提出来。”

程鲁民最关心的另一个问题安德列始终没有提及，他不得不张口了：“请问，我的党员组织关系落在哪里？”安德列似乎又恢复了扭搭扭搭的娘们态：“我说过，我们是雇主与雇员的关系，再没有其他任何关系，我们这里没留有存放你们中共组织关系的地方。此外，我要强调一点，你是一个会讨苏联姑娘喜欢的人。不过，在这里……”安德列停顿了一下，用闪着蓝光的眼睛看了一眼程鲁民:“这里的一切,都是以苏军的利益为最高行动准则。除此之外,不可以夹杂任何影响苏军利益的行为。我的话,你听明白了吗?”

尼娜昨晚的心绪坏透了,她从窗户上看到了程鲁民回到程家大院,从楼上听到了程鲁民的声音,立刻明白他想约她同行而她只能在心里向他默默告别。她怨恨安德列阻止她去报社工作,也责备父亲轻信了安德列的花言巧语。安德列让有情人天各一方,这么简单的伎俩父亲竟没有识破。柳德米拉说:“你父亲对女儿的管束可能严格些,也包括反对你与程鲁民来往,那都是为你好。”尼娜惊诧地问:“你说什么?爸爸反对我们来往?”在尼娜的印象中父亲从来没有阻挠她与程鲁民的相爱。不但没有阻挠,当初还是父亲主动为她办理一切调转手续。柳德米拉笑了:“这正是你父亲的高明之处。如果你不来旅顺口,怎么会知道这里发生的一切?如果不见到这里发生的一切,你的心结如何能够打开?你的抑郁病如何能够好转?你父亲最崇尚的一句话是:‘事实是改变我们思维和行为的魔杖。’”尼娜有一种被蒙骗的感觉。父亲当初想方设法把她带到旅顺口,其动机是既要让她知晓程鲁民还活着,又要让这个人从她的心里消失。

尼娜强忍着火气跑到父亲的房间。鲍里斯耐心地听完女儿半是埋怨半是责备的哭诉,没有当即为自己辩解,却大加赞赏安德列:“他是一个真正的男人。我们的宝贝女儿对他爱答不理的,他没有冤冤相报反而设身处地为所爱的人着想。他联系了你原部队领导,你回国后就可以重新恢复档案了。”柳德米拉对一旁泣不成声的尼娜说:“我说什么了,你父亲不是那样的人,安德列也不是那样的人,我们的女儿嫁给他也不失为聪明的选择。”

尼娜懒得将说了一千遍不能嫁给安德列的理由再哭诉一遍,她转身离去。

柳德米拉自从踏上旅顺口这片神奇的土地,她的身心就发生了也许只有当丈夫才能体会到的微妙变化。他们当着女儿或者旁人的面公开亲吻的次数越来越少,甚至没有外人在场的情况下她也断然拒绝,还找理由说应当学习中国夫妻间的那种扭捏,那种含蓄,那才是夫妻间最高的境界,他们实在不应该败坏旅顺口的社会风尚。当地的小孩子在大街上碰到她都用小手指脸说羞、羞、羞。回想起来,他们只在住进程家大院的第一晚有过真正意义上的夫妻生活。那是他们最后的疯狂。当晚她主动示好。即使她不主动丈夫也会像发情的公牛一样。那晚他喝了许多酒,而且喝的是能燃起火苗的中国烈酒。在国内丈夫每次喝完伏尔加,入睡的前奏便是做爱。他们毫不避讳三位儿女都是酒精后的产物，每个欲火中烧的夜晚喝酒成了一种情调，像做爱前漱口做爱后清洗一样自然。柳德米拉自己不喝酒，对丈夫喝酒也不反感，不但不反感甚至还添加了某些撩拨人的暗示。酒精经过丈夫胃肠的过滤，很快呈现出一种沁人肺腑的酣畅，一种不知倦怠的渴望和倦怠后重新燃烧的欲望。中国烈酒相对伏尔加更多了一份婉约的柔骨和一份绰约多姿的舒缓，让她经历了更长更持久的酣畅。

搬到程家的第一个晚上，她的后背在新床单上溻湿出宽大的身体形状，她的喉咙里发出了肆无忌惮的号叫。那叫声足以把程家人从睡梦中惊醒，程老夫人还以为鲍里斯一刀把她给杀了。接踵而来的一串具有异域风情的呢喃，又让程老夫人哑然失笑，确信苏军军官没有杀妻。当人们昏昏欲睡之际又传来的声声号叫简直要把程家人给杀了。

鲍里斯以为在旅顺口的每个夜晚都会在一串低声呢喃和高声号叫中周而复始，不承想他们的夫妻生活却毫无征兆地戛然而止。那个晚上之后的许多个晚上，柳德米拉突然像水土不服那样对性生活冷淡了。柳德米拉的借口千奇百怪，一会儿说程家卯榫结构的木床总不如苏联的铜管钢腿弹簧床结实，木头与地面发出的摩擦声比割肉还难受；一会儿又说，程家小楼不比苏联的房屋坚固，砖瓦木质结构的隔音效果没有钢筋混凝土的好。他们的激情穿透这屋和那屋的木棚板条如同穿透一层窗户纸，而真正的窗户纸却如同耳膜穿孔一样忽打忽打的，能让程家人听得一清二楚。鲍里斯最终明白她千方百计寻找借口都在试图掩盖一个不争的事实：柳德米拉闭经了。在一次强行霸王硬上弓之后，鲍里斯为他的酒后无德付出了血的代价，柳德米拉犹如还原成处女一般渗出滴滴殷红。那一次，准确地说她第一次发出了声声真正的惨叫。

驻在旅顺口的苏空军第五十五歼击机军有所属的三个歼击师、一个侦察大队和一个对空勤务团。鲍里斯有两位熟人在空军部队，一位在歼击一师当副师长，一位在侦察大队当政委。鲍里斯的儿子彼得是歼击一师的飞行员，他不想把送女儿回国的事与儿子单位有勾连，就找到了苏空军侦察大队政委，把尼娜丢失档案和重建档案的事简要地说了一遍。空军大队政委听后说：“非军人从来没有登上我的侦察机，更何况一个没有身份证明的人。”鲍里斯说：“你误会了，我女儿有军人证件，只是没有档案。”政委笑了笑：“我不查档案也不看证件，只要她是苏联公民就行。”他们约好，只要有回国机会就一定带上尼娜。只隔了不到两天的时间，空军大队政委便来电话：“有架歼击机需回国检修。不过，机组人员也不少,只空出一个座位,而那个座位的座板塌陷了,不知你女儿能否克服一下?”鲍里斯高兴地说:“我给尼娜向房东借一个马扎子。只要允许她登机,哪怕屁股坐在机舱上也行。”

尼娜又一次深陷抑郁中。父亲要派车送她到土城子机场,她说:“能不能不派人监视我?我要去一趟实事报社,总得告别一下。”鲍里斯告诉女儿,飞机明天下午三点起飞,嘱咐她千万不要误了登机时间。女儿到报社肯定是去与程鲁民告别的,不过安德列也在,让女儿捎带着跟安德列说上几句感谢的话,也不枉人家的一番美意。鲍里斯如是叮嘱女儿。

尼娜从报社地方部的门缝往里望,程鲁民背对着门坐在椅子上,七八名编辑、记者正在开会。地方部的一位中国女干部的声音从屋里传到走廊:“咱们地方部,也可以叫中国部,因为,在《实事报》工作的中国同志都集中在咱们部里。咱们的中共支部也组建起来了。在思想上、组织上服从中共支部的领导,这是一个党性原则的大问题。但是,具体到文章怎么写、如何编发,要听苏军的,听社长的,这也是不容置疑的。有的同志对苏军的办报风格有异议,副社长安德列反复强调只能采用塔斯社和《真理报》的那种语言风格,而不能套用延安或东北日报的声调。有新来的同志,写出来的文章连‘打倒美帝国主义,打倒蒋介石’这样的话都写上啦,安德列副社长对此很不满意。”

大家的目光纷纷转向了程鲁民,他站起身说:“郝林秀副主任,我们的队伍与国民党军队在东北打得热火朝天,已经解放的土地在进行着声势浩大的土改运动,而苏军的报纸却充耳不闻,不是介绍苏联国内的秀美风光,就是展现苏联建设取得的重大成就。不是说这些不能刊登,但也不能每次都在炒冷饭,这样的报纸能让读者们喜闻乐见吗?”尼娜觉得这样的部门工作会议一时半会结束不了,再听下去显然不太合适。她刚想离开背后就有人轻拍了一下,不用转身她也能猜到,在这里除了安德列,不会有人跟她熟悉到可以拍后背的程度。

安德列拍过之后的手没有马上拿开,而是轻缓下滑,顺势搂住了她曲线玲珑的细腰,把她带进了室内。刚才还在争论的编辑、记者纷纷站起来,目光抛开他们的副社长,直接落在尼娜身上。尼娜的脸有些发热,腰间那只毛茸茸的大手不失温柔却也如烙铁一样烫人。安德列坦然地站在属下面前,说:“打扰诸位,请允许我来介绍:这位美丽的女军官叫尼娜。她本来应当是我们的同事,但有些特殊的原因可能耽搁时日,不过我向你们保证,这样漂亮的女同事不会让大家期盼太久。”

安德列先向尼娜介绍了地方部主持工作的副主任郝林秀，又介绍了部里的其他同事：浙江人顾爽、湖北姑娘李盼、东北人马鄂西，等等。尼娜也弄不清这些名字是笔名还是本名，反正觉得这些人不像八路军里的其他干部，从相貌看个个文质彬彬，从名字看不是他们的父母有文化就是他们本人有文化，名字叫起来朗朗上口，听起来清新响亮。安德列最后走到了程鲁民的面前，说：“这位就不用介绍了，我们都在苏联伏龙芝军事学院共事过，当属老朋友啦。”尼娜没有像跟其他人那样握手，而是紧走几步与程鲁民热情拥抱。她故意让安德列难堪，也故意让程鲁民脸红，让他们都在众目睽睽中腼腆一下。她明白安德列的用意，他就想把自己和程鲁民放到同一个起点上。也许他自认为在回国补办档案的这件事上，尼娜听从了父亲的安排，也算服从了他的调动，他便有了新的机会。安德列大度地彰显他不计前嫌的胸怀，当众邀请在伏龙芝军事学院共事过的两人共进晚餐。他把尼娜种种不理智的表现，归结为处在抑郁症的恢复期，他不会与一位尚在恢复期的病人斤斤计较，哪怕她的举动再出格，再离谱。

在广场旁的一家西餐厅里，安德列继续大度地坐在了他们两人的对面。当然，这个位置可以直面那张让他魂不守舍的脸。他没有要中国白酒，而是按照他和尼娜的胃肠习惯点了三份熏鱼、奶酪、煎牛排和红菜汤，外加两瓶伏尔加。他要在这种具有俄罗斯情调的氛围中回忆过去展望未来，让那位中国小子在俄罗斯式的浪漫中一句话也插不上，只当一根蜡烛。他有选择地讲了他和尼娜共同经历过的而程鲁民不知晓的事情，如中国的插班生还没来时，他们一起捉弄德军飞机，在城市躲避夜袭全部熄灯后，他们跑到郊外点起数堆篝火让敌机浪费许多炸弹。酒至半醺，安德列偶尔低头，蒙眬中发现桌子下面，一只不属于他的男脚和一只女脚勾在一起。

安德列在搜肠刮肚和黔驴技穷中把自己喝多了。程鲁民默默地出去把账结了，回来架起苏联醉鬼。尼娜说：“让他趴在桌子上睡，不然，回去清醒后他还是要找酒喝。”程鲁民厚道地想，不能把副社长扔在餐厅里不管，毕竟是他请自己出来的。好在西餐厅离报社不远，程鲁民连拽带拖把他弄回了报社值班室，告诉值班的两位苏军士兵把副社长扶回房间休息。

尼娜勾着程鲁民的肩膀漫无边际地往前走，他的胳膊肘儿感到有一团软软的东西随着步履颤抖着，弄得程鲁民从心里往外发热。今晚把尼娜安置在哪里休息难住了程鲁民，让尼娜住旅店他有些不放心也不甘心。尼娜来到旅顺口之后，他们仅有过一两次亲昵的表示。他每次回家，几乎没有与尼娜单独相处的时间，不是柳波芙在一旁喋喋不休无话找话，就是荞面儿默默无闻地听着他们的对话。每次程鲁民一进家门就觉得有眼睛在戳他的脊梁，有时是一双，有时是几双。

尼娜似乎看出了程鲁民的心思，说："我哪也不去，我就要和你在大街上一直走下去。"说这话时天气更加闷热，程鲁民的手心里攥满了汗水。他们又走了一段，来到南山那片原日本人的住宅区，突然就有一缕闪电，接着一声炸雷，再接着狂风乍起暴雨骤来。也就一会儿工夫，他俩浑身湿透急忙躲在了一处有门厅的两层小楼屋檐下面。

暴雨在屋檐下挂起了珠帘，狂风不时地掀开抖动的珠帘，一些"珠子"就撒落在他们的身上。一位大爷开门出来，看见穿着军装的苏军女军人，大爷推开隔壁空屋的房门，拉亮了电灯，热情地请他们进屋避雨。

这片日本房在日本人投降后，新组建的大连市政府就动员居民搬进去住。可是，动员好长时间也只有胆大的几户搬进去，对面屋的大爷大概也属于这种情况。屋子里的家具一应俱全，床上被褥铺盖整齐。日本人临投降前还把屋子收拾得有条不紊，他们不像投降回国了，好像出门去远行，只是时间久了有了一层灰尘。尼娜拧开水龙头，水哗哗流出，却不见带有暗红色的水锈。尼娜洗了脸，找来拖把抹布拖地擦灰，又把床单抖净翻过来。程鲁民看着她麻利地干着家务，问："你没有喝多呀？"尼娜狡黠地笑："我怕你撵我走。现在好了，外面狂风暴雨，我走不了你也走不了啦。"

程鲁民没离开刚进屋时站立的地方，两只裤管淌下一摊水。他就一直傻站着，不知道接下来会发生什么。尼娜又一次进卫生间，出来后身上的军装不见了，头发在脑后绾了起来。她的上身裹着一条白色的浴巾遮掩着双乳，乳沟处能塞进鸡蛋。浴巾后面兜着的臀部浑圆而凸挺，把浴巾胀开了，时隐时现的小腹细窄而润滑……浴巾像吝啬的主人挂的一块幕布掩饰不住里面诱人的风景。

眼前的这一切毕竟来得太快，不太真实，把一切的过渡都剪辑掉了，把程鲁民直接拉进了没有丝毫准备，也无法立刻承受的境地。想象中的他和尼娜绝不是这样，不是像两只落汤鸡一样褪了毛赤条条地彼此面对。他们要像共同追求美好的生活一样经历风霜雪雨，甚至更为残酷的考验，甚至不惜生命的代价也未必能享有那样美好的时刻。可是现在,幸福似乎说来就来…… 他们在心潮澎湃和大汗淋漓中举步维艰地探索和跋涉。毕竟是他们的第一次,他在情急之中没有在归属地泄出,而让她的两腿之间变得更加润滑,也更加泥泞。鲁莽和无助不但没有让他们退缩和放弃,反而增添了继续探索的勇气。尼娜把他的疲惫和绵软握在汗津津的手里,让他在轻柔的慰藉中得以舒展,又含在嘴里有节奏地吸吮,让他在舒展后渐渐地直挺并愈加坚强。同时,她的唇间也感受到他的灼热和硬度。贴心贴肺的刺激又一次让他不能自持,他就在她的口里癫狂和倾囊而出。尼娜像一个漾奶的婴儿贪婪地叼住奶头,顽皮地阻止他的怯懦和退缩。她像担心冰激凌即将化掉那样用舌尖在渐变疲软的地方吸吮。程鲁民再一次如鼓满的风帆,如充气的内胎,在她急促的吸吮下又一次绷紧。尼娜转身趴在床上,臀部舒缓而又高高翘起,两只乳房填充了身体和床的夹角,她以更加沉稳的心态静静地期待着那令人销魂的撞击……

白天的风停了,雨还淅淅沥沥下着。本来说好要去土城子机场送尼娜,程鲁民从楼上走下来的时候,看到安德列从苏式吉普车后排座跳出来,说:“程鲁民,你想违反报社的工作纪律吗?”程鲁民说:“我向社里请假了。”安德列说:“请假条还在我的办公桌上,那上面没有我的签字不会算数的。再说,有司机去送尼娜你有什么不放心的?”尼娜当着安德列的面吻了他,说:“放心吧,我会尽快回来的。”程鲁民和安德列两人望着绝尘而去的吉普车各怀鬼胎。

程鲁民一整天昏昏沉沉。他一会儿担心这样的天气飞机不会准时起飞,一会儿担心飞机起飞了找不到目的地。他和尼娜一晚上几乎不曾合眼,天快亮时,尼娜又一阵阵咳嗽……程鲁民萎靡不振一整天,没有一点心情也没有一点胃口,中午没去食堂打饭,晚上也没有吃一点东西,躺在宿舍的床上不一会儿就睡着了。第二天上午重新坐在办公室里,副主任郝林秀大姐过来说:“安德列让你去一下他的办公室。他好像情绪不佳,为稿子的事千万不要跟他吵起来。”程鲁民谢过了郝大姐,进到副社长办公室却见安德列在洗脸。擦干的脸上有一滴一滴的泪水涌了出来,他抽泣地说:“尼娜乘坐的歼击侦察机出事了,机上人员无一生还……”

第十八章　贴小票苏军玩高深，误登机尼娜真幸运

诗曰：

其一

回国欲访旧营盘，只能暂别老铁山。
时令多变秋多雨，白日无言夜无眠。
雨大路阻病临身，炕烘屋暖祸过天。
若随机毁不复归，从此无人看档案。

其二

冥冥不该遭重创，身非玉焚复旧恙。
万谢千户施恩泽，百感一帖抚愁肠。
多情尚需冷处理，丽质焉用勤补妆？
勿怜一夜梨花雨，青果悄然枝头上。

柳波芙说她在学校里成了闹事的头头。她组织罢课被学校及时劝阻而没有酿成事端，后又大闹食堂，扬言对学校存在的种族歧视行为一定斗争到底，起因只为学校午餐没供应俄罗斯食品。那时候种族歧视也算不得什么罪名，种族间的杀戮还没有完全消停呢。但是，在旅顺口歧视苏军就与"反苏"是一样重的罪行。学校最初征求过苏联学生的意见，他们大多数人同意吃中餐而不吃西餐。也许中餐吃多了新鲜劲过去了，也可能是柳波芙想闹事故意找借口，总之，把就餐和种族歧视联系一块儿啦。程津生带回了冯石校长的口信，让曲舒到学校去一趟，柳波芙在一旁狡黠地笑了。

曲舒猜到了冯校长着急找她一定与柳波芙有关。她生完小罐一直没有去

学校上班。奶奶的年龄大了，照顾自己还勉强将就，再拉扯一个周岁的孩子显得勉为其难。去上班也等于把小罐推给荞面儿，而她最不想荞面儿因为小罐被拴在程家。荞面儿表面上像个受气的小媳妇成天忙碌着，实际连这样可怜的名分也没有。她不能拿荞面儿当保姆用，尽管荞面儿稀罕小罐稀罕得不行，那是两码事，她不能给别人留下话把儿，也不能在程鲁民那里落下埋怨。

冯石校长了解到柳波芙近来所为深感震惊。过去说他歧视日本人他也许不怕，说歧视苏联人他便慌恐得不行，苏联人好像比日本人更要面子，歧视不得。学校与学生代表达成妥协，在供应中餐时也搭配少量西餐给苏联学生。柳波芙的代课老师原先在学校管后勤，因为曲舒生孩子而临时替班。柳波芙不失时机地提出了不算额外的要求：代课老师应当回到原来的岗位一心一意管好食堂。冯校长亲口答应原先的班主任曲舒会尽快回校上课。

冯校长一见到曲舒像见到救星一样："那个苏军的公主可把我折腾了。喜欢你上的课也没啥，她就住在你们家不是，你生孩子她也可以在家里求教；她不待见代课老师也正常，跟我说一声调换一下没有做不到的。这个惹不起的姑奶奶说我搞种族歧视，这不是要人命吗？上次学生参与募捐，我在公安局就挂号了。这次再闹起来，我能端监狱的饭钵子吃到死都是修来的造化。"曲舒说："冯校长，不至于这么严重。柳波芙可能心理逆反，外国的女孩子在这期间，在这方面可能比中国女孩子的反应尤为强烈一些……"冯校长连忙打断她，说："可不敢再惹这位外国祖宗了。在咱们旅顺口，也就你说话她能听进去。我跟程老夫人说去，你孩子小，学校给你加薪，程家请个保姆，行吧？"

冯校长把话说到这份上，曲舒没有回绝的理由。不过话没说死，她要先回家跟奶奶商量商量。刚要转身离开，冯石忽然想起了什么："稍等一下，说起来不好意思，前几天，苏军司令部发了告示，让大连和旅顺口的居民把手中的苏军券进行登记、兑换，又是贴小票，又是加盖钢印。我因为学校的事忙就没有顾得上。"曲舒说："这事我知道，我们家的还是我去兑换的呢。苏军规定每户大人兑换三千元，十二岁以下小孩兑换一千元，剩余部分都得登记存入银行，三个月后才可以按月依照规定提取呢。"冯校长说："前段时间事情一桩接着一桩，我家的那位老太婆倒是闲着，可是她怕上当吃亏，说什么也不兑换，这下可好，现在排大队也未必能换上。"曲舒说："你也别埋怨师母啦！谁不担心吃亏？我奶奶也怕。兑换后的苏军券十元变成了一元，相当于贬值了。我当时也在犹豫，换吧，马上就吃亏;不换吧怕将来吃亏,苏军一年半载不走,不贴小票的苏军券变成废纸可咋办呀!”冯校长默默点头赞许,说:“想求求你,跟苏军的长官通融通融,你们毕竟住在一栋楼里,或许会给点面子。”

为这两件事冯石校长再三再四向曲舒表达了感激之情。头一件事,冯石在心里早就设计好了,柳波芙在学校带头闹事不假,柳波芙只喜欢曲舒上课而排斥其他老师也确有其事,但未必像他描述得那么刻不容缓。但他把恳请的话说得既言辞凿凿又情深义重,曲舒只有乖乖地回到学校才方显危难之时救人于水火之中,反之就是不仁不义的小人。曲舒应诺了第一件事后,说不说第二件事情他犹豫了一会儿。直到曲舒要离开了,他才假装临时想起似的。

国民党省党部特派员汪志江与冯石近期又见过一面。他两次跑到沈阳汇报工作,把动员学生参与募捐活动的影响说得铺天盖地,把给苏军和市政府制造的麻烦吹得昏天暗地。他的上司不满地瞪了一眼,嘲讽道:“你都可以去共产党那里汇报了。”汪志江小心地补充说:“只是后续工作没有跟得上。”当然啦,后续工作没有跟上责任不完全在他,即使责任在他也无伤大雅。公安局和苏军出面干涉早在预料之中,有了他们的镇压才会产生更大的影响。至于后来,周允声、程鲁民借题发挥,利用程老夫人过生日,把棉衣布料都运往长春、哈尔滨去的确不是他能掌控的。再说,程家收的那点布料杯水车薪,送到了白山黑水间的共产党部队里,每个人恐怕连巴掌大的布头也分不到。

冯石听完他传达上级精神心里老大不自在。汪志江还是老生常谈,要冯石学习共产党的工作作风,发动民众为国民政府进驻旅顺口提供便利条件,而对冯石关心的程家藏书和其他宝物却闭口不提。冯校长追问了一句:“苏军拿走的那只皮箱子就不查了?那么多珍贵的文物任由八路军霸占着?我们最近干的这些事,好像没有一件正经的。”汪志江对这种不开窍的榆木脑袋不得不表现得略微耐心一些,说:“你怎么不动动脑子,现在是抢地盘重要还是抢那几本破书重要?地盘没了有书也没有地方放。”接着,汪志江向冯石布置了新的任务:“国民党视察团近日就会抵达旅顺口。眼下首先要搞清楚苏军为何对‘苏军券’加盖印章,此举对我们会产生多大的影响。”冯校长想到曲舒的产假早已结束了,她身处旅顺口的国民党、共产党和苏军三大政治背景的交集,这个现成的人放在家中带孩子太浪费人才了。

以前国民党东北行辕主任熊式辉就向苏军当局提议:国民党的部队拟船运

到大连港登陆，然后再赴东北进行接防。他们的目的是以武力进入旅(顺)大(连)地区并控制其局势。这种近乎于掩耳盗铃般的愚蠢提议，理所当然地被苏军拒绝了。苏军重申"大连港为自由港"，任何武装力量均不得在大连港登陆。事隔半年后，国民党军委会东北行辕副参谋长曹三亭，在沈阳被蒋介石任命为大连市市长，并准备在6月底以前接收大连地区的行政权。为应付这一特殊情况，中共旅大地委领导人与苏军当局采取了一系列紧急措施：首先，改组大连地区行政机构，成立关东公署领导大连、旅顺口、金县等地区。另外，为了让大连市政府管辖范围缩小而成立了大连县。一旦国民党接收成功，只让他们接收一个袖珍版的"大连市"，而其他地区则不在国民党的接收范围之内。这样，共产党的武装力量就可以在接收地以外得以保存，并对国民党形成包围之势。国民党东北行辕副参谋长曹三亭的接收工作只好作罢。

离开驴肉馆多日的孟老板最近回来了，他向董汉彬市长、周允声局长汇报了从沈阳打探出来的情报：国民党命令东北行辕副参谋长曹三亭组成了十个人的"旅顺口视察团"，近日要对旅顺口进行所谓的"视察"。孟老板还没说完，周允声站起来说："什么视察？国民党就是来搞捣蛋活动，苏军不想办法阻止，却在旅顺口和大连忙活为苏军券贴小票。原先老百姓的手里还有一只鸡，让他们贴上小票变成一个鸡蛋啦。"市总工会会长郑克明接过话说："工人兄弟们也有意见，辛辛苦苦攒下的活命钱缩水了，他们能不急眼吗？苏军事先也不同我们商量，一意孤行。"董汉彬让大家都坐下，喝口水冷静一下："这次苏军券贴小票让许多人感到不舒服，特别是许多市民对他们的做法有抵触，有反感，但更多的是误会。我们只看到了自己的钱袋子缩水了，却没有看到这是制止潜在危机的最有效的办法。如果国民党让流通在东北的苏军券大量涌进旅顺口，那会是一种什么样的可悲局面，同志们想过没有？苏军没有事先打招呼，以老子党自居，我们多次进行过交涉。但就贴小票这件事本身的积极意义还是应当给予充分肯定。我们没有搞过经济，更不懂得金融管理，这方面苏军比我们更有发言权。对不懂的东西先不要摆出一副排斥的态度，而是要先搞调查研究，先当小学生。"

董市长对周允声提出了要求，对苏军银行贴小票的行动公安局要给予积极的配合，要同群众讲清利害关系，维护好兑换现场秩序，防止发生拥挤和破坏。散会后，孟老板对董市长和周允声说："我在离开沈阳时，一位送行的朋友跟我说，苏军的一架歼击机在中苏边境坠毁。”周允声又有些管不住自己的嘴了：“肯定是国民党干的。这下子我们的老大哥该看清国民党凶恶的嘴脸了，搞中立，两边都不得罪，活该。”董市长对孟说：“与你的朋友再联系一下，搞清飞机坠毁的真正原因。”孟说：“放心吧，董市长。一有消息我马上向你报告。”孟老板拉住了正要往外走的周允声，对董汉彬说：“俺俩还有点怕人的话说，董市长不会介意吧？”董汉彬乐呵呵地说：“听说你当媒人了，盼望你们赶快结为亲家，我好喝顿喜酒。”孟老板尴尬地笑了笑。

他俩站在市政府楼的走廊里，孟瞅瞅前后没有人，说：“周局长，实在对不起，说出来你别上火，我老婆的外甥女不听我的。她也没挑出你什么毛病，只是说你在驴肉馆老是蹲在凳子上……”其实，这只是孟老板能说出口的理由。深层次的原因是外甥女说周允声像贩盐的、出苦力的，甚至土匪都像，却怎么看怎么不像八路军的干部。“我跟她说，蹲凳子也不算什么毛病，只是个习惯问题，可她听不进去。好姑娘有的是。”周允声听完孟替自己辩解的话乐呵呵地说：“你老婆的外甥女是位洋学生嘛。你是了解我的，我们在一起搭伙，你掂量能行不能行？”孟还没听出周允声的弦外之音。周允声又故意说：“别人相亲不是都求你给算上一卦吗？给我俩你就没算算？”孟挠着头说：“你看我，白天替人绕山打卦，晚上回家点灯扒麻。临到自家有事倒抓瞎了。”周允声说：“怨不得你，自己的刀削不了自己的把，有数的。不过，和你外甥女在一起也是妇联的，是不是有位叫麻洁秋的姑娘？”孟说：“这我倒不清楚，不过她们的人不多，一打听便知。怎么，你对她有些意思？”周允声抬头盯着天棚半天不吱声，过了一会儿才说：“看来你还得接着当媒人啊。”孟给了他一拳，说：“你都暗度陈仓了我还瞎操心，现在我就给你们补上一卦。”

鲍里斯自从来到旅顺口每个工作日几乎都是一样的套路，早早地来到苏军第三十九军司令部办公室，第一件事沏一壶上好的龙井茶，在茶香缭绕茶气氤氲中打发一上午的时间。他很轻松地改掉了在苏联时喝咖啡的习惯，很系统地普及了中国人饮茶的常识，而且口味也渐渐地刁钻起来。沏茶不用水管子接自来水，而是让司机每天驾车去老铁山拉来从山里空出的泉水。茶由自己亲自炮制，不让勤务兵沾手。茶几上摆放着红木茶盘、紫砂壶、紫砂杯，茶道用品一应俱全。上午来找他的人多，刚沏好茶还没喝进嘴，来汇报苏军券贴票受阻的，来请示处理苏军士兵酗酒闹事的，来通知召开重要事项通报会的……小会议室里坐满了等待与他见面的军官们。在这么多急待处理公务的人中还有一位凑热闹的,苏军空军第五十五歼击机军侦察大队政委也坐在了小会议室里。

他与空军大队政委属于有事打电话,论月数也见不上一次面的那种关系。见面不是开会就是处理其他公务碰上了。鲍里斯先把他请到了办公室,为他斟上了一杯龙井茶。政委说:“你这里挺忙……”鲍里斯边续茶水边说:“能不忙吗?光是贴小票一件事就把我忙成了陀螺。就这,旅顺口的居民还不满意,中共方面也提意见。哪像你们只管天上飞的,地面上的俗事一概与你们无关。”空军大队政委心里暗暗叫苦:天上的事就那么好管吗?不出事拉倒,出事了那就是十几条人命,看来鲍里斯还真不知实情。鲍里斯那天上午抱怨的话特多,政委打断他说:“你的中国茶喝多了。中国人说的‘茶话会’是不是说喝茶能让人不停地讲话?你怎么不问问我来找你干什么?”鲍里斯说:“你找我能有什么事?军人条例里也没规定你有事须得向我请示报告。”政委的脸阴沉下来,声调缓缓地说:“鲍里斯·伊万诺维奇同志,我们发生了一件天大的事你竟不知道?飞机从天上掉了下来,十几人全部遇难……”鲍里斯手里的茶壶有些晃动,茶水溢了出来烫手了却浑然不觉:“你们一天十几架飞机天上飞,莫非真就那么巧?”

苏军的飞机从天上掉下来,无论是自动坠毁还是人为击落都属重大机密,第三十九军的鲍里斯不可能马上知晓空军的机密,就是空军大队政委来了他也没往坏处想。鲍里斯看到他不容置疑地点点头,一把把茶壶摔在了茶几上,茶叶溅到了政委的脸上。“这不可能,我的尼娜真就没了?”鲍里斯见对方肯定地点点头,怒火中烧:“你安排了一架返修的破飞机,从开始你就没安好心。”鲍里斯左手揪起他的衣领,右拳迅速出击,政委的左眼角冒出了金星,随后右眼也看不清东西了。他跌跌撞撞地跑到走廊,鲍里斯追到了走廊里打;他仰面朝天倒在楼梯上,鲍里斯下一层台阶踢他一脚。上楼梯的人不知他们有何仇恨,没敢轻易拉架。鲍里斯把他一直踢出了办公楼。

鲍里斯拖着疲惫的身心蹒跚在大街上,盲目行走浑然不觉地回到程家大院。他上楼从抽屉里找出两粒药服下,心中的恼怒才稍微平息一点。看了一眼立在书桌相框中尼娜的相片,顿时悲从心来眼泪止不住地流下,强忍住没有哭出声。忽然,楼下传来程老夫人跟柳德米拉打招呼的声音。柳德米拉不似以往与程老夫人有唠不完的闲嗑。她好像哼了一声,楼梯便发出沉重的吱吱嘎嘎的声音。鲍里斯拿起一条毛巾在水中浸湿,把脸上悲痛的泪水擦净。尼娜的事能瞒多久就瞒多久，柳德米拉近来的心绪更为反复无常，他无法想象胖妇人知情后会爆发出怎么样的愤怒和悲伤。

美发店里一清早来了两位做头发的苏军飞行员眷属。两位苏联女人一位留着棕色长发，一位剪成米色齐肩短发，她们常去舞厅跳舞，自然也是美发店里的常客。棕色长发翻着白眼球故意问："发生了这样的大事，今晚的舞厅不会再有舞曲响起了，做头发给谁看呀？"米色短发眯着眼睛回答："给谁看？自我欣赏呗。女人好像收拾一下自己就为了给男人看似的。"棕色长发一连声咂巴嘴，啧啧地说："别看你嘴上这样说，心里未必这样想。今晚真应该庆贺一下，为我们的男人昨天没有登上那架失事的飞机也该喝两杯。"米色短发说："都是上帝的安排，没什么可庆贺的。难道还要为我们没成为寡妇而庆贺吗？"柳德米拉有一种不好的预感，女儿乘坐空军的飞机回国，而偏偏在这个时候好像有一架飞机失事了。柳德米拉与她们还没有熟悉到无话不说的程度，听到她们的对话后，一上午替女儿担心却忍住了没有向她们打听详情。她清楚作为苏军眷属不该探听涉秘事项。她让荞面儿一人看店，自己来到了苏军司令部找老鲍，大门站岗的苏军士兵打了一通电话，说鲍里斯早早离开，不知道具体去哪。她只好心情沉重而疲惫地回到家里。

看到鲍里斯在家她没有一点意外惊喜，反有一种不祥之兆悄然聚心。柳德米拉端详着丈夫，他额头上的皱纹加深了，胡子稀疏而又黄白相间。她说不清有多长时间没有这么仔细地打量丈夫了。她深知自己亏欠丈夫的地方太多，老鲍正是如狼似虎的年龄，而她对那方面实在提不起兴致。她努力在胖脸上挤出了笑容，说："这么早，亲爱的，我们可以在家吃午餐啦。"鲍里斯抱歉地说："我可能一会还得走，下午还要开重要事项通报会……"柳德米拉警觉地问："重要事项通报会？什么重要事项？"鲍里斯一时语塞。是啊，早晨看会议通知单时，他只是随手签上自己的名字，没有多问一句有何重要事项需要通报。

柳德米拉一改相当长时间内的强悍霸道的性格，没有继续把丈夫逼向死角。她的目光变得柔弱，深怀不解而又不忍心刨根问底。她歉意地看着丈夫，当迎来丈夫同样疑惑的目光时，她又逃避似的把眼睛转向床上。床头上搭着一条刚用过的毛巾，那是她平时最不能容忍的陋习。这个时候她不想让丈夫难堪，目光毫无目的地移到了床头柜上。那上面放着一瓶抑制中枢神经的安定类药片，以往丈夫很少服用，而此时药瓶打开了，瓶盖还未合上。也许这些都是巧合，不应该疑神疑鬼。她的目光无助似的落到了书桌上，早晨出门时尼娜的相片还是立着的，此刻却平放，相框的玻璃上有两滴溅湿的泪痕……

柳德米拉扑到丈夫的怀里失声痛哭。这哭声传到了楼下，程老夫人听到突如其来没有根由的哭声，还以为与以前的半夜号叫如出一辙。她竖着耳朵听了一会，摇了摇头，撇着嘴回屋了。

程鲁民还记得那天上午郝林秀副主任通知他到安德列办公室，还嘱咐他不要为一篇文章同苏军领导发生争执。程鲁民表示谨记叮嘱，绝不会为狗屁文章争吵。安德列见程鲁民进来说了一句话，原话是怎么说的程鲁民记不得了，反正开头的两个字是“尼娜”，肯定是尼娜怎么样了，后面的话一句也没听见，因为那一刻他的耳朵失聪了。他能看到安德列一直在流泪，却听不到他的哭声；能够看到安德列的嘴唇一直在动，却听不到那两片薄唇发出的声音。有一阵子他感到天塌地旋头晕眼花，有一阵子他觉得地晃山摇心惊胆战，奇怪的是听不到外界的一点声响，好像自己耳朵如两扇门关闭了。他扶着椅子，努力不使自己倒下去。在听不见声音的世界里，看到安德列流里流气地哭十分滑稽可笑。安德列一会儿空洞而没有任何内容地张着大嘴摆出了“哭”的造型，一会儿又用毛巾擦嘴擤鼻涕，毛巾积攒了一堆脏物就是没有声响。一连串的动作像一部没有解说没有配乐的默片电影，不那么真实地在眼前闪过。他把头反复摇晃了几下，从右晃到左又从左晃到右，用手朝脑袋重重地拍打也没有好转。他像要空出耳朵灌水那样单腿蹦地，左腿蹦过蹦右腿也不见效果。最后，他用两只掌心同时挤压耳朵，把耳眼里的空气挤出去形成真空，感到掌心有了吸力时再双手同时松开，反复数次才回到了有声世界。

在程鲁民失聪的那几分钟的时间里，安德列内心的悲痛似乎已经发泄出去了，他反过来安慰道：“你要镇静，要想开些。牺牲的不只是尼娜一人，十多名军官呀，哪一位军官的职务都在尼娜之上，那些军官可是苏军的空中骄子呀。”程鲁民一把抓住安德列的衣领子：“放屁。是你死缠烂打逼她去补办所谓的档案，这下好啦，为了一份档案，人都没了。”安德列轻轻地推开他：“程鲁民，还有谁能比我更能理解你此时的心情？我不想推脱责任，这只是个意外。用你们中国人常挂在嘴巴上的话：命该如此，我们都节哀顺变吧。”安德列说着又流泪了。他一边流泪一边辩解，给程鲁民的感觉他有了声音，嘴型却对不上了。程鲁民问：“那架飞机，那架飞机是不是美帝国主义和蒋介石反动派打下来的？”安德列似乎嘴唇没动却有很尖的声音传来:“据通报上说,是飞机通过苏边境时,飞机的引擎发生故障而自行坠毁的。”程鲁民一拳砸在桌子上:“一定是他们干的。你们怕他们,你们被打掉了牙往肚子里咽,可中国共产党人不怕。”安德列劝道:“程鲁民,你要冷静,千万不要做出格的事情。我可以破例放你一天假,你要好好调整一下心态。”说这句话时,安德列的声音停止后又咂巴几下嘴唇儿。

程鲁民找到了那天送尼娜去机场的司机。这位苏联小伙子显然知道飞机失事,他认为是自己送尼娜去了不归路,见到说一口流利俄语的程鲁民时满脸涨红,一只手揉搓着另一只手的掌心。据他讲,那天一直下雨,从大连去往机场方向都是土路,快到土城子的村道上更加泥泞,吉普车陷进了烂泥中,车轮像纺线车一样飞转就是不离原地。程鲁民急切地问道:“那后来呢?”

后来,尼娜看了看手表,时间过去了四十多分钟,她提出来自己往前走。司机不忍心看着不停咳嗽的女军官一人前行。况且,天空中飘落的雨滴越来越大。但看着深陷烂泥的车轮,他无奈地摇头,只有祝她好运。司机说,他想到了找村民帮助抬车,可前后左右没有人影;他想找畜力车帮助拖车,可等了半天也没有一辆车经过。司机后来才想起后备厢里有一顶帆布帐篷,他拖出来折成四折塞进了轮胎下面……程鲁民早已失去了听他啰唆的耐心,还没说到车被拖出来时他便起身告辞了,跑到了长客站,坐上去土城子方向的客车。

尼娜不知一人在雨水和泥泞的乡村土路上跋涉了多长时间,也不知跌了几跤。她身上如同泥塑的一般,连鼻子、眉毛和整个脸上都涂上了油彩。她的咳嗽一声接着一声,感觉到自己发烧了。好在前面雨中影影绰绰显露了村庄轮廓,房屋、树林依稀可见。她勉强支撑着又往前挪了几步。

离土城子机场两公里远有一个小村庄,村里百十口人中有位叫盛千户的老汉。这天下午,盛千户恰好去村外挑水沟。夏末秋初还没有刮北风,往年的这个季节菜地上都圈水防秋旱,今年盛千户不得不把水沟挑了,若不然怕要淹了秋菜苗。盛千户挑完水沟走在官道上,看到前面一个人影踉踉跄跄转眼就没了,再仔细一看,官道上多了一堆烂泥。盛千户疾走到那堆烂泥跟前才看清是一个人的形状,扶了几下没扶起来。他猜想那人也许饿昏了,也许累倒了,不论怎样,总不能把人扔在道上不管,盛千户把那堆烂泥扛在肩上背回家中。

盛千户的老伴在家中忙开了,先点燃劈柴在铁锅里烧水,舀了一盆温的预备给那人擦洗,剩下一瓢继续熬着二米粥。那人脸上的稀泥都淌进脖子里了,光看这张脸不辨男女。老伴擦了一把惊叫了一下:“啊呀,还是个女的。你个老东西,把人家大姑娘背了一道,白捡个便宜。”盛千户蹲在地上抽旱烟,不愠不火地说:“一背上身我就感觉出来了,看似一堆烂泥,其实轻得很。”老伴接着擦拭,又一声惊叫:“啊呀,还是个外国的女人。身上穿的衣服都看不出颜色了。俺以为这头发也是染上黄土了,却怎么擦洗也不掉色,原来就是一个黄毛的丫头。”这回盛千户也蹲不住了,他把旱烟头磕在脚底熄灭,过来瞪着两眼端详着。老伴生气地用胳膊肘儿拐了他一下:“出去,别净想占便宜,那眼珠子快掉出来了。”盛千户刚出屋,听着老伴又啊呀一声:“这姑娘烧得厉害,快去请郎中。”盛千户皱着眉头:“荒村野店的让我去哪找郎中?”老伴说:“邻屯的杜一帖昨儿来走亲属,让大雨搁在这儿了。”

第十九章　麻洁秋借用驴皮影，曹三亭扮演视察戏

诗曰：

实事堪比剧情高，亦真亦幻难分晓。
附影驴皮唱古词，借幌视察探情报。
厂区遮掩造枪弹，苏券防伪贴小票。
烟缕安能牵魂归，钱作冥币当街烧。

柳波芙说，来到旅顺口后她常常做梦又回到了苏联。从前的战争记忆像梦魇似的，让她以另一种方式对故乡的追念弥久愈烈。从母亲那里得知尼娜将要回国了，她赌气不见姐姐。有程鲁民在，姐姐肯定不愿意回国，即便回国也很快就会回来的，而她多么想与姐姐一同回去。姐姐连一句告别的话都没有，她委屈的眼泪一双一对地落下来。到第二天下午，她从父亲的口中得知姐姐乘坐的那架飞机失事了。

程老夫人终于弄明白鲍里斯和胖妇人大白天回来不是干那事，而是苏军的一架飞机从天上掉下来了，而他们的大女儿尼娜搭顺风车偏就坐上了那架出事了的飞机。没等曲舒说完，程老夫人的眼泪就扑簌簌地掉下来。在程老夫人的眼里年轻姑娘都像花儿一样。曲舒、荞面儿这些中国姑娘像蔷薇、玫瑰一类木本植物的花，在不经意中，枝条上就点缀了深红或橘黄的花朵，这类花儿又泼实又抗造，天生好莳弄。而尼娜和柳波芙这些苏联姑娘属于郁金香、百合一类草本植物的花，这类花儿淡雅而娇艳、高贵而脆弱，一不留神就遭受了天灾人祸。

程老夫人为尼娜这枝尚未盛开就已衰败的花朵痛感惋惜。柳德米拉伏在她的肩上，程老夫人觉得肩头、脖子上有一团气浪，让鼻涕、眼泪洇湿了一片。想想那个常常在眼前晃动的亭亭玉立的身影，那个唱着俄罗斯歌曲的女孩子，

那个让二混天娶了媳妇都不同房的苏联姑娘，程老夫人的心情十分复杂。如果不是她当奶奶的从中阻挠，如果他们能百年好合，尼娜或许就不惦记着回国这码事了，就不用去坐那架该死的飞机了。程老夫人拍了拍柳德米拉宽阔的后背，说："该给尼娜烧烧纸了。"

柳德米拉来到旅顺口后，在多个不同的时间和无数场合见过中国人的这种祭祀活动，但她还没有亲自尝试过。她擦了一把鼻涕问："那个，能起作用吗？"程老夫人用不容置疑的口吻说："管用。"程老夫人进一步指点："你们母女俩现如今阴阳两隔，这是你与你闺女搭话的唯一的一条毛毛道儿。像你这样有文化的人还可以把心里惦记的、想要念叨和嘱咐的话写在纸上，不管用苏联字还是中国字，只要你女儿看懂即可。烧过的纸灰伴着一缕青烟袅袅上升，保准尼娜能够接收到。还有，尼娜去阴间也好，上天堂也罢，抑或像你们所说的见上帝了，你闺女总需要花钱吧？"柳德米拉问："见上帝也要花钱？"程老夫人肯定地点点头，说："烧纸就是给她汇钱，多烧多得，可不像你们的苏军券，动不动打成一折了。"

程老夫人为了表达自己惋惜加惭愧之心，从自家拿出一捆烧纸送给柳德米拉。柳德米拉接过这些既可表达悲哀之情又可当钱花的神奇冥币，一时竟有些手足无措。程老夫人颠颠地把她引到院外的十字路口，将纸点着，满含悲怆地说了一通悼念的话，柳德米拉学着她的样子嘴里念念有词。忽然，疾风吹来，纸灰飞舞，有如显灵般升腾起来，柳德米拉的脸上露出了难得的欣慰："莫非我的女儿真能听到？"

鲍里斯急急地从程家大院跑过来，一把将柳德米拉紧紧抱住，把那肥胖的身躯挤压得喘不过气来。老鲍又用双手捧起她的胖脸，在那发酵一般的面皮上鸡啄米一样亲吻着。他的疯狂举动让程老夫人羞得转过脸去，心想：这人可能中邪了。柳德米拉也惊得斜眼看着他却说不出话，这人莫不是悲伤过度而神志恍惚？鲍里斯把整个胖脸啄了一遍才喘息着说："尼娜没有坐上那架飞机，她在苏军医院。"柳德米拉没笑也没有哭，僵硬地怔在那里。鲍里斯继续说道："刚才苏军医院打来电话，她活得好好的，我该为她高兴。"老鲍说着自己竟哭出声来。程老夫人听了这话急忙颠着小脚去踩火苗儿，嘴里直说："真不吉利，真不吉利，给活人烧上纸了。""亲爱的，你不是在蒙骗我吧？"柳德米拉挣脱了丈夫，当看到鲍里斯否定地摇摇头时，她转身抱住了程老夫人，在她的脸颊上也亲吻一口：

“中国奶奶,您的办法太灵验了。”

程鲁民在苏军医院给副社长安德列打了一个平安电话,从安德列的语气中,程鲁民既没有听出他有多么震惊,也没有听出他有多么愧疚。显然,安德列早已得知尼娜不在失事的飞机上。因为他的误导,尼娜才勉强答应回国补办档案,因此还差点进了鬼门关,安德列怎么就没有一点自责或惭愧呢?程鲁民想歪了脑袋也想不通他如何快速地恢复到正常状态。回想起尼娜“出事”时他的那些眼泪,好像一泡猫尿,一点都不真实。程鲁民向他说出了自己打电话的真实意图——他要请两天事假。理由随口提炼出来了:尼娜患肺炎病情严重,现在还高烧不退,需要有人照顾。程鲁民早已做好了不被批准的准备,但他还是要向他张口的。这种明知讨人嫌却硬要讨人嫌的做法表明一种态度,表明了一种身份,表明了他有资格请假。他等待着安德列一口拒绝,却没想到不准假的理由更为牵强,更不着调儿。安德列冠冕堂皇地说,尼娜不属于报社工作人员,报社没有义务安排专人护理她;程鲁民为此事请假名不正言不顺,没有任何条文规定他们这种关系可以批准休陪护假的。程鲁民正要沮丧地挂断电话,安德列却突然提高了声音,说:“不过,有个差事倒适合你去。”程鲁民心里暗骂,不准假也就算了,在尼娜住院的时候还把自己给派出去了,他究竟是何居心?电话那头的安德列接着说:“国民党视察团已经到旅顺口了,报社要安排记者跟踪采访,如果你不想错过这个学习机会,就直接去找鲍里斯接洽。”程鲁民以为自己的耳朵出现幻觉了,问:“你是说我不用回大连,在旅顺口就地跟踪采访?”安德列肯定地说:“据我所知,国民党视察团没有来大连的议程安排,你当然也不用回来了。”程鲁民第一次感到这位古板的苏联人不仅有点同情心,而且还挺大度,偶尔还有点俄罗斯式的幽默。

程鲁民从苏军医院直接来到市公安局,在走廊里就听到了办公室里争吵的声音。盐驴子的嗓门最大:“我们的战士在东北战场上正在杀敌,或者是被敌人所杀,为什么国民党来旅顺口还要我们警卫,这要是让牺牲的战友知道了,还不寒心死啦!”乔维轩阴阳怪气地附和着:“让我们保护他们的生命安全?我还巴不得有人收拾他们,把他们都收拾了,还为战场上的兄弟们减轻点负担。”周允声严肃地说:“你们冲我嚷嚷啥来?好收拾他们还用你们在这费舌头?没听董市长说,旅顺口是特殊解放区吗?让他们囫囵地离开,这是两军交战不斩来使。你们懂不懂?有能耐战场上真刀真枪地干去。”

吵闹了不知多长时间，他们才看见程鲁民站在门口，这三人的脸色立刻阴下来。盐驴子还想张嘴说点什么，被乔维轩拉走了。程鲁民从脚步声能猜到他们只退到了门外就停下了，没再走远。他心里清楚这哥俩儿八成趴在门后偷听，便故作忧伤状一言不发。周允声脸朝天棚翻弄白眼珠子，说："在你和那位外国相好之间，一直当黑脸，从中作梗的人是我，最不是人的事都让我干啦。她恐怕到死也不会原谅我，到阴曹地府里也得骂我咒我，我只好受着……"程鲁民打断他的话："你是不是后悔了？你就说，如果可以从头再来，你能不能痛改前非管住自己那张嘴？"周允声说："不怕兄弟你以后不理我，就是尼娜从阴曹地府走一遭回来，还是不要指望我能说出好听的。"程鲁民真的恼了，说："至于吗？人死了都不饶过。"周允声说："按理说，人死为大，我不该再说什么。但我就是看不惯你与苏联姑娘好，看不得荞面儿受委屈。"

周允声的话像一把锋利的锥子戳到了程鲁民心中最柔软的地方。他站在干沿上说话可以不用担心湿鞋，挺直了脊椎骨瞎白话可以不用担心腰疼，而程鲁民却不能，在尼娜和荞面儿之间他似乎怎么做都没有对的时候，周允声侥幸没有碰上这样的难题，以他的死倔的性格……当然，以他的死倔的性格他也碰不上这样的难题。不过，现在对周允声也不能一概而论，那晚他不是还去相亲了吗？程鲁民问："孟老板老婆的亲属，驴肉馆里，你们后来到底有没有见面？"

程鲁民自以为巧妙地扭转了窘迫的处境，调整了尴尬的局面，周允声却面含讥讽一脸不屑地说："你那位外国相好出事了，装也该装出一副哭丧的样子嘛，操爹操妈操碎了骂苏军那架王八蛋飞机，我都不觉得人里寡外，偏偏你还是一副'自家还没出完殡，就帮别人去哭坟'的熊样。我看那，谁离开谁都能过一辈子。"程鲁民听了周局长说出这等恶劣脏话，仍像没心没肺似的语调沉缓地说："可能要令诸位失望了，尼娜没有死，阴差阳错她没有坐上那架失事飞机。"周允声惊讶地张开了大嘴，话都说不连贯："真的？你唬我吧？"天地良心，他本意只想让程鲁民早点掉转船头，并没有咒尼娜早死的意思。门外的两个人跑进来，乔维轩、盐驴子都说这事太古怪稀奇太离谱了。周允声把他们推了出去："去去，又不是你小姨子没死。"

程鲁民把尼娜那天的经过说了一遍——雨大路泞车抛锚，昏厥病倒遇乡亲，火炕暖身粥暖胃，郎中驾驴送医院。周允声说："还是命不该绝。你这熊样儿更得其志了。你说荞面儿这命苦的，他爹还去救治尼娜了，这不是帮好汉打瘸子吗?”程鲁民又转回到老话题上,问相亲的事有没有下话,周允声抹了抹嘴:“我这事在古戏上不知算不算狸猫换太子?那天来的那位姑娘,你怎么会不记得了?不是你给送到我办公室的吗?”程鲁民想起来了:“就那位说话大大咧咧的姑娘?她来时你还蹲在坐便上屙屎的那个?”周允声脸色不悦:“还文人呢,怎么也说起了埋汰话?今后别标榜自个是个干净人哩。”程鲁民不再吱声,当然,麻洁秋这姑娘人也不错,挺实在的。

周允声忽然想起程鲁民不该此时来到公安局,他应该回报社,或者去照顾那位劫后余生的苏联美人。程鲁民把安德列要他明天留在旅顺口采访国民党视察团的事说了一遍。周允声的脸色凝重起来,问:“你说的‘采访’是怎么个营生?”程鲁民把报社刚学到的新词按照自己的理解解释了一番。周允声说:“狗屁。照我说,报社这行当里你就像个小蜜蜂,捋遍树上千朵万朵花儿,最后带着两腿的蜜回去交差。你这是第一次狗屁采访吧?你爬错树了。跟着国民党视察团采不到蜜的。”程鲁民哈哈大笑,说:“周局长,你说的采蜜儿只说对了一半。我特意打电话问过报社地方部的郝林秀大姐,她说,跟着坏人也能采出好东西。”周允声嘴角挤出了一丝嘲讽:“拉倒吧,跟坏人还能采出好东西?采出个臭大粪吧?”程鲁民认真地说:“即使是大粪也要采出来,揭露他们,让人们都知道大粪的臭味。”周允声望着程鲁民有几分得意的神态,心头掠过一丝不祥之兆。想到在旅顺口蠢蠢欲动的国民党特务,还有那些道貌岸然的国民党视察团成员,竟有一种相当不好的预感。昨天还为程鲁民感到庆幸,调离了公安系统可以不用再来蹚这湾浑水了,没想到今天他就阴差阳错地回来了。

近一段时间,苏军的中文报纸《实事报》连篇累牍介绍苏联的风土人情,市长董汉彬从中受到启发。苏军报纸让中国人了解苏联,来到旅顺口的苏军官兵也同样需要了解中国。他召集了市中苏友好协会、市文化局、市妇女联合会及博物馆等单位,商定举办一期“旅顺口民俗风情展”。鞠茹珍代表市妇联开会之后,立即给麻洁秋传达了会议精神并布置了工作任务:“我琢磨咱们辽南地区最擅长的地方戏还得说是‘驴皮影’,都流行三百多年了。程家老爷子在世时喜欢听戏,老人们说程家收着全套的驴皮影道具呢。咱就给苏军官兵展示一下,这项任务我牵头,具体怎么操作分派给你,给你创造个机会面见周局长。”

姐妹俩说完了闹够了,麻洁秋便去找周允声,周允声听完后悄没声了,好一会儿才说:“这件事趁早别去碰个大灰脸。因为程鲁民对荞面儿至今不认账,程老夫人恨他像恨个仇人似的。"麻洁秋不高兴地低下头:"俺让俺主任鼓捣得满心欢喜来找你,你要是办不成叫俺如何去交差?"周允声说:"办法也不是一点没有。现在的程家,说话管用的人还就是荞面儿。"麻洁秋说:"得了吧,你不说荞面儿在程家连话都不说吗?"周允声一字一板地分析说:"因为程鲁民像头犟驴似的按不到槽子里,程老夫人总像亏欠荞面儿似的。所以,她跟程老夫人说话没有不应承的。"

麻洁秋捣了他一拳便去找荞面儿。荞面儿在柳德米拉的美发店里帮工也是三天打鱼两天晒网,店里的活儿忙时她去,平日里她还是干着老本行,在乡下和苏军营里倒腾鸡蛋和苏军券。那天也碰巧了,麻洁秋在店里堵着了拐大筐的荞面儿。平时,周允声与麻洁秋谈论最多的人就是荞面儿,但她们两人却没见过面。看到她的筐里能装下半头猪,拐筐的手冻得紫里透红,手背上皴裂的口子密密麻麻,麻洁秋心里什么都明白了。路上,麻洁秋说:"你还与苏军的家眷住在一个大院,你就没看看苏联女人过的什么日子你过的什么日子?不能再这样给程家当牛做马了,你快成了他们家不花钱的保姆啦。"荞面儿赶紧叮嘱说:"见到俺奶奶你可别说话不知深浅,程家人对俺都挺好的。"麻洁秋恨恨地说:"有你这样一个死心塌地的奴才,他们再对你不好更没有天良啦。"

程老夫人听麻洁秋说明来意,指使荞面儿翻箱倒柜,说:"这位姑娘若是不提,我早就忘了。老爷子活着的时候,家里确有这么一套玩意儿。那时,老爷子时常请人演驴皮影,高兴时他还附和着唱上几嗓子。像《姜女思夫四季歌》《苏武牧羊》的歌词我也能哼上几句。"

程老夫人唇齿漏风紧抿着嘴唱道:

苏武留胡节不辱,
雪地又冰天,穷愁十九年,
渴饮雪,饥吞毡,牧羊北海边。
心存汉社稷,旄落犹未还,
历尽难中难,心如铁石坚,
夜坐时听塞上笳音,入耳动心弦。
苏武留胡节不辱,
转眼北风吹,雁群汉关飞,

白发娘，望儿归。红妆坐空闺，
三更同入梦，两地谁梦谁？
任海枯石烂，大节定不少亏。
能使匈奴惊心碎胆，恭服汉德威。

荞面儿从储物间的立柜里拎出了用来做影窗的白布，还有几十张兽皮制作的人影儿。那人影儿是把剥下的驴皮晾干，刮成透明状，再在上面描绘出五彩斑斓栩栩如生的人物造型，用灯光照在影窗上，配合以唱腔，配合以人的操纵。真人与驴皮的合作便有了舞台上美轮美奂的艺术表演。程老夫人本想借助灯光把人影儿照在墙上，更真实地为麻洁秋展示一下。但她左右看看不见小罐，便吩咐荞面儿找个袋子装好驴皮影。麻洁秋拎起袋子，荞面儿还挎着她的大拐筐，两人高高兴兴出了门。程老夫人一直把她俩送到大门外，麻洁秋不好意思地说："回去吧，回去吧。谢谢奶奶。"程老夫人说："你们走你们的，我出去找小罐，这半天都不见那个'小驴皮影儿'。"

冯校长转弯抹角从曲舒那里打探到程鲁民被调到苏军报社去了，脸上好容易保持了原先的矜持，对曲舒说："你二弟说俄语比讲中国话还地道，苏军不调他调谁？可惜啊，楚材晋用啦。咱这亲戚礼道的算借不上他的光了。就像苏军券贴小票这等小事，他若在我还愁啥？直接跟我那二侄说一声还不手拿把掐——现成的。用得着你费那么大劲？"曲舒离去后，冯校长双手挠在头皮上，心中暗自欢喜。在程家，冯石打怵的有两个人，一个是程老爷子。每次去程家，他的心里时时有一种莫名的慌张，仿佛程老爷子那双小眼睛能看透他心里的所思所想。再一个人是程鲁民。程鲁民的眼睛里也透出与他爷爷一样的一道光缝儿。虽然程鲁民不经管自家的宝贝，但他的身后那支起着威慑作用的队伍，冯石常常感到不寒而栗。

程鲁民又出现在太阳沟，冯校长刚刚愉悦了两天的好心情又遭霜打。脚前脚后现身的还有汪志江。国民党视察团要来旅顺口的消息鼓舞了国民党潜伏人员的士气，汪志江直接找到了校长办公室。冯石提醒他，国民党视察团在旅顺口只视察那么几天，过后还得哪来哪去，谨慎一点好。汪志江不经意地笑了笑，说："这一次我们要搞一项大动作。"当着国民党省党部特派员的面，冯石努力克制自己渐成习惯的嗤之以鼻的小动作，听完他的话讥讽道："你们设想的怎么都与常人反着劲儿？上次动员学生帮八路军募捐，这次又要自己人炸自己人，能不这么浅薄好吗？”面对冯石以下犯上的指责，汪志江仍旧温厚地说：“我所说的制造爆炸并不是真要炸死自己人，而是让旅顺口让全中国乃至全世界听到一个响声，这就足够了。”

汪志江详细讲解了心中绞盘已久的锦囊妙计。他厚道地承认旅顺口仇恨国民党的人不在少数，也不排除有人真想投掷手榴弹安放炸药包。这样危险的活不用劳烦别人动手。别人动起手来很可能不知深浅不计后果。由自己人代劳正是顾全了视察团全体人员的生命安全，同时也达到揭露苏军纵容共产党破坏视察的目的。冯石不服气地问道：“一声爆炸就让共产党胆怯了，也能让苏军撤离旅顺口了？我们现在所做的一切早就背离了初衷，为什么不将苏军和八路军掌控的程家宝物尽快搬至国统区？苏军现在还不了解程家宝物的价值，如果有一天他们反过味来，难说不将这些宝物运往苏联。”汪志江最看不惯他的鼠目寸光，恨恨地说：“那些散册废典，胡乱编纂的东西有何用？靠你我能把几千个麻袋包运出旅顺口？笑话。”

冯校长不想再跟这种没有文化品位的人争吵下去。汪志江也自知这里不是吵架的场合，他起身拿起茶杯自斟自饮，消停一会儿，才问道：“听说那位曲老师又回到学校上课了，她的小孩有两三岁了吧？”冯石说：“你还想打她的主意？你是不是也想把我暴露给共产党？”汪志江说：“让她去抱炸药包你暴露什么？董汉彬和周允声会更加信任你。”

国民党军委会东北行辕副参谋长曹三亭，带领国民党视察团一行十人，乘军舰在旅顺口登陆。曹三亭在沈阳时三番五次接到潜伏在旅顺口的国民党特务机关的报告，一会儿说共产党的部队摇身一变成立警察局了，一会儿又说警察局重新挂牌改为公安局了。曹三亭要亲眼去看一看。

对于国民党视察团的人来说，旅顺口是一片神秘而奇特的土地。阳光下，苏联女人像波斯猫一样的眼睛，金黄色的头发，特别是那些浑圆的屁股和高耸的乳房，都让他们产生了莫名的燥热和躁动。苏联女人见有人直视竟热情地招手，肆无忌惮地抛着飞吻，毫不客气地撩拨着他们早已不能自制的淫荡之心。曹三亭看着这些流着涎水的手下，不无伤感地叹了一口气。淫荡和贪欲，这些不要脸的手下一样都没放过。他反复告诫手下要以党国的大业为重，别给党国丢人现眼。但这些贪心不死的家伙还是把背包和柳条箱塞满了苏军券。没有加盖小票的苏军券到旅顺口后却连一瓶格瓦斯都买不出来，等于一堆废纸。看看人家共产党，明明从山东过来的八路军就从旅顺口经转去了白山黑水，可是，就连十来岁的孩子也一问三不知；明明过冬的棉衣就是在这里加工出来运往长白山脉的，可是，被服厂的一位耳朵背的老工人也说自己闲了两冬没活干；明明薄铁厂里不只是生产铁桶，可是……

在太阳沟洞庭街友谊宾馆里，曹三亭怒气冲冲地把副团长叫来，问："你们的包里装着什么?"副团长掏出手帕擦了擦鼻尖上的汗："是……苏军券。"曹三亭斥责道："是一堆废纸。党国都到了这个时候，你们还企图大赚一把！苏军券在这里花不出去，让你们到阴曹地府花去，烧了，全都烧了。"副团长不敢怠慢，趁夜色带人去街口，当街把苏军券烧成了一堆堆纸灰，如同给死人送去买路钱。

转眼，视察团对旅顺口的视察接近尾声。程鲁民把国民党来旅顺口的视察情况熬夜写成了一篇稿子。第二天一早坐头班车把稿子送到了副社长的办公桌上，安德列简要地问了尼娜的病情，检讨自己工作太忙而没有去医院探视："正好赶上报社开会，等会儿你也参加一下。稿子我会尽快看的。"程鲁民回到了地方部，把复写的稿子送给郝林秀副主任一份。湖北姑娘李盼，浙江人顾爽都围在副主任身后，共同看那篇来之旅顺口的报道。

东北人马鄂西拿着一捆新出版的《实事报》铺在办公桌上："诸位，想必你们一定是拜读过这些经过我们的手编辑的报纸。我给你们声情并茂地朗诵一遍：'你听过那首脍炙人口的俄罗斯民歌《伏尔加船夫》吗？如果没有，那么，列宾那幅闻名遐迩的油画《伏尔加河上的纤夫》，你一定看过吧？如果还没有，伏尔加河，这条母亲河，你肯定知道吧？母亲河上的纤夫，他们内心的痛苦、呻吟和叹息的声音你听到了吧?'你们听听，我们最尊敬的苏联老大哥，当共产党和国民党在东北战场上刺刀见红的时候，他们却让我们在这里抒情。"

一位穿着军装的苏军记者进来，用俄语传达安德列的通知："副社长请你们全体到小会议室开会。"地方部的编辑记者稀稀拉拉走进了小会议室。安德列走到了会议室的主席台前，把一沓稿纸往讲台上一扔，说："今天早晨发生了一件非常遗憾的事情：你们联名写了三千字的意见书，对我们的办报宗旨提出了置疑，这是一起重大的政治事件。"马鄂西举手示意要求发言，安德列看到了，却没有允许举手者发言。他继续往下声嘶力竭，马鄂西冲动地站了起来："副社长同志，我觉得你在小题大做。革命导师列宁历来强调党内要搞批评和自我批评。我们都是共产党人,应当允许他人有批评和建议的权利。”安德列不满的声音充斥整个房间:“在我讲话的时候请不要随意打断,你们连起码的礼貌都不懂吗?今天早上发生的事件,往轻的说是涉及意识形态领域中两种观念的尖锐对抗;说严重了,是对我们苏联国家内政的粗暴干涉。你们知道《实事报》的办报宗旨是谁亲自审定的?是我们敬爱的斯大林元帅。”

程鲁民在中午时分回到了旅顺口,只见太阳沟的街道上行人稀少,有几个半大孩子往旅顺口中学的方向跑,有位像是当家长的追出来骂街:“躲都躲不及,你还往外跑,成心找死就死在外面,别回来。”程鲁民拦下一个十多岁的小男孩想问发生了什么情况。那小男孩一闪身跑过去,拧着脑袋回头说:“苏军把学校操场包围了。”程鲁民本想去医院看望一眼尼娜,现在,他顾不上了。

第二十章　汪志江毒设连环案，程鲁民智救母子俩

诗曰：

从小遭际实堪伤，昏卧箱内踡曲状。
家世显赫闻未睹，书楼枯衰蛛结梁。
祖余荫德无福受，事后灾祸独身扛。
是非方从弱冠起，稚子不再费周章。

柳波芙说，她经常把鸽子装在书包里带到学校，鸽子成了她与母亲柳德米拉之间联络的信使。信使带回家的纸条上有时写中文，有时写俄文；忘记带的物品大都是作业本、书、钢笔、尺子等。只有一次，纸条上的俄文翻译过来的意思是"速送女性每月必备用品以解燃眉之急"，柳德米拉也能准确地把"月经纸"带到学校门口。柳波芙的书包成了鸽子经常栖息的地方，那只鸽子挺有灵性的，趴在书包里不动也不叫，连同桌的程津生也不知道课堂里经常多了个听课的小动物。

国民党视察团团长曹三亭在离开旅顺口前，向鲍里斯提出要参观一下苏联人的生活状态。他本意想借视察之机到苏军军营里看看，但又不好直截了当地提出到苏军防区内参观。曹团长毕竟是国民党的中将，还不至于自己亲自出面搞情报。鲍里斯动了恻隐之心，以曹三亭的身份，按照外交礼仪，苏军驻旅顺口最高长官出面接待也不为过。现在微妙的时局尚且不用顾及那么周全，但他提出不算过格的要求似乎没有拒绝的理由。鲍里斯又向董汉彬提出额外关照："这是国民党视察大员们的最后一站，搞得稍微隆重一些，热情一点不会有失共产党人的身份的。"

冯校长得知国民党视察团要来学校视察，刻不容缓地联系了汪志江，坚决

要求取缔“自己人炸自己人”的愚蠢计划。汪志江听完后来回走了三圈，说：“真是神人自有天助，你只要按我说的，为视察团准备一份礼品，让曲舒带进学校，其余的什么心也不用操。”

汪志江跟冯石说的话并非信口开河，他暗自储备的那张牌正好到了打出去的时候。那人叫朴屯，老家辽阳，早年被国民党抓了壮丁也当过八路军的俘虏。国民党的连长怀疑他是八路军的探子，便把他投进禁闭室里关起来。禁闭室里已经关了六七个人，有讨饭的，有开小差的，这当中也不排除真有八路军的探子。这位国军连长甄别八路军探子的方法很特别却挺奏效，把抓着的人饿上两天拉出去假枪毙，枪声一响查验裤裆，凡尿裤子屙裤子的当场释放，没屙没尿的带回去继续审查，这样一来减少了很大一部分的工作量。

甄别朴屯那天，他们六七个人被带到一处锅炉房的煤堆前站好。距他们对面十几米的地方站着几个国民党兵。随着连长的一声口令，枪声响起，朴屯应声仰卧在煤堆上。还没等国民党兵查验裤裆，朴屯站起来甩开胳膊抽身旁人的嘴巴子，举枪射击的国民党兵愣住了，随即哈哈大笑起来，他们以为这个胆小鬼吓傻了。

朴屯嘴里嘟嘟囔囔身体摇摇晃晃朝大门走去，国民党兵故意吓唬他，又朝天开了两枪。朴屯转过身来面向他们，左右开弓扇了自己的嘴巴子，这又让他们笑得不行了。朴屯退到接近大门的位置撒腿就跑，刚跑时还浑身有劲，跑了一会儿才感到两腿软软的，肚子里空空荡荡，毕竟两天没有吃东西。他又往前跑了一段距离，身体摇晃着险些撞上了穿斜襟长衫的汪志江。

汪志江救下朴屯，又给他换了一身干净的衣服，制作了假身份证明，带他到大连安置在一家旅店。汪志江摇晃三寸不烂之舌，把朴屯对国民党原有的仇恨激发到最强烈的程度，把他原有的胆怯压缩到最微小的程度。总之，朴屯以感恩的心态在大连接受初步历练，多次通过蓝眼睛大鼻子的苏军关卡都能做到若无其事了，汪志江才把他带到旅顺口。

柳波芙到校略晚一会儿，慌张地坐下，把书包从身后拉到胸前打开，书包里老实听话的鸽子扑扇了一下。此时，冯校长已经走到眼前了，柳波芙合上书包却把常人嗅不到的气味扇进了他的鼻子里。冯校长接连打了几个很响的喷嚏，掏出备用的手绢擦嘴，四下看了看，并没有发现打喷嚏的诱因。

冯校长把曲老师叫到走廊里，说：“国民党视察团来学校参观，按照董市长的指示，学校还要开个欢迎会并象征性地送点小礼物，你跑跑腿去文具店把礼品买回来。”曲舒来到太阳沟紧邻苏军服务社的一家文具店，店老板原先就认识曲老师，但这次见面不似以往那样热情，脸色苍白，手还不停地抖。曲舒没有多想，挨近柜台前挑挑选选。柜台内摆着一排苏联制造的马口铁的文具盒，紧挨着文具盒旁边摆放着各种砚台。曲舒挑选了一款文具盒，又选取了其他的文具，让店老板一同包扎起来。店老板拿进里屋，捆扎了好长时间才算妥当。曲舒递过钱去，店老板数都没数就送客了，好像巴不得她快点离开。

校门口有公安局的人把守，对外人携带东西进来都要进行检查。乔维轩与盐驴子认识曲舒，打声招呼也就放行了。曲舒走进操场看到主席台上挂着标语，摆着桌子椅子，已经有人坐在台上交头接耳。台下的学生按班级站成两列，后面还有不少看热闹的学生家长，曲舒把礼品先送回办公室里。

台上该曹三亭讲话了，曹三亭讲些什么曲舒一句也没听进去。冯石在座位上眼睛不停地朝台下东瞅瞅西望望。按时间推算曲舒早该回来了，但到处都看不到她的身影。一位低年级的小男孩从队伍中跑来，向家长要零钱买冰棍。曲舒看到不远处，有人弯腰推着带轮子的冰棍箱子走过来。

大街上常见这种推着冰棍箱子卖冰棍的人。曲舒无意间回眸，见那人穿得破破烂烂，脸上黑不溜秋，看实际年龄三十五六岁的样子。他头上的一顶旧毡帽压得很低，眼睛从帽檐下四处散光，像在寻找什么人，又像怕见到什么人。

旧毡帽推着冰棍箱子穿过人群，被两位公安人员挡住了。乔维轩与盐驴子示意让他退后，再往前就推到主席台了。谁知旧毡帽恶狠狠地说道：“我是来送孩子的，识相的就别挡着道儿。”乔维轩一听这话知道小瞧了旧毡帽，但表面上还故作吃惊地说：“别逗了，我都让你笑死了，你送什么孩子呀？孩子莫非装在冰棍箱里？”他故意说着风趣的话分散旧毡帽的注意力，也给盐驴子提个醒。盐驴子跨前一步，上来就要揭开箱盖，那人身手敏捷地一把压住，说：“兄弟别动，孩子没事，要命的是炸弹。”乔维轩与盐驴子互相看了一眼，他们向后退了一步，盐驴子说：“别拿炸弹吓唬孩子。我若把孩子的爹妈找来，他们还得谢你哩。”这边闹出了这么大的动静，人们并不清楚发生了什么。

乔维轩对着人群喊：“大家别挤，别过来，这里危险，有炸弹。”人们又一齐往后退。人流冲倒了学生，撞痛了老人，女人和小孩发出了惊恐的尖叫。唯有曲舒愣在原地没动。她的头上犹如围着成百上千只蜜蜂嗡嗡地飞，一种不好的预感如蜜蜂在头上盘旋升腾。

压住冰棍箱子的手一刻也没有松开。旧毡帽说:“我知道有一个女人刚才拎来一包东西,那里面藏有炸弹。”此时的他倒略显有几分平静,说话的声调也沉稳了许多。倒是急坏了乔维轩和盐驴子,他俩想起了曲舒刚进校门时的情形,却故意虚张声势,扯着嗓子连声喊道:“谁去买礼品了?”“谁拎着东西进来的?”曲舒突然醒悟过来,急忙跑上前,嘴里喊着:“小罐,你在吗?听见妈妈在喊吗?”乔维轩把曲舒扶起来,对旧毡帽说:“你总得让孩子的妈妈相信孩子还活着吧?”那人拉了拉旧毡帽檐,说:“我不傻。箱子里没装冰棍,还留着通风口。放心,孩子死不了。”乔维轩说:“你总得让她看看是不是她的孩子吧?”那人听到这里闷头想了一会儿,突然一把把箱盖掀开。曲舒看到小罐像睡着似的一动不动卧曲在箱子里。“小罐。”她呼喊着急欲扑向冰棍箱子,而旧毡帽的反应更快,在她的手将要碰到箱子的瞬间合上了箱盖。曲舒哭喊着:“你害死了我的儿子。”那人歹毒地说:“小孩子嘴馋,吃了一根冰棍就睡着了,可能过一会儿就会醒来。快拿来你的东西。”

曲舒腿上如灌铅般地沉重,但还是拼死命地往办公室跑。她推开办公室门见东西还在。礼品包是自己拎回来的,没见过装有什么炸弹。但不管怎么说,能用它换回儿子,她就不敢怠慢。她拎起包往外跑却在走廊里与人撞在一起,趔趔趄趄将要倒下的时候,有人伸手将她扶住,曲舒看清那个瘦弱的女学生是柳波芙。

柳波芙在学生集合后想起了课桌里的鸽子,返回教室让鸽子露出脑袋呼吸了一会儿,刚出门就被撞个满怀。她扶起曲舒,问:“老师没事吧?”曲舒把包紧紧攥在手中,生怕她碰着似的:“你快躲回教室里不要出来了,包里有炸弹。”说着便跑了出去。

柳波芙没有躲进教室而是趴在廊柱后面望着操场。原先整齐的队伍向四下散去。胆小的跑到树后墙角趴下,胆大的跑开一会儿又转过身往后看。主席台上有人跳下来,有人藏在桌子下面。柳波芙刚才还以为不是自己听错了,就是老师故意吓唬她,看到曲老师拎着包向主席台前跑,方知曲老师说的话不假。她忽然想到应该把消息传递出去。柳波芙回到教室拿来纸和笔,用俄文写上:“学校有炸弹,让鲍里斯火速赶来。”她把纸条折成很小的长方形,用橡皮筋缠绕在鸽子的腿上,才把鸽子放飞了。

柳波芙放飞之后又回到了廊柱前,望眼欲穿地等待援兵的到来。她相信母亲只要看到纸条便会给父亲打电话,而老鲍只要接到电话便会火速地派苏军官兵赶来,说不定老鲍还会亲自来。最后的希望彻底破灭了,她绝望地看到了柳德米拉搀扶着程老夫人出现在学校门口。她急切等待的援兵可不是程家的中国老太太呀。柳波芙当即决定亲自去找父亲。

刚过完礼拜天,尽管极少有人烫发,柳德米拉却像中国人说的那样,还是和荞面儿到美发店里“点卯”。在店里待了一会儿,荞面儿让人叫走了,柳德米拉有一搭无一搭地抹桌子擦地打扫卫生,忙一阵子闲一阵子,正准备离开时,程老夫人挪着小脚走了进来。

程老夫人送走荞面儿和麻洁秋后,来到小罐常去玩耍的那条街,找了两圈也没见到“小驴皮影”,心里不免焦急起来。问过左邻右舍,没有人见过小罐。有个小孩说小罐跟一位卖冰棍的人走了。程老夫人一路找到了美发店,急火攻心觉得天旋地转。柳德米拉把她扶到椅子上,让她喝水,劝慰她不要急。说不定小罐真的看人卖冰棍了,看腻了也就回来啦;说不定还跑到学校去找母亲了,这么大的孩子正是疯跑的时候。她扶起程老夫人边找边向学校走来。

柳德米拉和程老夫人走到学校门口,看到曲舒的同时也看到了操场上果然有一个冰棍箱子。程老夫人又急又怕,担心小罐也责怪自己,瘫在地上再也站不起来了。

说不清过了多长时间,柳波芙领着四位苏军士兵来到了学校操场。她溜出校门朝着苏军司令部方向没跑多远,就碰上了街头巡逻的苏军纠察队。他们本来是巡查苏军官兵军容风纪的,让柳波芙给拦住了。她说有歹徒要炸学校,学校里苏联学生和其他人的生命都受到了严重威胁。苏军军官安排一人回去报告,其他人跑步来到操场上。

程鲁民跟在看热闹的半大孩子后面溜进了操场,那时候曲舒拎着一个包从教室里跑出来。有个戴旧毡帽的人寸步不离护着冰棍箱子,乔维轩、盐驴子守在曲舒的身旁。程鲁民迅速搞明白了双方对峙的原因:歹徒要用冰棍箱里的人质换包;而乔维轩和盐驴子不会轻易将包交出去,那包里装有炸弹。程鲁民以敏锐的目光向台上扫了一眼,奇怪的是国民党的视察大员还没有完全撤离,有的躲在桌子下面两腿筛糠,抖得桌腿也跟着颤动。再看一眼主席台所处的位置,他恍然大悟。冰棍箱子挡在了主席台的下梯口的前面,是台上下来的人必经之地，而台上剩下的又是岁数挺大胆儿挺小的“视察大员”们。

程鲁民走到与旧毡帽、公安人员呈等边三角形的地方停下，对乔维轩说：“这位好汉想用小孩子换包，我看那个包也不值什么钱，不如就成全了他。”乔维轩领会了程鲁民的意思，故作不认识他，说：“你个看热闹的不懂，这包里有炸弹。他得先把孩子还给小孩妈妈，我们才能把包给他。”旧毡帽说：“你骗鬼呀？孩子给了你们，我还能要回包吗？早成为你们枪下的一条死狗了。”程鲁民说：“好汉，你要那个包干吗呀？与谁有深仇大恨？”旧毡帽从腰间拔出一把刀子，插在冰棍箱子上：“少废话，我与国民党有深仇大恨碍你什么事了？再不拿包来，这孩子可就真没命了。”程鲁民摆了摆手说：“好汉，你真的不能乱来，与国民党有仇不关小孩子的事。不如这样，让他们把包交给我，你让他们把孩子抱走，我来当这个中间人怎么样？”旧毡帽拍着冰棍箱子说：“你欺负我傻呀？我看不出你与他们是一伙的？”程鲁民说：“我知道你肯定会这么想。要不然我把自己的脖子放在你的刀下，她把包放到我的手上，你再让她抱走孩子。你看行不？”旧毡帽犹豫起来。理论上讲这样做不失为一个好办法。但眼前这个男人身强体壮，他未必能控制住。程鲁民催促道：“你想不想炸国民党了？等一会儿他们缓过神来会跑得一人不剩，你可能报不了仇了。”

这位戴毡帽的人正是朴屯。他来到旅顺口之后便按照汪志江的要求，在程家大院转悠了两天。让曲舒把炸弹带进去是个不错的招儿，公安局的人很可能在学校门口检查，不过，检查也不会对本校女老师搜身。让她儿子当人质还怕她不听话吗？汪志江早想把曲舒这枚“闲棋冷子”丢出去，把她推到苏军的对立面去可能会有更多料想不到的收获。至于如何让曲舒拿到炸弹不用朴屯操心，他在太阳沟的文具店做好手脚。曲舒到文具店前，汪志江安排的人已经将刀子抵在了店老板老婆的胸前。

朴屯推着冰棍箱子来到操场时，公安局的人要求他打开箱子盖，打开后露出了一床小棉被，那是为冰棍保温用的。公安局的人只看了一眼就放行了，根本没有汪志江想得那样复杂。朴屯觉得用小孩换炸弹的计划真够愚蠢的，到现在他还为此懊悔不已。

程鲁民的办法朴屯没有当即反对也没有痛快答应，他的精明劲又一次显现出来。即使把刀架在程鲁民的脖子上朴屯还是有些胆怯，掂量了一下自己，无论机灵劲还是体力恐怕都未必是他的对手。但是，如果把刀子架在那个女人的脖子上朴屯愿意尝试一下。程鲁民说:“好汉,那成了。你先把箱子打开。虽说你想得周到留了通风口,但时间长了还是会闷着孩子。”朴屯不情愿地打开箱子盖,里面的小罐似乎动了一下脑袋,又昏睡过去。程鲁民安慰大嫂曲舒:“这位大姐,你不用怕,好汉又不是与你和孩子过不去,他与国民党有仇与你无关。听我的话,你把包交给你左边的那位大哥。你活动一下腿脚,站这么长时间腿发麻了吧?现在开始往前走。对,走,靠前一点。好汉不会难为你的,他只想拿回他的包。”见朴屯的刀架在曲舒的脖子上,程鲁民对右边的乔维轩说:“兄弟,该你上前去抱孩子了。你只要把孩子抱出来,他的家人会感激你一辈子的。”曲舒歪着脑袋看着自己的儿子被乔维轩抱走了,两条腿软了下来,朴屯揪着她的衣领把她提了起来。程鲁民又对左边拿包的盐驴子说:“那位兄弟临到你了,你去把包放到冰棍箱里。千万别干傻事,做人得讲信誉,你只要把包放到箱子里,好汉就会放了这个女人,以后的事都与咱们无关了。好汉愿意报仇是他个人的事,咱又不是国民党的干爹娘舅的。”朴屯见包放进了冰棍箱子里,又让盐驴子往后退,退到了他认为安全的距离才把架在曲舒脖子上的刀放下来。

程鲁民自始至终没有提“炸弹”二字,他嘴里始终说的是“包”,把眼前紧张的局势舒缓了不少。明面上似乎只是一个包与一个小孩子的交换,仿佛这种暗藏杀机的交换只是一场游戏。就在朴屯快要接近冰棍箱子的瞬间,程鲁民突然腾起,像鱼儿跃出水面,像豹子捕食猎物一样纵身扑向箱子,他双手抓住了冰棍箱子的推手,靠着惯力把箱子向前顶了出去。朴屯也不是白给的,忽然觉得耳边生风,早有防备地一只手握紧了匕首,另一只手抓住了冰棍箱子,身体被冰棍箱子拖了出去。本应被程鲁民撞出更远的箱子也只前行了几米停住了。那些国民党视察大员早跑的早没事了,没跑的只要还继续趴着也没事,要命的是他们看到了台下井井有条地安排小孩换包,还以为事情过去了。冯石等人搀扶着曹三亭从台阶上走下来,而那冰棍箱子恰好被撞到他们的跟前。程鲁民的一条裤腿磨破了,膝盖也受了伤,他一个鲤鱼打挺站起来与朴屯对打。朴屯手握匕首略占优势,一刀刺伤程鲁民的右臂,又腾出一拳打在他的太阳穴上。

趁程鲁民倒在地上极短的一瞬间,朴屯用刀划开冰棍箱上的礼品包翻出炸弹。程鲁民一阵眼冒金星之后,从地上爬了起来,又一次扑向冰棍箱子。他把朴屯压在身下,顶着冰棍箱子向偏离主席台方向撞出去两丈多远。一声巨响,炸弹在冰棍箱子里爆炸了。

那个冰凉的匕首刚一离开曲舒的脖子，她就拼命地向大门跑去，还没跑到校门就听到了那声巨响。随即，气浪夹带一块巴掌大的木板落在了她的脚下，涂着白色油漆的木板好像还沾着血迹。

乔维轩听到爆炸声之前，先听到抱在怀中的小罐哭了。他边跑边轻轻地拍着那个肉乎乎的小屁股。小罐在恍惚中睁开了眼睛，等他看清眼前晃动着陌生人的下巴时，吓得咧开嘴却不敢哭出声来。之后，那声巨响才带着木屑和沙石而来。

柳德米拉搀扶着程老夫人倚靠在学校的围墙上。爆炸响起的时候，围墙上的浮土被震得直掉渣，土渣掉进了她们的脖子里。过了一会儿，程老夫人微微睁开眼睛，说："小罐出来了。"柳德米拉朝学校操场张望，尘土飞扬中哪有小罐的影子？程老夫人竖起耳朵说："没错，是小罐哭了。"柳德米拉再望果真见一个男人抱着小罐跑过来。程老夫人站起来号啕大哭："小罐，小罐，作孽啊……"程老夫人身体后仰站不住了，柳德米拉托住了她的腰部。见她直翻白眼球，似乎没有了知觉，但她的双手还努力地向前伸着。柳德米拉想起了中国郎中的办法，用指甲掐印堂穴还是不见一点反应。她突然想起什么，冲着抱孩子的乔维轩喊："快把小罐抱过来。"乔维轩两手托着小罐，程老夫人闭着双眼，小罐就用小手去摸太奶奶的脸，一滴浑浊的泪从太奶奶的眼角淌下来。

尼娜在爆炸声响起之前，上气不接下气地跑到学校门口，却再也跑不动了。她一手扶着谭敏，另一手掐腰重重地喘息，谭敏从随身携带的急救包里，拿出了一粒白色药片让她含在嘴里。

苏军医院在上午 10 点左右临时组成了急救小组。尼娜正在病房里打点滴，给她扎完针的护士谭敏正在病房里忙碌时，苏军医生进来了，让她带好急救包马上就走。谭敏问："去哪里呀？这么急。"苏军医生说："去学校。苏军子弟学校那里有危险，有人要在学校里炸国民党视察团的人。"给苏军医院打来电话，命令他们做好急救准备的人正是老鲍。谭敏回到护士站带好必备的医疗器械及急救药品，刚出门就看到了尼娜已等在那里。谭敏吃惊地瞪着她："你来干什么？"尼娜换下了病号服，好像还涂了一点口红，苍白的脸上略有一丝血色，说："程鲁民两天没来了。报社安排他采访国民党视察团。有人要搞爆炸，以他的性格不冲在前面才怪呢！"谭敏听了又好气又好笑，苏联女军人想事情既简单又冲动。她责怪地说："有人要炸的是国民党，而程鲁民原是公安局的，现在又调到了苏军的报社,危险跟他有什么关系? 再说了,你还是病号,刚给你扎上点滴,炸不炸国民党跟你又有什么关系?”尼娜恳求说:“你总得让我亲眼看到程鲁民没事了我才能放心。我虽然有病不还有你们医疗急救小组跟着吗?”

医疗急救小组到达操场后,谭敏看到程鲁民似乎心平气和地说着什么,并没有争吵、恐吓、谩骂和打斗,她一点都没有觉察到危险即将来临,还以为给尼娜吃上一片止喘药,急救工作便结束了。随着一声巨响,谭敏抓起急救包向爆炸的地方跑去。在尚未散尽的硝烟中,她隐约觉得还有人跑到了她的前头,想都不用想,肯定是大病未愈的尼娜。她们几乎同时在两具血肉模糊的身体旁停下,木屑、尘埃均匀地散落在了伤者的身上。绘有苏联秀丽风光的马口铁文具盒被炸成了碎片,那些碎片有的被炸药熏黑,有的被鲜血染红,更有的被使作利器飞奔起来。有的碎片像飞刀一样插在四周的地上,有的像匕首一样扎进了伤者的身体里。躺下的两人呈现一种拥抱的姿势,不明就里的人看到这种姿势还以为他们是生死相依的兄弟。尼娜迅速判断出这种姿势应该是一个人想要挣脱另外一个人,但一声巨响之后,他们真的休戚与共生死相依了。尼娜从同样的烟熏火燎中分辨出了程鲁民的那张脸。她完全凭感觉从两张同样曝光过度的底片中分辨出哪一个是程鲁民的。尼娜试图将他们两人分开,但用尽了全身的力气也没有拽开一只胳膊。谭敏加入了拆分的行动,才把他们勉强分开。当尼娜的手靠近程鲁民鼻翼时,哭喊起来:“天哪,他还活着。”

周允声在硝烟弥漫中冲进来,顶着灰尘暴土冲进来。朦胧中却看到尼娜单膝跪地,屁股高高地翘起,那架势像在做人工呼吸,又像在接吻。尼娜弯下的身子挡住了伤者的头部,周允声不用看也猜想到了受伤倒地的人是谁。仅就爆炸现场推断,这种伤势恐怕不需要做人工呼吸。周允声走近才看清,尼娜把耳朵贴近程鲁民的唇边。她听了许久才抬起头来,有些失望地说:“他只惦记着小罐。”周允声还没有走近伤者,又看到一位穿白大褂的女护士手拿一把剪子,动作娴熟地把程鲁民左腿的裤子剪开,露出了像剥皮柿子一样的烂肉。谭敏从急救包中取出止血钳子夹在程鲁民受伤的腿上。程鲁民被抬上担架时,那堆烂肉就像招来了两只银白色的蝴蝶。

第二十一章　用偏方郎中女受宠，寻西药女中尉别离

诗曰：

郎中家存百药膏，一帖更比一帖妙。
经迟焙烧紫河车，肤肿捣碎青艾草。
备用糨糊久生酶，连敷伤口早退烧。
此生偏遇苏军女，欲将西药换中药。

柳波芙在苏军医院急救室里找到了尼娜，姐姐在医院里已有了双重身份，既是住进医院里的伤病员，也是伤病员的陪护。在柳波芙看来，尽心尽力做护理工作的姐姐，更适合做一名专职护士，尤其是程鲁民负伤，她总是不辱使命，无愧于国际主义战士的称号。就是这样一位对爱情忠贞、执着的完美主义者，却在程鲁民尚未康复时，不得不痛下决心回国。柳波芙几十年后感慨地说，他们刻骨铭心的爱，既荡漾着清风徐来的涟漪，也曾掀起汹涌澎湃的连天波澜。

程鲁民来到苏军医院不长时间，程家大院里的两家人都来了。程老夫人、柳德米拉、尼娜坐在长椅上长呼短吁，程绪至、程皖夫、程津生站在手术室的门外心急如焚。

手术室的门终于开了，护士们推出来一个头部、腹部和左腿缠满纱布的人。程老夫人见推车上的人，被捆成一只硕大的桑蚕蛹，想起身却站不起来。尼娜挣脱了柳德米拉，带着一连串的咳嗽扑向了手术车。程皖夫伸长脖子，只瞅了一眼便眼前发黑。倒是程津生还算明白人，急问苏军医生："我二哥他咋啦？我二哥他咋啦？"谭敏替苏军医生回答说："你二哥暂时没有危险。他的头部受伤不算严重，只是膝盖还有一块弹片没有取出来。"父亲程绪至心疼儿子，更担心母亲，好说歹说才把程老夫人劝回家去。

爆炸声响起时，荞面儿没去学校，她跟着麻洁秋拿着驴皮影，去了市政府妇联办公室，见到了久闻大名的鞠茹珍主任。麻洁秋把程老夫人如何找出家藏的驴皮影，又如何模仿驴皮影的唱腔等，快嘴快舌地学了一遍。鞠茹珍拉着荞面儿的手热情归热情，但荞面儿还是看出她躲闪的眼睛里有另外的意味。荞面儿像在臭水沟子里摇桨，心里划着“浑儿”。听心直口快、肚子里藏不住二两香油的麻洁秋说过，她与鞠茹珍两人女扮男妆坐在孟记驴肉馆里，茹珍没有看上蹲在凳子上的周允声，却对程鲁民有好感，后来才知道程家娶回了荞面儿。麻洁秋不无感激地说：“要不是招蜂引蝶的程鲁民，俺与周允声说不定就错过缘分了。”荞面儿觉得鞠茹珍目光里“另外的意味”挺眼熟，终于想起来了，尼娜半含怨恨半含酸的眼睛里，流露出来的就是这种目光。鞠茹珍与尼娜的眼睛一个是黑中有黄，一个是蓝中藏黑，发出这两种光亮的眼睛，一个眼窝深陷，一个眼窝微凸，但盛满的都是妒忌。她没有想到自己一个乡下郎中的闺女也会遭人妒忌。遭人妒忌不是遭人恶心，不全是坏事。能够既遭外国女人妒忌，又遭中国女人妒忌更不是坏事。她从那种“另外的意味”中看出她们妒忌得要命，也羡慕得要死。荞面儿这么一想心里就舒畅许多，就坦然了不少，她应答茹珍主任的问话不紧不慢，心里渐渐敞亮时就听到了爆炸声。由于距离学校挺远，声音不是挺大，她们只感到窗户纸震动了一下。过了一会儿，被打断的舒畅心情又恢复如初了。

荞面儿从鞠茹珍的嘴里听到一个新鲜的名词：妇女解放。鞠茹珍说：“妇女解放不单单是头上打开发髻，脚下松开裹脚布；也不仅仅是穿坎袖布衫露膀子，穿开衩旗袍露大腿。国民革命这么多年了，这些个封建枷锁也砸得差不多了，尤其咱们这疙瘩来过日本女人，也来过苏联女人，早已见怪不怪了。妇女解放的关键是要妇女当家做主、婚姻自由。”荞面儿的舒爽心情没有让爆炸声震晃荡，却让茹珍的话挑了一激灵。那些妇女解放呀、婚姻自由呀，尽管她听得半片囫囵，但脸红心跳，羞臊得不得了。她像牛倒嚼似的反复咀嚼了几个来回儿，才咂巴出点滋味来。妇女当家做主大概就像鞠茹珍这样，不用做女红，不用围着锅台转，铰成齐耳的短发天天上班；婚姻自由大概就像麻洁秋那样，不管这男的原先给谁介绍的，自己看好了就成了自己的；或许更像苏联女人那样，不用理会父母之命媒妁之言，也不管什么明媒正娶，自己相中就能从国外追到中国来。她们还真比自己活得有出息，活得拿得起放得下。哪像她，尼娜都追到了旅顺口，她还咬定青松不松口，还想在一棵歪脖子树上吊死。

鞠茹珍有事先出去了，临走时小声嘱咐麻洁秋趁热打铁，多与荞面儿磨叨几遍。能让麻洁秋磨叨出口的新词儿着实有限，被荞面儿呛巴一下，连反驳的话都拎不成句了。她搜肠刮肚，把以前说过的话又老调重弹一遍，恳求道："叫你祖宗了，求你了，你快跟程家一刀两断吧。"荞面儿说："这事急不得，我总该跟奶奶说清楚吧，不然，奶奶不知会急成什么样子。"麻洁秋撇了一下嘴："还一口一个'奶奶'，叫得怪亲热的。你是俺亲妹子俺说话不隔外，像你这样标准的奴才，哪个傻子才舍得放你走哩？"荞面儿说："你一个劲叫俺冲破牢笼，可出了牢笼俺到哪落脚？俺爹妈那里指定是回不去的。"麻洁秋说："茹珍主任早替你想好了，妇联就是你的家呀，你来妇联上班，正缺像你这样的人手。"

荞面儿怀着极其复杂的心情，一步挪不了二指地回到了程家大院。在鞠茹珍设身处地和麻洁秋感同身受的鼓噪下，荞面儿终于鼓起勇气，决心要同程鲁民实行彻底的决裂。她要从程家大院，这个没有樊篱的牢笼中自我解放出去，以后，再也不用走街串巷"大列巴换鸡蛋"了，也不用去美发店扫除各色的杂毛了，更不用把小罐当成自己亲生的孩子疼了。夜晚的海风冷硬刺骨，荞面儿浑身上下哆嗦着回到了家。失魂落魄地坐在堂屋里发呆的程老夫人见到荞面儿回来了，东一锤子西一榔头地讲起小罐如何失踪，找小罐如何找到了学校，在学校里如何听到了冰棍箱子爆炸声等，没容得荞面儿插话，一口气又讲到程鲁民躺在苏军医院里抢救。荞面儿还没听完，眼泪就像珠儿断线似的滴落下来，她寻思了一肚子的绝情话，一句也说不出来，起身就奔向苏军医院。

第二天的太阳没能如期升起，大雾像弹出的旧棉絮飘在空中，仿佛白天是夜的继续。程鲁民从绷带的缝隙中艰难地睁开眼睛，模模糊糊地看到站在床边最前面的尼娜。尼娜的脸颊在他的眼里渐渐地清晰起来，能看到盈满泪水的眼眶略有红肿。程鲁民努力地向前伸出双手，尼娜顾不得擦拭泪水，把他的手捧到了自己的脸上，泪水就在他的掌纹里四流八瓣。程鲁民虚弱地问："尼娜，你还好吧？"她把头埋在程鲁民的掌心里轻轻地点了点，强忍住没有哭出声。程鲁民又问："我还活着？"尼娜抽泣地说："是的，你还活着。为了我，也要活着。"程鲁民说："我的腿怎么动不了啦？左腿抬不起来。"尼娜说："你千万不要动，膝盖里有一块弹片还没有取出来。医生说，这条腿也许以后不会打弯了。可是，又有什么关系呢？你剩下一条腿，我是你的拐杖；你双腿都没了，我当你的轮椅。

你只要活着,我只要你活着。”程鲁民抽回手支撑着床面试图抬起身来,涨红的脸有滚豆一样的汗珠淌出。尼娜轻轻地按住他:“不能动。你得安心养着。”程鲁民带着歉意说:“你还是病号,怎么能够让你来照顾我呢?”尼娜为他盖上被子,说:“我今天就出院。不,我还留在医院里,我是你的陪护。”

尼娜握住程鲁民的双手时就感觉他的手心烫人,把手伸进了被窝里就像伸进了孵蛋母鸡的翅膀下,皮肤像架起炭火烘烤的一样。尼娜找来了苏军医生和护士,谭敏测出体温高达三十九度五。小老头医生说:“看来我最担心的情况出现了。伤者高烧很可能是感染引起的,尤为不幸的是医院的盘尼西林注射液用完了,这条腿恐怕保不住了。”尼娜把苏军医生拉到门外,用俄语对他说:“你是说程鲁民需要截肢?”小老头医生肯定地点点头。尼娜说:“求求您,医生。能不能想想办法?”苏军医生摊开双手:“盘尼西林这种药本来就稀缺,再加上国内到这里的运输状况糟糕透了,我可能爱莫能助。”

程鲁民的高烧持续不退,尼娜能想到的物理降温的办法都用上了。她让程津生从深井里打回冰水,拔凉毛巾,放在他的额头上冷敷,不一会儿工夫毛巾拧出的水又是热的;她听到医院外有卖冰棍的叫卖声,灵机一动端着饭盒就跑出去了,回来后,把装冰棍的饭盒当熨斗子用,在程鲁民的胸前来回推,直到冰棍化成了水,摸摸程鲁民的腋窝还是热得烫人。

躺在病床上的程鲁民,白天和夜晚不再更迭交替,不再循环往复,仿佛置身于创世纪初的混沌状态。他无法区分白天与黑夜,也无法辨别虚幻与现实。半梦半醒中,他感觉胸口好像有一只炭火熨斗子灼热了皮肤,睁开眼睛才看清是一个装着冰棍的军用饭盒;想象中犹如躺在火炕上翻来覆去烙煎饼,醒来时发现盖两床厚被却感到浑身瑟瑟发抖;梦境中冰天雪地里,他的眉毛和胡须都结了白霜,其实不用睁眼也感觉到了,是嘴里呼出的热气让他口唇干裂……他的每寸皮肤,每疙瘩肌肉都像在锅里煎烙,又像在冰窖里冷藏,热如火燎也冷如冰镇。即便这样,与其说他的痛苦来自伤病的折磨,还不如说是来自臆想和揣测。无论清醒还是在昏迷中,他都无法支配着自己的左腿,想象中这条伤腿似乎已经游离身体之外独自远行。想到尼娜的深情表白,她又要当他的另一条腿,又要成为他的轮椅,程鲁民暗下决心,自己绝不能成为这个心地善良的苏联姑娘的累赘。

尼娜在程鲁民时而清醒、时而昏迷中精心地照料着他。谭敏两次来到病房告诫说，苏军医生让程鲁民必须马上做截肢手术，再晚了恐怕就不是一条腿的问题。尼娜含泪坚持道：“再等等。程鲁民的身体素质很好，也许他能挺过去。”但每次测试体温的结果都把尼娜逼上绝望的悬崖。

第二天，荞面儿早早起床赶往医院，程鲁民没有受伤时，至少表面上他不属于任何一个女人，荞面儿与尼娜都住在程家大院，而他却从不在自己的家里过夜。现在，荞面儿略显单薄的心理优势也不复存在了。程鲁民在昏迷中被送到了苏军医院，尼娜像早有准备似的等在医院里，而荞面儿即便想赖在医院里不走，查房的医生护士也会毫不客气地把她轰走。程鲁民与尼娜成为穿着同样病号服的战友，尼娜整天如同白衣天使一样守候在他的身旁，有这样一位国际战士的照顾，荞面儿只有尴尬地拐着大拐筐来送饭的份儿。她来这里完全像去美发店里上班，或者去乡下用列巴换鸡蛋，她成了为伤员服务的后勤人员。

荞面儿再次来到医院，大拐筐里除了装着病号饭之外，还装有一瓶糨糊。这是她偶然想到的，她要用父亲的办法为程鲁民治伤。刚打开程鲁民负伤的左腿上的纱布，尼娜就伸手阻止道：“才包扎上，哪有那么快就好了？”当得知那瓶长绿毛的糨糊就是治伤的药品时，尼娜惊讶得说不出话来，她下意识地护住了程鲁民的腿。

荞面儿固执地把程鲁民左腿上的纱布褪下来，把拐筐里的罐头瓶盖拧开。这东西尼娜在程家见过，那是程老夫人做鞋底糊鞋帮用的。用白面和稀了熬成的糨糊，已经不知存放了多长时间，上面还长着一层绿毛，看着有些恶心。荞面儿要把长绿毛的糨糊抹到程鲁民受伤的腿上，尼娜一把抓住了她的手，说：“你怎么能这样？上次他的眼眶伤至骨头，你给涂抹一层发黑的东西。这次更离谱了。他的伤口还缝合着，你又要用长着绿毛的腐烂东西涂抹，他不想感染都不成。”荞面儿说：“你是知道俺爹是谁的。俺从小就看到俺爹给受刀枪伤的人涂抹瓶里的东西，伤口上凡是涂上‘绿毛’就好得快，不发炎也不化脓。”尼娜勉强挤出一点笑说：“不管你爹是谁，缝了针的伤口就是不能沾上脏东西，我绝不让你乱来。”荞面儿说：“俺骗谁也不能骗你，害谁也不能害程鲁民。这东西真的好使，俺亲眼看见的。你不是说苏军医院里没有治病的药吗？就让俺试一试，万一好了他该少遭多少罪！”荞面儿说得至情至理声泪俱下，尼娜想再阻止都狠不下心来。

在荞面儿和尼娜为涂不涂抹“绿毛”争论时，谭敏就站在了她们的身后。女护士审慎地把那瓶长着绿毛的糨糊拿在手里，仔细端详，温和地说："我在学校里学过，盘尼西林是英国人发明的。他们从青霉菌培养液中提制的分子中含有青霉烷的抗生素，注射入人体后能破坏细菌的细胞壁，并在细菌细胞的繁殖期起到杀菌作用。也许，这长了绿毛的糨糊里就含有青霉素的成分。"

荞面儿说的，尼娜从未听过，"绿毛"涂抹伤口完全颠覆了她有限的医疗知识；谭敏说的，尼娜也没有听过，但谭护士说的，毕竟是在她有限的医疗知识内扩展和延伸的。她缓缓地点了点头。正是对长有"绿毛"的东西心里没底，她才下决心要从苏联弄来正规药厂生产的盘尼西林。

直到那个年轻俊秀的脸上的高耸鼻尖挤扁在门玻璃上，她才看清是哥哥彼得来到医院。尼娜把彼得拉到走廊里，一项考验兄妹情感的难事摆在了彼得的面前。他必须尽快，最好两天之内，在苏联搞到盘尼西林，且要空运到旅顺口的苏军医院。当然，还要保守秘密，不得向他俩之外的任何人透露。尼娜说："你不是在苏联有那么多的狐朋狗友吗？想办法通知他们立刻搞到那种药。从正规渠道还是从黑市上购买我不管，我只要以最快的速度空运过来。你们不是每天都有飞机从国内飞到旅顺口降落吗？违不违反规定我不管，我只要最快。"彼得听完妹妹不容置疑的要求，长长的眼睫毛忽闪两下，说："捎带紧俏药品不是一件小事，苏联空军有严格的纪律要求。冒这么大的风险我总该知道为谁，为什么？"尼娜心急如焚地说："你还不赶快回去想办法，还在这问些没用的。我只能告诉你为我，为治病。"

彼得没有等到四十八小时就重新和尼娜见面了，他把两盒油纸裹着的盘尼西林递给了她。他们见面的地方离苏军医院的大门尚有一段距离，他们电话相约时用了只有两兄妹才能听懂的暗语，把"盘尼西林"叫作"番茄酱"，把"货到了"说成"装上瓶了"，把"医院大门西侧"称为"上次我们见面的地方"。他们像一对接头的狗特务，或者偷情的狗男女，或者走私毒品的罪犯那样鬼祟，那样贼眉鼠眼。尼娜如同一位地道的中国女人把油纸包塞进了怀里。她把两只洁白的手臂吊在哥哥的脖子上，说了声："谢谢。"

为了驻旅顺口苏军空军涣散松懈的军纪不露破绽，为了彼得及涉案的所有空中骄子不被追责，尼娜亲手为伤者注射药品。当然，对处于半昏迷状态的伤者她也没有说出实情。为了能够彻底掩盖事实真相，尤其不被苏军的医生和护士察觉，尼娜利用和夸大了"绿毛"的作用。在苏军的小老头医生和谭敏又一次来到病房时，尼娜指着罐头瓶子向他们由衷地赞扬了中国土办法的神奇功效。苏军医生本来要给程鲁民下最后通牒：如果还想在本院接受治疗，请马上遵医嘱进行手术。否则，本院只有请患者离开，一切后果均与本院无关。听了尼娜的介绍，他让谭敏打开患者的包扎处查看。小老头医生的老花镜一会儿戴上一会儿摘下，细眯的眼睛一会儿靠近，一会儿拉远。昏花的老眼在玻璃镜片的配合下终于定焦在伤口处，终于看清肿胀的伤口有了结痂收缩的迹象。他连忙让谭敏重新测试体温，温度计里的水银柱两次都固定在三十七点二这个刻度上。小老头医生摘下老花镜向尼娜张开双臂，说："真是神奇，简直是一个不可能的奇迹。"尼娜积极地响应了这个热情洋溢的拥抱，从热烈的程度、时间的长度以至环绕的重合度都会让人产生误会。

谭敏冷静地拿起了罐头瓶子查看，与苏军医生拥抱还未撒手的尼娜恰好看到了她的怀疑甚至挑剔的眼神。尼娜在心里埋怨自己：什么都想到了偏偏忽略了这一点。尼娜的谎话犯了一个低级错误，那罐头瓶子里的"绿毛"除了荞面儿那天挖出的一块外，剩余的几乎没有减少。谭敏没有当场拆穿谎言，她在小老头医生走后，把尼娜叫到一边，小声问："我的注射器少了三支，你不会是用注射器注射'绿毛'吧？"

程鲁民持续两昼夜的高烧缓慢退下。由迷迷糊糊到神志正常，他的眼睛如同沉淀后的淘米水由浑浊而澄清，如同风吹雾散的海面由朦胧到透亮。荞面儿送饭进来却没有感觉到程鲁民开始恢复正常。他似乎在与尼娜赌气，他们谁也没有搭理谁，在荞面儿的记忆中这是从来未有过的反常现象。不管多会儿，他见到尼娜莫不是眉眼含笑；不管多会儿，只要他俩在一起总有唠不完的闲嗑。一个高烧把他的脑子烧坏啦？荞面儿把饭盒打开，不摸底细不知深浅地说道："饭快凉了，你们赶紧吃吧。"程鲁民转过身来，一副不计前嫌、拿她不当外人、盼望已久的样子，像好容易盼来亲人似的训斥她："这都几天了，你怎么才来？"一句略带埋怨、心存责备的话，把荞面儿吓得更加糊涂了：莫非前几次来了他都在犯迷糊？莫非他在跟尼娜治气却拿自己做筏子过渡一下？荞面儿把饭菜摆好，又拿出了筷子习惯性地在腋窝下抽擦了两下。程鲁民对这种最不能容忍的陋习不但没有计较，反倒顺从地接过筷子。荞面儿如实说道："家里还有一大摊子事，这儿有尼娜在，奶奶也放心。"

不承想荞面儿一句讨好的话却让程鲁民火气更大："不能什么事都依靠旁

人,旁人早晚要回到自己的国家去,离开了他们,我们还不过日子啦?”程鲁民乱发脾气吼出的话,让荞面儿感动得眼泪差点流出来。“结婚”这么长时间了,他从未对她厉声恶语,也从未对她颐指气使;没有体贴也没有抱怨,没有呵护更没有呵斥。她习惯了他说的每一句表面客客气气,听在心里却冰冷得要死的话。如今,几句责备训斥的话听起来十分受用。但她心里明白,这不过是说给尼娜听的。尼娜温和地遮掩道:“医生说他的左腿上还有一块弹片没有取出来,还需要动一次手术。可能,他的情绪受到影响。”尼娜边说边拿起饭盒要喂程鲁民吃饭,他一扬手把饭盒碰翻了,吼叫着:“你快走吧,这儿没你的事,有荞面儿在不用你。”

曲舒一天两次往医院里跑,次次都见到了尼娜,与荞面儿见面的次数却有限。她早就想说上荞面儿两句:不能把自己的地盘拱手相让,不到最后关头不能轻言放弃。等到曲舒再一次来到苏军医院时,却意外发现荞面儿正在收复失地,而尼娜却不知去向。从荞面儿的表情看出来,她不是在尼娜临时有事打个替班,也不是她俩事前有过协商轮流陪护,而是程鲁民在陪护对象的选择上,发生了如同捅屎棍子两头颠倒的变化。荞面儿说:“大嫂,你评评理,尼娜本来在这里好好的,他却脸不是脸鼻子不是鼻子,硬把人给撵走了。他忘了昏迷的那几天,尼娜不顾屎尿地给他擦洗为他收拾,稍微见好就忘恩负义。”以曲舒对她的了解,荞面儿不属于得了便宜还卖乖的那种人,实在是程鲁民的反常行为不能让人理解。

荞面儿正在向大嫂数落着程鲁民的不是,柳波芙却上气不接下气地跑进来,说:“姐姐,她……”柳波芙扶着墙大喘气的当口,谭敏端着托盘进来了,埋怨道:“这苏联的小丫头,刚才怎么问也不说,原来是找你姐姐来的。”曲舒拉过柳波芙让她坐在凳子上:“喘口气,慢慢说。”柳波芙抚着胸口说:“姐姐要回去。”曲舒说:“我当什么大事呢,她回去休息两天也好。”柳波芙急得口吃了:“她、她要回国了。”临到荞面儿着急了:“你说什么!她要回苏联了?大嫂,你看,这可如何是好?”曲舒说:“都别着急。柳波芙,你说详细点,尼娜真要回国,还坐飞机?”柳波芙说:“曲老师,这回她不坐飞机,改乘军舰了。一大早她就把东西收拾好,装在一个帆布箱里。她把不用的东西留给了我,我问她去哪她不说。我偷偷跟在她后面一直跟踪到军港,她才说了实情,还不让我告诉父母。”荞面儿对程鲁民说:“昨天俺就觉得尼娜神情不对。你听到没有?”曲舒见程鲁民木头一样躺在床上，推了他一把："你吱声呀，听到没有？"程鲁民一直闭着眼睛，推他一把也没能把他的眼皮推开。

谭敏戴着口罩的脸只露出两只大而明亮的眼睛，她像什么事情也没发生那样，照常为程鲁民注射生理盐水。在缺少特效药的情况下，注射适量的生理盐水也能对伤情起到缓解作用。整个苏军医院里也只有谭敏心里明白，她已经按照尼娜的要求，在那瓶生理盐水中加入了盘尼西林。尼娜没有告诉她从哪里弄来珍贵的救命药，只是情深意长嘱咐她不要向任何人说出实情。谭敏品味出尼娜对自己的信任和对伤者的深情，品味出那份从眼神中流露的真诚和从骨髓里滋生的爱。谭敏知道彼得和尼娜是亲兄妹，除此之外，她对尼娜和程鲁民，还有最近才在医院里露面的荞面儿，他们有着怎样的情感纠葛并不清楚。

尼娜回国的举动显然出乎程鲁民的意料，他再一次拿荞面儿当借口、当枪使，只是为了不成为尼娜的累赘，也不让尼娜成为自己的另一条腿。尽管苏军的小老头和颜悦色地说，伤者的身体状况好极了，完全可以取出残留弹片。但他还是做了最坏的打算。他清楚自己的左腿始终没有知觉，即便能取出弹片恐怕也要废掉。把尼娜撵走，让他一个人面对生命的残缺，或许他会活得更为坦然。但他的确没想把她撵得那么远，一下子撵回国了。

曲舒嘎巴溜脆地给在场的人进行了分工：柳波芙回家去找柳德米拉，由她母亲决定是否通知鲍里斯；荞面儿留在病房继续照看伤员，防止伤员出现情绪波动；她自己火速赶往军港稳住尼娜。柳波芙说："我妈妈恐怕早到军港了。"曲舒说："那你就同我们一起走。"荞面儿也提出了不同意见："尼娜死命要回国，怕是对俺有误会，俺若是不去，她心中的疙瘩啥时候才能解开？"曲舒想想也有道理，就对谭敏说："那就麻烦护士多操点心，我们实在人手有限。"谭护士也不是省油的灯，也有不服从的理由："叫你一声大嫂对吧？尼娜要走，她为啥要走，大嫂弄清楚了吗？这里面的隐情怕也只有我才知晓，还是让我跟你们一块去吧。"曲舒心想：又多出个添乱的。程鲁民才住了两天的院，护士好像知道得比她们还多似的。

旅顺口火车站对面军港四号码头围了一帮人，柳德米拉、程绪至、程皖夫、程津生都挤在紧闭的大铁门前，就连程老夫人也在细雨朦胧中迎风站立。程津生向里面望了望："这里离军舰停泊地不远，我们一块大声喊，尼娜姐肯定会听到的。"

程津生说完，自己先扯开嗓子喊了起来。第一嗓子喊出来的是刚到男孩子青春期变了声调的声音，似公鸭子在叫："尼娜——"第二嗓子有了父亲程绪至和哥哥程皖夫粗犷的男中音混杂其中，音域变得宽阔而雄浑："尼娜——"之后的声音变成了在场所有的男人和女人的和声："尼娜，尼娜。"就连站在旁边看热闹的人也跟着喊。

尼娜手提帆布箱缓慢地，似乎在毫无目的地走着。远处传来的喊声她没有留心听，但最后雄浑的声音还是灌进了耳朵里。她放下了帆布箱子跑过来，从铁栏杆中接过那些伸进来的手，有程老夫人的、母亲的、曲舒的，还有荞面儿的。程老夫人说："好孩子，可不敢再回国啦，咱不是什么时候都能有好运相伴的。"柳德米拉说："孩子，你就不替妈妈想想吗？"尼娜泣不成声地说："妈妈，您和父亲不是想让我回国把档案补齐吗？中国奶奶，回去吧。你们，都回去吧。"

围在大门前的人群自动闪开一道缝隙，谭敏推着坐在轮椅车上的程鲁民，在细雨中缓缓地靠近大门铁栏。曲舒对荞面儿说："还是护士有办法，吊瓶都挂在了轮椅上了。"

尼娜与程鲁民四目相对时，人们屏住了呼吸。尼娜问："你怎么能来，你的伤口……"程鲁民说："请不要离开旅顺口，好吗？"尼娜的双手叠加在程鲁民握在栏杆的手上，略微用力却小心地避开他手上的针头，说："你好好养伤吧，尽快地站起来。"谭敏上前一步说："尼娜，我快坚守不了我的承诺了。"

程鲁民一把拔掉了手背上的针头，急切地说："尼娜，听你母亲的话，难道你听不出来？她不希望你走。"尼娜摇了摇头："不要让我再犹豫了。"程鲁民反握住她的双手说："你要是真走了，我怕我再也站不起来啦。"尼娜在程鲁民的手心里用力握紧了拳头，慢慢地松开，轻轻地抽出了纤小的手指。

一辆苏式吉普车疾驶过来，在人群后面刹住，车上下来的是鲍里斯。倒退离开的尼娜看到父亲的身影又跑了回来。柳德米拉对丈夫说："快劝劝你的宝贝女儿。"程老夫人说："也只有你能劝回丫头。"众人都在等待着、期盼着、注视着，都想亲耳听听做父亲的如何劝说女儿。等了半天，鲍里斯才冠冕堂皇地说："是这样，苏联海军司令托洛夫斯基中将给旅顺口发来电报，考虑到国际局势和安全因素，苏军军舰短期内将不再返回苏联国内，而由海军派来技术人员利用就近的船坞进行检修。这意味着尼娜乘坐的军舰暂时不能离开旅顺口。"

第二十二章　程鲁民疗伤程家院，苏军女如愿苏军报

诗曰：

心地聪慧亦顺和，一意孤行初进门。
痴情难舍程家院，矢志不回土城村。
迎娶十辆马车轿，离去一包徒手拎。
不知婚配谁掌控，情缘难辨假与真。

柳波芙说不上应当高兴还是沮丧，两个女人角逐的成败很快就要水落石出。先是姐姐赌气要回国而没有成行，后是荞面儿毫无征兆地主动退出。姐姐虚往实归，胜算的把握大大增加。争强好胜的柳波芙往好的方面想，真比姐姐找到了档案还高兴；如果往不好的方面想，她真替安德列感到沮丧。照此发展下去，她将在原本并不看好的旅顺口多了一门实在亲戚。

转眼已是1948年。到了民国纪元的最后一年的冬天，旅顺口的老辈人还习惯称“民国三十七年冬”，程鲁民就是在那一年的初冬，回到程家大院里安静地疗伤。大大小小的手术做过了三次，腿上的皮肉拆开、缝合，苏军的小老头医生像一个吝啬鬼从自己的皮包里取钱，没有一次拿得干净利索。

妇联的鞠茹珍主任和麻洁秋来到程家，程老夫人预感到荞面儿会有这么一天。程鲁民伤成了这样，再拖累人家荞面儿不撒手，着实有些说不过去；那个苏联丫头对程鲁民也是真心实意地好。尼娜没有登上军舰，从军港出来直接送程鲁民去了苏军医院。打那以后的护理工作全由她一人担当了，程老夫人没有充眼愣装看不到。这些似乎还不足以让她舍得放荞面儿离开程家，最让她窝心的是，有人说，程家拿荞面儿当不花钱的丫鬟使，风言风语使得程老夫人的心再也刚强不起来了。荞面儿捋起袖口，狠心要取下腕上的那只玉镯。当初戴上去的

时候挺顺当的，取下来却没有那么容易。程老夫人说："奶奶送你的东西就没有要回来的打算，除非这玉镯子一碎两截。"

程鲁民正在大院里练习走路，他拄着拐杖的手臂上青筋暴出，像弯曲着数条蚯蚓。一截莲藕似的白嫩手臂斜挽住他的胳膊，给人的感觉那手使不上多少劲，只是一个象征性的搀扶。不用程鲁民介绍，刚进院的鞠茹珍和麻洁秋也猜得出那个苏联女人是谁。

程老夫人从里屋出来，鞠茹珍紧走两步，说："您就是程老夫人吧？程鲁民受了这样重的伤，不应过早下地溜达。"程老夫人捎带发泄心中的愤懑："伤筋动骨一百天，这才几天就嘚瑟。"

在鞠茹珍看来，程老夫人出身大家闺秀，又识文断字，这样大户人家的女人不乏"高贵"的毛病，她们与劳苦大众之间总有一层肉筋的隔膜。程老夫人接纳苏军一家人住到程家，别人夸赞老人家有胸襟有胆识，而鞠茹珍却认为这恰恰表现出"贵妇人"不同常人的狡谲，甚至还有一种世故与圆滑。

程老夫人一肚子苦水正愁没处诉说，鞠茹珍偏偏心里藏不住想法，听完就做出了一番评判："程家早在头两年就辞退用人，说明程家人的思想觉悟有了显著提高，说明程家人还是愿意做一个自食其力的劳动者。"鞠茹珍停顿一下。如果她就此打住，也不会惹程老夫人不快，可她偏偏又多出一嘴："表面上程家没有雇工剥削了，但实际上，仍然有一位不付工钱的保姆……"后面还有话，鞠茹珍本意是要指明程老夫人在最后关头还是能够幡然醒悟，放了荞面儿一马，让程家不花钱的"用人"获得彻底解放。这有点像赞美开明的奴隶主，最后为奴隶发放了"自由证书"的意思。但程老夫人却没等她把全部的想法说完，不客气地打断了："程家什么时候养了一个不花钱的用人了？荞面儿是程家的马车轿娶回来的，是给程鲁民当媳妇的。你们共产党队伍里的人喜新厌旧，说不要媳妇了没有第二声，反说我一个老太婆可怜媳妇是剥削，这让我上哪讲理去？"

荞面儿在外间听见程老夫人说话变腔变调，忙进来劝慰："奶奶，茹珍主任不是那个意思。"程老夫人说："她是哪个意思？小丫头年纪不大，说起话来这么不饶人。她说我剥削你，我还偏就不放你走，看她们妇联能把我老太婆怎样！"程老夫人新添了个毛病，耳朵远没有以前灵光了，听不清别人的话，就生怕自己的说话声小。外面的尼娜还以为她们吵起来了，拉住荞面儿："你说她们把你解放出去了，我还以为这样你会高兴呢。既然你心里不痛快，谁也别想把你从这里带走。”鞠茹珍向麻洁秋使了个眼神，小声说：“看见没，旅顺口的妇女解放任重而道远。面对封建主义、帝国主义的顽固反扑我们不怕，怕就怕国际友人帮倒忙。”

程鲁民像一头跛脚拉磨的驴，日子就在练习走步中一圈圈打发掉了，常常叹息道：“这都多长时间啦，淮海、平津战役都已经结束了，长江以北地区也悉数解放，我这条腿还是不敢使劲着地。”尼娜在苏联时就看出来了，这是位忠厚朴实的中国男人，身上渗透出的情感有坚忍顽强的一面，也有固执木讷、笨嘴拙腮的一面，但能让人感到他的率真憨厚、他的诚实可靠。程鲁民最终还是发现了印着俄文字母的盘尼西林药盒，这是谭敏用不违背尼娜恳求的另一种方式，变相泄露了药品的来历。程鲁民深知求药过程的艰难曲折，内心虽然受到强烈震撼，但表面上依旧言语迟缓：“我、我不知如何报答你为我所做的一切。”尼娜原谅他那个既不会说，也不会动的舌头。

柳德米拉找了一个气温适宜、通风干爽的天气，把尼娜的被褥拿到院子里晾晒，海边天气潮湿，时常晾晒对身体好。这本来是一件很稀松平常的事，但她却在太阳落山前，直接把被褥抱到一楼程鲁民的房间里。

程老夫人眼瞅着柳德米拉走错了地方，堵在门口说：“她苏联大婶，你放错楼层了吧？”柳德米拉只是笑了笑。这种笑绝不是不好意思的、难为情的、脸上挂不住的笑，而是毫不在意的、若无其事的笑，说：“没有啊，尼娜让我放到这里的。”

程老夫人望着眼前这位苏联胖妇人，恨得牙根都痒痒。若年轻人自己把被褥放在一起，当家长的不骂上一顿都怨嘴懒。不过年轻人嘛，尚且可以理解，他们什么荒唐事做不出来？但是，当家长的这般糊涂，程老夫人的嘴角上就撇出了一百个嘲讽一千个怨恨。年轻人像偷腥的猫似的，管不住自己也就罢了，苏军的傻老娘们这是干什么？怂恿他们，主动为年轻人偷鸡摸狗提供苟合条件？这种半吊子货，在旅顺口都找不出第二份来。

程老夫人尽量平心静气地说：“他苏联大婶，你坐下，有几句话我憋在心里许久了，一直想跟你掰扯掰扯。你就想让这两个孩子蔫不拉叽地搬到一块住了？”柳德米拉说：“不这样还能怎样？你没看到他俩还有一刻不在一块儿？”程老夫人说：“孩子们是孩子们的，我们当家长的可不能由着他们的性子胡来。”柳德米拉说：“哪里是我由着他们胡来？尼娜在二楼，半夜里一楼一有动静，她就噔噔噔地跑下去了，过了一会儿又噔噔噔跑上来。我这挨着枕头就睡着的人都被她吵醒了，你能听不到？有一次，尼娜噔噔噔地跑下去又噔噔噔地跑回来，她以为程鲁民滚到地上了，原来是猫把碗蹬倒了。你说，是让我们睡个安稳觉好，还是让她这么一到晚上就噔噔噔的好？”

程老夫人也乐了，撇嘴说：“结婚是大事，你们苏联人不讲生辰八字，不看属相合不合也罢了，但总不能把铺盖往这一撂就成事了吧？在我们这里自己找婆家那算什么？”柳德米拉说：“两个孩子实打实地愿意，怎么能说是由着他们胡来？儿女们不愿意硬把他们拴在一起那才是胡来呢。”程老夫人听了这句肉里带刺、鸡蛋里带骨头的话，对苏联傻娘们掀老底、揭伤疤、翻小肠子的行为相当不满，有你们这么当长辈的吗？怂恿女儿未婚先睡，尚在未嫁时先把铺盖搬一块了。你们家到底是女孩子呀，上赶子往中国男人的被窝里钻，说到底，说到你们老家去，那也是你们丢人在先。但一想这么翻搅起来，今后想往好里处都难。她不得不耐着性子说：“他苏联大婶，如果你们真不嫌弃老程家那个二货，咱就坐下来好好谈谈。你们是苏联军官家庭，是个体面的人家；我们程家在旅顺口虽不算名门望族，但也有些脸面，不能就这么草率从事。”程老夫人把尼娜的被褥塞到了她的怀里，用不容商量的口吻说：“我们当家长的谈不到一块去，也不能让他们睡到一块去。”见她在摇晃着脑袋，程老夫人叹息道：“你们苏联人不会连‘伤筋动骨一百天’都不懂吧？”程老夫人见她还是瞪大了疑惑的眼珠子，只好把话说得更明白些：“凡是伤筋动骨都要静养一百天。让他们提早合房是害了我孙子，归根结底是害了你女儿的。”

鲍里斯和安德列站在一张老式的俄文版世界地图跟前。由十五个苏维埃加盟共和国组成的苏联占据着整个地图的中心位置，当目光渐渐滑向左下方的中国版图时，老鲍的心情颇为复杂起来。他们来到了中国四年多了，莅临中国小城的一隅，亲眼见证了国共两党的军事较量。中国共产党人有太多的好运相伴，给了他们太多的意外，也让他们无时无刻不在产生着懊悔。

安德列时运要差得许多。最近，来自莫斯科的调整，让这个长着羊眼睛自以为是的家伙容颜扫地。随着中国时局的惊天逆转，莫斯科很想把《实事报》当成了解当下中国的窗口，对涂脂抹粉式的办报方式提出了严肃批评，但收效甚微。苏联高层一怒之下，调原社长回国另行分配工作，指派的新社长正在赶往旅顺口的途中，本以为能够顺利接替社长职位的安德列，不幸一脚踏空。

安德列不会在鲍里斯这里听到安慰的话，这是他来此之前早有预料的。尽管有了思想准备，但鲍里斯毫不客气的指责，还是让他心有余悸。“莫斯科方面对你还是缺乏了解。如果让我决策，恐怕你要与社长一同回国。社长被你驾空了，新闻报道的封杀大权实际上是掌控在你的手里。”鲍里斯一针见血地戳到了他的痛处。安德列愤愤地说：“我和社长没有想跟上头作对，更没有一点私欲掺杂其中。据我了解，社长也想正确地领会莫斯科精神，不知为什么总是费力不讨喜欢。”鲍里斯说：“至于你们报社内的事，我不想过问，我只想说说你和尼娜的关系。你们之间的爱情也好友情也罢，我从来没有干涉过，一切全凭你们自己主张。但不可理喻的是你一再怂恿她回国补办档案，究竟有何用意？”

安德列受到的误解远比职务没有提升还要冤屈。安德列原本是要与尼娜乘同一艘军舰回国的，他事先找了个上级不得不批准的理由请假，却没有告诉尼娜，就是想要给她一个惊喜。谁曾想，倒霉的事总能让他摊上。尼娜没有登舰他竟然一无所知，那艘该死的军舰把他带到了旅顺口大坞里，他还以为在太平洋上漂着呢。

老鲍指责安德列别有用心或者乘虚而入有些言过其实，不过，他不会矢口否认的。这么多年，他从未放弃对尼娜的追求，像一位饥渴的掘井人，不见水星儿却依旧挖掘不止；他像一位顽强的狩猎者，常年蹲守却始终不离不弃。平心而论，他所有的行为举止都够得上襟怀坦白、光明磊落。在苏联，他误以为程鲁民牺牲了却并无恶意谣传，见到活过来的程鲁民他同样心怀愧疚；发生在旅顺口的那次爆炸，直觉告诉他，程鲁民不会轻易死去，哪怕他一息尚存，尼娜感情的砝码就不会向自己倾斜。催促尼娜回国，也不纯粹都为她的档案着想。

程鲁民像横亘在他与尼娜之间的一座山、一堵墙，他始终翻越不得也拆除不得。凭良知讲，他并没有利用手中的权力刁难要挟，甚至还给予程鲁民一些能够体现他宽容大度的关照。但也是在报社的规定范围和他的职责之内，他不会做超出规定和职责以外的任何事情。程鲁民有一年多在养伤，报社地方部以郝林秀为代表的中方人员提出为他请功，他对此断然地拒绝。安排程鲁民外出采访是他的决定不假，但程鲁民不是战地记者，无须做超出采访以外的任何事情；报社只对他职责以内的事情负责，而不会对他超越职责以外的事情承担后果。鲍里斯听完他的狡辩，未置可否地笑了笑：“我只想特别提醒一下，面对即将诞生的新中国，很长一段时间，我们苏联人都感觉良好地认为自己是助产士，但实际情况好像恰恰相反。在中国人的眼里,我们不是魔鬼也是个巫婆。他们即将取得的全国胜利,可能会令我们的处境更加窘迫。”

在安德列看来,鲍里斯以上所强调的,无非想撇清他与程鲁民的关系。他不想给安德列留下话柄,说他舍弃了沙发,而把屁股坐在了中共的板凳上。安德列特意提醒一下老鲍:“程鲁民如果重新回到公安局,对追查程家丢失的皮箱子更有方便条件。”

当初,安德列之所以看好那只皮箱子是因为它是意大利货,老鲍却对皮箱子里的碎骨头片感兴趣,还把它用特殊的方式隐藏起来,这让安德列对皮箱子的价值有了重新的估量。据他后来获取的情报,中共方面、国民党方面始终没有放弃追查皮箱子的下落,程鲁民至今还把心思留在公安局里,并非没有缘由,把“二公子”的身份放到丢失的皮箱子里一起分析,答案显而易见。

把皮箱子藏到砌有壁炉的墙里,鲍里斯当初的心情甚为复杂,至今也难以言表。对苏联方面来说,没有把价值无法估算的贵重物品上交,是因为这个特殊的皮箱子不是日本人的,不属于苏军规定的要上交的战利品。另外,甲骨残片的真假没有甄别,即便真是宝物,他并没有拱手交给中共。对于中共方面来说,藏匿的地点是程家,严格说甲骨残片没有离开程家的地界,总有一天,他会把藏宝的地方,以出其不意的方式告诉程家,到那时,更能证明他没有据为己有的私念,他所做的只是在当时特殊的情况下的明智选择。鲍里斯就这样不停地折磨自己,在原先已有的困惑上又增添了新的烦恼。他早已养成了习惯,每次回到程家经过壁炉时,眼睛都不由自主盯在了那堵墙上。秋冬季节从外面进屋,他特意伸出手来假装烤火,为的是眼睛在墙壁上多停留一段时间。春夏季节回到程家,他也在壁炉前磨蹭,眼睛依然盯着那堵墙。砌壁炉时抹缝的水泥,早已让岁月熏染如旧,壁炉里燃烧了四个冬季的烟火,足以让新鲜痕迹褪去光泽,但他心中的隐情,却没有像墙里的宝物那样弥久弥珍,反倒使人骨哽在喉。

近来,安德列让老鲍闹心的事不少,好像在他当上副社长以后,从前的那种对尼娜谦逊的眼神,看老鲍时卑俗的媚态不见了。老鲍心中隐隐地有些后悔,不该在砌壁炉的时候让安德列出现,不该让他当什么所谓的见证人,也无须向别人证明什么。安德列一定把此事当成了把柄,当成了要挟的砝码,当成了苏军在旅顺口的一桩内部交易了。鲍里斯现在才意识到女儿尼娜的眼光比自己独到,看人比自己准成,尼娜从来没有把安德列纳入未婚夫的考察范围,即使那个叫“鲁民”的人不在人世了，安德列连未婚夫的后备都不是。

直到鲍里斯办公室里的电话铃声响起，安德列还没有离开的意思。

电话是苏军第三十九军司令部副部长索利列斯基打来的，他让鲍里斯方便的时候来办公室一趟。没有什么方便不方便的，司令部办公室在五楼，鲍里斯放下电话便跑上楼。一张小会议桌的两端，一头坐着鲍里斯，另一头坐着的副部长索利列斯基说：“是这样，听说你有位漂亮的女儿，在苏联卫国战争时期就参加了苏联红军，只是她的档案丢了？”鲍里斯不明就里地说：“是这样的。”索利列斯基掏出烟甩过来一根：“在苏军司令部大楼里说话，为了保密起见，我们还是讲中文吧。此事我以前听说过，但是，没有想到尼娜是您的女儿。上个月，负责档案工作的同志调回国内，接替的人在交接时发现了尼娜的档案，这个牛皮纸袋在杂物柜中沉睡了四年之久。”

鲍里斯随之一惊，脸有些涨红，脖子上的青筋暴出，手攥成拳头砸在了办公桌上：“你可能不会想到，我的尼娜这四年是怎么过来的！一个没有身份证明的人，没有接收单位，没有工作可做。为了补办档案，她差点搭乘‘死亡之旅’的飞机。难道，你的手下就是这样对待这份神圣的档案员工作吗？”索利列斯基掏出手帕，擦了擦脸上的细密的汗珠，口齿有些结巴：“鲍里斯，希望您能宽宏大量些，不要再深究责任了，因为这位档案员调到了领袖身边工作，不能因为这件事而影响她远大的前程。”鲍里斯仍然不依不饶地说：“一个有着远大前程的人却犯这么低俗的错误？真让人难以相信这样的人到领袖身边能否胜任。此事我绝不会罢休，我要向苏军最高司令部投诉，让这个粗心大意的家伙受到惩罚。”索利列斯基说：“这个人有点来历。”鲍里斯气愤至极：“我不管他有何种来历。”索利列斯基停顿一会儿，说：“她是赫鲁晓夫同志的侄女。”又补充说，“当然。她是赫鲁晓夫夫人的侄女。”他的语调中有意透露出赫鲁晓夫夫人在家中的地位。鲍里斯似乎没有犹豫，态度更加坚定地说：“我还是要写信投诉她。”

在索利列斯基的眼里，鲍里斯是个不苟言笑的人。因此，听他这么一说不免紧张起来。鲍里斯看着有些手足无措的副部长，十分开心地说：“我要把这封信直接寄给你，请你转交赫鲁晓夫同志。”索利列斯基来到鲍里斯身边，在他肩上捶了一拳：“您这么正经的人也有幽默的时候。”

尼娜的档案失而复得的消息以“旅顺口的速度”传播开来。安德列下午就打来了电话，他以不容回绝的口吻向鲍里斯请求：“一定要让尼娜到报社工作。”

鲍里斯打着官腔应付着："尼娜去哪工作要听从组织安排，另外还要尊重她个人意愿，不是我当父亲的能够决定的。"安德列满有信心地说："只要您不横加干涉就好，尼娜会接受这份工作的，程鲁民从明天起也回到报社上班了。"鲍里斯忘不了，尼娜没有档案想去报社工作，他不情愿的样子。鲍里斯一时还想不出安德列如此热心的动机，只是他过多的殷勤，只能招致他更多的反感。

尼娜没有告诉程鲁民这一喜讯，她只说要送他去报社上班。他俩坐上一辆四面漏风的长途客车，尾巴上拖着的灰尘暴土和烟雾，如同墨斗鱼遭遇危险时释放的烟幕。快到土城子时上来一帮围头巾的女人，她们个个脸色红润，一看便知是赶海时过多的紫外线所赐。她们上车唠些家长里短男婚女嫁的闲嗑，唠着唠着她们扯到了夫妻打架闹离婚的事上。围红头巾的说："杜一帖你们知道吧？不知道他也知道他家的膏药。他家的姑娘等了五年结婚了，还不是被人给甩了。"围黄头巾的忙接茬说："说来你们别不信，那个男人找的相好的还是个苏联女人。"她们或许不清楚后排座上坐着的这位苏联姑娘能听懂中国话，或许特意说给苏联女人听的，总之，赤橙黄绿青蓝紫，各色的头巾们越说越不像话。有的说老毛子的女人个个是妖精，蓝眼睛勾人一勾一个准；有的说老毛子女人的屁股撅起来撩拨人，没有一个男人能抗拒得了。尼娜的脸上红一阵子白一阵子，程鲁民刚想站起来制止，车到站了，她们呼啦一下子下车，各色的头巾湮没在灰尘暴土之中。

尼娜最后一个走下车，程鲁民想方设法逗她开心。她嘟噜着嘴说："在你的眼里，我是不是也跟她们说的一样，蓝眼睛勾人，撅起屁股撩拨人？"程鲁民想都没想，一口否决："那哪能！你在我的眼里……"尼娜捂住他的嘴："我不，我就要让你像她们说的那样。"程鲁民先是一愣，随后附和道："好好。那样就那样。"尼娜说："荞面儿是不是也跟她们说的一样？"程鲁民想了想慎重地说："她哪能一样？她是中国人嘛。"尼娜不满意地白了他一眼："我是说她跟她们一样忌恨我。还有那些个叫鞠茹珍、麻洁秋的，她们肯定都是一样的。"

程鲁民认真地说："她们不会忌恨你，你也不应当往坏处想她们。荞面儿心地善良，你又不是不知道。鞠茹珍是妇联主任，专门做妇女工作的，我们倒应该感谢她才对。荞面儿当初在程家，那一根筋的，凭谁怎么劝说，她就不离开程家。要么当程家的媳妇，要么当程家的孙女，还多亏了鞠茹珍。你别说，人家做妇女工作的就是有一套，三句话为荞面儿指引了革命的道路。鞠茹珍说，妇女要解放，反对剥削压迫。荞面儿想，不搭界的事，程家待我挺好的，没觉得哪有剥削压迫呀，解不解放都一样。鞠茹珍又说，妇女要翻身，就得冲破封建牢笼。荞面儿想，多少沾点边儿，女人不能围着锅台转，看看外面的世界也没啥坏处。鞠茹珍最后说，婚姻要自主，反对父母包办。荞面儿想，说得对呀，这么多年的婚姻没有结果，就是因为是父母包办的，自己还想着从一而终呢。于是，她才坚决地搬出程家大院。”尼娜笑得直不起腰，伸出小拳头就打，程鲁民敏捷地往后躲，小拳头落空，她整个身子扑向了程鲁民。

来到了报社，安德列让人召集在家的编辑记者开会，小会议室里摆着水果和鲜花，看来他早有准备。程鲁民一脸疑惑，心里挺不落底，安德列为何突然变得如此客气。他催促尼娜坐最后一班车回家，尼娜并没有像她说的那样，上去打声招呼就走，而是也来到了小会议室。直到安德列宣布会议开始，程鲁民这才弄明白，报社既不是为他请功，也不是庆贺他归队，而是欢迎新同事，这位新同事正是尼娜。

程鲁民无精打采地回到了地方部，尼娜的本意是想给他一个惊喜，谁曾想安德列节外生枝，弄得程鲁民很不快活。不为他请功也就算了，以命相搏也并非图立功受奖，但安德列总该捎上一句“祝贺归队”的话吧？尽管同事们都知道事情的来龙去脉，但他一句话没说是什么意思？一句话没说也不挡害，事实自有公断，但安德列却为刚进报社的尼娜搞欢迎仪式，这就形成了强烈的反差，这就不能不让人怀疑他暗藏动机和不良居心。

地方部副主任郝林秀大姐一个劲地劝慰他，要从大处着眼。程鲁民说：“大姐，你看我是那种小心眼的人吗？”郝林秀说：“这样最好。你养伤的这段时间里，报社的变化还是有目共睹的。随着全国解放的脚步临近，苏军对我们的态度也有了相当大的转变，《实事报》终于抛弃了以往温情的面纱。”郝林秀从一堆报纸的上面挑出一张新出的，程鲁民清晰地看到上面印着黑色大字，赫然写着“中国人民解放军攻占南京”。郝林秀说：“从《实事报》上人们终于可以看到中国人民解放军挥师南下，百万雄师过大江的壮怀激烈的场面，在以前是不可能刊登这样的内容。这条消息同时被苏共中央的《真理报》、苏联政府的《消息报》和苏军的《红军报》刊登，以前这些报纸可都是《实事报》主要的稿件来源。”

郝林秀把部里的其他人分派出去了，让有的记者出去采访，有的则给安排了某件并不急办的事情，偌大的办公室内只剩下他们两人，明眼人一看就知道，她有重要的事情要同程鲁民单独详谈。郝林秀并不急于切入正题,而是先问起了尼娜来社里工作的事情。程鲁民如实说:“我并不比你知道得更早,也是刚刚看到。”郝林秀又问起他俩有何打算。他们也的确没有什么具体的打算。郝林秀沉思了一会儿,似乎要说的话很难开口,最后才像下了很大决心似的,说:“是这样,党中央已经从西柏坡搬到北平,正在筹备新中国成立的诸多事项。对于涉外婚姻,党中央过去并没有具体要求,可以说,我党的同志与外国人的婚姻是自由的,不受限制的。但是,鉴于苏军住在旅顺口的这一特殊情况,省委有一项特别规定传达下来:在旅顺口地区禁止中国人与苏军及其子女通婚。”程鲁民一点思想准备都没有,一下子愣在那里。郝林秀又说:“通知刚刚下达,省委正在收集这方面的情况,老董建议我先跟你吹吹风。规定不是针对哪个人的,涉及的人肯定也不止你一个。等到全国都解放了,苏军恐怕也要撤离旅顺口。如果不加以限制,不远的将来也是麻烦事。苏军看好的,准备嫁娶的青年人都是最优秀的,有一天都让他们带走了,对中国革命和建设也是巨大的损失。”

尼娜敲门,从外面跑进来,郝林秀客气地与她寒暄几句,并请她坐下。尼娜说:“不啦,你们谈事,我待会儿再来。”尼娜走后,郝林秀把门关上,严肃地对程鲁民说:“你是老党员了,党的纪律我不必再重复了,有一点请记住,不能跟尼娜透露省委的规定和要求,要从你个人身上找出拒绝的理由。”

第二十三章　问书楼程皖夫挨骂，上前线程鲁民未果

诗曰：

两家小酌乐融融，此时不与别时同。
推心置腹今非昨，推杯换盏弟敬兄。
冷言书楼声变调，勃豁相向脸绯红。
不应此时翻旧账，撤军尚早无日程。

1949年10月1日是个特殊的日子。那一天，中苏两家人有着空前的喜悦和意外的难堪，柳波芙都清楚地记得。

旅顺口市各单位接到通知，下午3点收听重要广播。旅顺口在收听无线电广播方面，具有全中国其他地区无可比拟的优势，驻在太阳沟的市政府、市公安局、中苏友好协会等办公楼上，苏军架设了多个扩音喇叭。程家大院除了原有的一台日本产的矿石收音机外，鲍里斯还带来一台苏联产的电子管收音机。日本产的旧收音机如同灶台旁的风箱一样大小，黑色木纹，由于年久失修，收不到任何声音。苏联产的"礼炮"牌收音机，外形如同手风琴一样，棕色实木外框里，罩住黑色的喇叭，里面反复播放着《义勇军进行曲》。头两句唱得还挺顺溜，一唱到"冒着敌人的炮火，前进"，黑喇叭里就咔咔地像要爆炸似的，像真有敌人的炮火似的。

程家大院的两家人，像这样都没人出门的遭数不是很多，程老夫人坐在房檐下，在阴凉地方纳鞋底子。她做的千层底，在"哥帮"上用锥子扎一个眼儿，再用麻线穿过长针，把麻线缠在锥子柄上拉紧。如此扎一针眼儿，穿过一股麻线，缠绕在锥柄用力拉紧，再缠绕，再拉紧。程皖夫正在拆掉搂草的竹耙子，把竹耙子削成两头尖、粗细均匀的圆棒，打磨掉倒枪刺，刮得水光溜滑，为柳德米拉修

理成学织毛衣的竹针。程津生一只手提着还冒着热气的糨糊，另一只手上握着一把刷锅的刷子。柳波芙拿起一卷花花绿绿的标语，兴冲冲地追上。程津生抬起胳膊说："你把标语给我夹在胳膊里就行啦。"柳波芙说："我也要去。学校把我们俩分在一个组，凭什么不让我去？"程津生顺嘴编个理由吓唬她："你没听见街上尽是些放鞭炮的人？耳朵震聋了可不是闹着玩的。"柳波芙边追边说："有你我怕什么。"他们跑出程家大院，来到了熙熙攘攘的大街上，迎面碰到鲍里斯与安德列，柳波芙与父亲打招呼，安德列对老鲍说："看来您的小女儿也适应了旅顺口的生活了。"待他们走远了，柳波芙对程津生说："你刚才的目光挺凶的。那个人就是安德列。"程津生说："我知道他叫安德列。"柳波芙笑了："你不该恶狠狠地盯着人家。要是你二哥有那种眼神，我一点都不奇怪。"

荞面儿来到程家时，收音机里开国大典实况转播刚刚收听完。程老夫人见荞面儿来了喜极而泣，擦着眼泪招呼她，让她在自己的身边坐下。程绪至也有些意外地说："孩子，这就对了，饿了就回家来吃。"荞面儿趁机先把鞠茹珍分派的任务说了，原来，市面上的红布脱销了，到处都没有买到，鞠茹珍让荞面儿去找程绪至，把白布染成红色挂出去当红旗用。程老夫人眼不离荞面儿，言语却冲着程绪至去了："不用说求，这样的好事他哪有不办的道理！"程绪至说："有你奶奶帮腔，保准让你们明儿满天飘红。"

荞面儿挺不自然地挨着程老夫人坐下来，程绪至给她夹上两筷子干炸油果子，说着话儿，苏军的一家人也都到齐了。柳德米拉、尼娜、柳波芙跟她没有生分，反倒显得更加热情地问东问西。只是，鲍里斯身旁还多了一位安德列。

程鲁民回归程家之后，两家人还没有在一起聚过餐。鲍里斯带来了安德列让他有些意外，他还是以主人的身份向自己的领导伸出手来，这回安德列没有刻意躲避，程鲁民觉察到手里有一股被握紧的狠劲，这是一种如同掰腕子似的较量。从手劲上，程鲁民感觉到这位老情敌近期的状态不错，起码自信心恢复了不少。荞面儿的到来也让程鲁民颇感意外，她一走进程家大院，他就看出她的不自然，她的目光生涩而怯懦、谨慎而羞赧，但她还是勇敢地走进来，这让程鲁民不能不对她另眼相看。

鲍里斯反客为主，端起酒杯："诸位，欢庆中华人民共和国成立，我当然要多喝几杯。来到旅顺口这么多年，我们与程家人结下了深厚的友谊。但我们苏军官兵早晚是要回到苏联去的。归结到一句话：我们来到旅顺口给你们添麻烦啦。”柳德米拉也站起来说：“这杯酒我们全家人一起敬才是。这几年来程家人对我们全家给予了许多关照，让我们一起表达谢意。”程老夫人让柳德米拉坐下，说：“什么麻烦不麻烦的，你男人，还有那个安德列怕是喝多啦！你跟着乱个什么劲呀？不能让他们多喝了。”柳德米拉笑了：“中国奶奶请放心，这点酒对他们来说不算什么，对我也不算什么。”柳德米拉把头靠近程老夫人的耳边，用肥胖的小手掩住声音：“我们的尼娜真该有她自己的小家了。今天心里高兴，说句不知合适不合适的话……”程老夫人疑惑地看着她，也不由自主地看了荞面儿一眼，说：“我知道你要说什么，今天按理说是合适的，但又偏偏不合适。好事儿不差一顿饭的工夫。”柳德米拉不知是喝多了还是没弄懂程老夫人的心思，仍旧固执地说：“今天一定要说得尽兴，不说尽兴心里真是不痛快。”

鲍里斯拿起酒瓶又斟满一杯：“你们谁也别想阻止我喝酒，我是有分寸的，我要把憋在心里几年来一直想说的话说出来。苏军是社会主义国家的军队，完全是为中国人民的解放才来到了旅顺口的，我们没有私心杂念，你们的东西早晚是要还给你的……”程绪至仍然没有理会其中的玄妙，说：“这些都没的说，老鲍，喝酒。”

程鲁民没有喝酒，鲍里斯被父亲阻隔的意思，他却完整地领悟出来了。从鲍里斯此前怪异的举止上，从他此刻几次三番瞄在墙上的眼神中，程鲁民断定这墙里一定藏有秘密，安德列恐怕也是秘密的知情者。因此，鲍里斯才在这么庄严的时刻邀请安德列同来。分享也好，见证也罢，他有理由让安德列悠闲地坐在这里喝酒。程鲁民以为企盼已久的时刻马上就要来临，他有些抑制不住内心的兴奋，端起酒杯一饮而尽。安德列却不知好歹地挑剔上了，说：“我的这位属下，你还没有敬酒呢，却把自己门前清了，按你们中国人的规矩是不是该罚呀？”尼娜轻声仍不失威严地斥责道：“安德列，你少说两句。”

餐桌上的说话声灶间里的程皖夫听得一清二楚。他端上最后一道菜进来，解下围裙说：“我二弟不胜酒量，来，苏军领导，我替二弟敬你。”程皖夫拿过酒杯仰脖朝天喝得一滴不剩，瞬间把自己喝成了红脸关公，说：“刚才，鲍里斯说过，我们的东西你们早晚要还给我们的，是吧？我在文化局忙活了几年，总算是把程家藏书楼里的书整理出来啦，但那些历尽劫难的书还是没有地方存放，还胡乱地堆放在地上受鼠啃虫噬。你们尽快把藏书楼倒出来还给我们，你们不是早晚都要回国吗？”

在座的人酒醒了一半。谁也没有想到刚灌自己一杯酒的程皖夫竟“醉”成这个熊样,在举国欢庆的时候说出了这样既敏感又扫兴的话。鲍里斯根本就没有喝过量,程皖夫的话,让他又恢复了与对手谈判时盛气凌人的姿态,一字一句滴水不漏地说道:“藏书楼属历史遗留问题。如果说我们一家,继续住着程家大院妨碍你们,我倒可以与上级反映一下,另选一处住宅,把楼上还给你们。程家藏书楼现在是苏军的食堂,据我所知,苏军司令部暂时还没有搬迁食堂的计划。”程绪至的脸阴沉下来,心里暗骂程皖夫混账:提这件事跟谁商量了,要提也得我这个当爹的提。他以父亲的口吻威严地呵斥道:“程皖夫,你胡咧咧什么?现在这个家还临不到你做主。”程皖夫仗着酒胆说:“我说这个家我做主了吗?我只说爷爷留下来的藏书没地方放。”程鲁民对程皖夫插上一杠子也有些恼火:“大哥,还不快闭上嘴,跟咱爹瞎犟什么?”程皖夫依旧不服气地说:“我犟了吗?你们不整理爷爷留下的东西不知道,咱家的藏书堆放一地,瞅着闹心。苏军在哪不照样吃饭,这几年要是盖食堂的话,早盖起来了。”程绪至高声骂道:“混账东西,你还振振有词啦。我们新中国今天刚成立,你就逼苏军腾出藏书楼,你还有点君子风度没有?你的书念到狗肚子里去啦。”程老夫人想站起来,两条腿却不听使唤,她颤巍巍指着程绪至呵斥说:“都是你教育出来的……”曲舒和荞面儿扶她离开了酒桌。柳德米拉追在后说:“你看这事闹的,我的话还没说完呢!咱们别理男人们的酒话、疯话。”

安德列站起来说:“鲍里斯,我得告辞啦。看来天下真没有免费的午餐,在旅顺口也概莫能外。”鲍里斯起身把他送到了大门外,说:“你看,我刚想说要把东西还给他们就出了这么个意外的插曲。”安德列冷脸打趣说:“真该翻翻中国的老皇历,今天好像不宜出门。”

过日子的事有话则长无话则短。又一个冬去春来寒暑交替,程家大院里基本无事可叙。只是子弹箱改造的鸽笼子由原先一个增加到三个,房脊上的鸽子翅膀挨着翅膀排成了一溜,飞起时天空像有一团飘过的云;只是小罐蹿高了半个脑袋,去街上买东西不用人跟着,找余额的账算得比小贩还快;只是程老夫人跟程鲁民有操不完的心。荞面儿离开程家后程老夫人说:“往后,这个二混天爱跟谁好跟谁好,跟我这个当奶奶的一丁点关系都没有。”本来是一句赌气的话,本来话里面婉转地表达出不再干涉的意思。可是,苏联人就是听不懂中国话,听懂了也理解不了复杂的含义。柳德米拉对尼娜说:“听见没?中国奶奶要与程鲁民断绝关系了。”连程老夫人自己都无可奈何地笑了：“跟苏联人讲话就得有一说一，有二不能说成三。鸡是骨棱嘴就说鸡嘴是骨棱的，可不能说成‘长着扁扁嘴的不是鸡’。”

柳德米拉能听懂中国话也只知道表面上的字义，却理解不了复杂的内涵。与她相同的是程老夫人能看出年轻人的情感上出了差池，却弄不清潜在的玄妙和隐藏的纠葛。有荞面儿横在中间，程鲁民和尼娜两人偷偷摸摸的时候你情我愿黏糊得不轻，尼娜能从苏联追到旅顺口，程鲁民能从接亲的马车轿临阵逃脱，一个非他不嫁，一个非她不娶。如今，荞面儿自动出局，就连程老夫人咬钉嚼铁的狠歹劲也像槽牙一样松动了，他俩却不打鸣不下蛋，更谈不上抱窝了。莫非真应了那句老话：男女情缘直眉瞪眼的不如挤眉弄眼的，挤眉弄眼的不如贼眉鼠眼的，还真是偷来的香。二混天那个杂碎玩意是不是想吃回头草了？

程老夫人只能把心里话跟大孙子媳妇曲舒说说。还不等她说完，曲舒的头摇得像货郎手里的鼓：“奶奶，您可真敢想。您老就别皇上不急太监急，小姐不急丫鬟急。”听听，新社会把妇女都惯成什么样了，程老夫人年轻时哪敢跟奶奶婆这么说话。原想把荞面儿叫来从侧面问问，程老夫人不敢再开口讨嫌啦。

霜降已过立冬将至，转眼又到了家家户户溜窗缝的时节。傍中午，大门外传来了敲门声，程老夫人趴在窗台上往外看，荞面儿和上次来过的麻洁秋一起进了院。程老夫人迎出去，手里拉着穿小碎花夹袄的荞面儿，又满眼欢喜地打量着穿扎花蜡染布袄的麻洁秋，怪罪她俩老长时间也没回家里坐坐。荞面儿的脸有些晒黑了，也胖了点，奶奶长奶奶短地说着客套话。程老夫人高兴地去端笸箩，里面有苞米面的饼子和烀地瓜。荞面儿说：“不啦，奶奶，我们刚吃过了。今天和麻姐来粘玻璃条的。”程老夫人这才看到麻洁秋腋窝里夹着一捆子裁好的白纸条，程老夫人高兴地说：“新社会就是好，政府还下来给俺家溜窗缝。”荞面儿和麻洁秋都笑了，说：“奶奶，不是溜窗缝，纸条儿是粘在玻璃上的。”她俩说着在玻璃上把纸条粘成了“米”字形。程老夫人不高兴了，连忙喊她们停下来：“人家的窗上粘的都是红纸双喜字，你们凭啥给俺粘上白纸条？这多不吉利，是骂人还是咒人？”荞面儿说：“奶奶，敢情这么大事你不知道呀？我们可不是闲着没事闹腾您，是提防美国鬼子扔炸弹，防备碎玻璃碴子崩着人。”程老夫人听了更加糊涂：“美国离咱这有十万八千里，炸弹能扔到院子上头？”麻洁秋笑着说：“美国鬼子的飞机都飞到了鸭绿江上，来咱旅顺口也就是一脚油的事。”程老夫人心里似懂非懂，话说得却如恍然大悟一般：“我说前两天听到了打炮声和飞机降落声，还以为我们攻打台湾呢，敢情是美国围在咱的家门口打咱呢。”麻洁秋和荞面儿相视笑了：“两回事，您说的是苏军的飞机空中演习呢。”

刚刚成立的新中国面临着国家安全的严重威胁——美国武装干涉朝鲜内战，把战火烧到中国东北边境。抗美援朝保家卫国成为刚满周岁的共和国的头等大事。全国各地掀起了空前的参军热潮，适龄的新中国公民纷纷报名踊跃奔赴前线。旅顺口市政府门前，高音大喇叭里嘹亮地响起慷慨激昂的歌曲《打败美帝野心狼》：“雄赳赳，气昂昂，跨过鸭绿江，保和平，为祖国，就是保家乡。”征兵工作办公室悬挂着红底白字的巨大横幅：“有志青年，志在保国”“响应祖国号召，奔赴朝鲜战场”。排队等待报名的男女青年伸长脖子，踮脚向前张望。

中苏两国关系进入了“蜜月期”，但程鲁民和尼娜的感情却迈不过那道坎儿。尼娜不明就里，程鲁民心知肚明却欲言又止。他理解郝林秀说的话，“从自己的身上找出拒绝的理由”，就是把所有的责任都揽到自己身上；“不能泄露省委的规定”就是要保护组织，而保护组织也只能出卖自己。保护组织说起来容易，做起来太难；出卖自己不做不知道，做起来也挺难。他和尼娜国籍不同，所受教育和成长的环境也不同，但两颗心还真叫作息息相通。尼娜刚跟荞面儿学会看指肚上长着的是簸箕还是斗，第二天就能说出程鲁民手上长有七个簸箕三个斗外加一条掌上横纹。尼娜刚跟曲舒弄懂了公元纪年与中国农历纪年的换算窍门，第一个就推算出程鲁民是农历庚申年出生的，而这年出生的人属猴。尼娜不知道自己的腰围多宽穿多长的裤子，不知道自己睡觉时打不打呼噜蹬不蹬被子……程鲁民的她全知道。他的一个眼神，一个皱眉，一个嘴角向上或向下弯曲，她都能揣摩出表情瞬间变化的心理因素。她自信比了解自己还了解他，但她却弄不懂这两三个月他们的感情为何出现了裂痕，为何急骤降温。差不多所有的障碍都不复存在，就连顽固的中国奶奶也不再以屁股的翘撅、宽胖而论生男生女了，就连傲慢的安德列也不敢轻视从此站起来的中国人民了，应该说他们到了水到渠成掘地成井的时候，尼娜却怎么也想不通他为何泄气了、动摇了、退缩了。一个她心里最具男人气质的人不再男人。

周允声局长来到了《实事报》社，与他同来的还有新婚的妻子麻洁秋。半月前，他们两人在旅顺口举办了新式婚礼。现在盘点起来，他们办了旅顺口第一场新式婚礼。公安战士用大铁锅炒了半麻袋瓜子，准备了两筐水果。会议室里长条桌子围成正方形，长条凳子坐满了人，桌子上摆上石榴、苹果、葡萄、花生和炒瓜子，贺喜的人们带来了脸盆、暖水瓶、毛巾被和床单等物品堆了一人多高。那时候的糖果属稀罕的东西，埋在瓜子里伸手进去，运气好才能摸到一块。第一次举办新式婚礼，闹闹哄哄却也别开生面。领导动嘴讲话，嘉宾动嘴嗑瓜子，领导的嘴不动了，下面嗑瓜子的声音还不绝于耳。婚礼结束时地上铺满了一层瓜子壳，来宾们蹚着瓜子壳走出了会议室。新郎新娘回到了洞房脱鞋倒出瓜子壳时，周允声才想起来怎么就忘记通知程鲁民参加婚礼。麻洁秋说："你忘了我可没忘。"周允声说："那你怎么不跟我嘀咕一声？"麻洁秋撇了撇嘴："压根就没想通知'陈世美'来参加婚礼。再说了，让他来养面儿还来不来呀？"还没等她说完，周允声就熄灭了灯。新婚之夜，他用行动终止了妇女干部对"陈世美"的声讨。

周允声始终想弥补程鲁民没能参加婚礼的缺憾，跟麻洁秋说过几次她都在摇头，她对"陈世美"的厌恶不是一时半会可以消除的。这次麻洁秋吐口同意来报社不是原谅了"陈世美"，而是她听说大连有家照相馆很有名，想与丈夫去那里照张合影留念。既然同意来了，喜烟喜糖不能不带，不是程鲁民有面子，而是听说报社里还有好多的苏联军官，不能因为憎恨程鲁民而让苏联人说中国人小气。

大连和旅顺口人大都是从山东过来的"海南丢"，"好事成双"应该算是从山东老家舶来的习俗，凡新婚用品没有一件不是成双成对的，发喜糖也一样。那么金贵的东西，再说结婚都半个多月了，麻洁秋不敢保见面人人有份，都能分到两块大虾糖。她想起了一个"抠门"的办法：小心地剥开糖纸，用小刀把虾糖块切成两半，再用两张糖纸分别包裹就变成了两块喜糖。把加工的两块喜糖首尾分别拧在一起，恰似两个小木偶拥抱在一起。平时积攒的糖纸都拿出来分包喜糖，既节省又意义非同凡响。

咱们的人嗑瓜子一个一个地嗑，苏军军官却一把一把地塞进嘴里。一位中国同事蹲在地上翻看着苏军军官吐出来的瓜子壳，马上发出了啧啧的称赞声。爱显摆的苏军军官即兴表演，他们塞进嘴里一把瓜子，吐出来一串瓜子壳。麻洁秋在他们吵吵嚷嚷的时候，心里默数了两遍在场的人数，又像掏金豆似的从口袋里拿出"深情拥抱"的糖果分给大家。尼娜进门时，糖果刚好分完。

尼娜最近的泪分泌腺特别发达，泪点特低，一件平时不会在意的小事如今都能引发泪水涟涟。周允声与麻洁秋结婚没有通知程鲁民更不会邀请她光临，她还真想现场感受一下纯粹的中国式结婚。程鲁民与荞面儿“婚礼”的场面，她听程老夫人反复描述过，单是那十几辆的马车轿就能让她浮想联翩。程老夫人还添油加醋，把中国老式婚礼所能表现出来的热闹场面都夹杂在她的叙述中。老人家想当然以为，气势恢宏的场面更能增强婚姻的合法性，更能让尼娜知难而退。适得其反，尼娜却幻想着有一天她能成为那个蒙着红头盖的新娘。在一条红绸带的引领下，迈门槛、跨火盆、踩糕点，步入洞房。她没有身临其境地参加周允声和麻洁秋的婚礼，就把婚礼的场面想象得无比华丽无比华美无比华贵。麻洁秋的喜糖发到她进来时戛然而止真不是一个好兆头，尼娜捂着脸跑出了办公室。

程鲁民也在一定程度上受到了一对新人的“刺激”。从迎来直到送他们离开报社，周局长那套崭新的军装让他眼馋得不行。早听说公安局换掉了旧警察服装了，直到今天才从周允声身上看到了新军装的式样。现在公安局的新军装与解放军军服是一个样子，只是胸前肩臂佩戴的标识有所区别，人民公安仍然是人民解放军序列中的一支队伍。程鲁民似乎这才意识到自己不知不觉中脱离了解放军的队伍。解放前参加八路军，不管穿不穿军装，也不管穿多破的军装，都可以统称为参加革命队伍。如今，都在革命队伍里，只有穿着军装的人才算人民解放军官兵。程鲁民这样的可能不算转业，也不算复员，只能称其为在地方工作，他被莫名其妙地框出了解放军的队伍之外。

程鲁民在心里盼望着能重新回到解放军队伍里，美国鬼子侵略朝鲜，中国人民抗美援朝给他带来了机遇。他要把自己的身份转换到正规部队去，转回人民解放军的序列中。当然，这样做同时也与尼娜拉开了距离，也算用实际行动兑现自己的承诺。这种转换表面上根本看不出隐晦的感情色彩，相反，还带有积极响应祖国号召的凛然正气。

程鲁民先同郝林秀谈了自己的想法：“全大连、全旅顺口都动员起来了，报社地方部的中国人也有二十几个，我们总不能一个人都不去前线吧？我申请去朝鲜战场，特来向您禀报一声。”郝林秀现在是全国最特殊的一位基层领导，最特别的一位党支部书记。过去，中共派往苏联的同志也成立过中共党支部，那毕竟脚踏在异国的土地上。如今身在自己的国家却在苏军报社担任着中共党支部书记，落在纸面上，他们只有五名党员的党支部也不得不冠以“中共”的字样，以示与“苏共”区分。

在报社里，最让中共党支部书记郝林秀同志操心的不再是编辑业务上的事情。中国与苏联的宣传口径如今形同一组紧密咬合的齿轮，先前的那种南辕北辙的分歧，那些拿捏不准的争议全都抛到了九霄云外。对当前全世界瞩目的朝鲜战争，中苏两国在宣传机器的转动上完全趋于一致，听不到任何不合拍的杂音。

但是另一项工作，要搁过去几乎不能算是正经工作，却蹿升为郝林秀关注的重点。提防两国青年男女私下恋爱却成为她的头等大事。这种事情不能发公告禁止，也不能大张旗鼓地批评处理，更要命的还只能做其中一方人员的工作，不允许涉及苏联公民，这也是组织纪律。报社还真是一块特殊阵地，一块特殊的情感领域，无论中国的还是苏联的男女青年都鼓胀着浪漫情怀，再加上又在一幢大楼里办公低头不见抬头见，随时随地都可能擦出爱情的火花，让她这位中共党支部书记防不胜防。

像程鲁民和尼娜这种有历史渊源的，过早地暴露出来的并不可怕，可怕的是那些现在还潜藏的，还在眉来眼去的，还不知道何时爆发的，还不知道爆发后具有多大杀伤力的恋爱对象。最近，湖北姑娘李盼好像与苏军男军官就显露出了一些苗头。这种让郝林秀头脑中时刻紧绷的、片刻不敢懈怠的、处于风声鹤唳之中的异国之恋，有时比狗特务们隐藏得更深，更机警狡猾，更不易发觉。她真希望自己能具有一双慧眼，能洞察出像杂草一样疯长的爱情萌芽；更希望自己能长个狗一样嗅觉灵敏的鼻子，能嗅出未成燎原之势的爱情火花，然后，将它掐死或者扑灭。

剿灭爱情的星星之火时常让郝林秀有一种隐忍于心的负疚感。她不是一个不懂爱的人，更不是以扼杀爱情为快乐的人。她常在不由自主中流露出对程鲁民和尼娜的同情。看到周允声和麻洁秋幸福地结合，她便有些触景生情的感叹，也有些情何以堪的唏嘘，竟口无遮掩地发出了“有情人一定会终成眷属”的感慨。这话不是她发明的，但从她的嘴里说出来什么意思？是鼓励程鲁民和尼娜、李盼与苏军男军官之流坚持到底，还是对以前工作的全盘否定？她为此懊悔了好长时间。听到程鲁民申请去前线，她毫不犹豫地同意啦。也许分开一段时间，换一种环境对他们两人都有好处。

程鲁民准备离开报社，不能不同安德列打声招呼。从礼节礼貌上讲，从工作层面考虑他都不该不辞而别。安德列近来很是春风得意，苏军原定接替社长职务的那个人来到了旅顺口后，又被一纸新的命令调去苏军第三十九军宣传部了，朝令夕改的事不仅仅在中共时有发生。安德列虽然在职务上没有得到调整，但主持工作为他今后的发展留有足够的提升空间。还有一件事也让安德列按捺不住心花怒放的好心情，尼娜与程鲁民之间出现了重大的短期不可能修复的情感危机。他隐约感到可能受制于他们本身之外的政治因素，沿着这个思路调查取证，安德列最先破译了中共内部禁止与苏军官兵通婚的这条秘密消息，他真想用中国的老白干把自己喝得一醉方休。

程鲁民面对面准确无误地告诉安德列，他已经报名坚决要求去朝鲜前线。听完他的请求，安德列更加确定以前通过各种渠道得来的消息准确无误。但他内心却没有翻腾出任何快乐的涟漪，脸上一如既往地没有流露出任何倾向性的情感。对程鲁民没有假意劝留，也没有冠冕堂皇地鼓励，而是又翻出了报社内部管理规定，说："在面临中苏共同的严峻态势，你挺身而出申请去朝鲜战场，我个人表示敬佩。但代表报社我不得不遗憾地表明态度，以你现在的身份和理由离开，我只能按照合约人单方面放弃履行合同的情况来处理。"程鲁民从来没有奢望从安德列的狗嘴里能吐出象牙，让他和他手里的报社内部管理规定滚犊子去吧。他把原先想要请假的话都省略了，跟部里的同事打声招呼便走了。

程鲁民回到旅顺口已过了晚饭的时间，直接找到了董汉彬的家里。董市长让他坐下消消汗，说："听说你要报名参军去朝鲜战场，今天可是为这件事来的？"程鲁民说："市长的消息太灵通啦！这么快就传到你这里。"董汉彬说："有人不想让你离开，自然就把电话打给我啦。"程鲁民试探性又问："不可能是安德列吧？"董汉彬为程鲁民倒水，并向厨房里喊："老郝，程鲁民来了。这件事跟我们的'老大哥'没有关系，跟你的老大姐也没有关系，打电话的人是周允声。他说与其让你去朝鲜参战，还不如留在公安局更能发挥你的作用。打起仗来，大连和旅顺口都是前线。"程鲁民不以为然地说："跨过鸭绿江到朝鲜战场上同美国鬼子真刀真枪地干上一仗，那是啥感觉？怎么能同看家护院的同日而语？"

郝林秀出了厨房，摘下围裙对程鲁民开起了玩笑："你今天真不白来，既见到了你郝大姐的丈夫，又见到了董汉彬的老婆。"程鲁民不自然地笑了，说："真把你们是两口子这事忘得一干二净。"董汉彬说："我今晚要和程鲁民好好喝一杯。他脑子里有根筋还没有捋直呢。留在国内就不是保家卫国了？我明确地告诉你,你哪都不能去,只能留在报社。可不要小瞧这张对开四版的报纸……”郝林秀揶揄丈夫说:“它的作用不亚于一个师的兵力……”董汉彬突然像想起什么似的问郝林秀:“程鲁民要参军去朝鲜,是不是你鼓捣的?”郝林秀见丈夫不像在开玩笑,反驳说:“怎么又赖上我啦?”董汉彬说:“一人参军,全家光荣,全单位也光荣嘛。是不是也给你们下指标啦?再说,把程鲁民这个‘异国恋情’转移出去,你的后顾之忧减少了一半。一举两得的好事,你能不动心?”郝林秀说:“没有的事。第一,没有人给我们下指标。第二,程鲁民是我们放心的好党员,他对党组织的决定没有含糊的时候。你不要再犯官僚主义的错误了。”

程鲁民沮丧地离开董市长的家,时间已过了晚上9点钟。他刚走到程家大院门口,有人抽冷子从门旁闪出来吓了他一跳。当看清是弟弟程津生那张稚嫩的脸时,责备道:“都多大了还毛手毛脚的,躲在这里鬼魔啥?”弟弟有些腼腆地说:“我在等你。”程鲁民好生纳闷:“你怎么知道我今天回来?”弟弟说:“今天是礼拜六嘛。再说,尼娜姐回来了,她说你早就离开了报社。你们是不是闹别扭了?”程鲁民拿出当二哥的矜持来,说:“你等我就是问这些破闲事?”程津生躲开了路灯照下来的光,在黑暗中亮着眼睛说:“不是。就想告诉你,我参军的事批下来了。”

第二十四章　即兴跳舞心怀叵测，意外砸墙引发慌张

诗曰：

徒留虚名无书藏，囊括青史曾辉煌。
卷帙浩繁古传今，典策承接墨留香。
自从书楼变餐厅，少有娱心常哀伤。
琼楼玉阁今犹在，只是蛛网结雕梁。

在旅顺口的十年里，柳波芙所看到的只是一个空空荡荡的藏书楼，不知道那里曾经拥有的藏书有多么珍贵。在她归国后的岁月里，经常回忆起旅顺口的点点滴滴，却怎么想不起来藏书楼的样子，只记得那个跳舞的地方。程津生参军前的晚上，柳波芙把他拉到了藏书楼里去，说是跳舞为他送行，实则要出他的洋相，从未跳过舞的高中生手足无措。昏暗的灯光下，柳波芙看到哥哥彼得与一位中国姑娘在一起，很亲密的样子，她怒不可遏地与哥哥发生了从未有过的争吵。那一晚，她在舞厅里毫无风度地喊叫，出尽了洋相的是她自己。

路灯下有两个拉长的人影，程鲁民双手扳过弟弟的肩膀，把他的脸转向灯光能照到的位置，似乎不相信地问："说什么呀？你再说一遍。"程津生以不容置疑的口吻，倔强地说："我报名参军了，今天刚刚批下来，后天就去安东（今日丹东）集合。"程鲁民摇晃着弟弟的肩膀："你跟谁商量了？奶奶和爸同意你去吗？"程津生说："我先跟你说，你得帮我跟爸爸说。奶奶，就先不要告诉她了。"程鲁民气愤地说："简直胡闹，你以为能瞒过奶奶？"程鲁民缓了口气，尽量心态平和地说，"你还小，还得继续念书。参军打仗这样的事还轮不到你，要去也得我去。"程鲁民说出最后一句话时明显感到底气不足，他不是不想去朝鲜前线，可是为此努力了几天竟不如弟弟来得快当。程津生固执地说："谁也别想阻拦

我。你像我这么大时不也瞒着奶奶和爸爸去参加了八路军吗?”

程鲁民看到弟弟在不知不觉中长成了大小伙子。已经高中毕业的他,男子汉的特征显现出来了。灯光下能看见弟弟薄薄的嘴唇上长出了一层毛茸茸的小胡子;随着说话声音的颤动,那个小巧的喉结上下移动,像蝌蚪一样时而躲进尖下巴的阴影里,时而又羞羞答答地探出头来。但他毕竟还是个孩子,还有些怯懦,脸上还带有乳毛尚未褪尽的稚气。程鲁民好像从来没有这么认真仔细地近距离观察过弟弟。他离开程家大院时,弟弟的嘴唇上还吊着两桶鼻涕,他重新回到旅顺口后,弟弟好像挺怕他,见面总是把手里的弹弓藏在背后。与荞面儿“结婚”的那天让弟弟坐在马车轿里去接亲,当时没有觉得有什么不妥,事后才发现,处于青春期的弟弟似乎从那时开始懂得了害羞,也有了胆怯,更有了对女性的好奇。

尼娜不止一次地对程鲁民用俄语说过同一句话,翻译过来相当于现在所说的“恋母情结”。程鲁民每次听完都是一笑了之,弟弟很小就失去了母亲,按缺啥想啥的道理,有“恋母情结”也无可厚非。说实话,他自己还没明白“恋母情结”究竟是怎么回事。荞面儿来到程家大院后,程津生的衣袖衣襟不再带着油渍的痕迹,鞋也不再露出脚指头,书包里常常放着煮熟的鸡蛋。程鲁民回家的次数有限,但印象中从未听见弟弟喊荞面儿“二嫂”,当时他想,不喊二嫂也没啥,她本来就不是二嫂嘛,现在回想起来似乎不那么简单。荞面儿是刮西北风,烟道里倒烟的那天中午离开程家的。程津生跑回来书包还未放下就喊:“姐,姐,我饿了。”这一喊不要紧,把程老夫人的眼泪喊下来了:“熊玩意儿,这回你喊对了,你姐姐搬走了。”弟弟推开房间一看,荞面儿床上的被褥全都拆洗了晾干了,用过的物品摆放得整整齐齐。程津生中午没有吃饭,也没有吃晚饭,直到天黑时才被大哥大嫂找回来,弟弟两眼发直,还有些眼皮红肿,怔怔的,不说一句话。

程鲁民时刻都能感到弟弟的那双眼睛后面隐藏的仇恨,荞面儿走了,弟弟却把账牢牢地记在他身上。在弟弟看来,荞面儿姐的一生都让他给祸害了:有夫妻之名却形同路人,顶着程家孙媳妇的名分却独守空房;他还把荞面儿的心当成了面团儿揉,与尼娜情感出现裂隙时拉荞面儿当垫背,他们和好如初马上把她一脚踢开。如果他当时不是身负重伤,弟弟时常拉紧的弹弓没准什么时候就能射过来。

然而那个夜晚，弟弟却表现得相当克制和冷静，仿佛几天不见弟弟突然变得成熟、稳重和不计前嫌啦。程津生像个大人似的把他的手拉过来紧紧地握了握，说："二哥，奶奶都七十多岁了，爸爸也年龄渐大，大哥时不时犯病，我这一走，家里全靠你了。"程鲁民的眼泪都快要被他给"酸"出来，这样的话应该是他嘱咐给弟弟听才对。程津生似十分老成地停顿了一下，说："爷爷留下的宝贝你不会忘记的，我坚信那东西还没有离开咱旅顺口。如果尼娜姐真心跟你好，她应该有办法帮你找到。"程鲁民反问道："你怎么能这么肯定那东西一定还在？"程津生说："当时我亲眼看到是安德列偷走那只皮箱子的。他本人一直都在这里，如果他真的了解那东西的价值，肯定不会随便交给旁人的。他不是也喜欢尼娜姐吗？说不定他会对尼娜姐说出实情。"程鲁民与弟弟的手又一次紧握在一起，他能感受到弟弟已经成长的力量。

尼娜和柳波芙从程家大院走出来，柳波芙故意不理程鲁民，向程津生抱怨说："都等你半天了，为了给你送行，今晚我和姐姐邀请你跳舞去。"程津生的脸上又恢复了以往羞怯的表情，低头不语。柳波芙说："今晚你别想推托，不去也得去。"弟弟抬头看了程鲁民一眼，企盼着当哥哥的替他拿主意，程鲁民带有鼓励意味地点点头。尼娜竟然比程津生还受鼓舞，忙说："真是太好了，我们还没有在一起跳过舞呢。"

藏书楼的舞曲早已响起了，柳波芙优雅地向程津生伸手发出了邀请，程津生不知所措地往一旁躲闪。柳波芙的脸上又带有那种特有的坏笑，强拉起他的手放到了自己的腰部。程津生的手脚先是像木偶一样呆硬死板，后又如通电一般颤抖不止。柳波芙的棕色长发触到了他的下巴，飘逸在他的耳旁，柔软的感觉和弥漫的味道让他浑身酥软得几近麻木，但记忆深处却翻腾出以前的片断：热气腾腾的浴室里那个淋挂水珠的光滑脊背，跳芭蕾舞的长腿上棕色的汗毛……柳波芙让初学者手忙脚乱，白皮鞋看似心甘情愿地当垫脚石，其实是故意在脚下使绊子，又夸张地叫喊："踩痛我了。"引得旁边跳舞的人纷纷侧视，让程津生更加狼狈不堪，像生怕再踩上地雷似的，他的双脚畏缩不前。

尼娜的脖子抻成面筋儿，一面跳舞一面向他俩扭去，又转回头问程鲁民："你真的愿意你弟弟去参军？他可能连姑娘的手还没有拉过呢。"程鲁民说："他也在长大嘛，我真的发现他长大了。"尼娜说："你清楚程津生为什么要去当兵吗？听柳波芙说，他爱上了荞面儿，可能也勇敢地表白了，但结果你会猜到的。”程鲁民说：“你别听柳波芙瞎说，怎么会呢？我弟弟怎么会爱上她呢？”尼娜笑了：“怎么不会呢？你记得我说过‘恋母情结’吗？你们家人可能除了你之外都看出来了，中国奶奶不舍得放荞面儿走，或许还有另外的打算呢。”

程鲁民觉得有一股莫名的火直蹿头顶，手从尼娜的腰部生硬地甩开，两人顿时立在舞场中间：“你能不这么信口开河吗？程津生还是个孩子，他马上要去的地方是战场，而不是舞场，那里什么事情都可能发生。”尼娜说：“我没有瞎说，只是你不愿意承认罢了。其实也没什么，荞面儿不是他接到程家的吗？用中国话说，这也许是前生注定的。”程鲁民更火了：“我决不允许你把污言秽语泼向我弟弟。他还那么单纯、那么朴实，干吗把他参军的动机说得那么不堪入耳？”尼娜说：“那你呢？能说你报名去朝鲜战场的动机单纯吗？我不否认你们都想保家卫国，但每个人参军入伍的初衷各有不同，为什么总要强调动机如何高尚，初衷有点瑕疵，为什么不能大大方方地承认呢？”程鲁民见舞场里的苏军家眷，把头扭向他们，他不情愿地拉起了尼娜的手，继续跳着不知什么曲子的舞。

程鲁民与尼娜又转到了舞场中间，这里是舞池里旋涡中心，程鲁民瞬间设计了一个十分歹毒的计划。他决定在这个相对舒缓的中心地带跟尼娜吵上一架，尼娜说弟弟参军的动机不纯，这不是诬蔑是什么？单纯地诬蔑弟弟也许没有什么，关键是她作为苏联人诬蔑了保家卫国的中国青年，贬低了抗美援朝的国际主义精神，而他不会放弃这个有利的把柄，要与她针锋相对势不两立地吵上一架，让她为自己的信口胡说付出代价。也许这样，在苏军军官及家眷面前颜面扫地的尼娜，从此会在心里对他产生怨恨，而他也算以实际行动给组织一个交代。

程鲁民想好了潜台词，几句铺垫之后，“参军动机不纯”的话题如同事先预留好的导火索，向着他所期待的方向冒出了火星，他调动了内心全部的积怨准备随时发作。这些积怨原先未必都是针对尼娜的，但此时调动起来却有如火借东风的气势。他本人也渐渐进入状态，有一种被压抑许久将要发泄出去的畅快。可恨的柳波芙，偏偏在这个时候不知好歹地跑过来，拉着尼娜的手强行把他们分开，直接把尼娜拉到舞场东边，那里站着一位年轻的苏军军官，程鲁民隐约看到，那是她们的哥哥彼得。程鲁民还真有一种有火发不出来的憋屈，紧跟了过去,正欲把“歹毒的报复计划”扩展至她们姐妹二人,却发现柳波芙愤怒的火焰比他还高。

柳波芙气冲冲地对姐姐说:“你们这都怎么啦?哥哥也来跳舞,还带着中国舞伴,难道你们来旅顺口的目的就是要同中国人结婚吗?”尼娜并没有感觉到刚才事态险恶,还对妹妹搅乱了跳舞的雅兴心生怨气,说:“你胡扯什么?带舞伴跳舞就是要结婚?笑话。”哥哥显然此前与柳波芙有过争吵,此时仍旧怒气未消,威严却不失分寸地对柳波芙说:“你必须向她道歉,你一通胡言乱语把她吓走了,你简直没有一点风度,一点道理都不懂。”

今天这是怎么了?美国鬼子还没有打过鸭绿江呢,藏书楼里的舞会还照常举行。可是,跳舞人的情绪却烦躁起来。程鲁民和程津生并没有看见彼得带来的那个舞伴,更不会想到将要发生的和以后发生的事情大约都与这个夜晚有关。半年后的一天,程鲁民在长途汽车上,看到了一双遮掩着的却是再熟悉不过的眼睛。那个女人的脸蛋可以遮掩,却怎么也掩饰不了将要临产的身腰。程鲁民后来深深地感叹天道不测,造化弄人。

父亲程绪至、大哥程皖夫、大嫂曲舒、二哥程鲁民,还有柳德米拉和柳波芙来到了火车站为程津生送行。程老夫人被事先安排在家里,像往常一样唱驴皮影儿哄小罐睡觉。能顺利地瞒住程老夫人当属曲舒的功劳,程津生临走前告诉奶奶,自己要去关内读书,去哪所学校,读什么专业编得有模有样。程老夫人问:“柳波芙跟你同学,她怎么不去关内念书?”程津生欺骗奶奶的功课显然准备不足,有点张口结舌答不上来。曲舒翻动着眼皮说:“奶奶,柳波芙是苏联人,她要念大学也得回到苏联,他们两人念不到一块去。”曲舒想到也得让鲍里斯一家人封住嘴,程津生参军的事绝不能向程老夫人泄露一个字。

柳德米拉拿出随身带着的一个包裹塞到程津生的手里,说:“这还是跟荞面儿学的,给彼得织了一件毛衣,织好了也不见他回家,送给你穿吧,朝鲜的气候比这儿冷。”程津生推辞,柳波芙拿过来一把塞进他的手里:“都要上前线了,你反倒不像个男人了,一件毛衣有什么了不起的!”火车喘着粗气,巨大的车轮缓缓移动时,荞面儿才匆匆赶来。她挨个车厢踮脚,伸长脖子向车厢里张望。火车的速度加快了,荞面儿拎着网兜儿快跑几步,把网兜扔向了车厢窗口,程津生伸手去接还是没有接到。网兜从窗框上反弹到站台,程家人看清网兜里碎了十几个煮熟的鸡蛋。

曲舒捡起鸡蛋交到了荞面儿手里，荞面儿说："还是大嫂带回去给奶奶吃吧。"曲舒说："可不敢给奶奶。我回去怎么说？奶奶还不知道三弟参军的事，你也别说走嘴了。"荞面儿说："都怪俺，开始还犹豫再三不知该不该送送他。俺还是来了。"她俩边说边顺着站台往回走，周允声局长从后面跑过来问："看到程鲁民了吗？"曲舒说："他走在前头呢。"

周允声追到程鲁民后面，拍了他肩膀一下，说："你如果不忙，咱们找个地方唠唠。"程鲁民问："公安局里也有人参军了？"周允声说："去了七名同志，周长胜、何东青等半月前就离开了旅顺口。"周允声不是来为参军的新兵送行的，而是特意来找程鲁民的。他和程鲁民走到了龙河河边，那里离孟老板的驴肉馆不远。有几句心里话他想当面问一问程鲁民："中国人民志愿军都开到朝鲜战场了，苏联人还躲在旅顺口观望吗？"程鲁民笑了笑说："我只知道咱俩多长时间没吵嘴了，或者你有多长时间没窝囊我了。你问的问题太深奥。"周允声说："你会俄语，又跟苏联人常打交道，我不问你问哪个？"

周允声凑近他的耳边问了第二个问题："驻旅顺口的苏军空军最近一会天上一会地上的，他们频繁地飞到离咱们这里不远的安东浪头机场，知道为什么吗？"程鲁民说："其实你问的两个问题是一码子事，都是我回答不了的。"周允声说："我可没闲工夫挠你胳肢窝。咱公安局的周长胜你还记得吧？就是不高圆脸的那个。原本说他一准去朝鲜战场的，十天前我却在安东浪头看见他了。麻洁秋的叔叔是安东浪头人，家里有船在鸭绿江边打鱼。美国鬼子的飞机轰炸鸭绿江大桥时，叔叔被飞来的弹片崩死了。我和麻洁秋都去参加了葬礼，往回走时经过一个菜市场碰到了那小子。当时我就愣住了，问他，你小子是不是当了逃兵，不去朝鲜战场却在这儿拐筐买菜？周长胜看到是我，自然也欢喜得要命，说，我哪里当逃兵了？压根就没有过鸭绿江。部队挑选了十名党员，还要各方面表现好的留下来。我还以为要分派什么重要任务呢！原来是给苏军的飞行员当炊事员。我们平时管理得可紧了，不能跟苏军飞行员扯闲，不能打听不该打听的事情。恰好有一位飞行员我在旅顺口站岗时经常碰到，有些面熟，我估摸不少飞行员都是从旅顺口过来的。从见过周长胜以后，我就留心咱们旅顺口的机场，他们起落的架次明显比过去多了。"程鲁民说："你跟我说这些是想让我去找鲍里斯，或者问问苏军更大的官，帮你落实了？"周允声说："那倒不必。咱俩都管不着苏军的破事。我想告诉你，这场战争来头不小，你还是回到公安局来，打起仗来还得是当兵的。我可不跟你瞎嘞嘞，前两天有个内部通报，台湾的国民党派来一个代号叫‘老道’的特务来到了大连地区，捣蛋的地方还是旅顺口。你回来有你的用武之地，别成天在报社喝茶水胡编乱造了。”

时间一晃过去大半年了，程家人瞒天过海糊弄程老夫人，本以为此事蒙混过去了，谁曾想还有意料不到的疏漏。那天上午，家里空无一人，程老夫人到邻居家串门回来，远远地看到大门前站着两人往门楼上挂牌子。走近一看，钉上去的是一块饭盒盖大小的红牌子，牌子上写着“军属光荣”四个字。程老夫人说：“快停下来，你们一准搞错了，我们家没人参军，哪来的军属？”两人中的一位年长的说：“我们是市政府的，您是程家的奶奶吧？”程老夫人点点头。年轻的拿起一个记事本翻了两页，说：“没错。这里记着呢，太阳沟洞庭街 256 号。程家大院我小时候就知道，原来日本人在的时候叫扶桑町 256 番地，这还能弄错？”程老夫人说：“我们家哪有人参军啊！”年轻的说：“你孙子程津生参军您老不知道？”

程老夫人让曲舒转告程绪至、程皖夫，晚上都必须回来。程绪至问明了缘由，懊悔家人百密一疏，怎么也不会想到市政府还能去挂牌子。他到邮电局给程鲁民打了长途电话，说：“你奶奶知道老三参军的事了，火气很大，你若能请假下午赶回来吧。”程鲁民回到家里时已是掌灯时分，餐桌上的饭菜凉得没有一丝热气了，也没人动一口。程老夫人用簸箕收了晾干的莲子，倒进紫砂罐中，见到程鲁民回来吩咐曲舒说：“把饭菜热热吧。”一会儿工夫，曲舒把饭菜又端了上来。程老夫人把紫砂罐合上，交给曲舒说：“把这些山东家捎来的莲子，送给楼上的苏联大婶。程鲁民大老远地跑回来，快去吃饭吧。”程绪至说：“您老不是找我们回来说事吗？”程老夫人说：“你们以后什么事别背着我，我就那么不通情理？”她又从笸箩里拿出了那双已经做好的“千层底”鞋，说：“早点告诉我程津生去参军，我紧点赶也撵出来，让他穿着走。”程鲁民说：“奶奶，部队里现在都发胶鞋，系带的。穿着您做的‘千层底’行军打仗不跟脚，三弟还得把它放到背包里徒增分量。平时只要拿出来看一眼就会想起您，平白添了许多牵挂。您说，让他无牵无挂的好，还是让他牵肠挂肚的好？”

程老夫人流泪说：“我还想让你们谁去邮局给老三寄去，看来这鞋没用了，你们哪个穿着都不合适。”程鲁民说：“奶奶，朝鲜战场炮火连天的，邮局早让美国的飞机炸毁了，程津生到现在一封信都没寄回来，您老还想寄鞋？”程老夫人拿起剪子就要铰，曲舒眼尖手快一把夺下，责备程鲁民：“你平时说话挺通情达理的，何苦勾引奶奶伤心？奶奶说给老三寄鞋，你就先应承下来，了却奶奶一个念想不行呀？”父亲程绪至斥责道：“看你平时挺周全的一个人，本想指望你劝劝你奶奶的，还不如不喊你回来。”大哥程皖夫也说了程鲁民好几个不是，这件事才算安抚下来。

当晚，鲍里斯回来时，程鲁民已经回到了自己的房间里，刚准备躺下却听到了堂屋有开门的声音。接着，就听到了程老夫人的说话声：“尼娜他爸，我这里做好了一双鞋，你穿穿合脚不？穿着合适，又不嫌我老太婆做得土气，这双鞋归你了。”堂屋里又响起了鲍里斯的换鞋声。鲍里斯大概穿上“千层底”在厅里走了两步，说：“中国奶奶，太好了。我见您做鞋时都想让柳德米拉花钱买您一双，但看到您花费的工夫又不敢奢望。这礼物太贵重了。”程老夫人说：“不值钱的，也没有那么金贵，你稀罕就好。”程鲁民拉灭了灯，在黑暗中苦笑了，他这才明白奶奶没早睡下，原来是在等鲍里斯回来。如果奶奶事先说了送鞋给鲍里斯，他还会反对，还要惹奶奶生气。他认为穿惯了皮鞋的鲍里斯不会对土布鞋瞧上眼，没想到鲍里斯却很喜欢。程鲁民忽然想起了火车站上的一幕：柳德米拉把准备织给儿子的毛衣送给了程津生，如今，奶奶又把给程津生做的鞋送给了鲍里斯，这里面没有事先安排，没有刻意交换，好像冥冥之中才有的前世注定。

鲍里斯穿着崭新的布鞋走上了二楼的卧室，又在卧室里走了两圈，抬腿立起脚掌给柳德米拉看，弯腿侧脚给自己看。黑鞋帮白鞋底，有半寸高的鞋底上麻绳扎结得密密实实。柳德米拉一眼认出了程老夫人做的鞋，惊讶地叫道：“中国奶奶花费了多少工夫，却穿在了你的脚上？”鲍里斯得意地说：“我知道这是中国的古董。但不是偷的也不是抢的，是中国奶奶送我的。”

鲍里斯说完竟不自然了，此刻又让他联想到与鞋无关的事情来了。柳德米拉让丈夫把鞋脱了并拿在手里仔细端详：“我听曲舒说，中国人有个传统，这种鞋是做给上前线杀敌的将士，叫作拥军鞋。中国奶奶刚才还让曲舒送来一罐莲子，又送鞋给你，莫不是有什么寓意吧？”鲍里斯已被自己的联想弄得挺不开心，柳德米拉如是说，更添了许多不快。他没有好气地回了句：“能有什么寓意？不要东扯西拉了，中国奶奶只是看我的脚适合这双珍贵的鞋。”

柳德米拉还是不服气地把心里的话都说了出来："如果我们还在苏联或许想不到那么多，但现在不一样，全家人都在旅顺口，我亲眼看到了中国人踊跃报名参军，积极拥军支前。而驻在旅顺口的苏军却在照常吃喝玩乐，舞场里的乐曲照旧在每个礼拜六晚上准时响起。苏军的飞机大炮军舰坦克，哪一项装备得不比中国的先进？但只是严阵以待却一毛不拔，好像美国人侵犯朝鲜与苏军一点关系都没有似的。"她拿自家与程家做个比较，程津生刚从中学毕业都去了前线，程鲁民也积极申请了。而她家的五口人有四名是军人却没有任何参战的迹象。难道他们这些经历了反法西斯战争的人，都看不到又一场跨国战争要打起来了吗？鲍里斯搂过妻子，深情而凝重地说："有些事我们不知道，有些事我们知道了也不能说。放心吧，中国奶奶没有逼我去朝鲜参战。有闲心多想想彼得吧，我们都快一年没有见到他了……"

程鲁民有些疲惫不堪地早早躺下，但越是疲惫反倒越睡不着觉，像烙煎饼似的翻弄了几个小时仍无睡意。他爬起来摸黑走到堂屋里想找口水喝，却见鲍里斯站在壁炉前一动不动。程鲁民问："怎么还没睡下？没听到你下楼的声音呀？"鲍里斯没有回答，把脚抬了抬。程鲁民借着窗外的月光看清了，他穿着程老夫人纳的"千层底"鞋。程鲁民心想：这个家伙每天睡不着觉时都站在壁炉前吧？奶奶送他双布底鞋，或许能让两家人都不被他的皮鞋声吵醒。

第二天早上程鲁民却被砸墙的声音震醒。他急忙来到厅里，看到父亲程绪至拿着镐头砸向壁炉旁的墙上，铁锹和抹灰抹水泥的"家把式"堆在一旁。鲍里斯早早地醒来，站在壁炉前拉住程绪至的胳膊，说："老程，你这是干什么？"程鲁民看到鲍里斯的脸色都白了，拉着父亲的手臂哆哆嗦嗦。程绪至放下镐头说："你看，你们每天去餐厅都要在这里绕个圈子。我想把这里打通开个门，你们就可以从壁炉旁直接进餐厅了。放心吧，仅多一天工夫就能安上门，晚上回来吃饭时就能少走冤枉路了。"鲍里斯跟程鲁民预料的一样，瞬间找出了种种理由百般阻拦。他说，不必让老程费心，被服厂的活够你忙的，有余暇时间多想想服装缝纫的事。他还说，我们家住在这里本来就给你添麻烦，再为了我们的方便穿墙凿洞太过意不去。他又说，这哪里能算冤枉路？中国人的养身之道不是说饭后百步走活到九十九吗？多走两步权当散步，当锻炼身体了。总之，墙不能砸，千万不能砸，砸墙绝对不是体现中苏友好的举动，而是把他推向了不仁不义十恶不赦万劫不复的深渊。

父亲程绪至砸墙可能与程皖夫一样，误打误撞地吓了鲍里斯一跳，从新中国成立那天老鲍的吞吞吐吐的表情上，从半夜楼下老鲍心事重重痴痴呆呆的举止上，程鲁民更加确定墙里隐藏着秘密。他拿起了地上的工具，与父亲一起走到门外，小声地劝道："为顾及中苏两国人民的友谊，当然也有鲍里斯的脸面，暂时还不到砸墙的时候。"

第二十五章　谭敏失踪讳言真相，书楼悼亡疑虑重重

诗曰：

金风玉露一相逢，敢欺苍天泣鬼神。
莲生并蒂分南北，鹳飞双栖落浅深。
风花雪月应怜子，刀光剑影犹贯心。
后生经历几多事，拙笔安能续到今？

柳波芙说她是在苏军医院里认识谭敏的，似乎不论尼娜生病，还是程鲁民负伤，柳波芙总能看到她穿护士服的身影。但自从与哥哥彼得吵了一架之后，柳波芙就再没有见过她。没有人记得她何时离开苏军医院，甚至，没有人再提起过她的名字。直到柳波芙回国若干年后，在已经沉淀的记忆里，反复回忆当年的那些人和发生过的那些事，才突然想起了那个曾被她羞辱过的姑娘。她还记得谭敏长有大大的眼睛，留着长长的辫子，却不知道她以后的故事。

市妇联接手了一项十分棘手的任务。鞠茹珍来到市长办公室，看到董汉彬市长和周允声局长都在。董市长让人给她搬来一把凳子，表情凝重地说："苏军医院的一位中国女护士怀孕了，组织上决定把这件事交给妇联处理。"董市长见没有引起鞠茹珍足够的重视，强调说："光是生孩子也许就不找你了。这位女护士没有结婚，她本人又在苏军医院工作，孩子的父亲有可能是苏军官兵。"鞠茹珍习惯性地伸了一下脖子："没有结婚生孩子就够不光彩的啦，况且还可能有个苏联爸爸。"董汉彬起身在窗前踱步，说："旅顺口历来无小事，一举一动都放大在国际舞台上，尤其是涉及中苏关系，一不留心就会酿成难以收拾的后果，千万不能让这个女人的肚子坏了中苏友好的大局。"鞠茹珍赶紧表态说："难怪市长亲自下达任务。这事交给我们妇联您就放心吧。"

鞠茹珍在一个小旅店里找到了那个住了十多天店的怀孕女人。女人穿着厚厚的棉衣与当下的季节格格不入,她脸色憔悴形容枯槁却没怎么显出怀孕的肚子,或许与穿着厚实有关。店老板是个精明人,女人住进来他就觉得哪儿不太正常。这位女房客不接别人的言语,问她十句换不回来一句。听口音她不像本地人,又不说为啥住店,天天把自己关在房间里。两天前从她的房间里传出了瘆人的呼救声,店老板跑到门口却推不开房门,拿出了备用钥匙拧开房门一看,从房脊上悬下来一根绳索套在了女人的脖子上。她的两只手拽住脖子上的绳索,脚尖如同跳芭蕾舞一样勉强跷在凳子上。店老板来不及多想,一下抱住她的双腿。女人被放到床上没有号啕大哭也没有低声抽泣,甚至连滴眼泪也不曾落下。店老板却吓坏了,让家人看好女人,自己跑到公安局报警。

周允声带一男一女两位公安人员来到了小旅店,那位脸色苍白目光呆滞的女人让他着实吃了一惊。在学校的操场上,在苏军医院的病房里他都曾见到那个长辫子圆脸盘的女护士,他还记得程鲁民说过她的名字:谭敏。眼前这位想要自杀的女人与从前见过的漂亮女护士有着天壤之别,脏黑肥厚的破棉袄把从前裹在白大褂里的苗条身材罩得臃肿笨拙,蓬松散乱的头发早已失去了梳成长辫子时的润滑光泽,那个丰满红润、洋溢着青春活力的脸变得如同一张浸透了米汤又晾干的白纸。

谭敏依旧一言不发。对她未婚先孕一事,周允声指派得力人员展开了外围调查。该女在苏军医院表现良好,工作踏实努力,对外交往不多,她所接触的人差不多就局限在本科室的苏军医生护士中。该女所在的科室有五名苏军医生、六名女护士。苏军医生中有两位是女军医,剩下三位男军医中有两位基本上排除了致使该女怀孕的嫌疑。当然,还有相当数量住院的苏军男性官兵,那些人中也有向谭敏套近乎的,也有胆大的主动示爱的,看好谭敏年轻漂亮的异国男性肯定不会少,用脚后跟也能想到这一点,但无法查证。现有的证据都指向了那位头发稀疏的苏军小老头医生。凡是小老头医生值夜班,他都要求与谭敏一起值,他还常与谭敏开一些出格的玩笑。谭敏给小老头医生织过一双毛线手套,送过无数次冰棍。最终结论:该女因意外怀孕而试图自杀,后因自己终止自杀念头而大声呼救。致使她怀孕的人还有待进一步调查。

鞠茹珍对市公安局的前期调查材料烂熟于心,在小旅店与谭敏见面时也没有隐瞒自己的市妇联身份,声明自己是来帮助她渡过眼下这一难关的。“生孩子对女人来说就是个关口,得有人在身边照料。你就把我当成姐姐,让我来照顾你。”鞠茹珍这样说谭敏挺感动的,眼泪一滴一滴地落下来。鞠茹珍帮她擦着眼泪:“我知道你有难处,但我们不能在市内的旅店里生孩子。旅顺口才多大个地方,若在旅店里住下去还不得让半城的人都知道你要生孩子呀!”谭敏顿时转为抽泣,肩头抖动地说:“姐呀,我能去哪呀?”茹珍说:“妹妹,姐都替你想到了,在乡下帮你找了一位老乡家,大爷名叫盛千户,只有老两口一起生活。盛大爷老伴家有位亲属在哈尔滨,跟别人就说你是这家的外甥女。”谭敏趴在桌子上把憋在心里的眼泪都哭出来了。

谭敏在“大姨父”盛千户的家中安顿下来。事先,盛千户回家同老伴商量,老伴不高兴了,来个孕妇在自己的家里坐月子,平白多添了两张嘴。那年月坐月子的女人吃起饭来,哪个不是一个顶两?老伴埋怨老头子:“你上辈子肯定被流放了,流放到那个叫什么……对,西伯利亚去了。要不然这才多长时间,就先救了一个苏联姑娘,又来个坐月子的,还与苏联人有关?”盛千户忙去堵老娘们的嘴:“可不敢瞎咧咧,周局长叮嘱过,不能让外人知道底细。再说,本来这事跟咱们是不沾边的,谁让你娘家在哈尔滨有亲属啦?”老伴说:“哈尔滨有亲属咋的?不是你名声在外,出名的心眼实成又好说话,镇里能把她安排到咱家?”老两口虽然背后叽咕,但对谭敏的照顾也还做得有模有样。老头子每晚都把炕洞子烧得热乎乎;老伴做完好吃的趁热端到谭敏跟前,从不问一句多余的话。鞠茹珍事先交代过,这位“外甥女”的费用由市妇联为他们提供一定数量的口粮作为补贴。

农家的柴门土院藏不住秘密,不到一天的时间里,盛家来了一个年轻漂亮的外甥女的事就传遍了前街后屯。盛千户的老伴以前常唠叨,有位两姨姐妹住在哈尔滨,邻居们差不多也都听说过,但没过多久,还是有人发现,年轻女人的肚子越来越凸现,衣服再肥大也难遮人眼目。稍微动点脑子就能想到,挺这么个大肚子谁会出远门?似乎要把孩子生在别人的家里。再则,谭敏的心情尚未调整过来,待人接物远达不到农村人喜欢待见的那种朴实随和,她的言谈举止净带些村里人所不稀待见的那种冷漠孤高。当邻居们旁敲侧击说出疑惑时,盛千户老伴装出一肚子苦水正愁没处倒的样子,说:“净是些没脸的事,不知跟哪个野男人好上了,她自己不肯说,又高低不让做掉,给她爹妈愁得死的心都有。没办法只好把她打发到咱村了,绕着圈儿来丢我们家的人,让你见笑了。”这是鞠茹珍为盛家设计好的台词，盛千户老伴记不住原话，添油加醋地说出来也像真的一样。

屋里的谭敏听了外面的对话忍不住想笑，她的心情一天天地好起来。鞠茹珍每到礼拜六的下午都从市内赶过来，给她带些吃的用的，陪她说说心里话。晚上，她俩就拱进一个被窝里。谭敏不知道茹珍姐为何对她这么好，也不知道该怎么感谢这位从天而降的姐姐。鞠茹珍说："不要谢我，要谢就谢政府，谢妇联。"谭敏的话语也渐渐多了起来，头一次主动关心起这位姐姐了，问："我大概有姐夫了吧？"鞠茹珍说："你姐夫还在他娘的腿肚里转筋呢。"农村熄灯早，夜显得特别长，闲着也是闲着，茹珍就把自己相亲的事讲给她听："我在旅顺口也有个大姨夫，别人都喊他孟老板，他介绍对象也在驴肉馆里。"茹珍说，旅顺口那么个小地方指名道姓不好，且把她自己看好的那个人叫"茄子"，大姨夫介绍的那个人叫"黄瓜"。表面上看"茄子"和"黄瓜"两人都不错，谁知阴差阳错，她看好的"茄子"有媳妇了，而她最好的姐妹却看好了"黄瓜"，他们现在都已结婚了。茹珍心灰意冷了，却突发奇想，要嫁给保家卫国的最可爱的人。可是，朝鲜战场离旅顺口千里之遥，如何才能与志愿军联系上啊？她想到一个办法，亲手绣了一双鞋垫，把两只鞋垫合在一起缝上，里面夹着一封信，信是这样写的："当您看到这封信的时候，远在千里之外还有一颗纯真的心为您跳动。我是辽宁省旅顺口市的一位女同志，我愿意嫁给您。如果有一天您凯旋，一定要到旅顺口迎娶一直会等着您的新娘——鞠茹珍。"

鞠茹珍讲到此时戛然而止，谭敏也长时间沉默不语，被窝里能听到对方怦怦的心跳声。过了好一会儿，茹珍问："你是不是觉得姐姐这么做很荒唐？"谭敏没有吱声，她轻轻地抓起茹珍的双手放在自己的脸颊上，谭敏的脸蛋滚烫，已经被泪水洇湿了。

两个女人的友谊差不多是从交换心底秘密开始的。谭敏擦干了眼泪，说："我知道你们都想知道这个孩子的来历，你们也可能把我看得龌龊下贱，但我敢说，孩子是圣洁的。我之所以要生下他，就是想让自己和孩子一起等待，他的父亲总有一天会回来的。孩子的父亲是苏军战士，叫彼得。说起来挺心酸的，彼得能成为我的患者，是因为他在医院里自残——他把自己的左手放在门框里夹伤了。就那样，我也没有同意与他谈恋爱。我见过的苏军官兵多着呢，他们有不少人酗酒闹事挺不让人省心的，给我留下的好印象并不多。我只是尽到我做护士的职责，对每位伤病员都一视同仁。不论他是为何负伤的，在我的眼里他们都是患者。

“大半年前的一天碰巧我休息，彼得来找我跳舞。苏军医院也常办舞会，我属于刚学会，还有点兴趣的那种。他说他就要离开旅顺口了。我并没有太在意，跟他来到了藏书楼的那个苏军舞厅，刚刚开始跳起来，一个满面怒容的苏联姑娘跟他撕扯起来，我仔细辩认才看清是柳波芙。也许是因为光线黑暗，他妹妹没有认出我，却一个劲指责哥哥不知羞耻，我捂着脸跑出了舞厅。他追上来了，解释说他妹妹不懂事，让我不要在意。我在大街上冻得直打哆嗦，没理他就往宿舍走，他一路跟着，一起来到了宿舍门口。我想，反正宿舍里还有一位护士姐姐，谅他也不敢过分对我。进到宿舍我就后悔了，那个姐姐留下一张纸条告诉我她回家了。

“我心里怦怦地跳个不停。彼得说要让我暖和暖和，就把我揽进了怀里，用嘴唇挡住了我的呼吸。我尽了最大的努力推开了他，以及那个没完没了的嘴唇。我想我完了，初吻交给了这个外国男人，可我还没有想好该不该接受，他就已经那样了。我又想，也不可能再跟别人谈恋爱了，他为我还把手夹伤了。可是，我心里还有话要问他呢，我动作轻缓但十分坚定地推开了他：‘为什么不告诉我你要去哪里？以前无论你飞莫斯科还是飞基辅，飞机上无论坐着将军还是校官，我不想听，你都一五一十地告诉我，这次怎么哑口无言？’他说：‘真的不能说，有纪律要求。’飞机上飞行员之间都不能讲俄语，上面还让他们突击学说中国话学写中国字。他又开始亲我，这次我没有拒绝。他又堵着我的嘴我也说不了话。我想，让他亲吧，亲够了他就能老实地回答我的问话。

“原先听说男人的毛病就是得寸进尺，这话一点不假。彼得亲了一会儿，在我毫无防备的情况下，突然将手伸进了我的胸部，我那从未示人的乳房被他轻柔地攥在手里。我却像猫被踩了尾巴根子那样大声地嗷了一嗓子，也着实吓了他一跳，他的手如同偷人钱包当场被捉似的尴尬地缩了回去。我好容易才上来一口气，说：‘我们不能再这样了。我问的话你不能不当回事，你要走了不告诉我去哪，却总想着占便宜。’他说：‘真的不能说。再吻你一下我就走。’我没吱声，静静地等着他把嘴唇送过来。他挺守信地亲了一下就起身了，走到门时被我喊住了：‘你走就永远别回来。’他停下来足足有三分钟才转过身来，像是下了很大的决心似的说：‘我告诉你。我们驻旅顺口的苏军飞行员接到命令，要秘密

飞到朝鲜的上空向美国飞机开战。’

“我一下子捂住了嘴,为刚才说的‘你走了就永远别回来’那句话深深地后悔。我走过去,搂着他的脖子,学他那样亲了他一下,问:‘你害怕吗?’他说:‘原来并不害怕,但是,上面不让我们暴露自己是苏联人又挺害怕的。我们的飞机都被伪装成中国飞机的样子。如果我的飞机被打着火了,我也会被烧死的,有谁知道那具焦头烂额的尸体是我?’我不允许他胡说,想用手捂住他的嘴,但我的双手都被他握着,也只能用舌头把他的嘴堵住了。

“在我的宿舍里,在那个时候,我不属于自己的啦。我知道两架飞机空中交战不是你死就是我活,我不能让他把遗憾留在蓝天里。他想亲我,那就让他亲个够吧;他喜欢摸我的乳房,我抓过他冰凉的手放进去;他想看看我胸前的样子,我知道自己高耸的胸一点都不比苏联女人的扁,我就大大方方地把上衣褪下来。他还想……其实我自己都有点想了。尽管我还不清楚自己渴望什么,但彼得总是在先我一步的时候想到了,并让我还继续想下去。我朦朦胧胧觉得口渴,心要从胸口里跳出来,吓得要死也怕得要命,却渴望着亲吻和爱抚,彼得没有让我失望……”

从那晚之后,谭敏再也没有彼得的音信。每次听到旅顺口的上空有苏军的飞机嗡嗡声,她总是身不由己地向窗外望去,幻想着他的飞机从她的天空经过。也许不用半日,那个苏联坏小子会突然在她的身后拍拍她的肩膀,也可能是小老头医生怪声怪气地喊她接电话,电话的那端传来了捏着嗓子发出的苍老的声音说:“亲爱的,猜猜我是谁?”之后便是开心的大笑。

比起盼望彼得的归来,谭敏更渴盼自己的下身能像以前那样按部就班地来月经。她的月经自从有了那一晚之后,如同那个坏小子一样消失得无影无踪。渐渐隆起的腹部,在一个冬季得到了自然而然的伪装。在天气已经转暖的时候,她仍旧像患感冒似的捂着厚厚的棉衣。换上了春天的衣服,她的腰身会不顾脸面,在人们惊诧的目光里凸起。直到有一天,即使穿着厚棉衣也无法在腹部制造出一小块平坦的地方,她来到了那家小旅店。在房间里闷了两天,终于下定决心把头伸进了自己拴好的绳索里,跷脚即将蹬倒凳子的时候,她感觉到肚皮被里面的小生命踹了一下……

遵照好朋友间诚实守信的约定,鞠茹珍必须把谭敏如何怀孕的秘密烂在自己的肚子里。组织上几次找她了解情况,要她提供线索,她只能谎称谭敏死不开口。这让她的身心十分不安,她辜负了组织的培养,也愧对董市长和周局长的信任。她感到那些秘密烂在自己的肚子里,如同孕妇的肚子一样渐渐地涨满,涨得鼓足发亮却不能打开排泄的出口。孕妇总有临盆的那一天,孕妇的肚子总能平滑下去,而自己非被秘密涨死不可。

程鲁民那天从家返回报社,大嫂主动送他到车站,还没完没了地说,要给荞面儿介绍对象,还差点耽误了他乘车。鞠茹珍和谭敏正是那天坐到长途客车上的,谭敏如同一个走亲属似的农村小媳妇,脸上只露出一双眼睛在外面。鞠茹珍前后左右看看,心里默默祈祷千万别碰到熟人。汽车已经启动了,车窗玻璃却被拍得直响,司机不高兴地嘟囔了一句:“屎不堵腚不知屙,不能早点呀?”司机打开前车门让那人上了车。那人上车往她们坐的地方看了一眼,越怕啥越能碰到啥,鞠茹珍一眼就认出了,那个人偏偏是程鲁民。

程鲁民此时也认出脸上毫无表情的鞠茹珍,同她点了点头,车道上站满了人,他没法挤过去打声招呼。谭敏头巾裹脸,只露出两只眼睛,在旅顺口头巾的这种围法,多半是赶小海的女人们为遮挡阳光的。如果谭敏不是这种打扮,程鲁民对她显然要比对鞠茹珍更熟悉一些,但此时他多瞅了她一眼,也没能认出围巾原本是围在一张十分熟悉的脸上。

他远远地比较着这两个女人:她们差不多长着一样好看的眼睛,但一双眼睛的目光聪慧机敏,另一双眼睛的目光怯懦躲闪。他对那双躲闪的眼睛似乎有些印象,躺在苏军医院里的那些日子里,他每天清晨醒来,看到口罩上方的那双眼睛,差不多就是这个样子。记忆中的那双眼睛有时会有一点点的凹陷,有时也会略略凸起;那双眼皮不是单的,也不是双的,而是随着表情的不同,时而三层,时而更多层。仿佛好看的眼帘会随着光线的强弱能变化出很多层次。但程鲁民觉得眼前这个女人,她的穿衣打扮与谭敏似乎不在一个气质层面上,也就不敢断定这双眼睛非谭敏莫属。用围巾裹住整个脸庞显然在有意地遮掩什么,究竟躲避什么,程鲁民还真是一头雾水。

她们下车后便消失在农村广袤的土地上,长途客车重新掀起的尘埃尾巴把车内车外掩蔽了,车上的一段偶遇在程鲁民的心中渐渐淡忘,渐渐变得模糊。如果不是藏书楼里发生的另一起重大的事件与谭敏有牵扯不清的关系,如果不是弟弟的来信中还夹带着一位女护士的照片,程鲁民恐怕会真的把车上的一幕彻底遗忘了。

在那件大事尚未发生，或者说，在程鲁民尚未知晓之前的一段时间里，他与尼娜正处在情感的冷冻期。从内心讲，淡忘一个女人远比淡忘一件事情困难重重，尤其是淡忘尼娜这样的女人，几乎是不可能的。他能做到的只是有意疏远，有意爱答不理，有意制造合乎情理的摩擦，有意将过去的欢悦封存，将现在的痛苦雪藏。苏联女人在情感被封杀的痛苦中依然举止优雅，依然文质彬彬。没有呼天抢地没有死缠烂打没有不依不饶，而是冷处理。冷得没有了笑容甚至没有了表情，冷得没有责备怨恨似乎连情感都没有了，冷得让程鲁民额头出汗脊背发凉心里发虚，莫非尼娜的心里憋出了问题，又抑郁了？然而，这只是尼娜的表面。没有一哭二闹三上吊并不等于她向命运缴械投降，相反，她在以另一种不同寻常的方式，以当时的中国女人想都不敢想的方式向命运抗争。

程鲁民坐在董汉彬市长的长条椅子上，心还在上悬下坠，还在忐忑不安，还不清楚市长打电话约他面谈什么。肯定不会与公事有关，公事在电话里就讲了。他把程家可能牵动市长的事，在心里默捋了一遍，直到董市长从里屋走出来，他也没捋出个头绪。董汉彬与他握手说道："今天又是礼拜六，你郝大姐也该回来了。走，到我家喝两杯去。"

郝林秀事先得到电话通知，下酒菜都买回来了，酒也摆好了，只等丈夫回来。见程鲁民与丈夫一道走进来，略有吃惊，由此，程鲁民看出董市长事先并没有与夫人通气，这更增加了面谈的神秘感。董市长为程鲁民和郝大姐都倒满酒，端起酒杯说："我和你大姐对你关心不够，对省委精神的理解存在误区，执行得也有很大偏差，给你们带来了精神压力，甚至痛苦。今天请你来就是要检讨，要赔罪的。"不但程鲁民听得莫名其妙，就连郝林秀也不明就里。程鲁民放下了酒杯说："董市长这么说，酒没法喝了。哪有关心不够一说？更谈不上压力和痛苦。郝大姐历来都挺关心我的，就是老首长……"董汉彬打断了他的话："先把酒干了好不好？酒干了我做详细深刻的检讨。"郝大姐也打趣地说："他可好久没做自我批评了，我们干了，看他怎么检讨。"

程鲁民没有想到董汉彬检讨的事与尼娜有关，与其说向他检讨还不如说是向尼娜检讨。尼娜背着他，当然也背着所有人给当时的中央领导写了一封信。董汉彬从口袋里掏出小本子，那上面记着中央领导办公室电话传达的批示："感情上的事不能一刀切，应允许有情人终成眷属。"中央领导办公室的人给辽宁省委贾书记打了电话，贾书记又把电话打给董汉彬市长了解程鲁民和尼娜的一些情况，询问了他们的恋爱经过，最后说："中央领导在百忙中为他们亮了绿灯，我们还有什么可说的，祝他们早结连理。"

董汉彬自罚了一杯酒，说："我坚信按省委的指示办事，到多会儿也不会错的，错就错在我没有深刻领会指示的精神实质，犯了教条主义的毛病。由于从中央领导办公室到省委，再从省委到我这里全是电话贯彻的，谁也没有见过尼娜在信中到底写了些什么，谁也拿不准尼娜跟中央领导都反映了些什么情况，这对我们理解执行中央领导的指示精神非常不利。今天本来应该把你和尼娜一块请来，当着你们的面宣布中央领导的亲笔指示。但我想还是内外有别，我们毕竟都是中国人，把你单独找来，想让你了解一下尼娜信中反映的具体情况。你放心，中央领导的指示我一定照办，就是担心尼娜一个外国人对中国的国情不熟悉，万一她信中有对省委和咱旅顺口市不利的言辞，我们早掌握早弥补。"

还没等程鲁民说话，郝林秀迫不及待地端起酒杯说："我先向你和尼娜表示祝贺。"她仰起脖子只抿了一口，说："等到你们结婚时我们再一醉方休。老董，你刚才说的话不像做检查啊，倒像刺探情报。什么意思？难道你怀疑尼娜写信反映情况的同时还告了你的黑状？"董汉彬说："没这个意思。我早说过，旅顺口历来无小事，一举一动都放大在国际舞台上。就说党中央最关心的中苏关系问题，有可能一句好话一句坏话，都是嘴皮子一动的事，但起到的作用却截然不同。我现在正式给程鲁民布置任务：要想方设法打听清楚了，尼娜写的信具体有哪些内容。你采取什么方式都行，欲擒故纵假道伐虢也好，声东击西暗度陈仓也罢，必要时使用点美人计苦肉计也未尝不可，总之搞得越详细越好。"

程鲁民和郝林秀都没有听出董汉彬的弦外之音，自从出现了苏军医院女护士"怀孕事件"，董汉彬无时无刻不在关注着女护士的肚子可能产生多大的负面影响。发生在旅顺口这个小地方的事，尽管采取了严格的保密措施，尽管连程鲁民也不太清楚，但也不能保证不从其他的渠道泄露出去。由于到现在尚未弄清致使女护士怀孕的那个人是谁，孕妇尚未分娩就不能最终确定胎儿是不是苏联人的种。如果现在向上面报告了，最终生出来一个黑头发黑眼睛的中国婴儿，那不是自找寒碜吗？如果真是苏军官兵惹的祸，该报告而没有报告，市里同样承担一定风险。恰恰这个时候，一波未平一波又起，"给中央领导写信事件"又偏偏来凑热闹，董汉彬生怕薅猪毛带下皮、拔萝卜带出泥，省委贾书记一个电话说得他浑身大汗淋漓。尼娜给中央领导写信情有可原，但千万不要把不相干的两件事串在一个糖葫芦上。

董汉彬没有劝酒，程鲁民自知酒量有限，起身告辞了，董市长两口子送他到门口。程鲁民一阵头晕却没忘记市长的嘱托，立马就去找尼娜。就是没有市长布置的任务，单单听到中央领导的批示，他现在也比任何时候都渴望见到尼娜。又是一个礼拜六的晚上，按常理尼娜该回家过周末。程鲁民以为她回到了程家大院，急匆匆地走进堂屋，耳朵却留意着二楼上的动静，曲舒过来喊他两声，他如同患有选择性耳聋，只听到楼上有柳德米拉与柳波芙说话的声音，却没有听到大嫂的喊声。看到曲舒走过来，他把下巴努到天棚上，问："都谁回来了？"大嫂满脸不高兴地说："都几个星期没回家，回来就关心上面。你们在报社不是天天见面吗？"程鲁民吐着酒气说："还就今天没见到她。"敷衍了大嫂两句，他拿起大茶杯灌了一肚子水出门了。

程鲁民头脑清醒但走在路上却有些跌跌撞撞，他径直来到了程家从前的藏书楼，现兼作舞厅的苏军官兵食堂，在门外张望了一会儿，却见周末晚上的舞厅里似乎静悄悄的。刚才空腹喝酒，喝得又急，让裹着浓雾的海风一吹，酒气顶着鼻子往上返，程鲁民还真感到自己喝多了。他眨巴了几下眼睛，从藏书楼窗户的缝隙中隐约看到里面有一丝光亮，门口陆续有苏军官兵进入，却没有音乐声响起，与平时举办舞会显著不同的是门口还增加了荷枪实弹的苏军岗哨。他打消了从门口进去一看究竟的念头，顺着藏书楼的防火通道蹑手蹑脚地爬到了二楼，徒手拧开了别在二楼窗户上的铁丝，拔开插销钻了进去。

从二楼走廊俯视，整个大厅一览无余尽收眼底。藏书楼一楼大厅的中央位置，原来放着一排排书柜，苏军占用后改为食堂，吃饭的时候放着一排排桌椅，跳舞的时候撤去桌椅空出了场地。此刻，却摆放一束束鲜花和一盆盆绿色的植物。程鲁民一阵眩晕，胃里酒气又往上返劲。在他的眼里，花卉和绿色植物变成了青年男女在舞池中央无声地旋转，没有乐曲，没有节奏，却时而左转时而右旋，一种悄无声息的舞晃得他眼花缭乱。

突然，一切戛然而止，空旷的舞场里响起了悲怆而低沉的声音，一位苏军军官用俄语说道："各位亲爱的同志，我们又一次在此秘密集会，缅怀不幸牺牲的烈士，请向这位将长眠于异国他乡的彼得·伊万诺维奇中尉默哀，以寄托我们深深的哀思。"

藏书楼一楼大厅恢复了死一般的寂静，那些苏军官兵脱帽低首，面向逝者默哀。没有哀乐,没有哭泣,只有肃穆、庄严和如同冰冷刺骨般的悲哀。程鲁民努力睁大眼睛,向下方仔细地搜寻着,嘴里默默地念道:“彼得·伊万诺维奇,听起来多么熟悉的名字,难道真的是他?尼娜和柳波芙的哥哥?”程鲁民终于在鲜花丛中找到了那张熟悉的面孔,一张大男孩一样的脸,像是睡熟了一样恬静地躺在那里。还有一位年长的苏军军官半蹲半跪地伏在彼得的遗体旁,在他将要抬起头来的时候,程鲁民差点喊出声来:“天哪,鲍里斯。”他用力咬住嘴唇才没有发出声来,只感到嘴里有一丝甜甜的东西涌出,用手擦了擦,是嘴唇上的血。鲍里斯被两名苏军士兵搀扶起来,但他的目光仍然停留在儿子彼得的脸上,久久没有移开。在灯光映照下,程鲁民仿佛看到有两颗晶莹的泪珠从鲍里斯的脸颊滴落。

苏军的全体官兵列队,向这位痛失儿子的父亲敬礼。

程鲁民不知道自己如何从藏书楼的二楼回到了地面上,也不知道自己该往何处去。他的脑子里一片空白,那个装不下二两白酒的胃肠却在一个劲地发胀。终于,他蹲在地上吐得一塌糊涂,把胃肠掏空了,脑袋里似乎才恢复了刚才的记忆。现在,他认真地回想着舞厅里的每个细节,才觉察出这是一个极其神秘的夜晚,才想到这里神秘地进行着一场高级别的追悼会。彼得神秘地死了,参加追悼会的人神秘得无声无息,整个藏书楼或者说舞厅神秘得匪夷所思。没有悼词和哀乐,匆匆忙忙草草收场,好像唯恐别人知道。除了彼得父亲之外,死者的其他亲人均没有出席向遗体告别仪式。这显然不合情理,显然在隐藏什么。他们究竟隐藏了什么?害怕人们知道什么呢?程鲁民毫无目的地如同行尸走肉般在街上梦游,他像急于吐空胃肠里污秽物那样急于找到一个背人之地,又像急于找到目击证人那样急于找到一位能听他倾述之人。此时,旅顺口浓雾笼罩,路灯如豆,街上已无行人,只有他一个人东跌西撞地穿行在如纱如丝的雾里。

第二十六章　尼娜慎言悄备嫁妆，津生来信哭述悲伤

诗曰：

莫说是非前注定，祸因深山起枪声。
远隔半空面未谋，直射一弹命不剩。
长恸裂身身已死，余悔窝心心犹梦。
落定人间不了情，方知缘缘有续承。

柳波芙说姐姐尼娜有一段时间情绪相当低落，尽管姐姐不曾向她说起过什么，但她猜也能猜到，姐姐与程鲁民的爱情可能触礁了。症结好像不在他们本身，而在于来自领导层面的原因。这种症状没有持续多久，尼娜的心情却突然出现惊天逆转，她已在半公开地忙碌嫁妆了。那个时候，离旅顺口不远的朝鲜半岛的战争快要结束了，姐妹俩常常惦念起参军的程津生和长时间没见面的哥哥彼得，但她们怎么也不会想到，朝鲜半岛上空的一声枪响，牺牲了一个年轻的生命，同时也死亡了半个灵魂。

礼拜一上午，尼娜推门进来，程鲁民嘎巴两下嘴没有发出声音，尼娜故意板着脸说："你是不是被吓着了？"程鲁民的确被惊吓着了，脸色煞白，大气不敢出。尼娜笑着说："你想不到我会给中共领导人写信吧？我也没有想到那位领导人会亲自批示。一切都云消雾散，一切都迎刃而解，我们终于可以无忧无虑地在一起了。"程鲁民这才缓上一口气，这才觉得自己失态了，他想的和她说的原不是一码事。

尼娜又恢复了以往的热情开朗的天性，程鲁民一没欲擒故纵假道伐虢，二没声东击西暗度陈仓，更谈不上使用美人计苦肉计，她自己主动招了。写信一事追根溯源还应该感谢另外一个人指点迷津。这位情感上老是南辕北辙本末

倒置的人不用尼娜提示，程鲁民也能猜到是安德列。安德列向尼娜发起了新的爱情攻势，实际上却为自己挖掘了爱情坟墓。他声言程鲁民情绪低落萎靡不振是因为在程鲁民和尼娜之间，出现了一条不可逾越的鸿沟。不战而退不是程鲁民怯阵了吓麻爪了，而是来自中共上层的原因才使他不敢越雷池半步。程鲁民身后强大的中共组织，歪打正着地成了安德列的超级盟友。所以，他的机会来了。而这时既没看过中国兵法，也不知道三十六计为何物的尼娜却欲擒故纵，说："你们谁都不想让我死得明白？我和程鲁民恋爱结婚跟中共组织有什么关系？"安德列故作神秘状，说："我有我的消息来源。"他把自己的分析推理加判断一股脑地倒出来。程鲁民不敢泄露的，窝在心头的话，在安德列的嘴里变成了射出去的飞镖，他希望在尼娜身上也能收到同样效果。但安德列又一次不幸失算了，尼娜听后却突发了给中共领导人写信的念头。经过一个晚上的句斟字酌，她简单明了地叙述了与程鲁民相爱的经过，然后，笔锋一转："如此相爱的我们在旅顺口却不能结为夫妻。1950 年 5 月 1 日开始实施的，新中国成立后的第一部《中华人民共和国婚姻法》，并没有规定不允许中国人与外国人结婚……"

尼娜把她写信的具体内容复述了一遍，程鲁民逐字逐句地推敲，尼娜就事论事并无殃及池鱼，没有发现董汉彬担心的"薅毛扯破皮"的问题，他可以轻松向市长交差了，但他的心情却并没有因此畅快起来。

尼娜像世界上所有的待嫁新娘一样，激动而紧张地忙碌着。中国新娘与苏联新娘在临近婚前忙得略有不同，中国新娘忙着穿针引线，做红裤红袄和四铺八盖，尼娜却来到大连一家西式婚庆店，挑选西装和白色婚纱，购买了两颗宝石戒指。她还把以前压箱底的东西倒腾出来，从苏联带来的法国香水已没有原先那么满了，香水如同心中装有的秘密一样，再好的密封，时间长了也会有些许挥发；还有一条俄罗斯纯羊毛披肩，岁月已将奶油白色熏染成鹅黄。不过，握在手里的质感仍显现出做工的精细和材质的华贵，如果挂在墙上，这方披肩与精美的艺术品并无区别，那上面印染的图案简直太美了。

尼娜还没有向母亲说出她的结婚打算，原因是现在家里的氛围太压抑了。她回家的时间本来有限，就在这有限的时间里，母亲还多次抱怨数落着父亲。通过自己的眼睛观察，父亲也的确像变换了一个人似的，要么长吁短叹失魂落魄，要么愣愣怔怔迟钝呆滞。他常常盯着一个地方看，似乎在看空间里的一个虚构的物体，看半天也不挪动目光；问他话，他总是沉默好长时间才有反应，完全失去先前机敏风趣的风采。尼娜一方面不能不顾及这种压抑氛围而毅然决然地宣布结婚;另一方面,她的确拿不准自己是不是真要结婚了。程鲁民似乎与父亲得了同样的癔症,只不过他表现得更为歇斯底里一些。有一次,尼娜委婉地问他结婚要做哪些准备,程鲁民表现出相当的不顺心、不耐烦,如同揭了他的伤疤一样发疯道:“我弟弟还在朝鲜战场上不知死活,我有大半年没有收到他的来信了。你说,我怎么能有心情结婚?”这个理由不算牵强,亲兄弟嘛,一个正在经历枪林弹雨生死难卜,另一个怎能有心情欢天喜地结秦晋之好?结婚时想要得到亲弟弟的祝福也在情理之中。但尼娜总感到程鲁民有着说不清或者不能说清的难言之隐。

她抱着商洽试探的口吻,抱着息事宁人的态度,说:“能不能这样,我们按照中国《婚姻法》要求先去登记,等到弟弟回来后,我们再热热闹闹地补办婚礼?”程鲁民没话说了,他为刚才的熊脾气感到懊丧。他弄不清自己这是怎么啦!尼娜哥哥彼得尽管死得不明不白,尽管苏军整体,包括死者的父亲都对此事讳莫如深,但这件事再怎么说也轮不到他乱发脾气,轮不到他像阴魂附身似的疯疯魔魔。他感到对不起尼娜,一直对尼娜隐瞒实情不说,还对她的结婚热情泼冷水。他下决心从此以后要与尼娜好好筹划他们的婚礼。

程鲁民与尼娜一同向郝林秀递交了结婚申请。郝林秀说:“早在意料之中。安德列是苏军《实事报》主持工作的副社长,你们结婚,再怎么说也应该向他报告一下。”尼娜挽着程鲁民的胳膊来到了安德列的办公室。

安德列的办公桌上零乱地堆放着文件,文件柜门大敞四开,他的眼睛死盯着办公桌上的两个空酒瓶子,竟然没有发现他们俩进来。尼娜对安德列醉醺醺的样子厌恶地紧着鼻子说:“安德列,我和程鲁民准备结婚,请你签字批准。”安德列喷出一口酒气:“还是请你们坐下说吧。”尼娜觉得安德列有些不对劲,她又重复了一遍:“我和程鲁民准备结婚,当然,首先要得到您的批准。”

安德列的脸上露出了十分痛苦的表情:“你是说,你们要结婚啦!想得到我,不不,应当说是想得到报社的批准,是吧?”程鲁民说:“是这样的安德列,以前报社有过规定,本社内部人员一律禁止恋爱结婚,不过,后来好像取消了这项规定。但是,我和尼娜还是要恳请领导批准的。”

安德列当然不会忘记他订立这一规定时的狭隘用心,不过,此事倒成了对他自己的最大嘲弄。沉默了好长一段时间,他缓缓地走到尼娜和程鲁民的跟前，说："尼娜，还有程鲁民同志，你们结婚前向组织上报告、履行手续，这样做是正确的。你们可能都忘记了，我是被你们踢出局的。现在我要告诉你们，作为《实事报》主持工作的副社长，我已经没有权利批准你们结婚了。"尼娜听糊涂了："你都说了些什么呀？安德列，莫非你还想刁难我们？我们是认真的。"安德列抹去眼角残留的泪痕，哽咽道："我也是认真的。根据苏军总政治部的决定，《实事报》已经完成了她的历史使命，从下周起停止出版发行，命令将在下周上班后宣布。所以，从现在开始，我的权利和你们一样，等待重新分配工作。"

没有得到领导批准，程鲁民的倔劲上来了："他安德列管不着中国人的婚姻嫁娶。"尼娜说："可别忘了，你娶的可是苏军女军官当媳妇，还是先登记后再说。"他们牵手来了市民政局婚姻登记处，排在他们前面的一对青年男女走到窗口，那男的伸长脖子回头盯着看尼娜，被女的狠狠地拧了一把。

尼娜说："真不好意思，我们什么都没有带。"程鲁民误会了："户口本我带来了，你不是随身带着苏军军官证吗？"尼娜指着前面正从兜里往外掏糖的那两位说："我们也该带喜糖来。"程鲁民很大度地说："我们先欠着，等办酒席结婚那天再送来。"临到程鲁民和尼娜从窗口递进了证件，那位五十多岁的登记人员把眼镜推向额头，眨了眨眼睛，怪异地望了他们一眼："这位姑娘是苏军女军官？对不起，我们不受理涉外婚姻登记。"程鲁民脸色沉下来问："那，我们该到什么地方去登记？"登记人员回答："这个、这个我也说不清楚。"

程鲁民一股无名火涌出来，他低下头从小窗口看进去："你是干这个的，你都说不清楚，要我们上哪里去呀？"登记人员说："小伙子，你不用着急、沮丧，总会找到地方的。中国登记不了，你们还可以去苏联，她不是苏联人吗？"

程鲁民苦笑了："你这位老同志怎么说话的？全中国都解放了，我还跑去苏联干什么？"登记人员说："去苏联多好呀，看看全世界第一个社会主义国家，看看你未来的老丈人、老丈母娘，看看他们生活得多么幸福呀。"程鲁民又压抑不住心中的怒气："你这不是胡说八道吗？你不给我登记，我哪来的老丈人、老丈母娘？"登记人员说："不是我不给你登记，是我没有这个权利。"程鲁民被尼娜拉了出来，嘴里还在嘟囔："幸亏没准备喜糖，如果拎着猪头投错了庙门，更让人憋气。"

程老夫人得知程鲁民与尼娜要结婚，噎得半天没说出话来。这个混账货，结婚多大的事儿，当奶奶的不知道，当父亲的也不知道，消息还是柳德米拉告诉她的。从中国绕到苏联,从苏联又绕回来了,绕了多大的圈子。柳德米拉安慰地说:“孩子们都大了,结婚是他们自己的事。”不安慰还好些,一安慰程老夫人的火气更旺了:“在你们那里是他们自己的事,在旅顺口结婚,他就别想绕过锅台上炕。”柳德米拉又犯了中国人常说的“望文生义”的毛病,她对尼娜嘱咐说:“你们在旅顺口结婚,一定记住先上锅台再上炕。中国奶奶最不喜欢别人绕过了锅台就上炕了。”尼娜把母亲的话转述给程鲁民听,他笑得直不起腰,说:“就你穿着白色婚纱上了锅台,下来后就从公主变成了灰姑娘啦!”尼娜近一段时间里还真没见他这么开心过。

周允声到市长办公室汇报工作,啰唆起来全然不顾市长焦虑的神色。“程鲁民说这件事跟其他人不沾边儿,给中央的信中没涉及旁的。他这人除了穷干净这个毛病外,说话不打诳语。这次来我还想跟市长报告一下,台湾派遣的特务‘老道’来到了旅顺口,说不定与原先潜伏的特务早已接上头了,这个案子不破,刀把子始终高悬在头上。”听说苏军报社解散了,最喜出望外的人是周允声,他心里比谁都美滋滋的:“苏军一张破报纸,说能抵一个师的兵力,那也是在旅顺口‘卧曲’着,并不见他们往朝鲜战场派一兵一卒。关键时候还是安德列这人帮忙,他把报纸干黄了,才把程鲁民腾出来。”董汉彬把他推了出去:“你也不看看我忙成啥样了!等我闲了再找你。”不过,对如何安置程鲁民,他口头上承诺了,只要上面不干预,哪来的回哪去没有问题。

程鲁民回到公安局上班的第一天,就收到了弟弟程津生的来信。信寄到旅顺口中学,大嫂曲舒顺道送过来了。程鲁民拿起灰纸袋子的信封感觉挺厚实的,撕开信皮时,他的手毫无缘由地颤抖了,撕了几下才撕开。信是以日记的形式断断续续写的,大概写了好长时间,弟弟写这么厚的信,不是为叙说离乡的忧郁和战斗的惨烈,而是告诉了一个他最想知道也最怕知道的秘密。

“亲爱的二哥,你好。来到朝鲜战场没给你单独写过信,给家中的信也极少,大概只有两三封吧。今晚,我决定要把信寄给你,并不是因为做出了什么成绩,恰恰相反却是犯下了弥天大罪,我开枪把一个人从天上打下来了。被我开枪打死的不是美国鬼子,而是你认识的,与我们家有着千丝万缕联系的那个人……这样说并非危言耸听,而是我深知罪不可恕,即使豁上我的性命也不可能抵罪之万分之一。”程鲁民急不可待地翻开了写在长短不一、颜色不同的纸上的信,或者说是日记。

1951年12月27日上午,天气:晴

我参加中国人民志愿军,入朝鲜后被分配在后勤部第五分部运输三连,驻扎在朝鲜西海岸安州郡元丰里。一座山坡上,佩戴中国人民志愿军标志的军人和少数的朝鲜群众正在挖防空洞,这里是一片饱受战争创伤的土地,美军带领所谓的联合国军投下的炸弹,差不多把这里的每寸土地都炸翻过来了,没有一幢房子是完整的,没有一条路是能通车的。

一阵警报声低沉地响起,美国鬼子的飞机低空飞行,向村庄和附近的树林又一次投下了炸弹,人们纷纷钻进防空洞里。一颗炸弹在一片早以削掉了树头的松树旁尖叫地落地,并发出震耳欲聋的爆炸声。掀起的浓烟和尘土把树林都遮住了,好久才能看清,朝鲜毛驴被炸飞的一段肠子挂在树枝上。

最近一段时间也不知怎么搞的,美国的飞机像长了眼睛似的,专往志愿军的头顶上扔炸弹。公路被炸毁了,汽车用不上了,只好用朝鲜的毛驴子搞运输,运输三连都成了毛驴子车队了。我埋怨说:"整天听到的除了炸弹响就是毛驴子叫。纪老兵,我想找连长去。"纪升平说:"别屁事都去找连长,连长是你想见就能见的?"

我不想在天天挨炸的后勤部门干了,这可不是一时兴起,纪升平把镐头往地上一蹾:"不是我当老兵的说你,别去连部找不自在,没有过硬的理由,在我这里都通不过。像你这么大的知识分子,连长要是放你走,那脑袋得让驴踢成啥样子啦?"

我倔强地来到了连部,三连邹连长正听一排长汇报:"今天上午,我们抓住一个美军空投下来的特务,他是南朝鲜人。我们找了一位朝鲜人民军的翻译共同审问,才弄清楚是这帮'朝鲜汉奸'向美军报告具体方位,敌机才像长了眼睛似的。原来,他们是从毛驴的叫声中判定了我们的大体方位。"邹连长说:"个老子的,原来是毛驴惹的祸,咱们运输连现在的主力就是毛驴,还能堵住毛驴的嘴不让它叫吗?"

一排长急急地拍拍屁股走人,我还在想着毛驴子的叫声。咱旅顺口那地方,对毛驴子天生有亲缘,我最早捉弄毛驴子,还是荞面儿的父亲杜一帖牵进城的。他走街串巷给人看病,常把毛驴子拴在树上,我们一帮小孩相互擀弄着去给毛驴子喂草挠痒痒,去扯驴尾巴根子。后来,公安局里养的那头毛驴子也成了我们的乐趣。公安局的毛驴子更神,在市内拉东西不用车老板赶着,自己就能出公差。因为经常捉弄毛驴子,我也了解了这畜生的一些习性。

我对邹连长说:“毛驴子通人性,让它叫它不想叫也能叫,不让它叫它想叫也叫不成。”邹连长上下打量我一眼,说:“高中生哈,个老子还有这本事?”我又说:“毛驴子不叫时,薅一把‘毛毛狗’撩拨它的鼻孔,它就会打响鼻叫起来,常常是一个毛驴子叫,其他的毛驴子也跟着叫;毛驴子叫时尾巴总要翘得老高,如果把它的尾巴压下去它就不叫了。”邹连长也来兴趣了,他拉起我就往运输一排跑,见到一排长就说要借头毛驴子。一排长和邹连长是老乡,说起话来没深没浅:“毛驴子都在转移物质呢,哪有时间跟你们练习驴叫?学驴叫干什么?连长要去文工团?”

1952年1月19日夜,天气:小雪

由于毛驴子的时间有限,练习驴叫的事只能放在夜里进行。夜里练习驴叫也不能离驻地近了。我们搞演习,万一美国鬼子当真,事情就麻烦了。邹连长决定由我和纪老兵所在的班参加实验。三头毛驴子都让美国鬼子给炸得受惊了,牵着也不愿往山外走。我薅了一把野干草挨个喂它们,一边喂着一边哄着:“听话,快走,美国飞机还没来呢……”纪老兵嘲笑说:“你个乖乖的,这些都是朝鲜毛驴,你又没给驴带个翻译,它们听不懂中国话。”

我们牵着驴在一块相对平坦的地停了下来,我从草丛中扯下一把“毛毛狗”触及毛驴粗大的鼻孔,触了几下,毛驴打了一个响鼻,接着就叫了起来。如此反复几次,纪升平不耐烦了:“我要是那头驴早踢你啦,何苦逗它一遍遍叫!”邹连长严肃地说:“哈,高中生说得没错,毛驴在叫的时候吧,尾巴要翘起来的,还在不停地摇摆。个老子的,要是不让它的尾巴翘起来,不让它摇摆,它还会叫吗?”纪升平不以为然:“还有不让毛驴翘尾巴的法子?”我说:“办法现成的,在它的尾巴上拴一个石头,试试看?”

1952年3月11日上午,天气:晴

邹连长兴冲冲地去团部做了汇报,三连探讨出一条“毛驴子操作法”:

在离物质储藏地十公里之外的山坡上，让毛驴子可劲地叫，故意让美国鬼子的奸细听到驴叫。而真正仓储地的毛驴一声都不让它叫出来。这样，得到假情报的敌机白白地浪费炸弹，而运输三连却没有一点损失。团里对运输三连勇于探索的精神给予高度赞扬，并批准运输三连用毛驴子唱空城计的方案。如果经验成熟将向全团推广。纪老兵说："我的乖乖，你那么大的学问，咱后勤分部以后是搁不下啦。"

两天后，从南面传来了飞机的轰鸣声，转眼间飞机在做好了伪装的山坡上面盘旋，并准确无误地向空旷的山坡上投下了炸弹。战士们一片欢腾，把我托起抛向了天空。

1952年9月22日傍晚，天气：晴

这天下午，我们在山林中巡逻了一圈，正要往回返时，突然从远处传来了飞机的轰鸣声，我眯着眼睛瞅着天空，看到几架飞机在天空中你追我赶。过去，听到轰鸣声，飞机一个俯冲就到跟前啦，说不定我们来不及趴下炸弹就已落下来了，现在的美国鬼子学乖了，他们也不轻易浪费炸弹了。不一会工夫，远处传来了巨大的爆炸声，两架飞机在空中交火了。

天上除了烟雾之外，还有一个黑点儿在缓慢下降。不一会儿工夫，就能看清是一个人影挂在天空。我推了纪升平一下："纪老兵，快看，美国鬼子的飞行员跳伞啦。"纪升平手搭着凉棚，对着天空观察。我麻利地从肩头甩下步枪，调整准星缺口，把子弹推上膛，瞄向空中的人影，但还是有些犹豫，有些拿不准，这天上的美国鬼子能打吗？纪老兵说："我是班长，我命令你，开枪。"我的手有些颤抖，毕竟瞄准的是一个真鬼子。天空中的人影又直线降落了一段距离，就在即将被山体挡住视线的瞬间，我的手指无意间扣动了扳机，半自动步枪响起来了，枪托的后坐力把我震了一下，纪老兵欢呼起来："乖乖，打中啦，打中啦。"

他见我没有反应，还以为我吓迷瞪了呢，说："我们马上回去报告，请示连长，去给美国飞行员收尸。"我默默地跟在纪升平后面往驻地跑，邹连长见我跑得呼哧带喘，见纪升平激动得手脚无措，似乎预感到有大事发生，安抚说："慢慢地说嘛，你们一个个来，用普通话讲清楚点。"纪升平可能认为向连长报告的事非他纪老兵莫属，也可能认为他的普通话说得比我标准，抢先报告:“连长,程津生打中了一个美国鬼子的飞行员。”

话从纪老兵嘴里说出来还是吓了邹连长一跳:“不可能,不可能的嘛。美国鬼子进山采蘑菇让你们撞上啦?”纪升平急得脸都白了:“真的,是从飞机上跳伞下来的。”邹连长沉思了一会儿,走到我的跟前,说:“知道打死一个美国鬼子的飞行员意味着什么?等于消灭了两百个全副武装的美国陆战队员。如果真像你们说的那样,这个功可立大发啦,哈。传我的命令,一排在驻地警戒,其余人员全部出发,搜山。”

在一片莽莽的山林中,黑夜里搜山的志愿军官兵小心翼翼地在山林中穿行。突然,有战士跑回来说:“报告连长,前面发现了美军的飞行员。”邹连长的脸上露出了欣慰的笑。只见一张打开的降落伞挂在树上,伞绳上吊着的飞行员离地面还有半个人高,像上吊一样挂着。邹连长让人爬树把飞行员放下来。那位飞行员被子弹击中了心脏部位,血染的军装已经风干硬邦邦了。夜晚的月光照在一张相当年轻的脸上,脸色苍白如同蜡像,头发却像鲜血染红了一样。邹连长叫我:“高中生呢,个老子的,果真是美国鬼子的飞行员。我马上向团部报告。”纪升平得意地说:“没有吹牛,程津生一枪就让他毙命。”

想起了早上左眼皮有点跳,我竟有一种不好的预感。我盯着那张年轻的面孔端详,这张西方人的脸似乎挺面熟的,好像在哪里见过。我真是被吓着了吗?我怎么会见过美国鬼子的飞行员呢?但突然想起来了,莫非是他?可他怎么会来到了朝鲜半岛的上空呢?我把那张年轻的脸搬动了一下,转向月光能够照见的一面,忽然大惊失色地叫道:“连长,这个人,这个飞行员我认识。”一边围观的战士们哈哈大笑,都以为我吓傻了。纪老兵上前来摸摸我的额头说:“程津生,早晨眼皮跳,现在没发烧吧?乖乖,你吓着啦!第一次杀死美国鬼子都这样。”我极其痛苦地,但十分肯定地说:“他不是美国鬼子,他是苏军飞行员。”

邹连长又往前靠了靠,让纪升平把飞行员身上的东西都掏出来。飞行员身上东西很少,只有一块外国的手表、一张卡片、一个钱夹子。纪老兵说:“报告连长,没有找到能证明身份的证件。”邹连长眉头紧锁地问我:“你怎么能肯定他不是美军的飞行员?证明不了嘛,更证明不了他是苏军飞行员。”我对身旁的人问道:“谁带手电筒啦?”没有人吱声,团里规定进山不能带发光发亮的东西。一位抽烟的战士像犯错误似的掏出一盒火柴,解释说:“在野外的山林中俺不敢抽的。出来时忘记掏出去了。”

我划着了第一根火柴,照在手表上,这是一块苏联造的“胜利”牌手表,亮光只在手表上停了一会儿工夫就熄灭了。我又划着了第二根火柴,照在了那张卡片上,这上面用英语和朝鲜语写着:我投降,请不要开枪,请优待俘虏。我又将第三根火柴划着了,照在了那个钱夹子上,钱夹子几乎空无一物,没有钱币,仔细检查,却在皮夹隔层里找到了一张中国女人的照片,人们还没有来得及看清楚,火柴熄灭啦。我说:“连长,他是苏军的飞行员,叫彼得,他原本是在旅顺口的空军基地,他父母还住在我们程家。天哪,我怎么会亲手把他给打死了啊?那张中国姑娘的照片我也认识,她叫谭敏,是苏军医院的护士。”

我哭了。黑暗的山林中除了我的哭声外,还有风声。

1952年10月10日上午,天气:晴

那天晚上,我们把彼得的遗体抬回了连部,邹连长摇了半个小时的电话机才接通了团里。第二天上午,团里派人用毛驴车带走了彼得。邹连长当晚在防空洞极其紧张的情况下,还单独为我腾出一间,把我关了禁闭。他还派两人值班,既怕我逃跑更怕我想不开,纪老兵送我进去时的眼神极其复杂。我反复声明我不会自杀,要死也得杀几个美国鬼子垫背。邹连长说:“那把你关起来一点错都没有。你不逃跑怎么去杀美国鬼子,哈?”

因为驴叫的事团里要给我的嘉奖据说批下来了,但尚未送达,我就捅了个更大的娄子。苏联是我们的盟国,苏军的飞行员来到朝鲜,同样是为了打击美国侵略者。对于彼得的死,让我肠子悔断了十八截。

但我始终都没有想明白,为什么以前不告诉我们,朝鲜的上空还有苏军飞行员?苏军的飞机上为什么没有他们的标识?他们的飞行员也没有穿苏军的服装。当然,我说过,没想为自己开脱。但如果不是这样,至少可以避免许多的误会吧。从彼得事件以后,全体志愿军才接到命令,不许向空中跳伞的飞行员开枪,不论是美国的还是苏联的,抑或其他国家的。邹连长说:“美国的飞行员如果知道这件事与你有关,跳下伞就会跑来感谢你哩。”

但我在心里却一刻也不能饶恕自己，从大的方面说，我对不起伟大的苏联人民；从小的方面讲，我对不起鲍里斯、柳德米拉还有他们的女儿。我现在的身上还穿着苏联大婶送的毛衣，而我却让她饱受失去亲人的痛苦。我会以死谢罪的。如果有一天你们收到了我阵亡的通知书，一点都不用感到惊讶和悲伤，这是我告慰死去英魂和安抚活着的人的唯一方式。

程津生的日记破解了堵在程鲁民心头的谜团，一个偶然的巧遇，他在藏书楼里看到彼得那张熟睡的娃娃脸，但无论如何，他都不会想到，彼得是死在了朝鲜战场上，更想不到彼得的死是弟弟亲手开的枪。程鲁民推来一辆破自行车，一口气从市内蹬到了三里桥苏军烈士墓。彼得的遗体能从朝鲜战场运回旅顺口，也只能安葬于此。当他磕磕绊绊来到墓地时，却惊奇地发现，这里新添了一百多座坟头。每座坟头上既没有墓碑，也没有其他任何标记，只留有一个编号。究竟哪座坟头属于彼得，大概除了墓园的管理人员，也只有鲍里斯能说得清楚了。无疑，这一百多座坟头是朝鲜战争开始后新增的。有的坟头上已经长了蒿草，有的坟头上新填的泥土经过雨水的冲刷开始塌陷了。程鲁民弯下腰来向地下长眠的苏军官兵们鞠躬，他们为了正义战争而死，却葬得如此匆忙。直到朝鲜战争结束后，苏军烈士陵园已增加到两百多座坟头，苏军飞行员的姓名才刻上石碑。

程鲁民已经蹬上车子往回返了，忽然想起程津生日记中的一段描述，一个在他看时忽略了的细节：彼得的钱夹子里放有一张谭敏的相片。彼得的身上除了一块手表，一张预备被俘时使用的卡片外，别无他物，却为什么单单带着谭敏的照片？程鲁民脑海里浮现出在长途客车上的情景，现在回想起来，那双长有多层眼皮的美丽的眼睛，定属于谭敏无疑，可她为何要把自己裹得严严实实？她好像还挺着一个大肚子。程鲁民调转自行车奔往了土城子方向。

程鲁民七扭八拐来到了靠道边的一户农家院停下来，当年，尼娜晕倒在泥泞的路上，是一位叫盛千户的老汉把她背回了农家小院。他在心里暗暗祷告：但愿谭敏也会和尼娜一样，只是虚惊一场。

一切如旧。还是盛家老两口子一同出来，把他迎进了院中。程鲁民只想打听一下，村里有没有人见到谭敏，但一丝不祥的感觉弥漫全身。盛大爷对老伴说："他能找上门来，想瞒也瞒不住了。那女的生下孩子就走了。"盛千户没有认出曾经来过的程鲁民,他把人死了说成“走了”:“好模好样的一个女人说走就走了。临走前还喊着一位姓毕的人。她喊的人是你吧?”程鲁民在脑子里揣摩着盛千户的话,喊一位姓“毕”的人,谭敏临走前喊的人一定是彼得。他的眼睛里有一种苦涩的东西滴落唇边,连忙用手臂擦去了。盛大娘说:“那女的性子太烈了,你大爷要把她送到城里的苏军医院,驴车都套好了,可她死活不肯上车,都快不行了还抓住我的手,请求一定要保住孩子。咱们这里的接生婆哪里见过这个阵势,血一个劲地淌,塞了一堆棉花都堵不住……”程鲁民此时明白了谭敏为何死也不去苏军医院,她不想让别人知道她生孩子,更不想让人知道孩子的来历。程鲁民鼻子酸酸地问:“那孩子呢?”盛大娘说:“那可是个待人亲的女娃。粉嘟嘟的,一笑两个酒窝,老招人喜欢了。可惜命不好,亲妈妈的奶水一口也没吃上。”盛大娘边说边哭泣起来。

第二十七章　郎中女收养遗腹子，孝儿孙痛失老夫人

诗曰：

往日也曾粮断顿，藏书不可换散银。
楼空急急碾轧心，书焚焦焦火燎唇。
尽捐万帙与国民，不留一卷给子孙。
谁知遗冢何外寻，藏书楼里应有魂。

柳波芙对程老夫人送给母亲柳德米拉那个紫砂罐还有些印象，里面还装有一罐莲子，是不是荞面儿亲手送上楼的却记不得了。自从荞面儿离开程家大院，柳波芙与她见面的时候自然少了许多。旅顺口的确是个小地方，有一天柳波芙竟在太阳沟的大街上碰见了荞面儿，她怀里还抱着一个女婴。以前听别人说过，女婴是荞面儿收养的。柳波芙只是出于未婚姑娘对初生婴儿的好奇，走过去想要抱一抱，亲一下，荞面儿却紧张地护在怀里，好像见不得人似的。柳波芙只瞥了一眼，就看出女婴与中国婴儿的不同。柳波芙坏坏地想，说不定那个女婴还是荞面儿亲生的呢。即便是这样，婴儿与她和她的家庭又有什么关系？她不想关注和打探别人的隐私，但有些事想放下偏偏放不下。不知是天意还是有着某种神秘的感应，晚上，柳波芙在梦中竟梦见了荞面儿抱着的那个女婴，她要接过来仔细看看，荞面儿却不撒手，正在纠缠时，楼下传来撕心裂肺的哭声：程老夫人离世了。

两天前，鞠茹珍通过熟人的熟人穿针引线找到了这对夫妇。男的是一般职员，女的偶尔倒腾点咸干海产品，从中挣差价。两人结婚十年了，女的就是坐不住胎，最长半年，最短两个月，不用说闪腰了，就是突然蹿出一条狗，都能吓流产了，所以至今没有生育。鞠茹珍多方打听认为，这对夫妇适合收养谭敏所生的

孩子。董汉彬市长听完汇报后也非常赞同，说：“他们也算有福气，现在抱去跟亲生的没有两样。”鞠茹珍把孩子的情况向年轻夫妇简单介绍说：“一位姑娘生下孩子后不幸去世了，孩子的父亲下落不明，是死是活不清楚。你们愿意收养现在就可以抱回家去。”年轻夫妇看到孩子乖巧的模样，激动得连句感谢的话都没有来得及说，抱起上天赐给他们最好的礼物就走了。没曾想到，两天不到，这对夫妇就来退货了。

那女的解开层层叠叠包裹的小棉被、毛巾被，露出了女娃的脸。女娃嘤嘤的哭声细得像一只雏鸟或者耗子叫，尿布里渗出的黄水染在了被单上。鞠茹珍只看了一眼心就酸楚得不行了，才两天的时间，孩子瘦得皮包骨头，额头上竟像上了年岁的老人那样爬满皱纹。荞面儿和麻洁秋也围过来，她俩对婴儿的身世也多少了解一些。麻洁秋的手刚伸到婴儿身下忍不住要吐出来，她已有五个多月身孕，还是闻不得一点异味儿。

那女的说：“鞠主任，俺们实在照管不了这个孩子。她的前生肯定托生在一个富贵人家，到俺家一口东西都不吃。俺们去了老远的地方买羊奶，刚喂了两口又屙又尿。”那男的大概觉得老婆的话没说到点子上，连忙补充道：“仔细端详，这孩子就不是中国人的种。对不住了鞠主任。”

年轻夫妇走后，办公桌上的棉被卷把鞠茹珍刚才的工作安排全部打乱了。当务之急要再给女婴找个好人家，在找到好人家之前还得有个好人看护着。麻洁秋自己腆个大肚子，又闻不得异味儿，显然不适合看护女婴。鞠茹珍只有分派荞面儿看孩子，而自己再去碰碰运气，这种事有时还真的靠命运安排。荞面儿抱着婴儿去商店买回来两袋奶粉，又添置了婴儿必备的物品，回到宿舍烧水冲开奶粉，搅拌凉至温热适口。那婴儿已经等不及了，小嘴直朝着她的胸前拱，荞面儿的脸暗自红了。奶瓶刚到婴儿唇边，她便可劲地吮吸起来。那一对夫妇显然夸大其词，这孩子并没有像他们说的那样不好侍弄。

傍晚，鞠茹珍拖着疲惫的身子无功而返，见到床上的婴儿时马上笑逐颜开，说：“还是我们荞面儿会带孩子，你是不是在程家练习过？”荞面儿的脸红了一半：“小罐小时候俺倒是带过，能光看着大嫂忙不伸把手吗？”鞠茹珍抱起女婴：“给孩子找个好人家真不容易，看来你还得辛苦几天，等找到好人家你就解放了。”荞面儿说：“如果找不到好人家，这孩子还能赖上俺不成？俺参加革命工作可不是出来带孩子的。”鞠茹珍刮着她的鼻子说：“知道，知道。你一个大姑娘带孩子难为你了。”荞面儿的脸都红透了。

鞠茹珍歉意地说：“都让这个小丫头给闹的，咱俩得给孩子起个小名，不能老丫头长丫头短地叫着。”荞面儿通红的脸色渐褪，说：“苏联人给女孩子起名，不像中国人叫得那么土里土气，叫她诺娃就挺好。”鞠茹珍说：“不行不行。她本来长得就像苏联人，再起个什么‘诺娃’的名字，怕将来要受小伙伴们欺负呢。这小丫头真是个可怜的孩子，还是叫莲子吧。‘莲子’与‘怜子’同音，莲子叫起来也算是正宗地道的中国人名字。”荞面儿夸赞说：“真好，一听这名字就是满肚子学问的人起的。”

又过了一周，一位说自己四十岁的女人来看孩子。荞面儿一看那女的根本不像四十岁，说五十岁也有人信。她偷偷对鞠茹珍说：“这么大岁数还想抱养咱莲子，她哪有精力照顾？”鞠茹珍也觉得这女的年龄偏大，找了个借口把她打发走了。又过了半个月，鞠茹珍又找到一户人家，各方面条件都合适，尤其是年龄，女的才二十七岁。荞面儿一听年龄又说人家年纪轻轻的恐怕不会带孩子。鞠茹珍说见面再考察一下吧。可是，把人领来了荞面儿抱着莲子却不知去向，等了三个钟头也没等来。快天黑了，荞面儿才抱莲子回来。鞠茹珍不高兴地说：“等你一下午，到哪去了也不吱声？”荞面儿说：“俺想莲子要有新家了，给她买点东西做个念想，竟忘记了时间。”鞠茹珍看了一眼这个撒谎就脸红的货，试探地说：“要不，不稀找了，你就带着莲子过吧。”荞面儿哭了：“俺本来没这个心思，可莲子要让别人抱走了，就生生地拽着俺的肉。”

莲子的事鞠茹珍要求对别人一律保密，但对周允声却无秘密可言。有麻洁秋在嘛，等于他对莲子的事都知道了。有一天，碰巧鞠茹珍和荞面儿都有事，麻洁秋逞强把莲子带回家。她肚子里也怀着孩子，肚皮里和肚皮外的两个孩子让周允声格外开心。晚上，他手里抚摸着妻子肚里的孩子，她嘴上谈论的是肚皮外的莲子。第二天，周允声对程鲁民扼腕叹息：“荞面儿多好的一个女人，还不知道会让哪个浑蛋捡便宜，有你后悔的那一天。”

程鲁民心里明镜似的，周允声知道的是整个故事的下半部分，而故事的上半部分则有程津生的日记为证。他从书桌里手颤抖着掏出了一沓纸，挑出紧要的那几页展现在周允声的面前。周允声认真地看了一遍，说：“不可能。老大哥何时去了朝鲜战场？”程鲁民说：“你不是也知道他们的飞机在安东浪头机场集结吗？去朝鲜也就一眨眼工夫。比起我们，老大哥的保密工作更是卓有成效。”

周允声安慰道:“这也怪不得你弟弟,在天上谁能分清是美国人还是苏联人?”程鲁民紧锁眉头半天没吭气。周允声自言自语:“这么说尼娜的哥哥彼得真的死了?莲子还是彼得的‘背生子’?事情真他妈的经不起琢磨。”

即使还原了整个事件的全过程,程鲁民心头还是笼罩着一块乌云,说当前的旅顺口黑云压城也不算夸张,他恳切地请求道:“周局长,请给我分派任务吧。”周允声等的就是这句话,正色说道:“有一批运往朝鲜的军用物资从苏军军舰搬到火车站,我们负责苏军军管区域内的安全押运。”程鲁民说:“放心吧,这件事交给我。”周允声说:“据我们掌握的情报,台湾特务‘老道’很可能要对军列实施爆炸。”程鲁民说:“这是同一件事,理应一并交给我。”周允声说:“你刚回来,对有些事还没有摸清具体情况。旅顺口地方不大,公安局翻来覆去查了几个来回竟没有发现一丝线索。我怀疑‘老道’与过去隐藏的特务扯上了关系。”程鲁民说:“我明白你的意思,我们光查不行,还得引蛇出洞。”周允声握着他的手说:“还得我俩拴在一个槽子上搭班子,才叫能尿到一个壶里。”

程鲁民站在学校的门口,放学了的孩子们像羊群出栏似的横冲直撞,一个个都从他身边跑过去。走在最后面的曲舒看到二弟冲她招手,程鲁民说:“有点事想跟大嫂唠唠。”曲舒说:“我还急赶着回家做饭呢。奶奶近来的身体大不如以前了,今早还咳嗽一阵子,好像她这次感冒挺严重的。”程鲁民说:“我跟大哥打过招呼,他会早点回家做饭的。”

两人沿着太阳沟的大街走去,一溜两行的银杏树高大茂密。在这个季节里,银杏树橙黄色的果实如同老年人的脸皱巴巴的。夕阳下,金黄色的树叶轻轻摇曳。一阵风儿吹过来,叶子如同下了一场金币雨铺在他们的脚下。这种被称为活化石的银杏树,在几亿年前就存世了,是现存种子植物中最古老的孑遗植物。和它同纲所有的其他植物早已灭绝,独独留下银杏树还在消磨着春夏秋冬时光。

曲舒看出来了,二弟与尼娜之间,似乎早已没有了恋爱中那样的热烈和浪漫,更没有像新人要步入结婚礼堂那样的紧张和慌乱。他们就像一潭死水,丢进一块石头也激不起一丝涟漪。曲舒和二弟走到路边的树下冷不丁想到了,或许只有他们这样的爱情,才能像银杏树那样生长缓慢但留世长久。

程鲁民向她询问了冯石校长近来有什么异常情况。程鲁民与他近来有过几次接触,印象中那张不苟言笑的脸,似乎总戴着一副假面具,深藏不露的眼睛后面还有一双眼睛。程鲁民把近年来发生的闹暴动、搞募捐、实施爆炸等事件，串在一起也捋不出个头绪。但周允声给他布置任务时，他想到第一个要查清的人就是父亲的这位结拜兄弟。历数几年来发生的蹊跷事情，没有一件能证明冯校长参与其中，也没有一件能把他排除在外。他似乎总是与这些事若即若离。他总是身处旋涡之中又没有随波逐流，既没有被冲到沙滩上又没有被淹死在浪涛里。一连串的疑问搅得程鲁民思绪不宁，学校本应当是僻静之地，但为什么这些打打杀杀的事情就偏爱搅扰读书圣地？这些事在外人看来似乎都是倾向共产党的，说不定还是受中共指使呢，这就具有了更大的欺骗性，更说明隐藏幕后的操纵者比较狡猾。

当然，程鲁民不可能把他的分析判断倾囊说出，他对大嫂还是有所保留的。他只想让大嫂主动接近一下这位冯校长，必要的时候套套他的话。她甚至可以说一些落后的话、反动的话、骂共产党的话，为的是要与校长建立同流合污的情感基础。大嫂吃惊地睁大眼睛，说："这是你自己的想法还是公安局的主张？"程鲁民反问道："这有关系吗？"曲舒毫不掩饰地流露出对他缺乏信任的表情："当然有关系了，而且关系重大。你想，你们局里谁都不知道，我要是按你说的话做了，且不说能否奏效，真让别人知道还以为我当敌特上瘾似的。到时候你想证明我是好人都不好使，因为咱们是亲属关系，明白吗？再说呢，我这人心里藏不住事，你也不是不清楚，说不定一说梦话就把你泄露出去，把你也拐带进去了。"程鲁民算服气了，他承认自己近一段时间精神头明显不足。

程鲁民换了一种轻松的方式，说："你也只能泄露给大哥，不可能泄露给二姓旁人吧！"曲舒撇嘴冷笑："俺俩谁给谁泄露还不一定哩。奶奶代表全家把程家藏书都捐出去了，你知道吧？这些书马上要运往沈阳。朝鲜战争打起来了，这些宝物放在旅顺口也未必安全，东北文物保管委员会决定将藏书中的善本近三万册和家刊本约四万册移交到沈阳的东北图书馆。藏书是你大哥几年来一本一本整理出来的，他整理多少我就知道多少；藏书的发运时间倘若你大哥知道了，用不了多长时间我也就知道了。"程鲁民说："以前还真是小看了大嫂。不过，你可不能随便泄露给别人。"曲舒说："你不是想让我从冯校长的嘴里撬出点东西吗？光骂骂共产党就能撬出来？必要时也得豁出孩子才能打着狼。我们校长对咱家的藏书感兴趣也不是一天半天啦。"

程鲁民和大嫂走进程家大院已过了掌灯时分，他们的心也如昏暗的灯一样被黑夜挤压着。堂屋里，奶奶平时常坐的那把太师椅空空荡荡，一种不祥的预感掠过他们的心头。曲舒三步并作两步跑到了奶奶的房间，父亲程绪至和丈夫程皖夫正围在奶奶的床前。程绪至拖着哭腔说："老夫人，城东头有一家中医院，听说新来的老中医瞧病挺拿手的，不少外国人都去他那里号脉，要不，咱也去试试？"程老夫人摇了摇头，她的喉咙里似乎有痰，发出呼噜声似有异物上下移动，却说不出话来。程鲁民向大嫂努嘴示意了一下，曲舒快速递来床头的毛巾。程鲁民用毛巾裹着食指蘸了一下碗边的水，从程老夫人的嘴边小心翼翼地伸进去，把粘在口中的痰粘了出来。曲舒劝道："苏军医院有吸痰机，要不马上送奶奶去住院吧？"

程老夫人停了半天好容易说出话："哪也不去。"程皖夫说："那，把医生请到家里来？"程老夫人喘着粗气，艰难地说："说话没有分寸。苏军医生不是咱们的郎中，能随便请出来的吗？"程绪至说："老夫人，你说请谁就请谁。"程老夫人的嗓子里又发出了呼噜声。

程老夫人喘息了一会儿，呼吸声略微通畅些，似乎睡着了。程绪至、程皖夫、程鲁民、曲舒蹑手蹑脚地退到门外。曲舒说："我听明白了，奶奶还是想找杜叔叔看病。"程绪至痛苦地说："豁上老脸，我这就去请。"程鲁民拉住父亲："爸爸，你还得照看奶奶，让我去请杜叔叔吧。"程皖夫不屑地说："你去？怕你去请，事情倒复杂了。"程鲁民边推门往外走边说："大哥，我去了杜叔叔骂两句也是应该的。"

里屋，程老夫人又发出了咕哝的声音，大伙儿进来才听清奶奶含混不清地问："津生还没有来信吗？"曲舒附在她的耳边说："奶奶，他上次来信不是念给您听了吗？部队经常转移，没事他还能老写信啊？奶奶不用记挂着他。"程老夫人气如一缕游丝尚存，说："那后来，不是还来过一封信吗？"程皖夫哭着说："是来过，写的都是些无关紧要的事。"程绪至白了他一眼，转身说："老夫人，您病成了这样，还操那个心干吗呀？"

过了两个多小时，在众人的急盼中门外传来了急促的脚步声。程鲁民把杜一帖让进屋，喊了声"奶奶"。他直奔程老夫人的床前："奶奶，杜叔叔来啦。爸，杜叔叔听说奶奶病了，拎着药箱子就来了。"程老夫人躺在炕上，双眼盯在天棚上不动。听到杜一帖的声音，她略微转了一下头，似有回光返照的光景，话语清晰起来："亲家，我还是得这样叫你。我的心一点都不糊涂，怕是过不去这个坎了。”程绪至上前拉住程老夫人的手说:“老夫人,您哪里不舒服就跟荞面儿的爹爹说。”程老夫人又咳嗽了几声,说:“我想,程津生恐怕回不来啦,他不想让我们替他操心,也不想让我们感到陡然,才有意在活着的时候断了我们的念想,才一点点地走远的。”

程皖夫流着泪说:“奶奶,您不要想得太多了,老三要是不在了,部队上早就来人送烈属证书啦。奶奶,我也怕,怕有一天突然来几个人,进来就把慰问品放下,再掏出那个用命换来的烈士证书……”程绪至厉声呵斥:“程皖夫,你想干什么?你奶奶得的又不是什么大病,还把你三弟都扯上,干吗呀?”程老夫人的眼睛在每个人的脸上看了一遍,便不再转动了,嘴角略略动了动:“程家的藏书……”

杜一帖上前俯首侧身为程老夫人号脉。众人紧张地看着杜一帖的表情。他号完脉轻轻地放下程老夫人的手臂,无言走出房间,程绪至等人紧随其后。杜一帖说:“已无回天之力,给老夫人准备后事吧。”程皖夫、程鲁民等瞬时眼泪出来了。程绪至瘫软在椅子上,说:“你们哥俩过来,还不到哭丧的时候。现在,要紧的是赶快在堂屋里搭上铺板,把你奶奶移到铺上,老人不能老在炕上。”程皖夫、程鲁民哥俩搬来两个长条凳子撑住铺板。杜一帖关切地问:“老夫人的送老衣服都准备好了吗?”程绪至声音沙哑地说道:“两年前就准备妥当了,那还是荞面儿帮助她奶奶一针一线手缝的呢。”一句话让在场的人心里又尴尬又难受。杜一帖像忽然想起什么似的问:“怎么不见荞面儿?程老夫人白疼她了。”最难为情的还数程绪至,程老夫人这么个状况让他措手不及也顾全不周,该告诉荞面儿却没打发人捎信儿去。

曲舒从老夫人的房间里涕泪滂沱地跑出来。程皖夫问:“快说,奶奶怎么啦?”程绪至说:“还用问吗?快进屋。”众人跑回房间,程老夫人张大口缓慢地呼吸,已是有了上气没下气的光景。程皖夫趴在老夫人的身上,一边摇晃一边恸哭,程鲁民站在程老夫人的跟前不停地抹着眼泪。杜一帖扒拉开他们:“快抬起老夫人。”众人把程老夫人移到堂屋的铺板上,她才安详地合上双眼。小罐被曲舒拉到了榻前,看着太奶奶一动不动而其他人哭声一片,吓坏了:“我不要你们哭,我不要你们哭,你们把太奶奶吵醒啦。”在场的人无不动容。杜一帖劝说众人:“节哀,节哀。把寿衣拿出来,趁老夫人身体还软乎,麻溜为她穿上。”

曲舒从被罩子上取下叠放整齐的寿衣,程绪至忍住悲痛为程老夫人穿戴,穿了半天只套上一只袖,另一只袖怎么也套不进去。杜一帖推开他说:“如不见外就交给我吧。”杜一帖把套上的一只袖褪下来,又把寿衣拉至程老夫人胸前,反着把两只袖子同时套上胳膊,又把后襟从头顶拉到背后才把寿衣穿上。程绪至感激地握住杜一帖的手说:“杜先生,我就不客气啦!你帮着看看哪不周全,多给提醒。”

人生时不等时辰,走时也不分昼夜。尼娜和柳波芙已经睡下了,鲍里斯、柳德米拉原本快要躺下了,听到哭声他们衣服尚未穿戴整齐就下楼了。鲍里斯只套了件衬衣,脚上趿拉着程老夫人送他的千层底鞋;夫人柳德米拉穿着一件白色的睡裙,脸上挂着泪水。晚下来的尼娜和柳波芙想起了中国奶奶生前的音容笑貌,话未出口已经抽搐起来。邻居们来了一拨又走一拨,但他们却一直站在那里没挪地方,长久地肃立默哀。程绪至走过来,向他们夫妻及两位女儿表示诚挚的谢意,同时也表达了真心的歉意:“家里有了老丧人,让你们受嘈扰啦。”柳德米拉哭着说:“中国奶奶的突然离世,让我们感到震惊,也感到惋惜,不要说见外的话。”

程绪至说:“你们请回楼上休息吧。来的人多难免嘈杂的。”鲍里斯一把拉过程绪至的手,两个高大的男人紧紧地拥抱在一起。这一抱就不撒手了,鲍里斯拍着程绪至的后背大哭,程绪至能感觉到肩膀上被他的眼泪打湿了。老鲍并非虚晃而实在悲伤地说:“中国奶奶的去世,我真的很伤心。我还穿着程老夫人亲手做的鞋呢。”朝夕相处已有八个多年头了,程绪至能看出他心中的痛苦和不舍,但还是觉得他所表现出的悲哀超出了应有的程度。鲍里斯痛苦不堪地说:“你能懂得我心中的哀悼之情,你就让我痛痛快快地大哭一场吧。”鲍里斯哭着哭着,眼前就浮现出儿子彼得的音容笑貌。他越哭越伤心,竟不能自制,尼娜和柳波芙上前把父亲从程绪至的肩膀上搀扶下来。

按旅顺口当地的习俗,亡人将在第三天一早出殡。三天的吊唁又分“大三天”和“小三天”,像程老夫人半夜十二点前去世的属“小三天”,去世后不到一个时辰就算第二天了,几乎所有的悼念活动都得在第二天安排下来,因此显得格外慌乱和匆忙。曲舒看到家里大事无人张罗小事一团乱糟,便主动担当起里打外开分派调度的角色:令撒下几路人马连夜报丧,老亲故友该通知到的不能落下,几位早到的邻居得令后立马奔赴各地;哀请擅长笔墨的人撰写悼联挽幛,祭奠词文挂出去不能丢了诗礼人家的门面,文化局的人代请太阳沟通晓文墨的人或低吟或疾书；布置灵堂香案，香、纸等供品去哪家买，买多少一一交代仔细，学校里平时与曲舒有来往的老师谨慎记下依次买办；雇请风水先生卜卦定址开拓墓圹，与程老爷子合葬墓得用罗盘重新校准方位，有人推荐孟老板，有人说，这并非他的强项，又另请高人；分派专人引导悼念宾客，在哪叩拜在哪焚香烧纸在哪歇息用餐都不能错乱，邻居有人常揽这样的差事，一得到吩咐便一丝不苟地照办去了。

经历这样的大事，光靠曲舒一人连轴转，忙得够呛还略显人手单薄。程绪至悲痛无比光是迎来送往已力不从心。好在文化局、公安局来人帮忙和左右邻居捧场，又推举孟老板担任大管事总揽全局，才把阴阳两界的风俗应酬妥当，丧事也算办得风风光光。程家大院门口悬挂着一副挽联，上联写着："唢呐啸吟，锣鼓铿锵，一高一低，吹吹打打皆为哀鸣。"下联写着："麻衣裹身，纸钱撒天，一静一动，束束扬扬满是思念。" 程家一楼堂屋用白绸和黑纱装裹起来，黑的是绸带系花，白的是帐幔垂帘，程老夫人躺在临时搭建的灵堂里静谧安详。白底黑字的挽幛飘曳在灵堂两侧，左联写着："操劳一生，勤勉一生，生生死死寻常事。"右联写着："戒谨一世，宽容一世，世世代代不了情。"程家大院门前冥币纸钱空起空落，烛烬余灰堆堆撮撮，孝子孝孙屈膝叩首泪眼沾襟哭声抓心挠肝，吊孝的人们陆陆续续向程老夫人表达哀悼之情，劝程家子孙节哀顺变。

到了第二天晚上，程绪至、程皖夫、程鲁民等至亲为程老夫人守灵最后一夜。小罐困得哈气连天还不愿意离开，一会儿工夫睡在了曲舒的怀里。程绪至心疼孙子对儿媳妇说："你带小罐进去睡吧，他毕竟是个孩子，不拘礼节了。"曲舒把一件上衣披在小罐身上，说："那好，我把小罐送回里屋。"曲舒把儿子抱回床上，他又清醒了，反倒没有一丝睡意。小罐拉着母亲不让走，问："太奶奶为啥不到她的房间里睡呀？"曲舒的眼泪流了下来："你这孩子，刚才嚷嚷困了，到床上反而不睡了，你想干什么？"小罐被曲舒厉声斥责，委屈地哭了起来："我怕。我怕太奶奶真的死了……"曲舒哄着小罐一起躺下，轻拍着他渐渐睡去。由于连日劳累不得休息，曲舒也在不知不觉中睡着了。

突然，房间里传出了一阵惊惧的叫喊声。堂屋里的人们吓得毛发悚立，紧张地朝走廊里头张望。略过一会儿，戛然而止的喊声又一次森然而起，更让人觉得阴恐惧怕。程绪至对程皖夫说："你还不过去看看。"程皖夫倔强地说："不用，她就这毛病，越忙乱越生事儿。"程绪至说："这什么日子，别吓着大伙儿。"

程皖夫回到房间,开了灯见曲舒和小罐仍在睡呢。他把曲舒压在胸口的胳膊拿下来,刚要退出,曲舒又发出了梦呓般的说话声。这回不是喊是说,不过,在程皖夫听来说的比喊叫更可怕。曲舒不住口地说道:“我不去当特务,我不去当特务。”程皖夫听到,此时更感到一阵莫名的惊慌,他清楚楼上楼下的人们屏气凝神都在竖起耳朵听这屋里的动静。他本能地上前捂住了曲舒的嘴。这一捂,把曲舒弄醒啦。她睡眼蒙眬地说:“我睡着啦? 我真睡着啦!”程皖夫压低声音:“你心里又装不下什么事?”

一楼大堂里,程绪至走近像睡着一样的程老夫人,见她的脸如涂霜上蜡一般,没有一丝血色,心如针扎刀割地难受。他把曲舒的喊叫都归结为老夫人阴魂不散闹腾的,便让程鲁民又在余烬火盆里添上一刀烧纸。外面一阵寒风吹来,扬起了纸灰,把两根蜡烛也吹灭了,程鲁民忙去找火柴点上。

程绪至边往火盆里续纸,嘴里边念叨着:“老夫人还是有未了的心愿啊。”程鲁民流泪了:“奶奶不是说了嘛,老三至今没有音信。”程绪至看了一眼儿子:“后面,你奶奶还说了半截话儿,老人家最放心不下的是丢失的那件宝物。”程鲁民愕然:“可是,奶奶好像从来就没提过这些东西。”程绪至说:“那是扎进你奶奶心头的一根刺,拔出来会带血。”

爷俩儿沉默了好长一会儿,程绪至说:“我就不相信,这东西上天啦还是入地啦? 你大哥始终在收购程家散佚的书,名声都传出去了,花多少钱,从来也没吝啬过,若是落在寻常百姓家怕早就拿出来换钱了。公安局也始终没有放弃对程家宝物的追查。我知道,周局长总想给市政府一个交代,也给程家一个交代。”

程鲁民轻推了父亲一下,想提醒他不要多说。但父亲并没有理会,像是对奶奶说也像自言自语。他的神态分明在追忆往事,眼神如同梦游般地迷茫起来。在父亲的对面便是那堵砌着壁炉的墙,在墙与父亲之间,静静地躺着程老夫人。而父亲的目光越过程老夫人,有如神助般定睛在壁炉的上方。他的手哆哆嗦嗦地指着墙壁说:“快把你奶奶移开,去拿镢头来。”

见儿子没有动作,程绪至激动得声调都变了:“我们家的宝物就在墙里。”程鲁民盯着父亲几近变形的脸,说:“爸爸,我们只是猜疑。”程鲁民想告诉父亲,他的直觉没有错。三弟在参军前说过,那个皮箱子是安德列拎走的。种种迹象表明,宝物又回到了程家。至于藏在壁炉墙里的动机,想也能想出几条,总之,离真相大白的时刻已经不远了。但此时不是一两句话能讲清楚的，程鲁民只能用眼神阻止父亲。父亲好容易控制住激动的情绪，压低了声音回味说："我说的嘛，鲍里斯没事的时候就冲着墙壁发呆。开始，我还以为他在端详那个从苏联运来的壁炉。还是你奶奶生日那天，你大哥用锤子往墙上敲打，鲍里斯紧张得要死，就差没把你大哥抱住了；前些日子，我想凿壁开门，他又横加阻拦。这里面一定有道道。不行，还得把墙刨开，只有见到了宝物，你奶奶才能安心地走。"程鲁民拉过父亲，擦拭了一下眼泪，说："爸爸，我们现在不能妄动。苏军的一家人都在楼里住着，一镢头下去，还不把大家都惊醒啦！"程绪至握着拳头捶打在自己的心口："我刨自己家的墙，找自己家丢失的东西，碍旁人何事？你真的不想了却你奶奶的心愿？"

楼上传来了有节奏的脚步声。壁炉的那面墙如同一道屏幕，映出一个人的影子，是鲍里斯从楼上走下来的身影。他手里拎着一把洋镐，来到了程老夫人的遗体前深深地鞠躬，说："程老夫人，在您离开这里之前，我要让您知道，你们程家的宝物还在程家，我不能让您带着遗憾而去。"说完，他就要举起洋镐砸墙。

程鲁民上前拦住了他，说："鲍里斯，墙不能刨。"程绪至厉声问道："怎么不能刨了？你真的想让你奶奶临走都闭不上眼？"鲍里斯说："宝物是我亲手放在墙里的，为此，我已经受到了上帝的惩罚，我罪有应得。我再也不想受这种罪恶的折磨了，我要把宝物拿出来，请求中国奶奶宽恕。"程鲁民夺下他手中的洋镐，说："你的忏悔之心不但上帝知道，我奶奶也知道了，但墙却刨不得。我们中国人有个讲究，老人临走前不能在家里动土。"

程绪至心存狐疑，心想：程鲁民这个浑小子不知又有什么鬼道眼，竟胡说"老人走了不能在家中动土"，也就蒙蒙苏联人吧，当着外人的面他不便细问，等把鲍里斯劝回楼上，程绪至小声地问儿子："为何不起出来？你奶奶白疼你一遭了。"程鲁民目光坚定地说："眼下，宝物藏在墙里还是最安全的。"

第二十八章　老鲍吊唁情出真心，社长被绑诬陷他人

诗曰：

黄白肤色上眼清，唯有是非料不真。
一头撞墙悲出格，双手擎香愁煞人。
不舍别离终是命，易悟生死暂栖身。
直至梦回故乡里，方知情感可面陈。

程老夫人去世后的几天里，柳波芙目睹了中国人出殡的全过程。蒸供品烟气缭绕，屋里如同人间仙境似的；烧大纸灰飞烟熏，院子里恰似着火一般；摔泥盆、去庙里报丧，孝子贤孙做这些丧葬仪式心急火燎，用中国话比喻，像生怕投胎投晚了似的。程家大院嘈杂时人声鼎沸，不时地夹杂着呼天抢地的哭声；冷清时空空荡荡不见人影，也只有柳波芙一个无事的人蜷缩在家中。她还真的开始相信中国人有关鬼神的传说了。

程老夫人烧完“头七”的第二天，曲舒来到了学校上班。那天的海面上起了一层稀薄的雾，村庄树林隐匿在袅袅的雾气中。冯石校长紧了紧对潮湿天气不适应的鼻子，带着关切和责备的语气说：“程老夫人刚走，家中有多少事该处理，怎么不多休几天？”曲舒说：“这都让别的老师代课一周啦。俺爹说要给奶奶烧头七、三七、五七、七七，还有‘三个七’都得请半天假，实在不好意思再耽误课程。”冯校长通情达理地说：“家有老丧人做晚辈的说不得这些，没有什么不好意思的。”曲舒想起了程鲁民交代的话，灵机一动说：“最近家里家外的事都凑到一块了。东北文物保管委员会要把程家捐献的藏书运到沈阳东北图书馆，火车出发前还要举行一个捐赠仪式，政府邀请程家人都去参加，到时候说不定我还得

请假。”冯校长说：“这是好事呀，是程家的美誉也是旅顺口的光荣。只是你事先吱一声，好给你安排调课。”

程老夫人出殡的那天早上，冯石校长早早地来到了程家。他把左手里拎着的一捆烧纸体面地交给大管事的，右手搓揉着左手心的一道紫色勒痕。掌心里的勒痕表明了烧纸的厚度，烧纸的厚度表明吊唁者生活的殷实程度以及与死者情感的深度。在阴间里流通的冥币直接反映了活着的人的身份。冯校长向程老夫人鞠躬默哀，恰到好处地向程绪至及家人表达了他的震惊和哀悼，又贴心贴肺地劝道：“人死不能复生，活着的人还要继续生活。这么风光的葬礼，程老夫人九泉有知当感欣慰。悲痛适可而止吧。”

以程家人在旅顺口的声望，以程老夫人的为人——别的不说，仅就她生前把程家的藏书全部捐献出来这一项，市里的任何大人物来为她送行，冯石都不会感到吃惊，就是鲍里斯一家人全程参加了悼念活动也没有让他感到意外。他们住在一个屋檐下，还要结为儿女亲家，这件事在旅顺口小范围内传开了，冯石也有所耳闻。但他没有想到鲍里斯的悲哀不亚于死者的任何一个孝子孝孙，这就让他有些看不懂了。留心观察，鲍里斯的悲哀中还隐藏着别的什么，似乎还有忏悔的因素，似乎还有着双重悲哀叠加的成分。这位苏联老邻居面如死灰，脸像烤煳了的薯片那样呈现出黑褐色。程老夫人的遗体从灵榻放进棺材里的瞬间，鲍里斯举止失控地扑过去，嘴里声嘶力竭地喊着：“我该受到上帝的惩罚，我对不起程老夫人……”这已经有些出格了，已经超出了作为普通邻居甚至亲人的一般范畴，但更过分的还在后头。鲍里斯满含悲伤地抬起头来，直奔紧邻灵榻一侧的那面墙而去。这一举动顿时让在场的人目瞪口呆，冯石还以为他要一头撞死在墙上呢，眼疾手快的程鲁民伸手拦住了他。苏联老邻居没有以头撞墙，只是扑过去用手捶打墙壁，声嘶力竭地叫喊着。他是用冯石听不懂的俄语叫喊，这点让冯石感到又可气又可恨。

鲍里斯说他对不起程老夫人，让冯石当时百思不得其解。离开程家后他像一头倒嚼的牛，把鲍里斯的话反复嚅动多次，才咂巴出一点别的滋味。细细琢磨，鲍里斯对不起程老夫人的地方也不少，强行住进程家大院算一条吧？这么多年两家人在一幢楼里锅沿碰勺子，或多或少总能产生这样那样的不愉快，怕程老夫人心中自然会有一本账；霸占藏书楼够得上一条吧？尽管账不能都记在鲍里斯的头上，但毕竟是他们苏军干的缺德事，他鲍里斯负有不可推卸的领导责任;藏书楼里每个周末鸡欢狗跳的舞会算一条吧?程老夫人郁郁而终说不定都是他们闹腾的;最让程老夫人临死也闭不上眼的还是程家藏书受损,尤其是镇宅之宝的丢失。鲍里斯没有亲手去偷去抢,这一点冯石亲眼所见不能栽赃于他,但他肯定也是知情者,说不定强盗还把宝物孝敬给他了,说不定他还窝赃了呢,也许只有这样才能解释通鲍里斯为何如丧考妣一般。

台湾派来的代号“老道”的那个人主动联系上冯校长。尽管“老道”化了妆,上下唇和两腮多了浓密的胡子,冯校长还是认出了他就是当年不辞而别的汪志江。冯石对汪志江心存芥蒂不是一天两天了。他以前干得那些偷鸡不成反蚀把米的事,冯石想想就来气,就有一股无名邪火。这个貌似聪明绝顶的年轻人,常常自以为是地玩些超凡脱俗的惊险动作,凡是他以不同寻常的方式开头,总会以出乎意料的倒霉样子做结尾。替共产党募捐了,炸国民党的视察团了,等等,哪一样不是他捶胸顿足地收场?冯石不明白,国民党在台湾怎么不反思一下,老给这种人委以重任前景基本不会美好。

汪志江从背包里拿出一只手电筒,拧开后腚倒出两节电池。冯石看手电筒内空无一物,与普通的手电筒没有区别。汪志江得意地笑了笑,像变戏法似的从手电筒里抽出了一张卷成筒的委任状。原来这只特制的手电筒有着内外双层筒壁,而委任状夹在其中。汪志江双手郑重其事地把委任状抻直了递给了冯石。冯石已被委任为“反攻大陆先遣团”的中校副官了。他恭恭敬敬地接过来看了一眼,顺手拿起火柴烧掉了。汪志江不满地说:“我历尽千辛万苦带过来,竟化作一缕青烟了。”冯石略显内疚地说:“不是不敬,实在是无可藏匿之处。不能因为一纸虚名而坏了我们的大事。”

程家人的悲哀经过了大半年的过滤渐渐趋于平淡,他们逐步地适应了缺失老人当家的生活。程家大院二楼的苏军家庭表面上依旧静如止水,一切似乎还跟从前一样,但在无缘由中发生了不能言喻的变化,这变化来得悄无声息却又让人焦躁不安,就连身在其中并身受压抑的苏军二小姐也不能尽言其故。说不上从什么时候开始鲍里斯不再跳舞了,任凭夫人和女儿一再邀请、一再恳求、一再生拉硬拽,都未能使他迈进舞厅一步。以后的每个周末的晚上,如果舞曲能够正常响起,鲍里斯的情绪还能稍微好些,如果哪个晚上藏书楼前贴出舞会取消的告示,鲍里斯就会长吁短叹就会烦躁焦虑就会抓耳挠腮。当然,鲍里斯的这些表现没有柳波芙形容得那样夸张,还都自控在旁人没有足够的细心便不会发现的程度之内。柳波芙还发现,她的父亲好像对旅顺口人的丧葬习俗基本通路了,他近十年的国外生活厚积薄发,一发而不可收地把自己变成了地道的旅顺口人。自从程老夫人去世后,老鲍对中国人的生离死别似乎都有着切肤之感,几乎要与当地人俱荣俱损休戚相关了;老鲍对悼念失去亲人的方法领会得特别透彻,差不多有着感同身受的悲伤。每到当地人祭祀的哀悼日、禁忌日时,老鲍差不多都在亲力亲为。柳波芙就看见过父亲在黑暗中蹲在十字路口烧纸,其形态举止与活着的程家奶奶并无二致。只是他看到小女儿狐疑地注视着他时,才解释说:“给程家奶奶烧点纸,老人家活着的时候对我们家人都不错。”

除此之外,鲍里斯对家中的其他事都不怎么放在心上,对两位女儿的工作去向并不知晓,知晓了也不会在意的。尼娜在报社解散后重新被分派到苏军三十九军政治部,柳波芙高中毕业后被招收到苏军第三十九军文工团。女儿们背着父亲出去庆贺,父亲却向柳德米拉抱怨她们每个周末都去舞厅逍遥。柳德米拉说:“你的两个女儿不用你操心,该操心的是彼得,我们都多长时间没有见到他了,他也没有给我们写一封信。”

柳德米拉翻出了一个抽屉,从中找到了几张彼得小时候的相片,背景有莫斯科红场也有圣彼得堡大教堂。正在刮胡子的鲍里斯,斜眼看到儿子小时候的相片,拿刮胡刀的手颤抖了一下。霎时,下巴渗出了一条血印子。柳德米拉浑然不知,继续翻弄儿子的相片,并选出了满意的一张,放进了带皮的白桦树制成的相框里。鲍里斯把血迹和剃须膏红白交融的下巴洗净,忍住了在深眼窝里打旋的泪水。柳德米拉一心一意欣赏她的艺术品,没有关注到丈夫的表情变化:“瞧,怎么样,彼得小时候是个调皮的家伙,这几张相片你还有印象吧?”鲍里斯哽咽了:“有印象,当然有印象。那时候,他想当水手,航行在大海里是他的梦想。”柳德米拉抬眼看着丈夫:“你的情绪好像不对劲。最近,你一直很糟糕。瞧,你的下巴出血了,眼睛好像也红了。”鲍里斯的眼里再一次溢满泪水:“没有什么,洗脸水进眼睛里了,用中国话说,蜇得慌。昨晚没有休息好。彼得没有来信,我也挺为他担心的。”

柳德米拉直视着丈夫:“听说苏军早就参战了,而且保密措施非常严格,你大概听说了吧?”鲍里斯的目光躲避了:“我真的不好回答你,大概再高一级的军官可能知晓这个情况,我这个级别的军官还得靠道听途说。”柳德米拉紧追不舍:“彼得会上前线吗?”鲍里斯差点就被她逼得无路可退了,但他还是用湿毛巾擦了把脸,滚动了一下喉结,把嗓子里的苦味和唾沫一起咽下去:“刚才香皂沫揉进了眼里,这会儿好多了。我要是他的领导,有这样的机会,肯定要安排彼得去锻炼一下,以后想去怕也难了……”

柳德米拉这回没有轻信他重复了十几次搪塞的话,亲自到苏军空军旅顺口基地打听儿子的去向。负责接待的上尉军官神秘地说:“本不该向家属扩散,但您是上校军官的夫人,我也只能对您一个人说:您的儿子回莫斯科执行一项由空军中将亲自下达的任务,时间当然不能短了。”柳德米拉说:“他真的没有去朝鲜参战吗?”那人笑着说:“去朝鲜参战?不会的,那是中国人的事情。除非有两种情况,一是美国人进攻了莫斯科,二是联合国部队轰炸旅顺口。否则的话,您的儿子怎么敢擅自去朝鲜呢?”

上尉军官回答得天衣无缝,几乎无可挑剔,但柳德米拉还是觉得哪个地方不太对劲。她刚说出自己的名字,上尉军官就知道她是来打听飞行员彼得,好像早就预备好了,专等她上门查询似的。柳德米拉的疑心越来越重,越来越感到蹊跷,终于在一个礼拜天的早晨,她提前走出了程家大院,等到丈夫出门才悄无声息地跟在后面,尾随着他走出了太阳沟,穿过了老城区,翻过了一道山岗,来到了苏军烈士墓。她躲藏在树林的后面盯着他的举动。

鲍里斯在一排排的墓葬中,轻车熟路地蹲在一座新堆起的坟头前,从背包里拿出了一束鲜花、一个用弹壳做的飞机模型、一幅镶在相框里彼得儿时的相片,还有苏联大列巴和六个煮鸡蛋。鲍里斯带来的这些祭祀用品,有的是从程家学来的,有的是自己发挥的。柳德米拉正是在丈夫起早准备这些物品时才决定跟踪他。鲍里斯把这些东西码放整齐又从背包中掏出了烧纸,他采用了中西合璧的方式,把折叠的烧纸放在唇边亲吻一下,又掏出笔,用俄文写下心中思念的话,仿佛在给儿子填写汇款单或投寄信件。柳德米拉的心霎时间被掏空了。鲍里斯双手颤抖着划着了火柴,在微弱的火苗里一张张添加烧纸,嘴里念叨:“彼得,好孩子,原谅爸爸只能一个人来看你……”柳德米拉再也控制不住自己,突然扑倒在儿子的墓前,把那些刚烧过的纸灰扑成了一个旋涡,余烬的火苗儿燎出了头发的煳焦味……

在确定父亲鲍里斯不正常之后,柳波芙又发现她们的母亲也不正常了。父亲和母亲两人几乎结成了一对“不正常”的联盟。他们常在一起唉声叹气又相互怜悯,常在一起鬼鬼祟祟又相互掩饰。柳波芙把这一切都怪罪于姐姐尼娜,是她错把他乡当故乡死活要来旅顺口，是她生怕自己不能嫁给中国人当媳妇，生怕错过了与程家联姻，才有了父母双亲现在这种半痴半傻的状态。这么多年来，姐姐一直把爱情当成了只有起点而无终点的长跑，可劲相爱就是恋不出一点结果；她一直把程鲁民当成异国他乡的一棵歪脖子树，非要在那上面吊死不可。最终，她和他都成了一片汪洋中漂泊的两叶扁舟，摇摇晃晃地彼此追逐，却谁也爬不到谁的船上。

柳波芙在责备姐姐尼娜的同时还把怨气撒到安德列身上。她把安德列约到了太阳沟的一家小酒馆里，进行了一番苦口婆心的责备外加指点迷津。柳波芙想当然地认为安德列并非一点指望都没有，尼娜和程鲁民已经走过了恋爱的初级阶段而身陷爱情的疲软期，显露出即将走向全面崩溃的前兆。

当前的机遇和所面临的抉择是，只要安德列的思路稍作调整，以崭新的形象出现在尼娜的面前，她敢保证他就是那个能笑到最后的人。这个安德列自称身上有着俄罗斯贵族的血统，从外观上看相貌堂堂一表人才却空有一副臭皮囊。在讨女人喜欢这件事上他总是做得这么低能，这么狗尾巴树不起来，这么烂泥糊不上墙。老鲍在苏联时差不多已经把他当成了尼娜可以托付终身的人选之一，母亲在这个问题上与父亲没有分歧，甚至仅凭一张相片就为女儿圈定了“要嫁就嫁这样的人”。

安德列现在这副遭霜打的蔫不唧的样儿，任由柳波芙百般劝说也不见起色，一杯闷酒下肚还是说出一堆长他人志气、灭自己威风的话。他说，自己比柳波芙更了解她的姐姐，尼娜和程鲁民表面上暂时排斥是为了更有力地吸引，他们虽然目前波澜不惊，但一遇到风向逆转，便会波澜壮阔。他唯一能做的就是等待，等到海枯石烂或许他才有机会。这位败在程鲁民手下的苏联男人，好像既没有绅士风度也没有骑士派头，既没有礼貌地退出角逐的勇气，也没有破釜沉舟同情敌决斗的气概，他所能做的只是用中国的烈酒把自己喝成一摊烂泥。柳波芙生气地甩手走了，目光僵硬、身体瘫软的安德列，又要了一瓶山东老白干。

安德列喝到了小酒馆打烊时，被店主客气地请了出去。他拎着喝剩下的半瓶酒步履蹒跚地走在路灯下，身后的一辆卡车嘎的一声停在路旁。他醉眼蒙眬地看到驾驶室里有两个人正襟危坐。那两人并没有给他让座的意思，他便向车后厢板爬去。车厢里站着的高个瘦子伸手拉他，他把酒瓶子先递上去，后又自己往车上爬。副驾驶座位上的矮个胖子走下来从后面推他的屁股,把他推上去了,那胖子也麻利地跃到车厢里。

卡车沿着公路向水师营子方向驶去。经冷风一吹,安德列酒醒大半,他觉察出卡车并没有开向苏军司令部,原先以为卡车要把他捎回军营的想法有些天真。从不离身的手枪已经被人下了,他还不知道什么时候被下的。可以当武器用的酒瓶子是自己主动交到那两人的手里,他觉得中国的烈酒有些后返劲儿。

他问:“你们是什么人?”一胖一瘦的两人没有回答。卡车在一座破旧的带院落的民宅里停下来,一条大狼狗恶扑过来狂吠不止。开车的司机下车踢狗两脚,狗拖着委屈的长音灰溜溜退后。司机打开车后厢板,安德列被车上的两人推下来,又被矮个胖子拿着枪威逼进屋,按在一个宽约一尺的长条凳子上。高个瘦子坐在炕沿上吧嗒两口旱烟锅,问:“苏联老大哥,我们不想难为你,把你请来只想了解一些情况。第一,苏军驻防在旅顺口的空军现在调到哪里去了?”

安德列装着服帖的样子认真地听着。目前他还不能断定他们是什么人,把自己绑到这里有何用意。他老实地回答:“我实在不清楚空军的事。你们想不想知道苏军军舰上运来多少武器,什么型号的,这个我了解。”高个瘦子说:“你最好识相点,我问什么你回答什么。”安德列急忙辩白:“我真的不知道空军的事,他们对我们也是神神秘秘的。”

高个瘦子又装腔作势地吧嗒两口,吐出一串不成形的烟圈儿,继续问:“还有一件事,时间可能稍微久远点,不过我相信你不会忘记。在你们刚来的时候,你可曾从程家藏书楼拿走一只皮箱子?”安德列略显吃惊地问:“你们到底是什么人?”矮个胖子上前两步,迅速地把一根绳子套在了安德列的脖子上。高个瘦子慢条斯理地说:“我告诉过你,你只需要回答我的话,这样对你有好处。”

高个瘦子边说边对着烟袋锅子使劲吹了一口气,吹出了一丝光亮和一缕烟雾。矮个胖子和司机心领神会,这两人使劲勒紧套在安德列脖子上的绳索,把他勒得惊恐万状,脖子越勒越细,嘴越张越大,安德列能感到自己的舌头不由自主地吐了出来,却没有收回的力气。在那万念俱灰之时,绳索松开了,嗓子里空出了一道缝隙,安德列觉得有一股凉气透入肺腑。他贪婪地张大嘴巴呼吸,又忍不住拼命地咳嗽,却仍然没有回答。烟袋锅子又亮起了烟雾,那绳索又渐勒渐紧,他的脖子里一阵阵火辣辣的……如此反复两三次安德列连咳嗽的力气都没有了,但他还是没有回答他们的问题。

矮个胖子从屋角找到一把铁锹，出门后很快端回来一锹秽物，说:“让他吃了，省得咱费劲。”铁锹上一团黑乎乎的东西伴着恶臭味放到了安德列的鼻子下面，几乎贴到了他狠命呼吸的嘴上。这摊狗屎让安德列恶心透顶，他顾不得喘息，捂住口鼻说:“是的，是有这么个皮箱子。”

从他们以上的问话和所有的举动上，安德烈差不多可以断定他们是市公安局的人。能想出这“狗屎”招的人没准就是程鲁民手下的，只有他了解苏联人最怵什么。安德列想:东西早晚是他们的，我不说鲍里斯有一天也会拱手交给他们，何必让自己在此遭受恶心之苦？说不定顽抗到底身家性命难保:“我只喜欢，那个皮箱子。鲍里斯你们知道的，就住在程家大院的上校军官，他对中国的古董在行，他把皮箱子连同里面的东西都藏在了程家……”

高个瘦子倒扣烟锅，把烟灰敲在炕沿上，其余两位老练地把套在安德列脖子上的绳索解开，又娴熟地把他捆在了长条板凳上。他们锁上门刚走出门口，安德列听到矮个胖子说:“早知如此何必费这一番折腾。”安德列在心里骂着:程鲁民，还有周允声，你们真他妈的不是东西。

安德列以为自己很快就会被人解救出来，没想到天都大亮了他还一直被绑在长条板凳上。酒彻底地醒了，胃里却空落落的。他的上半身被绑得十分牢靠，下半身勉强能够活动一点。他努力挣扎着脚尖点地，反推着板凳像滑板一样向木门撞去。只撞了两下因脚下用力过猛板凳侧翻了，他侧卧在地上迷迷糊糊地睡了过去。不知过了多长时间，他被自己的叫喊声惊醒，一只老鼠啃了他的耳朵。他迷迷瞪瞪地睁大眼睛与老鼠的豆眼四目相对，他张大嘴呼喊着，想去咬那只老鼠却怎么也够不着。

程鲁民从大嫂曲舒那里得知，冯石校长急切想得到程家藏书运往沈阳的具体时间。曲舒说，尽管冯校长不露声色，但她凭直觉敢保证冯校长一定不会善罢甘休。另外，曲舒发誓说她绝对没有说消极落后的话，更没有骂共产党。冯石至少表面上还净说共产党千好万好，如果她曲意奉承反倒弄巧成拙。

程鲁民表扬了大嫂立场坚定，又不失灵活机智的斗争方法。他把这一情况报告给周允声，说:“我敢说冯石不会毁坏程家藏书，他总归还是喜欢这些藏书的，如果烧了炸了不说别人，他就舍不得。”周允声反驳说:“按你的那个里倒外斜的说法，他想截获藏书运到台湾去？白送给他他都运不走。这里面肯定有个假象，他们企图在掩盖着一个阴谋，我们的冯校长不会对所有的藏书感兴趣，

‘老道’亲自出场恐怕也不仅仅针对藏书而来。”

程鲁民说：“把藏书与抗美援朝物资装在一趟列车上，无形中增加了破案的难度。”周允声说：“程家藏书与作战物资享受同样的押运待遇没有什么不好的。”他接着神秘地说：“还是董市长有谋略，我们也给他们抛下一个诱饵。你们家壁炉里的宝贝都处理好了？”

程鲁民还未回答，通讯员小秦跑步进来报告：“来了一位苏军司机（斯基）要见程科长。”周允声说：“你的俄语怎么培训的？学了一溜十三遭就会说苏军司机（斯基）。”他又对程鲁民说：“看来我要回避一下。这位苏军司机说不定有要事与他的未来女婿洽谈呢。”程鲁民苦笑了一下。在这种紧要时刻，他全身上下每根神经都绷得紧紧的，胳膊上的每根汗毛都在严阵以待，周允声的玩笑开得有些过火了。当然，鲍里斯的造访也有点海猫子不知潮流。

鲍里斯还是第一次来到程鲁民的办公室。在他去报社之前，鲍里斯也只有一遭半遭地找过周允声。通讯员为他备了茶水，他端在手里嗅着茶香没有说话。他好像在努力控制着自己的情绪，又仿佛难以启齿似的端着茶杯沉默不语。已悉数知晓彼得牺牲全过程的程鲁民与老鲍之间隔着一层没有捅破的窗户纸。当然，如果他没有捅破的意向，程鲁民也只能保持缄默。

看到鲍里斯愁肠百结百感交集的样子，程鲁民心中一阵酸楚。得知彼得的死是弟弟程津生亲手造成的，程鲁民总没想好以什么方式向他表达内疚的心情。一次，只有他与老鲍单独在一起的时候，他差点冲动地想要揭开心头的伤疤，让瘀血通畅起来，最后他还是克制住了。此时，他的心情并不比鲍里斯好受到哪去，他料想这一天终究会到来，只是不知道以什么方式到来，只是没料到会这么快到来。

程鲁民心绪不宁地企盼着老鲍快快离开，眼下，他有太多很现实的事情比“程津生向彼得开枪”更为重要。考虑到中苏两军和两国人民的共同利益，考虑到他作为父亲的丧子之痛，程鲁民既不能下逐客令又不能敷衍了事，只能等着鲍里斯自己抬屁股走人。本来话不投机的鲍里斯已经打算离开了，甚至有点拂袖而去的意思了，但走至门口时他却突然折回身来。准备送客而紧随其后的程鲁民被突然折回的大檐帽刮了一下眼角。

鲍里斯不但没有道歉，反倒张口说出了一件更让人添堵的事：“我差点忘了，安德列昨晚失踪了，请公安局给予协查。”“我的天哪，安德列嫌棘手的事还不够多吧。”程鲁民心里叫屈。在旅顺口任何一位苏军人员，哪怕一位苏军士兵失踪都是通天的大事，更何况是安德列，又恰逢这么个关键口。鲍里斯反倒没有要走的意思了，周允声局长一直在隔壁，此刻也不得不从侧门走进来，与程鲁民简要地商议一下，迅速派人向董汉彬市长报告，又果断地调集人员进行排查，发动全市市民提供可疑线索，活要见人死要见尸。当时的套话是这么说的，但程鲁民心里清楚，万万不能见尸，真要见尸麻烦就大了。

老鲍让市公安局对安德列失踪予以协查，还不算完，他转过身又坐下来了。这绝对不是老鲍的风格，老鲍啥时候这么磨磨叽叽了？老鲍做了许多铺垫，好容易从嗓子眼里挤出来一句话，话一出口，直接让程鲁民崩溃了。

第二十九章　悲中错苏军误战机，忧有喜边防擒敌特

诗曰：

时运不济命多舛，岁月蹉跎难遂愿。
蛇影犹潜一丈弓，草灰暗伏千里线。
仕途有尽早脱身，情缘无崖当了断。
过眼云烟寻常事，是非过后说从前。

苏军在旅顺口最后的岁月里，柳波芙越来越感觉到父亲变老了，变得怪诞不经。父亲没有说过，曾是飞行员的哥哥为什么不幸离世，更没有说过，他为何举止怪异地替姐姐向程鲁民求婚，柳波芙不知道父亲是如何独自承受这一切，在回国后的许多岁月里，只要想起这些，她仿佛就能触摸到一颗被痛苦浸泡的心。

老鲍又坐下来，似乎沉默了一会儿。对程鲁民来说，这一会儿的沉默却显得十分漫长。随后，老鲍省去了铺垫，直接说出了短短的几个字："你和尼娜结婚吧。"老鲍眼角的皱纹里溢满了泪水，像久旱的稻田地里浇了一场透雨。那种眼神，那种满含着渴望、祈盼和恳求的目光里，仿佛渴望着一份不得当的施舍，祈盼着一份额外的赏赐，恳求着一份法外开恩的裁决。程鲁民的脸上火烧火燎，像被人又抓又挠又撒上了盐末。无论是按中国人的礼节还是按外国人的礼仪，该请求的人都应该是他而不是尼娜的父亲。

程鲁民突然感到老鲍说的每件事情都变得棘手起来，原本还可以沉着应对，此时却不知如何是好。按理说，与尼娜的婚姻他应该一口应承下来，如此，对苦难深重的鲍里斯是一种解脱，对自己也了却了多年的期盼。程鲁民觉得应付窘迫局面的智慧一点也不比鲍里斯高明。鲍里斯打破了没有得到确切表态

的僵局，平静地说道：“我不得不告诉你一个悲伤的消息：我的儿子彼得牺牲了，他就埋在了苏军烈士墓，旅顺口将是他永远的家，我不想把他一个人孤单地留在这里。苏军或早或晚总归要离开旅顺口，我不想没有人去祭祀他，没有人给他送去祭品和纸钱。作为父亲我恳求你娶了尼娜，让她名正言顺地留下来，才能让我的心好受一点。”

尽管彼得的死对程鲁民来说不是秘密，但是，刚才的话让鲍里斯平静中隐含悲怆，看似缓慢却异常揪心地说出来，还是让他难过地低下了头。程鲁民怀着代人受过、替弟弟忏悔的心情诚挚地说：“也许您还不知道，是我弟弟程津生打死了你的儿子彼得。”

鲍里斯毫无防备地中弹了。他嘴角嚅动着，抽抽搐搐地张合了半天：“不可能，这不可能。就是在朝鲜战场上遭遇了，他们也会躲进同一个防空洞里，是不是？”程鲁民轻轻地摇摇头。鲍里斯一把搬过程鲁民的肩膀，声嘶力竭地吼道：“你是说，彼得没有死在美国人的手里，而是让你弟弟给打死了，是这样吧？”程鲁民怯懦地说：“那是一个误会，程津生误把彼得当成了美军的飞行员……”鲍里斯夸张地瞪大眼睛，从牙缝里挤出来几句话：“程津生杀死了我的儿子，这是彼得的奇耻大辱。你弟弟永远不会得到宽恕。”程鲁民一时找不出合适的劝慰话：“请你冷静一下……”

鲍里斯目光狰狞面部扭曲，深陷的眼窝里充满血丝，像罩了一层蓝色的网：“我真是一个天才的傻瓜。竟然，还想把尼娜留在旅顺口。”程鲁民也不冷静地提高了嗓门：“这件事与尼娜留不留在旅顺口没有关系，甚至，我弟弟也不该受到谴责和处罚。杀死彼得的是这场战争，真正的凶手是这场战争。”程鲁民这几句话却让鲍里斯从暴怒中冷静下来。他痛苦却很果断地打断了程鲁民的话：“请你记住，彼得的死与这场战争无关，你最好不要把苏联人牵扯到这场战争中去，这对你们对我们都有好处。我只要知道是程津生向彼得开枪这就足够了。”鲍里斯不想让程鲁民突破那条底线，无论如何都不能从他们的口中暴露出苏军参与战争的内幕。涉及国家的最高秘密，让老鲍不敢有任何细微的疏忽，不然，他不但对不起彼得，更对不起旅顺口苏军墓地里躺下的每一具年轻的尸体。在以后相当长的岁月里，没有人对苏军烈士陵园新增的坟墓提出疑问，更没有人直截了当地查问苏军官兵为何牺牲，又为何安葬在旅顺口。

按照公安局事先制订的计划，曲舒下午来找冯石校长请假，她很快得到了校长的应允。冯石送走了曲舒，眼前突然出现了幻觉，安德列拎着一个皮箱子向他走来。绑架安德列一事，冯石显然思虑良久，差不多想了快十年的时间。捉拿他的场景已经在头脑中重复预演多次，自从看到他从程家藏书楼拎走了皮箱子，冯石说不清多少次幻想着把他捆了起来。连细节他都想得一清二楚：安德列开始不是很老实，挣扎、破口大骂。冯石让人把两只臭袜子塞进了他的嘴里，把他吊起来严刑拷打，等到把臭袜子拽出来的时候，安德列才痛快地说出皮箱子的下落……

神秘的皮箱子，长时间地窝在冯石的心里头，那份贪婪都化成结石了，成了结晶在心里的一块病。他说不准箱子还在不在安德列的手里，甚至说不清这东西还在不在旅顺口。但凭直觉，他认为如果有人能认出它是宝物，那他一定不会让它离开自己的身边，除非宝物落到了一个傻瓜手里，除非这傻瓜有眼无珠。冯石愿意赌一把，抓住最后一次机会，他绝不允许多年来的梦想最终遗憾地收场。

程家和鲍里斯两家人上午陆续离开了程家大院，有的去单位上班，有的去火车站参加捐赠仪式，只有尼娜一人在家。这是冯石事先就侦察好的，他带人轻松地推开了虚掩的大门，屋脊上的鸽群咕咕地叫着，似乎也如事先想象的一样。进到了堂屋，他们见尼娜正从楼上走下来。大堂里冲进来三位不速之客，只有冯校长是她认识的，另两人不由分说把她捆起来了。尽管她没有惊慌失措地呼喊，冯石还是拿起一块抹布塞进了她的嘴里。

堂屋里的格局冯石早就烂熟于心，自从鲍里斯在这里安装了壁炉后，冯石曾来过两次，一次是为程老夫人贺寿，另一次是参加程老夫人的葬礼。他每次来都贼不走空，在旁人不注意的时候四下偷窥。冯石对着墙体只揣测了一会工夫，就发现壁炉上方砖缝的宽窄程度不一样，苏联士兵的砌墙水平与旅顺口的泥瓦匠还是有一定差距的。冯石由此判断出藏宝的大概位置，又用手轻叩墙体。实心部位敲击后发出的声响沉闷厚重，空心的部位发出的声音空洞通透。冯石在声音的引导下锁定了下手的具体位置，撬出了四块立砖，里面如同供奉佛龛似的狭小空间里，满满当当塞着一只看不出颜色的皮箱子。而恰在这时院门口传来了吱嘎的推门声，冯石把宝物交给身旁的手下，自己躲在堂屋门后向外观看，走进院里的人是他的学生柳波芙。

柳波芙早晨一到苏军司令部就听到了一个不好的消息，安德列一宿未归。

上午由他主持的一个政工方面的会议，到了开会时间还四处找不到他的人影。苏军值班人员从登记簿中查出他昨晚就离开了苏军司令部大楼。柳波芙心中有一丝不祥的预感，安德列昨晚是和自己在一起的，她走时他还在喝酒。柳波芙第一个想到去找鲍里斯，电话打到老鲍办公室，值班人员说父亲一早就去市公安局了。柳波芙又去找母亲柳德米拉，母亲问她干吗急匆匆地跑得满脸流汗。不是一句两句话能解释清楚，柳波芙从美发店折回来想看看父亲是否回家了。

她走进院时冯石已从堂屋迎出来了。冯石故作镇定地问："程家的人都不在家呀？"看到过去的老校长，柳波芙虽然吃惊却没有惊慌更没有感到害怕，反问道："是冯校长。您怎么来了？"冯石随口胡说："我来送信的。程津生又把信寄到学校了。"屋里一个矮胖的家伙跑了出来，自作聪明地解释说："冯校长亲自来家访呢。"柳波芙隐约感到屋内好像有挣扎的动静，隐约能听到一个女人发出呜呜的声音。柳波芙透过窗户看到镜子里折射出一个熟悉的身影被按在了墙角，但她还是装着信以为真的样子，手心向上地伸在胸前："信在哪？交给我吧！"这个手心向上的伸手动作，屋脊上的鸽子们太熟悉了，十几只鸽子以为主人又给它们喂食了，呼啦啦地从屋脊上飞下来，竟如蔽天遮日一般。鸽子飞落的羽毛与扇起的尘土让冯石一个喷嚏接着一个喷嚏，一连打了十几个不停，那个矮胖的家伙也让鸽子的翅膀扇晕头了，双手护着脑袋睁不开眼睛。柳波芙随即撒腿就跑，此时不跑还待何时？

鸽群重新回到了屋顶上，把程家大院腾出来了，冯石才收住了喷嚏，柳波芙早已跑得无踪影。那个矮胖子追到了门口被冯石喊回来："你、你不要命了？快去把那个苏军的女军官带上。"矮胖子不满地嘟囔着："我们想逃都费劲，还要带个女的招眼？"冯石说："你懂什么？是人都有不抗'隔痒'的地方，中国人有苏联人也有。掐准了穴位挠，那个俄国佬才有可能放我们一马。"

旅顺口火车站的"程家藏书捐赠仪式"正式开始了。市长董汉彬向程绪至颁发了荣誉证书，并代表市政府讲话，勉励程家子孙爱国敬业，继续为祖国强盛再立新功。鲍里斯在周允声局长的陪同下也来参加了捐赠仪式。仪式刚进行了一半，一位公安人员跑来报告：安德列找到了。安德列手捂着被老鼠咬剩下的耳朵，怒气冲冲地来到了程鲁民的跟前，说："你们太阴险了，竟采用这样卑下的手段。"听了安德列惊魂未定的讲述，程鲁民尚未反驳，鲍里斯便说："这件事你想多了,他们不用绑架你,程家和公安局的人早就知道了宝物的下落。”

旅顺口的雾如同灶坑里燎起的炊烟一样说来就来,雾中挂着的太阳如同雨浇过似的没有一丝刺目的光亮。一朵飘浮的乌云须臾不见踪迹,须臾又露出了头脸。安德列耳朵上带着老鼠的齿痕回来也算拂去了鲍里斯心头的迷雾。在火车将要启动的时候,他却被张皇失措的柳波芙吓了一跳。汗水顺着女儿汗湿的头发,滴在了喘息不止的胸前。柳波芙说程家大院去了坏人,坏人不是别人而是她的校长,冯校长把姐姐也给抓走了……这几句话一句比一句狠,狠狠地揉搓着鲍里斯那颗破碎不堪的心。

火车一声长鸣,粗重地喘息,排出的蒸汽把站台上的人们淹没其中。鲍里斯声嘶力竭地喊着:“停止开车!”他的话没有人能够听得见。他下意识地一把抓住了程鲁民的胳膊,程鲁民用力甩开他的手,转身紧跑几步一跃而起跳上了火车。鲍里斯恼羞成怒地对着远去了的火车挥动着手臂。程鲁民在他最需要的时候,在尼娜生死不明的时候消失在烟雾中。他发誓,程家的哥俩儿他永远都不会原谅。

按照董汉彬、周允声与鲍里斯事先商定好的方案,苏军负责铁路沿线的警戒,公安人员潜伏在车上排查搜索,务必要将敌特一网打尽。现在,情况出现了异常变化,冯石对程家大院的人和宝物下手了。程鲁民不为程家宝物着想那是他的事,但柳波芙已经明白地告诉他尼娜被抓走了,他还这么无情无义地跳上了火车就没道理可讲。或许冯石等人的目标就是程家宝物,或许他们绑架尼娜就是为了方便逃走。火车上不是没有预案的,事先不是早已安排了其他人员吗?程鲁民何必死心眼儿,置尼娜的安危和他的请求于不顾,毅然决然地跳上火车呢!

鲍里斯对董汉彬和周允声说:“情况有些错综复杂,我不得不修改原定的方案。倘若程家的宝物落入敌手,我难辞其咎;倘若尼娜遭有不测,我更无颜苟活。请原谅我们的人不能按计划行事。”鲍里斯带着苏军人员还有柳波芙离开了车站。周允声对着他的背影嘲讽道:“哟呵,毁约的话从他的嘴里说出来怎么听着好像有理有据的?”董汉彬使了个眼色制止他继续说下去:“他还真有些痛处窝在心里。”

火车开出车站,加速向水师营子方向奔驰。原先的方案里苏军士兵负责旅顺口沿线全程警戒,防止敌特跳车逃跑。然而,老鲍用临时电话给沿途下达了命令，苏军官兵坐上卡车返回了市内接受新的任务。正是由于老鲍临时改变方案才让国民党特务汪志江有了逃跑的机会。

汪志江趁着火车喷出的浓雾未散时爬上火车，把定时炸弹挂在了车头与车厢的连接处。程鲁民如履平地般在车厢上飞奔。两人遭遇后的情节因一部国产片的上映而在那个年代几乎家喻户晓。在武打片尚未问世的新中国成立初期，他们的打斗绝对异常惊险。程鲁民飞起一脚把汪志江踢翻，汪志江顺着车厢顶棚眼看就要滑下去了，被踢掉的手枪已经弹出车外，他却用双手的指节死死地扣住了车厢的边缘翻身而起，一个翻转站到了程鲁民的后面，连环脚对准正在拆除炸弹的程鲁民头部猛击数下，程鲁民昏迷过去，汪志江跳下火车消失在夜幕里。

定时炸弹里发出了嘀嗒声。这声音在火车奔驰的旷野里绝对不可能听到，但影片里却能听得异常清晰。当有人过后向程鲁民求证细节时，他说他当时真的昏死过去，怕是炸弹炸响了他也不会听到。不过，印象中他深刻地记得在睁开眼睛后，看到定时炸弹的指针指在了红色的禁区内，就在那千钧一发之际，他把炸弹的指针向后拨开。这听起来仍旧像那部老掉牙故事片的情节。

在城区内拉网式寻找了两个多小时一无所获，鲍里斯大骂绑架尼娜的那些人，同时也骂程鲁民，骂完了程鲁民又想起了彼得的死……程鲁民回到城里找到了坐在苏式吉普车上的鲍里斯，看出老鲍的脸上呈现了恼怒之气，嘴里还不时地嚅动着，他仍不计前嫌地说："敌人恐怕还是选择从海上逃跑，我们应该去防备薄弱的海域进行搜索。"老鲍对此没异议地默认了。他得到的报告与程鲁民的分析基本吻合，他们一同向黄金山海域出发了。

海面上的雾比陆地来得凶猛。鲍里斯调来的苏军巡逻艇加足马力驶离海岸线。周允声和程鲁民站在巡逻艇前头举起了望远镜。在黄海海域行驶了不到四十分钟，望远镜中出现了一个小黑点。海雾缭绕之中小黑点时隐时现，渐渐变大，最后能清楚地看清这是一艘安装了柴油机的木篓船。苏军巡逻艇在海面上画出了一个圈弧，挡住了木篓船的船头。老鲍举着扩音器喊话："船上的人听着，你们违反了苏军关于旅顺口地区海域的管制条例，请赶快停下接受检查，不然，我们将采取强制措施。"周允声指着站在木篓船上的人说道："中间的那个人就是国民党特务冯石，在旅顺口以校长的身份潜伏。还审查什么，要么击毙，要么撞沉。"

木篓船上的冯石把手卷成喇叭状:“苏军长官,你可能不知道我,但我认得你,你是鲍里斯。不要听中共的蛊惑,我想让你见一个人。”他示意船舱里的人出来,高个瘦子和矮个胖子把双手反绑的尼娜推了出来。

冯石得意地说:“鲍里斯,你好好看看,这个人你不会陌生吧?”尼娜被推到了木篓船舵楼子前面,鲍里斯惊呼道:“尼娜,我的上帝……”冯石又一次鼓起嘴巴使劲地喊道:“鲍里斯,我无意要冒犯苏军长官。只要苏军的巡逻艇护送我们到公海,你就可以把你女儿完好无损地接回去。”鲍里斯悲怆地说:“千万不能伤害我的女儿,我不能再失去我的女儿。”冯石更加有恃无恐地说:“既然这样,我们的合作会很愉快的。”

程鲁民小声地对周允声说:“你和鲍里斯吸引他的注意力,尽量拖延时间,我从后面潜水过去。”周允声担心地问:“你这不是扯淡吗?受伤的腿哪能经得起海水泡?”程鲁民双手扶住船舷说:“没有问题,你不用担心,我可是从小在海水里泡大的。”程鲁民躲在冯石看不到的背面,从巡逻艇的船舷处跳下,一个大头朝下的身影挤碎了蓝色的海平面,白色的水花泛起浓重的咸味。

周允声拿过话筒向巡逻艇前甲板的护栏上靠了靠,喊着:“冯石,你个王八蛋,还想让我们陪你到公海玩去?”冯石伸着脖子向巡逻艇上看:“没有办法,接我们的船只能从南朝鲜过来。”周允声说:“我就看不惯你这样的小人,就你这艘破船还想开到南朝鲜去,做你的鬼梦去吧。让苏军的巡逻艇过去与美国军舰打起来,你想得倒美。”冯石说:“苏美两国在朝鲜战场上都没敢正面冲突,能为我这个小卒子打起来?笑话。”周允声故意激怒他:“看你小子就不地道,是个贪心不足的货。让苏军的巡逻艇护送你到公海,门都没有,你信不信,我马上让巡逻艇撞翻你。”冯石从船舱里拿出来那个皮箱子说:“程家的二公子呢?让他出来看看,这是什么?你们大概也知道吧?这是程家最值钱的宝贝。你们不是找了很长时间了吗?你们舍得让这样的宝贝掉进大海里?”老鲍定睛看了一会儿,那个皮箱子在他的眼里渐渐清晰起来。他小声地对周允声说:“别莽撞,那东西千万不能掉进海水里,我们再商量一下。”

冯石笑了:“你们中共真没有苏军长官厚道。上校先生,我取消他们的谈判资格了。你若再不表态,我可要与你的女儿,还有这些宝贝同归于尽啦。”被反绑双手的尼娜向巡逻艇上喊道:“爸爸,你别听他胡说,这条船开不多远。”冯石转过身说:“别怕,有你父亲在,我相信他会有办法让我们到达目的地的。”

鲍里斯痛苦地对周允声说:“放他们走吧。”周允声不满地瞪了他一眼:“国民党特务什么阴险的花样都能使出来。你放了他,他也不会放过你的女儿。”鲍里斯擦拭了一下眼角,说道:“我不能再失去女儿了。”周允声急切地说道:“我们也不想。后果明摆着嘛。”鲍里斯无奈地摇摇头:“让他们走吧。为了我女儿,还有程家的珍宝。”

开巡逻艇的苏军士兵,按照鲍里斯的意思驶离原来的位置,为冯石的木篓船让开了航道。突然,那木篓船剧烈地抖动起来,船身上下颠簸,左右摇晃,把开船的从舵楼子中甩出来,冯石和矮个胖子从船的一侧滚到了另一侧。程鲁民从海里浮出水面,翻身上船一把拉开舵楼子的门,握紧舵把子一个急转弯把冯石晃入海水中。反绑双手的尼娜也被摔得仰面朝天。程鲁民一个鱼跃把矮个胖子撞下船去,又飞起一脚踢中了高个子的裤裆,把他踢进海里。

冯石拎着皮箱子还在海水里挣扎。周允声抢过巡逻艇的舵轮,急打转向朝着冯石撞去。鲍里斯连忙制止:“不能撞他,别把皮箱子撞掉海里。”周允声大笑:“让冯校长和皮箱子一块进海里喂鲨鱼吧。”鲍里斯抓紧舵把子说:“周局长,你是不懂他手里文物的价值,还是有意要增加我的罪过?”周允声:“放心吧,鲍里斯,冯石盗走的是不值钱的冒牌货,真东西早让程鲁民转移了。”苏军巡逻艇撞过了冯石后,又顺道把高个瘦子和矮个胖子挨个撞了一遍。巡逻艇停稳后,鲍里斯看看在略微平静的海面上,冯石还在海里不停地喝着咸水,手里依旧举着那个皮箱子。老鲍见海里的三人已经喝饱了海水,命令苏军士兵拿出缆绳,甩进茫茫的大海里,如同扔进了一根救命的稻草。

那段时间,旅顺口和大连两地的公安人员、民兵及部分苏军官兵,对所辖区域进行了大规模搜寻,像耙草的耙子把丛山叠岭反复梳理了几遍,又像耕地的犁铧把村镇街巷翻腾了几个来回,但就是没有找到那个叫汪志江的狗特务。冯石被多次提审,颠来倒去就那么几句话:他所做的一切都受汪志江指使。他之所以心甘情愿地受汪志汪的摆布,完全是因为不想让旅顺口的宝物落入外人之手。汪志江给过他一张“反攻大陆先遣团”中校副官的委任状,当然,他拿不出那一纸证书,当时就烧掉了。整个计划是汪志江一手策划的,而他没有按照汪志江的要求去做。他不想去炸军列,舍不得把程家的藏书炸毁,只想能顺当地带走那个皮箱子。绑架苏联的女军人是为了便于出逃,另一方面也是有意把自己暴露了,为不去炸军列找个借口,没想到反被汪志江利用了。他还有一套方案，就是亲自扒上火车安放炸弹。冯石曾发展了两个下线，能开车会驶船的叫薛庆有，在羊头湾一带替人驶船；矮个胖子叫顾万舟，在柏岚子渔港码头上算是一霸。提审薛庆有和顾万舟，他们说冯石承诺给一笔数额不菲的佣金，所以他们才乖乖地听话，其他的事一概不知。

国民党潜伏特务爆炸案始终没有画上圆满的句号。当年，冯石、薛庆有和顾万舟三人被执行死刑，汪志江却逃得无影无踪，他如何逃出旅顺口如一团乱麻堵在周允声的心头，直到三十多年之后谜底才被解开。1995 年的夏天，一位七十多岁的台商来到大连市政府接待办，他介绍自己叫吴远庭，此行考察的目的是计划在旅顺口投资办企业。那时的旅顺口还系军事要地，港澳台商投资不得在此立项。工作人员建议他在大连市其他区域走走看看，都是沿海地带，有钱未必一定要投在旅顺口。吴远庭老人没有当即表态。他乘公交车来到了旅顺口后，没用人陪同，也没雇请导游，径直来到了太阳沟，对当地的日式、俄式老建筑一一浏览、拍照。当时，来旅顺口的游客一般都在旅行社的安排下统一去几个主要景区，像吴远庭老人这样要单帮的，对属于部队家属区的太阳沟熟知和感兴趣的游客还不多见。吴远庭被客气地请到了派出所。

吴远庭说："我要见你们的长官周局长。"年轻女警察的嘴角翘起了不屑一顾的神气："我们这里有三位局长，没有一位姓周的。"吴远庭镇定地说："我说的周局长是旅顺口市公安局第一任局长。"那位女警察掩口而笑："大伯，现在不是'旅顺口市'了，而是改成旅顺口区了。您说的首任局长大概也和您一样当爷爷了吧？"吴远庭恍如隔世，自嘲"不知有汉，无论魏晋"。

女警察没费周折找到了离休在家的周允声。他拄着手杖来到了派出所，打量了半天也没有认出面前的这位老者是谁。吴远庭说："我们两人本来就从未谋面。但是，你的大名我却早有耳闻，至今仍如雷贯耳。"周允声说："你再说一遍，你叫、叫吴远庭，是位台商？那你肯定找错人了，我从来没有海外关系。"吴远庭平和地说："吴远庭是我的真名，当年在旅顺口时我叫汪志江。"周允声哆嗦着把手伸进了上衣口袋，抖动了半天才掏出了药瓶，女警察把水杯递到了他的手中。吃下药之后，周允声说："真的是你？想不到你还是进了公安局。"女警察连忙解释说："我们刚向市里了解过，吴大伯是来咱们旅顺口观光旅游的台商。"周允声说："我不管你现在干什么，进了公安局你就要把你是如何逃跑的事讲清楚。"吴远庭微微眯起的眼角似有一层薄薄的雾："那年，我第二次来到旅顺口时化名‘老道’，身份也有所改变，我已经成为在哈尔滨经营俄罗斯餐馆的苏联侨民，来旅顺口是为苏军官兵制作俄式大餐。那时，你们看苏联人都是怀以敬仰的目光，我的来去自然不会受到详细盘查。最初的设想是爆炸成功后，我假扮成冯石的人质，一同登船去公海。本来是安排他去炸军列，但冯石并没有执行我的命令，我仓促上阵也没能成功。最让我不能容忍的是冯石节外生枝，绑架了一位苏联女军人做人质，他只想把程家宝物带到台湾去。现在看来没有炸毁军列也减轻了我的罪过。你们公安局里还有一位程家的二公子，我能不能见见他？他还在旅顺口吗？喂，周先生，你还不舒服？要不要去看医生？”周允声摇摇头说：“他没有我的气量大，即使你能见到他，怕你们也要动起手来。”程鲁民早在1966年被造反派揪出来，与牛鬼蛇神关一起反省。大约一年之后，经周允声从中周旋，他被分配到苏军烈士陵园劳动改造，这倒应了他的心愿，他把那些造反派砸倒的石碑埋了起来，免受再次破坏。大概又过了八年，程鲁民突然失踪了。有人说他患有精神病走失的，头几年他就不正常了；有人说他跑到黑龙江边境去了，试图越境被边防军打死了，至如今也没有人再见过他——此是后话了。

第三十章　梦难圆梦圆大接防，情难别情别旅顺口

诗曰：

冰融又遇倒春寒，几度梦歇鹊桥边。
良宵苦短别时易，缘分天赐聚却难。
百年长河重回首，阴差阳错转瞬间。
说与风花雪月听，唯恐难入世人眼。

大连话剧团的前身叫中苏友好剧团，新中国成立前就把苏联剧本《保尔柯察金》搬上了话剧舞台。剧中人物冬妮娅以前由大连籍演员扮演，观众反响平平，总觉得这个执拗任性的苏联女青年让中国人演得假声假气。柳波芙到苏军第三十九军文工团工作后，被借调到话剧团，她扮演的冬妮娅大受欢迎。人们对剧中资产阶级的娇小姐、有钱人的贵妇人的喜爱一点都不亚于对英雄的崇拜。

柳波芙回国前独自把旅顺口转了一遍。在旅顺口住了十年她从未到过老铁山，她还是第一次看到了黄海渤海分界线。从老铁山顶峰望至山东烟台，有一条隆起的涌浪界定在两个海域之间。同样波涛汹涌的海面，黄海映入眼帘的是蓝色，而渤海却呈现出黄色，两种颜色泾渭分明而又相互簇拥，角逐争雄而又相互渗透。瞬间的感悟让柳波芙感动了，并一直刻在记忆里。

尼娜被劫持后由于受惊吓连同受风寒肺部感染，又一次住进了苏军医院。苏军的小老头医生依旧用俄语跟她开着玩笑。他说："俄罗斯有句老话，上帝只造了两种人，把粗俗之人造得强悍，把高雅之人造得孱弱。我和尼娜就是这两种人的典型代表。""高雅的人即便身体孱弱但心灵一定强悍。"尼娜说话间忽然想起这次住院没有见过那位大眼睛长头发的女护士。苏军小老头说："你想问

的是中国的谭敏吧？她不辞而别，属于高雅人中心灵不强悍的那种。”

尼娜刚住进苏军医院，程鲁民特地买来一台苏联产的“莫斯科人”牌收音机，他和尼娜屏住呼吸，收听女播音员庄重的声音：“为了配合停战谈判，中国人民志愿军全线向敌方施压，1953 年 5 月 13 日，发起了声势浩大的夏季反击战役，对敌军二十个连排支撑点统一进攻，共击毙、击伤和俘获敌军四千余人。第一阶段作战结束后稍事休整，又按预定计划开始第二阶段的反击作战，并将目标扩大到进攻敌人的营一级阵地。5 月 25 日，美方基本同意了我方提出的关于战俘遣返安排的方案，谈判将不日达成全部协议。”

“朝鲜战场上就要停战了，你弟弟程津生还没有消息？”尼娜突发一问又让程鲁民窘迫了，他怔了一下，沮丧地说：“他只给我写过一封信，以后再没有收到他的只言片语。我现在做梦都不敢往坏处想。”尼娜安慰说：“不要多想，说不定哪天，程津生就回来了。”

揪心的日子里撕月份牌是件折磨人的事，程鲁民每撕下一张心里就被揪动了一下。随着 1954 年剩余的时间像月份牌那样由厚变薄，他彻底绝望了。旅顺口籍应征入朝的志愿军官兵家属几乎都得到了确定的消息：为保家卫国献身的英烈，所在的部队寄来了阵亡通知书，市政府派专人前去抚恤；仍驻守在朝鲜的志愿军官兵也寄来了平安家信，有的还附上照片，他们帮助朝鲜老乡恢复生产重建家园；那些身负重伤的官兵被运回国内治疗，尽管分散在不同的城市，但也都与家人取得了联系，他们的父母妻儿获准前去探望……也只有程津生杳无音信。

当月份牌撕到风吹见底的时候，公安局的门卫给程鲁民打来电话，说楼下来了一辆吉普车，车上穿志愿军服装的人，要找公安局领导。他的心陡然悬起，一种不祥的预感如阴云带雨而至。程鲁民的腿像灌铅似的步履缓慢地来到了楼下，车里后排坐着的军人从车窗伸出手同程鲁民握了握，说：“我叫高得群，有件个人的私事想请公安局帮忙，添麻烦了。”

高得群自我介绍说，他一年前负伤来到旅顺口的苏军医院治疗，现已痊愈即将出院。他想委托公安局的同志帮他查找一个人，他自己查找起来实在有诸多不便。程鲁民爽快地说：“能为最可爱的人办点事还有啥可说的？只是，您能否提供查找线索，比如姓名、家庭住址啥的。”高得群说：“我要查找的人叫鞠茹珍……”程鲁民一愣，随即一笑，说：“要说别人还真不一定好找，鞠茹珍这个名字在旅顺口只有一个,在全国也不会太多。”他不由分说地上了吉普车,想把车直接带到市妇联。

高得群摆摆手,努力控制着激动的情绪,说:“真是太巧了。既然你认识鞠茹珍同志,那么请你把这件东西交给她。”高得群从军用挎包里拿出了一个红布包,又从包里掏出一双鞋垫和一封信。他的眼窝里含着泪水动容地说:“在朝鲜战场时,志愿军战士差不多都收到了从祖国各地转来的慰问品,我也非常荣幸地得到了一双鞋垫。鞋垫叠合在一起四周用红线缝上,我并没有拆开。你或许不会理解,这双带着祖国亲人手温的鞋垫任何人都会当宝贝一样珍藏,没有人会舍得拆开垫在脚下。我发现鞋垫里藏着秘密是负伤以后的事情。那时,我的情绪坏到极点了,闲来无事把鞋垫拿出来一看就是半天。可能长时间在手里翻来倒去,缝合的红线裂开了,里面露出了信纸的一角。我好奇地拆开红线看到里面夹带着一封短信。”高得群把那封信递给程鲁民,只见上面用娟秀的楷书写着:“当您看到这封信的时候,远在千里之外还有一颗纯真的心为您跳动。我是辽宁省旅顺口市的一位女同志,我愿意嫁给您。如果有一天您凯旋,一定要到旅顺口迎娶一直会等着您的新娘——鞠茹珍。”

程鲁民动情地说:“真是奇迹,不,真是伟大,真的太感人啦。我们现在就去找鞠茹珍同志。”高得群反倒平静地说:“我真心感谢她对志愿军战士的深情厚谊,请你代我把信和这双鞋垫归还给鞠茹珍同志。”程鲁民不解地说:“高得群同志,你这是什么态度?你没看见信上写着‘我愿意嫁给您’吗?既然是你得到了这双鞋垫,你就不能犹豫,更不可以在惊天地、泣鬼神的爱情面前有半点畏缩。你现在这个样子就不怕冷了鞠茹珍炽热而纯朴的心吗?”高得群沉默了,半天没有言语。程鲁民越说越激动,把手里的东西郑重地放回他的手里:“你作为志愿军战士理应受到我的敬重,但我不敢仰慕你。如果硬要物归原主的话,只有请你当面归还吧,这件事我帮不上忙。”

“对不起,这双鞋垫我已经用不上啦。”高得群仍旧坐着,他弯下腰把两只裤腿往上拉了一拉,露出了两截塑料和不锈钢的组合物,那是一双肉色的假肢。程鲁民瞬间惊呆了,握着高得群的双手如鲠在喉,说不出一句道歉的话。高得群安慰他说:“没事,没事。是我没这个福气。”程鲁民似乎还想让他做最后的努力,说:“不管怎样,你都该跟鞠茹珍当面说……”高得群谢绝了他的好意:“祝鞠茹珍同志能找到一位如意郎君。我在入朝之前就结婚了,我们的女儿今年都四岁多了，我们很幸福。"

尼娜那几天情绪消沉，下班后待在房间里谁也不愿搭理，只管埋头伏案写着什么。拉手风琴的柳波芙有时无缘无故地就会遭她一通斥责。有一天，她主动把柳波芙喊过来，见妹妹空着手走过来，尼娜不满地说："就不能把你的琴也拿来？平日里你可是常用那东西来烦我。"柳波芙乖乖地踅回屋取来手风琴，尼娜把一张稿纸递给了她。这是尼娜把自己关在屋里憋了几天才写出来的。送给程鲁民看，本想让他帮助修改一下。程鲁民粗粗地看了一遍，说："我现在哪有品诗的心情？"尼娜知道，自从高得群离开旅顺口之后，程鲁民被弟弟纠结的心日甚一日，在他的想象中，程津生即便活着，其状况恐怕连高得群也不如，也可能就牺牲在朝鲜战场上，不然的话不可能至今都没有消息。

柳波芙在文工团担任报幕员，被借调到话剧团后努力适应冬妮娅的角色。她接过尼娜的诗作，尽管念得字正腔圆，但听起来报幕员的嗓音里还是夹杂着冬妮娅的腔调：诗歌朗诵，《银杏树，让我们怦然心动》。作者：尼娜；朗诵者：柳波芙。

> 初来旅顺口就看到那些树，叶卷叶舒都让我们怦然心动。既然今夜不能同眠，那就送走晚霞，望落满天星斗；
>
> 漫步旅顺口凝望着那些树，花开花落都让我们怦然心动。或许这里不是归宿，那就让我们深情吻别，轻轻地挥挥手；
>
> 离开旅顺口更难忘那些树，根生根长都让我们怦然心动。假如今生不能重逢，让永远的爱，扎根心底传唱风中……

姐妹俩深情地和声朗诵一遍，之后，妹妹抚琴伴奏，姐姐低声附吟，姐妹俩似有成竹在胸，一气呵成，如醉如痴地流连于艺术的海洋中……这首诗歌源于真实生活，根植于深厚土壤，既充满着俄罗斯风情又接近于中国民歌曲调的旋律，出自姐妹二人之口，没过几天便在旅顺口传唱起来。正式登台演唱是在苏军回国前夕，在苏军第三十九军文工团首场告别演出的晚会上。军人大礼堂里人头攒动，厚重的紫红色大幕徐徐拉开，灯光照在了柳波芙充满青春活力的脸上。她看到了董汉彬、周允声、程绪至、程皖夫、曲舒、程鲁民、鞠茹珍、麻洁秋、荞面儿等人坐在台下，也看到了前排坐着的父亲、母亲和姐姐尼娜及许多苏军官兵。那么多熟悉的和不熟悉的面孔表情凝重地注视着她,也把她脑子里背好的台词打乱了。“旅顺口街头成排成行的银杏树……我们无时无刻不生活在银杏树的树荫里。盛夏,我们享受着银杏树的片片阴凉。深秋,我们感受到银杏树叶的片片暖意……古老的银杏树以她的博大、宽厚和仁爱包容着我们。”这是姐姐替她拟好的台词,她不想重复姐姐对生活的感悟,略微沉思了一会儿,柳波芙深情地说:“在我们宝贵的有限的生命里有十年是在旅顺口度过的。初到旅顺口,你们可能想象不到我最讨厌的是什么,是银杏树。我讨厌银杏树漫无边际追逐阳光生长的树叶,讨厌粗壮而干裂的、一点都没有白桦树光滑的树皮,讨厌叫声不止的喜鹊千方百计搭建在银杏树上的巢穴……但我不能想象,有一天我离开了这里,离开了银杏树的蔽护,我的记忆里还留存什么?我的生命里还能剩下什么?”

与其说柳波芙自报幕外加女高音独唱,莫不如说她在如诉如泣。《银杏树,让我们怦然心动》的旋律在军人礼堂里回荡。

程津生在家人的揪心期盼时杳无音信,在家人差不多已对他不抱希望时却离奇地回到了旅顺口。他不是旅顺口第一批入朝作战的志愿军战士,却能算得上最后一个归来的幸运者。他所在的部队奉命回国,在旅顺口黄金山附近安营扎寨,向苏军老大哥学习的军事管理,即将参加苏军撤离前的中苏两国军事防务交接仪式。

旅顺口军港的苏军海军官兵正在操练降旗动作要领。身穿海军呢料蓝色军服的苏军士兵,内衬蓝白相间的“海军衫”,笔直地站成一列,向徐徐降下来的苏军军旗敬礼。一个巨浪打过来,浪花溅到了呢料军装上,又滴水不沾地滚下来,军装上没有一点洇湿的痕迹。近处,列队观摩的中国士兵个个穿着铁打油亮的棉裤棉袄。尽管他们个个精神抖擞,从精气神上与苏军士兵相比毫不逊色,但对比呢料军服,他们也不得不心生羡慕。

邹连长第一天晚点名时,将全连官兵从头到尾扫视一遍:“从今天起,眨巴眼的时间里,我们要与苏军士兵同学习、同训练、同生活。个老子要按照苏军的内务条令、纪律条令和队列条令来严格修理自己,目的就是把苏军的优良传统、优良作风、优良的军事素养真正地掐在手里。同时,个老子还要学习苏军的武器装备和军事设施知识,要坚决做到在苏军撤离之后,独立自主地保卫祖国海防。个老子有没有信心?”中国连官兵声音齐刷刷地喊道:“有,有,有。不辜负祖国重托，坚决让人民放心。”

邹连长接着说：“晚点名讲两个事：一是重申要原汁原味地向苏军老大哥学习。第二件事，有的同志以为参加了海军，就会同苏军官兵一样穿呢料军装，要多威武有多威武。现在，我郑重其事地告诉大家，这是不可能的。为啥子呢？一个是我们由陆军转为海军，当的不是舰艇兵而是海岸炮兵。当海岸炮兵还是穿大棉袄，只不过换成蓝色的。我们的国家现在还很穷，个老子要端正思想认识，正确对待革命分工，认真做好本职工作。只有我们的国家强大了，生产发展了，我们才能穿上好军装。个老子听明白啦，啊？”

邹连长和程津生来到了海边，涨潮时节海水一浪高过一浪。邹连长说：“你请示的事情我连夜向团里报告了，团长的意思嘛，你不要觍着脸去找彼得的家人，道啥子歉，啊？”程津生不理解地问：“这是为什么？不向苏军飞行员的父母道歉，我会内疚一辈子的。”邹连长说：“个老子的，苏军飞行员不公开参战。你那事拐带了苏联的国家机密，你个老子的有责任对此事严格保密。不道歉不是你的人品花花，啊？”

程津生毫无表情地说：“彼得的家人还住在程家大院，不把此事说开了，我既没有勇气面对他的家人，也没有勇气面对我的家人。”邹连长听完埋怨道：“终归是组织的决定，不是个老子的底气不足。完全不用为此纠缠，尤其是现在，一言一行都代表祖国啦，个老子凡事认死理一根筋的毛病要好好改一改。组织上没有追究你的责任，也没有对你另眼相看，该为你请功的请了，该给你评奖的也评了，个老子偏偏跟自己的良心较劲。”程津生还是面无表情地说：“我的确良心不安。”邹连长被他木头一样的脑袋气着了，一时没有忍住心中的积怨：“个老子成天良心良心挂在嘴上，好像就你有良心而老子的良心都让狗吃了，啊？就这事，个老子把它弄大了，让美国知道啦，让苏联老大哥在国际上下不来台，个老子的良心就好受啦，啊？”

最先看到程津生活着回到旅顺口的人是程鲁民。他一把搂住了弟弟：“程津生，你还活着。”程津生的脸上基本没有太大的反映，这与程鲁民的期望大相径庭。自从他去了朝鲜战场，家人们为他天天过着提心吊胆的日子，他们经过了生离死别的重逢，程津生怎么说都不该是这副德行。程鲁民理解弟弟心中的磨难，他尚需时间才能恢复到从前的状态。屋里的其他人识趣地借故离开，只剩下他们哥俩儿搂着膀子说话儿。

程津生说："二哥，别怪我，别怪我还活着。"程鲁民给他重重的一拳，声音颤抖地说："二哥怎么会怪你哩！二哥生怕见不到你哩。"程津生说，自从发生了那件事，他就没有了活着回来的打算，他脑子里盘桓的都是怎样体面地死去。在战场上他不再躲避子弹、炮弹及一切能让生命消失的东西，他总是第一个跳出战壕，第一个冲到前头，迎着呼啸的弹雨，背负着天空的炮火无所避回也无所恐惧，他抱着必死的信念一往无前所向披靡却连一颗子弹毛儿也没有碰上。他想，幸运毕竟是暂时的，幸运之神不会永远眷顾于他，但倒下的偏偏是身边的战友。直到《朝鲜停战协定》在板门店签订，他竟然毫发无损，竟连一点擦皮的伤也没有留下。而且，由于作战勇敢他竟立下了二等功两次，三等功四次。在回国的前夜，他独自来到了空旷的草地上，把枪口对准了自己的太阳穴扣动了扳机，他清醒地听见了撞针的声响。他枪里的子弹没有上膛，他只想以这样的一个方式告别自己的过去，重新迎接即将到来的明天。

程津生继续述说着自己的苦闷："我不止一次地想过要去谢罪，但组织上有组织上的考虑。"程鲁民说："这件事你一定要听组织的安排，谢罪可能不是最好的办法。"程津生的眼角发涩却流不出泪来。他揉着眼睛吼道："难道还要让我这么一直折磨下去吗？我怎么面对彼得的父母，还有尼娜和柳波芙？"程鲁民把手放在了弟弟的肩上，说："你可以暂时不用回家，我也不会跟家里人说你回来了。好在苏军就要撤离旅顺口了。"程津生问："尼娜姐呢，她不留下来吗？你们还没有结婚？"程鲁民轻轻地点点头："她也一起回国，我们暂时不能结婚。"程津生说："这都是我的罪过。"程鲁民连忙制止："你千万不要多想，这件事与你一点关系都没有。"程鲁民没有原原本本地把他与尼娜的情感变故向弟弟讲透彻。一个是时间有限，短时间内无法把他们几年来的经历讲全面；二者，他也真的不能全讲清楚，不能再增加弟弟的思想负担。现在，老鲍和柳德米拉寸步不离把尼娜盯得死死的，他们坚决阻止尼娜留在旅顺口，其中主要的原因能说与彼得的死无关？

程津生问："奶奶和父亲还好吧？"程鲁民沉默了一会儿，说："父亲还好，只是头发花白了。奶奶去世了，她临走前还念叨你，她最放心不下的就是你。"

自从发生了那次开枪事件之后，程津生的脸上不但看不出喜怒哀乐的变化，甚至也看不到痛苦的不同表达方式了。他对所有的事情几乎一律地不会哭，更不会笑了，他几乎生活在一个没有表情的世界里，好像没有什么事能让他颦眉忧愤，嬉笑怒骂了。见到了二哥，得知最疼爱他的奶奶不幸去世，程津生那压抑已久的泪水如沙土地里的一场透雨噼里啪啦地落下。程鲁民劝一阵子哄一阵子又紧紧地搂住他的臂膀，自己却没有陪着流泪。程津生好容易止住哭泣，问："荞面儿姐，她现在怎样？"程鲁民安抚弟弟的心猛地被锥子尖扎了一下。听他讲这几年的人生经历，讲遭受的挫折磨难，讲他毫无表情的生活，还以为他早把荞面儿给忘记了。听到弟弟问到荞面儿，程鲁民的舌头又短了一截，又是一件既磨心又难以启齿的事。能告诉弟弟荞面儿收养了一个孩子吗？能说那孩子是苏联种还是彼得的遗腹子吗？如果掉眼泪能解决这些难事，程鲁民也早就泪如泉涌倾盆而下了。

鲍里斯一家人正在收拾行李捆绑物品，程绪至和大儿子程皖夫找麻袋、麻绳帮忙打包装。鲍里斯情深意切地说："我们在这里一住就是十年，来的时候两个柳条箱，十年攒了一大堆东西，都带走是不可能的。我征求了家里人的意见，他们都认为许多带不走的东西应当就地处理掉。"程绪至说："你们回到苏联还是要过日子的，能带的尽量都带走吧，破家值万贯。"鲍里斯说："像家具、床上用品、厨房用品，还有壁炉等等都是带不走的，好多东西都要处理。"

程绪至好像从他的话中嗅出什么味道，问："老鲍兄弟，你打算怎么处理？"鲍里斯很有些理直气壮的样子，说："柳波芙的意见是最好折价转让给你们，这样大家都方便。"程绪至说："老鲍兄弟，是这样啊，你们在这里住了十年，这十年我们处得像一家人一样，人都有感情的对吧？"鲍里斯说："是，是。"程皖夫插嘴说："你是说你家带不走的东西要卖给我们？"程绪至呵斥道："还临不到你插嘴。"鲍里斯说："这只是我们家小女儿的意见。"程皖夫生气地说："这十年，我们家地里产的瓜果蔬菜，宁可我们少吃点，也把新鲜的送给你们；这十年，你们白住在这里，我们什么时候向你提过房租？别的不说，十年间，就你们苏军家家砌的壁炉子，把后山上的树林都烧光了，我们什么时候抱怨过一句？我们为什么这样？还不是想到你们帮助中国人打败了日本鬼子，你们住在这里，美国的军舰在朝鲜海域那边横冲直撞，可他们就是不敢过来。"

程绪至抡起手中的麻绳抽向程皖夫的脖子："混账东西，你还没完没了了。"鲍里斯红着脸对程绪至说："别跟孩子们一般见识。你消消气，听听我的解释。我说过，那是我们个别家庭成员的意见，最终的决定权在我。我是这样考虑的：剩余物品折价转让在理论上是成立的，但实际操作上有一定的不合时宜。我考虑应当采取我们双方都能接受的方式。我单方面认为，这些东西可以有偿地转让给你们，但你们不必付款，而是用劳务抵偿。”程绪至茫然地摇了摇头：“你说的话我怎么越来越听不懂了？什么叫劳务抵偿？”鲍里斯说：“劳务抵偿就是你们出劳务抵债。你们可以每年在中国人过清明、过中元节等节日或忌日祭奠先人的时候，也给苏军烈士墓里那些永远留在旅顺口的官兵烧烧纸。那其中，就有我的儿子彼得。”程绪至手中的麻绳僵硬地掉到地上，刚才激动的情绪被浇了一盆冷水：“你说什么？你的儿子也牺牲啦？”鲍里斯仰天长叹：“是的。我的儿子永远留在了这里。而他，是你们家的程津生打死的。”程绪至说：“我感觉到你这一段时间有哪根筋不对头，但你可不能胡说，我儿子和你儿子一个在朝鲜一个在苏军里，一个在地上一个在天上，他就是想打也够不着是不是？”鲍里斯说：“问问程鲁民，你什么都明白了……” 尼娜从二楼下来，刚走过转角就听到了父亲与程绪至的对话，手扶栏杆瘫软下来。

旅顺口防务移交工作在世人的瞩目下有条不紊地进行着。中央军委发出电令，授予中国人民解放军接收旅顺口防务部队为“中国人民解放军海军旅顺基地”，正式将其编入了中国人民解放军的序列。同时任命原旅顺口市市长董汉彬为海军驻旅顺部队副司令员、接收部队负责人。董汉彬副司令员、苏联海军原驻旅顺基地司令库德良夫切夫分别代表本国在《辽东半岛协议地区海军防务交接证书》上签字，交接证书郑重宣告：“苏联海军已将辽东半岛协议地区之海军防务移交中国人民解放军海军，并自 1955 年 4 月 15 日 24 时起，由中国人民解放军海军旅顺基地首长负责该地区沿岸之防务。”中苏两军军乐队分别奏苏联国歌、中华人民共和国国歌。苏联海军军旗在苏联国歌声中从旗杆上缓缓降下，解放军八一军旗在中华人民共和国国歌的军乐声中冉冉升起……

中苏联合委员会根据两国关于旅顺口移交工作有关规定，中国海军接收苏联驻旅顺口海军的装备分有偿、无偿两个部分。有偿接收部分有小型鱼雷艇、护卫艇、各型辅助船 66 艘，轰炸机、教练机等 78 架，多种型号的海岸炮 54 门、高射炮 122 门以及弹药、鱼雷等其他物资，共需支付 2.7 亿卢布。苏联驻旅顺口海军向中国海军无偿移交的部分有布雷舰 1 艘，护卫舰、护卫艇各 2 艘，以及码头、阵地、营房等建筑设施和军用器材。

驻旅顺口的苏军最后一批撤离人员集结在火车站。前来欢送的人们把站台挤得水泄不通。董汉彬副司令员、周允声局长与鲍里斯多次握手后又一次相互拥抱；柳德米拉一手拉着曲舒，一手牵着小罐，任由泪流满面也腾不出手来擦拭；程绪至关切地查看安德列少了一块的耳朵，骂老鼠真不是东西；鞠茹珍和她的姐妹们把煮鸡蛋塞进了苏军士兵的口袋里。荞面儿抱着莲子向前挤了挤，靠近柳德米拉对莲子说："跟奶奶说再见。"莲子害羞地把头埋在了她的怀里。柳德米拉转身见到莲子，愣了片刻，便伸手抱过她，在莲子的脸蛋上亲了又亲，口里喃喃地说："真像彼得小的时候。"她想把莲子送给丈夫看，莲子大哭起来。柳德米拉急促地问荞面儿："你结婚了？是你的孩子吗？"荞面儿像生怕孩子被抢走似的连忙抱回来。鞠茹珍替她打着圆场说："她还没有对象呢，是给别人带孩子。这不，看你们要走了，只得抱着孩子一起来送送你们。"荞面儿原本不想带孩子来的，她太怕出现意外了。鞠茹珍说："让莲子去吧，也许她会记着这个难忘的时刻。"

柳波芙想用姐姐的"基辅"相机给莲子和荞面儿照一张合影，小罐上前拉着莲子的小手不放，荞面儿放下莲子想让这两个小孩照个合影。柳波芙坚持让荞面儿也一起来。在即将按下快门的瞬间，荞面儿有些害羞地伸手把自己的半拉脸遮住了。事后她后悔死了，她对鞠茹珍说："我应该把莲子的脸遮住。万一他们发现莲子是他们的后代，再来旅顺口要莲子，你说我该怎么办？"事实证明，荞面儿的担心是多余的，以后的岁月里两国交恶，莲子的亲人们没有再来过旅顺口。

鲍里斯看了看手表，忽然想起一直没有看到尼娜。他把周允声拉到一边，神色凝重地说："你得跟我说实话，尼娜是不是躲藏起来了？"周允声说："你的女儿，怎么能问我？"老鲍气急败坏地说："要不是有个程鲁民，我担心什么？"周允声说："我敢打保票，就是你女儿敢逃，程鲁民也不敢私藏。你想到哪里去了？"鲍里斯说："这不是开玩笑。你清楚这样做的后果的。"周允声说："你该相信你的女儿。"鲍里斯愤怒得不可抑制："尼娜如果胆大妄为，私自滞留中国，那将是不可挽回的国际丑闻，结局将不堪收拾。"周允声四下看了看，也不见程鲁民的身影。他走出人群，把崔松石、乔维轩、盐驴子等人叫到了一旁，问："你们见过程鲁民了吗？"崔松石说："程科长也发现尼娜不见了，刚才上了一辆破吉普车找去了。"周允声也感到事态有些难以掌控了，说："你们也别闲着，撒开人马，绑也要把苏军的大小姐绑回来。"

旅顺口尽管地方不大，但短时间内找个躲藏的人也比大海捞针难。程鲁民驾驶的吉普车飞奔在路上，脑海里却满是尼娜的身影。尼娜真的想私自留下来吗？似乎不是没有这种可能。他知道她曾去过大连市俄文出版单位咨询过，问人家需不需要俄语翻译。还曾说过现在中国刚刚兴起俄语热，而她在旅顺口当俄语老师再合适不过了，靠自己养活自己一定不成问题。如果她真躲藏起来又躲在哪里呢？程鲁民想到了杜一帖家。杜一帖为她治过病，她一直念念不忘。近一年来，尼娜与荞面儿好像比过去的关系更加融洽。荞面儿也一直心怀愧疚，总觉得是她破坏了他们的感情。

吉普车开到了土城子的杜家门前停下，荞面儿娘一见车上下来的程鲁民就没有好脸色，当她得知他的来意时更是鼻子都气歪了，泼声泼语地说道："你还有脸找到家里来?"程鲁民说："大婶，这火车都要开了。怎么，您老真想把她留下来吗?"荞面儿娘说："把俺姑娘祸害完了，她想走没那么容易，我还没找她算账呢。"杜一帖从里屋出来，说："怪不着别人，你跟程鲁民撒什么野?"荞面儿娘仍旧不依不饶："你们可把俺家的那个傻丫头害苦了。她一个女人结婚离婚的，又带着一个外国孩子，以后还让她找婆家吗？你们为她着想过吗?"杜一帖说："荞面儿也没说那孩子是他们的。"荞面儿娘说："那还用她说呀，那个蓝眼睛黄毛一打眼谁看不出来……"程鲁民耐心解释说："荞面儿收养的孩子与尼娜没有关系。"荞面儿娘听了，火气更大了："与她没有关系就是与你有关系，荞面儿若是早生个自己的孩子还用得着收养别人的?"杜一帖劝程鲁民："你走吧，跟她掰扯不出个是非曲直来。"

离开了杜家，程鲁民的心暂时放下了，尼娜躲到哪里也不会躲到杜家。就是有心想留在杜家，荞面儿帮她说再多的好话，她那个娘也不会留她。下一个查找的目标也想好了，就是盛千户家。盛家对尼娜来说比杜家有着更深厚的感情基础。他本来想先到盛家的，只因为杜家近，先扎一头看看也免得破车还多跑冤枉路。果然让他猜中了，盛大爷说尼娜来过。只是，坐了一会儿就走了。程鲁民有些泄气了，还是等于没有找到。盛大爷说："那可是个知道感恩的好姑娘。她一进屋就给我和你大娘跪下来，还要认你大娘当干娘呢。你说，俺怎么修来这么大的福，一个如花似玉的大姑娘就成了俺的干闺女啦。"盛大娘补充道："她说还会再来看俺，不会让俺等得太久。"程鲁民看看手表，心急火燎地说："她往哪走了？怎么走的?"盛大爷说："俺们把她送到了车站，往城里去的。"

程鲁民开车返回，却怎么也想不出下一个目标应该去哪里。尼娜回城去找市妇联了？程鲁民随即摇摇头。尽管找妇联也算对路，但以她的智慧她不太可能躲进官方机构。又回到程家大院了？也不是没有这种可能，但似乎早了点，程家应该不是她滞留中国的第一站。程鲁民一路上胡思乱想，吉普车却跑到了三里河，他本没有想过要到这里来，却在该直行的道口开到了岔路上。而他心事重重，直到看到了苏军烈士墓近在眼前才发现跑岔道了。

巧合也好，天助也罢，有时候在无意识的状态下却收获了惊喜。程鲁民远远望去，尼娜正站在苏军烈士墓里。他们紧紧地拥抱在一起。尼娜说："我回国后就申请退出现役，等着我。"程鲁民没有说话。他实在腾不出嘴来说话，他们亲吻在一起，好久没有一句话。

又回到了吉普车上，车子却怎么也打不着火了。此时离火车开车的时间还有不到一个小时，他们牵着手向火车站跑去。刚开始还肩并着肩，跑了一阵子，尼娜落后了，程鲁民感觉到她原先紧握的手松弛下来，他缓下手又揽住了她的腰，跑了一阵子尼娜喘不上气来："我跑不动了……"

乘务员吹响了第二遍哨声，即将收起登车踏板，尼娜和程鲁民终于赶来了。鲍里斯、柳德米拉、柳波芙从车窗里探出半拉身子向尼娜招手。突然尼娜看到了荞面儿抱着的莲子，她停了下来。车上的人忙招手呼喊："尼娜，快上车……"火车缓缓地移动了，尼娜感到眼前的一切都静止了，全然不顾人们还在急切地呼喊……

二〇一二年十月六日写于家中

二〇一四年十二月五日改于旅顺口

二〇一六年十二月三十日修订于金石滩

后　记

三十多年前，刚入伍时军营在大连市甘井子区，离旅顺口区有四十多公里远。从第一次部队组织去旅顺口参观时起，我就深深地迷恋上了那个黄海与渤海交界的地方。以后的岁月里，我曾无数次利用节假日，倒两遍长途客车，像约会梦中情人一样来到了旅顺口。

说起旅顺口，人们记住一句耳熟能详的话：中国半部近代史。但往细微处深究，景点卖票的人恐怕也未必能够说清楚太阳沟里的犄角旮旯。而我，总想抠出旅顺口每一道褶皱里蕴藏的故事，天真地为小说的创作时刻准备着。

1898 年，俄国军队驻扎旅顺口，俄皇亚历山大三世的弟弟阿列克谢耶夫来此出任“关东州长官”。在李鸿章建港筑坞之后，俄罗斯人便开始修建旅顺口新市街，即太阳沟。在一处标记着新市街 42 号的地方，俄罗斯人修建了一座巴洛克风格的建筑，这就是当年新建成的俄陆军将校俱乐部，即今天的旅顺博物馆。

此后的三年时间里，围绕旅顺博物馆门前广场，陆续建起了财政部、军政部、俄军司令部、邮政电信局、地方法院、俄清银行等一系列建筑。当然，太阳沟里还有川岛芳子举办过婚礼的大和旅馆，也有曾让溥仪度过一段最开心时光的肃亲王府，更有军港、码头和旅顺口火车站，这在世界建筑史上也很罕见。这里的每一处建筑无不打上了历史的烙印，揭开历史的封条，这里的建筑时常也会悄悄地说话。

苏军在旅顺口的故事发生在 1945 年至 1955 年的十年间。旅顺口的历史遗迹或多或少都在小说中有所反映。程家藏书楼遭到苏军损毁，最重要的镇宅之宝甲骨残片丢失了，苏军上校鲍里斯得到珍宝后藏匿在壁炉子的墙壁里，程家十年后才失而复得。对此，作者特别郑重声明，本故事虚构而成，如有雷同实属巧合。

新中国成立后发生了朝鲜战争，苏军极其隐蔽地参加了对美国等联合国军队的空战。苏联没有将那些牺牲的烈士运回国内，而是葬在了旅顺口的苏军烈士墓。今天，去苏军烈士陵园凭吊先烈的人们未必会想到，当年苏联空军参加朝鲜空战竟是中、苏、美三国最高级别的机密。

小说中程家的小儿子程津生参加志愿军来到了朝鲜战场，在不知情的情况下，开枪打死了一位苏军飞行员，而死者就是住进旅顺口程家大院的鲍里斯的儿子彼得。彼得的遗体被运回了旅顺口后，苏军极其神秘地为彼得(当然也为所有埋在旅顺口的苏军烈士墓的烈士)举行了遗体告别式，地点恰恰是被苏军强占，后改作食堂兼做舞厅的藏书楼，中苏两个家庭的情感纠葛在更广阔的舞台展开了。

我刚刚走进旅顺口，常听老一辈人说起苏军驻在旅顺口的往事，说常有苏军军官与驻地的女孩子好上了，有的还生下了孩子，那时，在旅顺口的大街上看到混血儿，并不是一件奇怪的事。

苏军初来旅顺口时，军纪败坏的事情时有发生，后来得到了纠正，情况要好转一些。那时的旅顺口是特殊的解放区。国共内战期间，苏联的领导层也拿不准是东风压倒西风，还是西风压倒东风。但总的说来，苏军还是倾向共产党的，旅顺口成了共产党与国民党争夺东北的桥头堡。新中国成立后，苏军倒是努力自觉地同旅顺口人民搞好关系，非常有担当地为当地老百姓扫院子，碰见儿童溺水时，也一样勇敢地跳下海救人。新中国成立之初，旅顺口是全国人民最向往的地方，能到旅顺口参观学习，比改革开放初期去香港、去国外都感到荣耀。

苏联当年在旅顺口驻军到底有多少人？现在也没有详尽的资料。据说远远超过了当地的居民，最多时超过了三十万人。其中有一位斯捷帕申先生，与旅顺口有着血肉相连的联系。

在旅顺口太阳沟洞庭街，有一个叫民泰街的小街，一位苏军海军军官与夫人在这里生活了六年。1952 年 3 月 2 日，老斯捷帕申的家里出生了一个男孩，长大后的小男孩出任了一系列俄罗斯联邦政府要职，后来成为俄罗斯联邦政府主席，即政府总理(1999 年在职)。2002 年 3 月，这位俄罗斯前总理在他五十周岁生日的时候，偕夫人率代表团从莫斯科来到了旅顺口。斯捷帕申先生参观了苏军烈士墓时，对随行人员说，他的父亲老斯捷帕申先生就是因为在中国东北与日军作战功绩卓著，而获得了第一枚勋章。

有了这些鲜活的素材，如何能够把史料信息融入小说之中，又不成为读者反感的教科书，我认为还是应该向古人学习。“引首”最早就出现在古典小说中,后来被作家们束之高阁了。

我采用对仗句做小说的“引首”,让所谓的诗与读者见面,其有这么几方面考虑:

其一,程家是一个有着深刻国学根基的大家,诗赋书画的文化传承更能彰显其文化底蕴。苏军一家人也是有文化内涵的代表家庭,他们的汉语修养也达到了极高的程度。写中国家庭是明写,写诗赋书画。而写苏军家庭是暗写,写他们的文化素养。中苏两个家庭的文化背景应该说是门当户对的。

其二,引首诗不但起到引领下文的作用,同时也有透露发展线索,或对情节进行补充和诠释等作用。小说中的引首诗以及开头部分的人物旁白组成一个整体,这部分既与小说紧密相连,同时也相对独立;既对主要线索的发展趋势进行大致定位,也对小说人物进行评点。此外,还对小说的发展脉络预设伏笔,努力营造草蛇灰线,伏延千里的态势。

例如:

二十五章　谭敏失踪讳言真相,书楼悼亡疑虑重重

诗曰:

金风玉露一相逢,敢欺苍天泣鬼神。
莲生并蒂分南北,鹳飞双栖落浅深。
风花雪月应怜子,刀光剑影犹贯心。
后生经历几多事,拙笔安能续到今?

这一段是写谭敏和彼得的爱情,也预示着莲子和小罐(鹳)长大成人后会有故事的,小说中在几处都给了暗示。

又如:

第二十七章　郎中女收养遗腹子,孝儿孙痛失老夫人

诗曰:

往日也曾粮断顿,藏书不可换散银。
楼空急急碾轧心,书焚焦焦火燎唇。
尽捐万帙与国民,不留一卷给子孙。
谁知遗冢何外寻,藏书楼里应有魂。

这一首是写程老夫人把书捐给了旅大图书馆和辽宁图书馆，小说中除此之外，只有一处提到捐书的事，并没有详写或评点。

第十八章　贴小票苏军玩高深，误登机尼娜真幸运

诗曰：

其一

回国欲访旧营盘，只能暂别老铁山。
时令多变秋多雨，白日无言夜无眠。
雨大路阻病临身，炕烘屋暖祸过天。
若随机毁不复归，从此无人看档案。

其二

冥冥不该遭重创，身非玉焚复旧恙。
万谢千户施恩泽，百感一帖抚愁肠。
多情尚需冷处理，丽质焉用勤补妆？
勿怜一夜梨花雨，青果悄然枝头上。

这两首引首诗都是写尼娜欲乘飞机离开旅顺口。第二首中的“千户”是盛千户老大爷，在去机场的路上，他在雨中搭救过尼娜，并收留了危难之中的谭敏。“一帖”是郎中杜一帖，即荞面儿的父亲，在盛千户家为尼娜治过病。最后一句是对尼娜与程鲁民凄美的爱情的描写，其余的不再啰唆。

我在看书时有一怪癖：经常是前言、引子之类后看，而后记却要先看。我相信许多读者会跟我一样，看完此书会有相同的感悟：这是一个不错的习惯。

许　毅